WIDDERSHINS
Le pacte de la voleuse

L'auteur

Ari Marmell est né le 22 mars 1974 à New York mais passe toute son enfance à Houston. Il reçoit sa première boîte de jeu de rôle à 9 ans et perd aussitôt tout intérêt pour l'école. Il rencontre sa future femme dans les cours de *creative writing* de l'université de Houston. Il exerce plusieurs métiers alimentaires mais abandonne le dernier en 2000. Il vit depuis de sa plume et échafaude en supplément des scénarios de jeux de rôle pour divers éditeurs. En plus des États-Unis, il est publié en France, en Italie, au Royaume-Uni et en Allemagne.

Déjà parus :

Widdershins

1. *Le Pacte de la voleuse*
2. *Le Pacte du mensonge*

Ari Marmell

WIDDERSHINS
Le pacte de la voleuse

Traduit de l'anglais (États-Unis)
par Émilie Gourdet

LUMEN

Widdershins : dans le sens inverse des aiguilles d'une montre,
à contre-courant.

Prologue

DEUX ANS PLUS TÔT :

Impuissante, la jeune femme regardait le monde virer au rouge à ses pieds.

Après s'être cramponnée à des murs que d'autres n'auraient même pas tenté d'escalader, elle s'était réfugiée parmi les chevrons, terrorisée à l'idée de bouger, de respirer ou seulement de penser, de crainte d'attirer l'attention sur elle. Elle avait beau se mordre le poing de toutes ses forces, elle ne parvenait pas à étouffer complètement le bruit de ses sanglots. Son corps tout entier était secoué de spasmes, les larmes inondaient son visage. Mais sa plainte se perdait dans la fureur du carnage, cinq mètres plus bas. Ses pleurs, en tombant, se diluaient dans la mare écarlate qui recouvrait le sol.

Quelques minutes plus tôt, ce sang coulait encore dans les veines d'hommes et de femmes qu'elle connaissait. Qu'elle aimait.

Bien après la fin du massacre, et le retour du silence, Adrienne Satti, toujours solidement agrippée aux poutres du plafond, les paupières serrées de toutes ses forces, continua de prier.

*

De fines traînées de moisissure s'accrochaient au mortier fissuré du mur. De l'autre côté des parois de la salle, des rivières souterraines mêlaient leurs eaux sinueuses à celles des évacuations creusées de main d'homme et emportaient avec elles la crasse de la ville. Elles rongeaient la brique, qu'elles imprégnaient d'une perpétuelle humidité. Autant chercher un musée sans poussière, ou un collecteur d'impôts sans cicatrices, qu'une cave sans moisissure sous la cité de Davillon.

Pourtant, pourriture et condensation n'expliquaient ni la moiteur de l'air stagnant de la pièce, ni les motifs brouillés des dalles polies. La faute en revenait au sang. Une mer de sang, qui se mêlait à la moisissure pour former une boue infâme et s'infiltrer dans les crevasses du sol comme s'il cherchait à retourner à la terre originelle. Les larges pavés ouvragés disparaissaient sous un tapis abject de membres et de morceaux de chair inidentifiables qui, tout récemment encore, marchaient, riaient, portaient un nom.

Avec un bruit de succion écœurant, un pied botté s'avança dans cette chambre des horreurs. Son propriétaire se figea, immobile, le temps d'inspecter le dallage avec précaution pour s'assurer qu'il n'allait pas marcher sur un corps – ou ce qui en restait.

Un second coup d'œil – cette fois pour vérifier que les salissures qui maculaient les murs par endroits n'avaient pas taché son gant. Ensuite, et seulement ensuite, Christophe Chapelle, sergent de la Garde de Davillon, lissa avec soin sa moustache poivre et sel. Il en profita pour tapoter l'extrait de camphre qu'il avait, comme ses hommes, appliqué sous ses narines. Dans un murmure, il adressa une brève prière à Demas, puis secoua la tête, écœuré.

— Quel chantier ! maugréa-t-il. Il va falloir compter les têtes.

— Monsieur ? Monsieur, je… je crois qu…

Le soldat s'interrompit, victime de haut-le-cœur qu'il s'efforça de réprimer.

Chapelle se tourna vers l'homme qui venait de parler. C'était Julien Bouniard, une jeune recrue dont les traits doux et les paupières tombantes dissimulaient un esprit et des réflexes au moins aussi acérés que la rapière de service pendue à sa hanche. Tout comme le sergent, il portait le pourpoint noir de la Garde, blasonné d'une fleur de lis argentée, et, autour du cou, un médaillon de Demas, leur dieu protecteur. Du bout des doigts, il caressait le cercle de métal, comme pour se donner un peu de courage et de réconfort. Seuls les galons qui indiquaient son grade distinguaient son uniforme de celui du sergent.

Ainsi que les traces sanguinolentes sur ses bottes, bien entendu.

— Qu'y a-t-il, agent Bouniard ? l'interrogea Chapelle d'un air bourru qui masquait son propre dégoût.

— J'ai identifié l'un des morts, monsieur.

Mauvais signe.

— Et de qui s'agit-il ?

— Vous devriez vraiment venir voir par vous-même. Si je me trompais…

— Compris, agent Bouniard. Montrez-moi.

Accompagnés par un concert de clapotis répugnants, ils traversèrent la pièce et s'arrêtèrent près d'un cadavre particulièrement défiguré. Les autres soldats de la Garde, dispersés dans la salle, interrompirent leurs propres investigations pour observer la scène.

Chapelle, circonspect, s'accroupit auprès du corps que Julien désignait… Mais pouvait-on encore parler d'un corps ? À la rigueur d'une enveloppe, d'un costume de viande. Tout ce qui était censé se trouver à l'intérieur et donner vie à l'ensemble s'était répandu alentour par le gouffre béant de l'abdomen.

C'était l'œuvre d'une arme inconnue du sergent. À moins qu'il ne s'agisse d'un ours, ou d'une panthère, peut-être – pour peu que ce genre d'animal ait développé, allez savoir comment, un goût prononcé pour la souffrance.

Chapelle, qui ne pouvait repousser plus longtemps l'échéance, finit par reporter son attention sur le visage de la victime. Sa poitrine se serra, et il refoula un élan de pitié à la vue de l'homme à terre, de ses traits à jamais figés dans une expression d'horreur. À l'évidence, le malheureux avait vu arriver la mort sans pouvoir…

— Par Demas ! s'exclama-t-il à l'instant où il le reconnut. Robert Véreaux !

Des murmures abasourdis s'élevèrent dans la pièce tandis qu'il se redressait, mais il n'eut pas la force de rabrouer ses hommes.

Alors, comme si la situation n'était pas déjà assez dramatique, l'un d'entre eux se redressa d'un bond.

— J'ai identifié une autre victime, monsieur ! bredouilla-t-il. Je crois que c'est Marie Richelieu !

Chapelle lâcha un odieux juron – chose qu'il ne se permettait pourtant jamais devant ses hommes. Madame Richelieu était la jeune matriarche d'une Maison plus riche encore que celle des Véreaux, si toutefois c'était possible. Sans plus regarder où il mettait les pieds, le sergent se précipita vers le corps. Quoiqu'une large partie de la joue gauche eût disparu, aucun doute n'était permis : ces traits mutins et ces ravissantes boucles blondes appartenaient bien à Marie Richelieu.

Le sergent, qui semblait vieillir à vue d'œil, ne put que secouer la tête et marmonner des prières dans sa barbe. La Maison Richelieu était coutumière des scandales et des calomnies, mais ce qu'il voyait là ne ressemblait en rien au genre d'esclandres qu'elle pouvait habituellement affronter.

Et si ces deux-là figuraient au nombre des victimes, qui allaient-ils trouver encore ? Le sergent Chapelle intima à ses hommes d'examiner tous les corps. À chaque nouvelle identification, il sentait son univers vaciller un peu plus. Pierre Montrand. Joséphine Poumer. Darien Lemarche. Gaston Carnot, le marquis de Brielles. Ils ne purent mettre un nom sur tous les visages, ni même un visage sur tous les cadavres. Mais tous ceux qu'ils parvinrent à reconnaître, sans exception, comptaient parmi les riches et les puissants de Davillon. Chaque nom qu'ils relevaient désignait une autre Maison dont les commérages allaient s'emparer, un autre dieu désormais privé d'un éminentissime adepte.

Le sergent Chapelle surmonta son dégoût et ordonna une fouille plus complète de la cave. S'il y avait des indices à trouver, le sang pouvait fort bien les avoir recouverts, et ils ne risquaient pas de bondir hors de leur cachette pour se dévoiler aux soldats.

Une fois appliquée sous leur nez une nouvelle dose de camphre contre les infections, les hommes ravalèrent leurs haut-le-cœur et se mirent en devoir de ratisser la pièce.

*

D'une couleur océane hésitant entre le bleu et le vert, des yeux effrayés cillèrent, puis s'ouvrirent bien grand pour observer avec anxiété les soldats de la Garde, cinq mètres plus bas. Les chevrons qui tenaient lieu de refuge à la silhouette couverte de sang – sans doute un reliquat datant de la construction, car tout à fait inutiles dans cette salle aux voûtes de pierre – étaient étroits, couverts de poussière et instables. Pourtant, elle s'y tenait accroupie sans même y songer, telle une araignée humaine accrochée à sa toile. Elle respirait par la bouche afin de ne pas sentir l'effroyable puanteur – en vain.

Un frisson de panique la fit trembler des pieds à la tête et détacha des poutres une pluie de poussière. Cette émotion extérieure, étrangère, effaça l'espace d'un instant sa propre peur, et elle jeta un regard par-dessus son épaule, sachant pourtant bien que personne ne se trouvait là.

Physiquement, du moins.

— Ça suffit ! croassa-t-elle tout bas. La situation est déjà suffisamment pénible, pas la peine d'en rajouter !

Mêlé à la terreur, elle perçut un picotement d'embarras, vague mais indéniable.

— On est d'accord.

Elle baissa à nouveau les yeux et, d'instinct, crispa les doigts sur la poutre de bois.

— Je descends, décréta-t-elle soudain.

Elle n'aimait guère la Garde – à vrai dire, elle la détestait. Pourtant, après ce dont elle avait été témoin, elle était prête à aller pleurer sur l'épaule du premier venu, quand bien même il arborerait la fleur de lis argentée ou l'effigie austère de Demas, à la fois symbole et portrait du dieu de la Garde.

Une vague de terreur, celle de *l'autre* plus que la sienne, la cloua sur place. Un cri lui échappa.

*

L'un des soldats releva la tête et chercha, sans succès, à percer les ombres qui s'accrochaient au plafond par-delà la lumière des lanternes. Il releva le bord de son chapeau empanaché et secoua la tête, agacé. Ces nouvelles lampes à huile valaient mieux que les torches, mais on n'y voyait toujours fichtre rien quand on en avait besoin.

Le bruit ne se répéta pas. « Sûrement des rats », marmonna-t-il, avant de retourner à sa macabre besogne avec un haussement d'épaules.

*

— Tu vois ce qui a failli arriver par ta faute ! siffla la fille à l'adresse de son compagnon invisible, tout en se déplaçant avec précaution sur la poutre. Quand on sera sortis d'affaire, on va avoir une petite discussion, toi et moi, à propos de qui commande. Je…

— Sergent ! lui parvint comme en écho une voix en contrebas.

La silhouette juchée sur les chevrons tendit le cou pour regarder le jeune agent qui avait identifié le corps de Robert Véreaux.

Ben voyons, vous êtes horrifiés par la scène ! songea-t-elle avec amertume en refoulant ses larmes. *Mais où étiez-vous pendant que j'assistais au massacre ?*

Une bouffée de compassion teintée d'indulgence, venue de la présence invisible, monta en elle.

— Oh, la ferme ! murmura-t-elle, cassante.

— Qu'y a-t-il, agent Bouniard ?

La question, prononcée d'une voix lasse, émanait du plus âgé.

— J'ai trouvé une pierre descellée dans ce mur, monsieur, répondit le jeune homme. Il y a une sorte de levier caché derrière.

— Et m… zut, fit la jeune femme dans un souffle.

*

D'un œil usé mais averti, Chapelle étudia la grosse brique et la sortit sans peine de son logement malgré son poids apparent. Il examina ensuite le levier dissimulé derrière, long d'une trentaine de centimètres. Il se releva et embrassa du regard la salle tout entière, comme pour essayer de comprendre à quoi pouvait bien servir le mécanisme.

— Il n'y a que dans les romans qu'on fabrique un piège aussi gros dans l'espoir qu'un imbécile tombe dedans, commenta-t-il enfin d'une voix égale. *(À moins de ne pas avoir toute sa tête.)* Mais on ne sait jamais. Que tout le monde évacue la salle et retourne dans le couloir ! Bouniard !

Le jeune agent se mit aussitôt au garde-à-vous.

— Monsieur ?

— Je veux que vous restiez à l'entrée. Au cas peu probable où il m'arriverait un accident, j'attends de votre part un minimum d'efforts pour me tirer de là. (Le sergent sourit d'un air pincé.) Je n'espère pas de miracle, je sais bien que ma place n'aura pas le temps de refroidir si je meurs ici. Mais essayez au moins de sauver les apparences.

Julien Bouniard esquissa un pauvre sourire.

— Comptez sur moi pour avoir l'air de me donner à fond, monsieur.

— C'est l'idée ! Allons, remuez-vous !

En moins d'une minute, tous les occupants quittèrent la pièce, à l'exception du sergent lui-même et de la spectatrice passée inaperçue au-dessus de lui. Après avoir jeté un rapide coup d'œil en direction du jeune Bouniard – lequel répondit par un signe de tête solennel –, Chapelle activa le levier d'une main ferme.

Un grondement, lourd et grave, résonna sous les dalles ensanglantées. On aurait cru assister à la naissance du tonnerre lui-même. La cave trembla et un déluge de poussière s'abattit des chevrons. L'observatrice laissa échapper un nouveau cri, heureusement couvert par l'énorme fracas. Secoués par l'ébranlement des dalles, quelques membres arrachés s'agitèrent en une danse impie.

Au centre, le sol s'ouvrit et une crevasse de près de trois mètres de large apparut. Plusieurs cadavres y glissèrent et atterrirent dans une cacophonie de bruits mouillés sur ce qui se trouvait en dessous. Chapelle pâlit à l'idée qu'ils venaient de perdre les dépouilles de cinq ou six membres parmi les plus influents de la cité.

Mais le processus, quel qu'il soit, n'était pas terminé. Par à-coups et sursauts rapides, une forme émergea de la fosse qui venait de se creuser.

Une statue, haute de cinq bons mètres, se dressa jusqu'à effleurer les poutres de ses cornes. Le personnage sculpté en position accroupie semblait prêt à s'élancer à l'attaque et à brandir la hache menaçante qui, pour l'heure, reposait sur son épaule gauche. Paré de fourrures aux détails d'une précision remarquable, le visage orné d'une barbe si finement ciselée qu'il semblait possible d'aller en arracher un poil, l'homme toisait Chapelle de ses yeux de pierre plissés. À l'exception des cornes qui saillaient de son crâne par ailleurs glabre, il avait tout du guerrier des antiques terres du Nord.

Cette sculpture n'avait rien de religieux en soi, mais Chapelle – comme tous les citoyens de Galice – savait reconnaître une idole quand il en voyait une.

— Monsieur ?

— Je n'ai rien, agent Bouniard. Faites rentrer les hommes.

Confiant quant à l'exécution de ses ordres, il poursuivit son examen de l'immense silhouette.

Il ne s'agissait manifestement pas de l'un des cent quarante-sept dieux du Pacte – du moins cette représentation ne se rapportait-elle à aucune iconographie reconnue par la Grande Église. Certes, le culte d'un dieu non officiel n'était pas à proprement parler illégal, mais chaque cité, organisation gouvernementale, guilde ou Maison aristocratique un tant soit peu en vue revendiquait pour protecteur l'un des membres du Pacte Sacré. Chacune des victimes présentes dans cette pièce appartenait à une Maison différente et se réclamait donc, très probablement, d'un protecteur différent : la participation à des rites en l'honneur d'une divinité non reconnue entachait un peu plus leur réputation et ne manquerait pas d'aggraver une situation déjà scandaleuse.

Pourtant, Chapelle, avec un soupir venu du tréfonds de son âme, ordonna à un trio de soldats qui incluait l'agent Bouniard :

— Fouillez la statue. Quant à vous autres… continuez à compter les corps.

*

Au-dessus de leurs têtes, à deux mètres cinquante environ de la corne la plus à gauche, la jeune femme crasseuse lança un nouveau regard par-dessus son épaule. Elle écarta de son visage ses cheveux emmêlés et puants, et demanda à voix basse :

— Est-ce que ça change quelque chose à ta situation ? Le fait qu'ils voient ton idole, je veux dire.

Une vive sensation d'affirmation s'imposa à elle. Elle grimaça.

— Compris, dit-elle. (Elle reporta son attention sur ce qui se tramait sous ses pieds.) On est dans de beaux draps… Mais bon, quelques mots devraient pouvoir nous tirer d'aff…

— Sergent ! J'ai trouvé quelque chose !

— De mieux en mieux… bougonna-t-elle.

*

Chapelle rejoignit le jeune agent, qui lui montra du doigt un loquet soigneusement dissimulé à l'arrière de l'idole.

— Ma parole, vous avez un don pour ce genre de découvertes, Bouniard ! grogna-t-il.

Il inspecta la trouvaille de son subordonné : un simple bouton, disposé à fleur de pierre, juste sous le rebord du socle. De sa main gantée de cuir, le sergent le tourna.

Un tiroir, si ingénieusement conçu qu'il était pour ainsi dire invisible, coulissa dans la pierre. À l'intérieur, plusieurs petites bougies, une longue plume d'oie, un encrier et un grand livre à couverture de velours et reliure de bois. Sans même reprendre son souffle, Chapelle s'empara du manuscrit avec précipitation, l'ouvrit d'un geste sec, et se mit à le feuilleter avidement en quête de réponses.

Un simple coup d'œil suffisait pour deviner que ce volume était en fait le registre des disciples de cet étrange petit culte : chaque page concernait un individu. Aucun nom n'y figurait – c'eût été trop facile au goût des dieux ! –, mais on y lisait des dates, des titres de rang ou de responsabilité qui échappaient complètement à la compréhension du vieux soldat, ainsi que des sommes exprimées en marques d'or, qui indiquaient peut-être des donations.

Chapelle en déduisit qu'il tenait là le mobile de ces horribles crimes : les coffres de la secte devaient contenir d'invraisemblables quantités d'or. À elles seules, les huit ou neuf premières lignes du livre totalisaient déjà plus de dix mille marques !

Mais il y avait plus important : tandis qu'il fouillait la statue et examinait le registre, ses hommes avaient achevé de recenser les morts. Et si leur décompte provisoire était exact, la pièce contenait vingt-six cadavres. Contre vingt-huit entrées dans l'épais volume. Deux personnes au moins manquaient à l'appel.

— Règlement de comptes interne, déclara-t-il à Bouniard. Presque inévitable, j'imagine. Je...

— Monsieur ? s'enquit Julien en voyant Chapelle froncer les sourcils. Qu'y a-t-il ?

— N'ai-je pas entendu le nom de Darien Lemarche parmi les victimes ?

— Euh... oui, je crois bien.

— Combien d'entre vous sont au fait des derniers ragots ? demanda le sergent, qui lança un regard à la ronde.

Plusieurs soldats échangèrent des coups d'œil avant de lever la main, un peu embarrassés.

— Lemarche fréquentait-il encore Adrienne Satti ?

— Aux dernières nouvelles, oui, monsieur, répondit l'un d'entre eux.

— Trouvez-la.

Malgré leurs efforts, ils ne découvrirent aucune trace de la jeune femme parmi les cadavres. Chapelle acquiesçait d'un signe de tête à chaque nouveau rapport, l'air de plus en plus sûr de lui.

La peste soit de ces aristocrates ! Il aurait pu leur dire, qu'avec elle, ça finirait mal. *Quoique, je n'imaginais pas que les choses iraient aussi loin*, dut-il admettre.

— Nous allons faire enlever, rassembler et... reconstituer ces corps du mieux possible, indiqua Chapelle à ses hommes. J'ai ma petite idée sur ce qui s'est passé, mais il va falloir les identifier, tous autant qu'ils sont, pour valider ma thèse.

» Il me faut aussi un volontaire, aboya le sergent en voyant ses hommes, pressés de partir, se mettre en rang. Un homme qui restera ici pour s'assurer que la pièce demeure en l'état jusqu'à l'arrivée des nettoyeurs.

Julien Bouniard fit un pas en avant, le bras à demi levé, pour reculer aussitôt, yeux écarquillés et bouche grande ouverte, visiblement stupéfié à la vue du personnage aux cheveux blonds qui s'avançait.

Un agent un peu plus âgé que Julien, nommé Henri Roubet.

— Je vais rester, monsieur, proposa-t-il spontanément.

Chapelle parut surpris. « Roubet la Planque », tel était le sobriquet qu'avait attribué à cet agent le reste de l'unité. Lorsque ses compagnons disaient « quand Roubet sera volontaire », il fallait comprendre « quand les poules auront des dents », ou « quand il gèlera en enfer ».

La scène de désolation qui les entourait avait peut-être ravivé en lui une étincelle de responsabilité. Il aurait été dommage d'éteindre celle-ci sans lui donner une chance de devenir flamme.

— Entendu, Roubet. Vous montez la garde. Vous n'aurez pas à attendre bien longtemps – une demi-heure, tout au plus. Présentez-vous au bureau principal dès que vous aurez été relevé.

— Bien, monsieur. Merci, monsieur.

Chapelle pivota sur ses talons et sortit d'un pas énergique, soulagé de s'éloigner. Julien Bouniard rejoignit ses camarades dans le rang, mais son expression demeura songeuse. Ses pensées étaient à l'évidence tournées vers l'homme qu'ils laissaient derrière eux.

*

— Alors ça, c'est le bouquet ! pesta la jeune femme à voix basse en voyant les soldats éplucher le grand livre. Quel genre de culte secret garde des traces écrites, tu peux me le dire ?

À en juger par le sentiment de désapprobation qui l'envahit aussitôt – l'équivalent émotionnel d'un mouvement de tête attristé –, elle fut presque certaine qu'il n'avait rien à lui répondre.

— Tu n'as donc aucune influence sur les agissements de tes propres disciples ? Parce que, permets-moi d'être franche : la façon dont ils menaient leur affaire…

Elle sentit sa gorge se serrer et écarquilla les yeux. D'abord de surprise en entendant la voix rocailleuse du sergent prononcer le nom d'Adrienne Satti, puis d'horreur grandissante à mesure que le sens des propos du soldat la pénétrait. Elle eut l'impression qu'un gouffre s'ouvrait sous ses pieds, assez large et profond pour l'engloutir lentement, dans une atroce douleur. Hébétée, elle vit le gros des hommes de la Garde sortir de la salle et laisser derrière eux, dans le couloir qui s'ouvrait au-delà de la porte, une traînée d'empreintes sanglantes.

— Dieux du ciel… (Pas même un murmure, à présent, tout juste le bruissement d'un souffle.) Dieux du ciel, ils pensent que c'est moi la coupable du massacre !

Pour la seconde fois en une heure, elle dut fermer les yeux de toutes ses forces pour retenir ses larmes.

— Comment peuvent-ils imaginer…

À nouveau, Adrienne perçut, comme en arrière-pensée, une pointe de compassion.

— C'est ta faute ! explosa-t-elle alors que sa peur se muait brusquement en colère. Si tu ne m'avais pas empêchée de descendre, j'aurais pu m'expliquer ! J'aurais pu leur dire ce qui s'est réellement passé ! Maintenant, il est trop tard ! Je…

— Vous feriez mieux de quitter votre perchoir immédiatement, mademoiselle Satti, avant que je ne sois obligé de vous tirer dessus.

Adrienne se figea et maudit sa propre stupidité. Elle coula un regard vers le bas, au-delà des chevrons poussiéreux où elle se tenait, par-dessus la silhouette cornue du dieu. Le soldat resté en faction levait la tête vers elle, une étrange expression plaquée sur son visage chiffonné. Sa rapière était au fourreau, accrochée à sa hanche gauche, mais à sa main droite étincelait un pistolet à silex – un modèle spécialement conçu pour la Garde : le bois de la crosse avait été remplacé par du cuivre pour en faire un gourdin d'une redoutable efficacité. Au cours de son enfance, avant qu'elle ne soit admise dans l'aristocratie, Adrienne s'était retrouvée plus d'une fois du mauvais côté de ces « tire-cognes », ainsi qu'on les surnommait.

Cependant, il lui était rarement arrivé d'en voir le canon de si près.

— Je ne me répéterai pas, l'avertit le soldat.

Adrienne se laissa glisser de la poutre. Souple comme un chat, elle se balança à la corne la plus proche et descendit le long de la statue sans même s'arrêter pour reprendre son souffle (ni tenir compte du cri poussé par son partenaire incorporel, indigné que son effigie serve d'échelle). Quelques secondes plus tard, elle posait le pied sur le sol poisseux et glissant.

Songeur, le soldat étudia un instant sa prise, dont les traits s'effaçaient sous la saleté et le sang séché. Âgée d'une quinzaine d'années, à un ou deux ans près, elle n'était plus vraiment une jeune fille, mais pas encore tout à fait une femme. S'il se fiait aux rares mèches épargnées par la crasse qu'il apercevait, elle avait les cheveux d'un brun couleur de terre, et dans ses yeux brillaient des reflets bleu-vert si semblables à ceux de l'océan qu'il n'aurait pas été surpris d'y voir des vagues. Un petit nez très légèrement retroussé pointait au milieu de son visage fin. Difficile de savoir exactement à quoi avait pu ressembler sa tenue : ce qui restait de ses habits donnait l'impression qu'elle s'était vêtue de lambeaux de peau ramassés dans un abattoir.

— Vous êtes toujours aussi fasciné par le sang, ou bien j'ai droit à un régime de faveur ? aboya finalement Adrienne, excédée.

— C'est plutôt intelligent de votre part d'avoir attendu là-haut que tout le monde s'en aille, lui dit l'agent Roubet d'un ton désinvolte, mais le pistolet toujours fermement pointé sur le décolleté de son interlocutrice. Dommage que vous ne m'ayez pas remarqué, sinon la ruse aurait pu fonctionner.

— J'ai été distraite, marmonna-t-elle en lançant à la statue un regard venimeux. Mais regardez-moi bien, soldat. Vous ne croyez pas sérieusement que j'ai pu faire une chose pareille, si ? (Dans un geste un peu théâtral, elle posa la main droite sur sa poitrine et lui adressa un regard éploré.) Moi-même, je n'ai survécu qu'en allant me réfugier sur les poutres. Grâce aux dieux, les assassins ont été moins observateurs que vous, sans quoi…

— Taisez-vous ou je tire.

Adrienne referma la bouche avec un claquement de mâchoires.

— Même si je croyais un mot de ce que vous me dites, lui fit observer le soldat, ça ne changerait rien. Ce n'est pas moi qui décide.

La jeune femme acquiesça lentement de la tête.

— Je crois que j'aimerais m'entretenir avec un avocat dès que possible.

Roubet lui adressa un sourire mauvais.

— Je n'en doute pas. Si vous n'aviez pas tenté de me tuer pour vous échapper, vous auriez sans doute vécu assez longtemps pour en rencontrer un.

— Comment ça, si je n'avais pas tenté… (Elle comprit tout à coup. Ses jambes menacèrent de se dérober sous elle.) Vous ne faites pas partie de la Garde, s'étrangla-t-elle.

— En fait, si. Mais j'ai aussi bien d'autres cordes à mon arc.

Fébrile, elle évalua la distance qui les séparait. Un peu moins de quatre mètres. Elle pouvait les franchir assez vite, mais pas suffisamment pour le surprendre avant qu'il ne presse la détente. Et quand bien même elle l'atteindrait, elle n'était pas armée.

— Alors, quoi ? demanda-t-elle pour gagner du temps. Les mortes ne racontent pas d'histoires, c'est ça ? Vous me collez l'affaire sur le dos et les véritables assassins s'en tirent ?

— Quelque chose dans ce goût-là, oui.

Roubet tendit le bras jusqu'à avoir le cœur de la jeune femme en ligne de mire. Tunnel sans fin vers l'enfer, le trou béant du canon s'ouvrit devant elle.

— Pardonne-moi, Olgun, chuchota-elle, incapable de détourner les yeux du pistolet. J'aurai essayé.

Elle perçut un bref sursaut d'émotion de la part du dieu moribond, suivi d'un infime frémissement dans l'air. Elle eut tout juste le temps de se demander si elle ne l'avait pas imaginé avant que le chien du pistolet à silex ne percute la batterie dans un cliquètement mortel…

Il y eut une forte détonation, puis un crissement à déchirer les tympans. Des éclats métalliques lacérèrent la chair tendre de la main et du bras de Roubet et griffèrent le sol de pierre en un staccato qui ponctua le hurlement de douleur du garde. Avec fracas, ce qui restait de l'arme désormais inutile tomba à terre dans une petite flaque de sang séché, qui se craquela.

Quelques secondes plus tard, Roubet rejoignit son pistolet. Il serrait contre sa poitrine la charpie qui lui tenait lieu de main, secoué de sanglots incontrôlables.

— Ma foi, voilà qui tombe à pic ! finit par commenter Adrienne.

Elle perçut la satisfaction de son divin partenaire – rien de comparable, toutefois, à celle qu'elle-même éprouva lorsqu'elle bondit en avant et asséna des coups de pied dans la tête de l'homme gémissant jusqu'à ce qu'il perde connaissance pour de bon.

— Il faut qu'on sorte d'ici, déclara-t-elle au dieu d'un ton grave. (Vaguement gênée par une douleur au pied, elle parcourut en boitillant le long couloir qui menait à l'escalier.) Ils pensent que je suis coupable, et j'ai comme l'impression que notre nouveau gaucher ici présent ne va pas les détromper. On va devoir se cacher jusqu'à ce que je trouve une solution, ou un moyen de rejoindre Alexandre.

Nouveau tâtonnement interrogateur.

— Je ne sais pas trop, reconnut-elle. Peu importe. J'ai grandi ici, tu te rappelles ? Il n'est pas encore né, le soldat qui trouvera Adrienne Satti alors qu'elle en a décidé autrement !

Les doutes d'Olgun étaient presque palpables. Elle se concentra sur eux pour ne pas avoir à affronter ses propres incertitudes.

Chapitre 1

HUIT ANS PLUS TÔT :

Murs de brique et palissades de bois constituaient les frontières de son monde, où les chemins de terre et les routes aux pavés ébréchés faisaient office de champs, et les escaliers branlants, d'arbres. À ses yeux de petite fille, la cité n'était pas simplement « une grande ville », mais l'univers entier, et tout ce qui existerait jamais.

Elle avait passé la majeure partie de la journée à en explorer les plus proches limites, accompagnée de quelques garnements qui, comme elle, s'étaient dérobés aux diverses corvées qui les attendaient. Vêtus de guenilles, la figure sale, ils se déplaçaient telle une meute sauvage, dans les cris et les rires. Leurs mentons dégoulinaient du jus des fruits qu'ils avaient chapardés, et leurs poignets, bras et épaules se souvenaient encore de la poigne de fer des marchands qui les avaient attrapés avant qu'ils ne s'enfuient. Mais les commerçants ne manquaient pas, et ils s'avéraient rarement assez vifs ou chanceux pour les prendre. La plupart d'entre eux ne s'apercevaient même pas du vol. Les enfants poussaient, bousculaient, se pressaient, se faufilaient entre les obstacles de chair et d'étoffe à travers les marchés surpeuplés et les rues bondées. La chaleur des corps serrés les uns contre les autres suffisait à les faire transpirer, en dépit du froid hivernal et de la fine couche de neige qui recouvrait les toits. Ils n'auraient pas vraiment dû se trouver là sans surveillance, si loin de chez eux, mais leurs parents avaient renoncé depuis longtemps à le leur interdire.

C'eût été futile, or la futilité s'invitait bien assez souvent dans les quartiers les plus pauvres de Davillon. On ne souhaitait pas voir cette hôtesse-là s'attarder.

Mais la fillette, pourtant haute comme trois pommes, était dotée d'un certain sens du devoir. Tout le monde savait que les grandes personnes prospéraient en chargeant les enfants des menues besognes, mais il fallait tout de même bien se plier à certaines obligations. Sans compter, évidemment, qu'elle ne voulait pas causer d'inquiétude à ses parents. (Naturellement, les gargouillis de son estomac – insatisfait par le produit de ses larcins –, lorsqu'elle songeait au dîner tout proche, pas plus que l'heure tardive, n'avaient de rapport avec sa décision de rentrer chez elle…)

Après quelques adieux à la cantonade, insultes et langues tirées, elle planta là ses camarades. Elle ne trottinait pas vraiment : même si elle avait été assez heureuse pour en avoir envie, la circulation encombrée l'en aurait empêchée. Mais elle marchait avec autant d'insouciance que son sort dans l'existence le lui permettait. Compte tenu de son cadre de référence limité, la journée avait été bonne. Avec un plaisir enfantin que le temps n'avait pas encore émoussé, elle s'amusa des nuages de poussière soulevés par ses souliers déformés et troués.

La forêt de jambes autour d'elle se clairsema à mesure qu'elle s'éloignait du marché, et elle se mit à frissonner sous les assauts sifflants de la bise. Tête baissée, les bras serrés contre sa poitrine pour y chercher la chaleur que sa chemise lui refusait, elle maudissait tout bas ses camarades. Après tout, c'était forcément leur faute, à eux, si elle était restée dehors si tard.

Elle finit par relever la tête. Non parce que le grondement perpétuel de la cité avait diminué – les habitants semblaient toujours avoir un bon prétexte pour crier –, ni même à cause du léger picotement de ses yeux ou de la toux presque délicate qui ne cessait de lui parcourir la gorge comme un yoyo, mais parce qu'elle perçut un brusque souffle chaud, réconfortant quoique étonnant répit aux vents hivernaux.

Tout d'abord, elle ne vit rien d'autre que les couleurs passées des vilaines étoffes qui couvraient les jambes et le dos des passants devant elle – anormalement nombreux. Puis son regard dériva vers le haut, toujours plus haut, en direction de la lueur dansante et des panaches de fumée qui tourbillonnaient vers le ciel.

Malgré son jeune âge, elle n'ignorait rien des dangers du feu, en particulier dans un quartier aussi pauvre que le sien. Devait-elle fuir dans la direction opposée ? Chercher un endroit où se cacher ? Proposer son aide, si petite et si faible soit-elle ?

Mère et Père sauraient quoi faire. La gorge nouée aussi bien par la peur que par la fumée, elle se remit à slalomer, contourner, esquiver, pour se tailler un chemin au milieu de la foule de plus en plus dense.

Elle fut bientôt assez près pour voir précisément quel bâtiment brûlait.

Lorsqu'elle s'effondra à genoux au beau milieu de la chaussée, les badauds affolés se contentèrent de l'enjamber, et personne n'entendit son cri, englouti par les innombrables voix de la cité.

*

— Et comme toujours et à jamais, à ta grâce infinie, ô Vercoule. Que monte vers toi notre plus humble reconnaissance pour la prospérité et la sécurité que tu nous as accordées. Pour Davillon, qui est à la fois le don que tu nous as fait et le plus grand témoignage de notre foi en toi. En ton nom plus qu'en tout autre, nous prions. Amen.

Un vague sourire passa sur les lèvres de sœur Cateline lorsqu'elle entendit les amen marmonnés, dont le chœur se perdait déjà dans le raclement des cuillers en bois grossier au fond des bols en bois grossier remplis d'un porridge non moins grossier (mais sans doute pas fait de bois, lui, encore qu'on ne puisse en être certain). Quatre longues tables pleines à craquer de galopins barbouillés en frocs de toile brute s'étiraient devant elle. À une époque, bien lointaine, Cateline avait eu terriblement honte à l'idée que le couvent ne puisse offrir plus de confort à ces petits miséreux. La richesse de son habit bleu et argent lui avait paru indécente en comparaison des guenilles distribuées à ces âmes perdues.

À une époque, mais plus maintenant. Elle continuait à faire de son mieux, mais ne déplorait plus de ne pas pouvoir en faire davantage. Elle avait vu défiler trop de ces enfants au cours de son existence : se laisser attendrir était désormais au-dessus de ses forces.

Elle s'avança d'un pas énergique entre les tables, pour s'arrêter aussi sec, clouée sur place par deux petits yeux bordés de rouge. La nouvelle... Comment s'appelait-elle, déjà ?

— Tu n'as pas faim, mon enfant ? s'enquit-elle, par devoir plus que par réelle sollicitude – mais du moins avait-elle eu le mérite de poser la question.

— Qui est Varcoul ?

Cateline en resta bouche bée.

— Tu ne connais pas Vercoule, mon enfant ? s'étonna-t-elle, non sans corriger au passage la prononciation de la fillette.

Une bonne partie des gamins autour d'elles cessèrent de manger pour écouter. L'ignorance de la nouvelle en fit pouffer certains, mais les autres se taisaient, attendant peut-être des réponses aux questions qu'ils n'avaient jamais eu le courage de poser.

Au signe de tête négatif de la fillette, Cateline reprit :

— Vercoule est notre dieu protecteur, voyons ! Il est celui qui veille sur Davillon, au-dessus de tous les autres !

— Quels autres ?

— Les dieux du Pacte Sacré, enfin !

— C'est quoi, le parc sacré ?

Dieux miséricordieux, personne ne leur a donc rien appris, à ces garnements ? De vrais petits sauvages, livrés à eux-mêmes dans les rues de Davillon... La religieuse n'avait qu'une envie, que cette marmaille finisse de manger et file au lit, mais, malgré son cynisme, elle se devait d'accomplir son devoir spirituel.

— L'ensemble des dieux de la Grande Église, mon enfant. D'innombrables dieux régnaient avant que nos ancêtres bâtissent la Galice en rassemblant les terres prises aux tribus barbares. Alors, les cent quarante-sept plus grands d'entre eux se sont réunis autour de la civilisation et ont promis de veiller sur l'humanité.

— Et Varcou... Verco...

— Vercoule.

— Vercoule est le plus grand ?

Cateline sourit.

— Je le crois, oui. (Puis, un peu plus sérieusement :) En tout cas il l'est ici, à Davillon. Dans d'autres cités, il n'est sans doute le protecteur que d'une seule guilde, ou d'une lignée, comme... (Elle s'interrompit pour regarder autour d'elle.) Comme Banin, par exemple, qui est le protecteur de deux ou trois Maisons aristocratiques de Davillon. Ailleurs, il se peut que Banin soit le protecteur d'une grande guilde, ou même d'une cité tout entière.

La fillette hocha lentement la tête comme si elle comprenait, ce dont sœur Cateline doutait fort. La nonne se détournait pour reprendre sa ronde quand elle entendit :

— Est-ce que je peux encore poser une question ?

Cateline retint un soupir.

— Une seule. Ensuite, tu devras manger.

— S'il y a tellement de dieux à Davillon, pourquoi aucun d'entre eux ne s'est remué le derrière pour sauver mes parents ?

Sœur Cateline eut un mouvement de recul et porta une main à ses lèvres. Un brouhaha consterné s'éleva parmi les autres enfants, mais, çà et là, la religieuse aurait juré avoir entendu des murmures d'approbation véhéments de la part des cas les plus désespérés.

Décidément, il était grand temps de tuer cette rébellion dans l'œuf !

— Ce n'est certainement pas une façon convenable de parler des dieux, jeune demoiselle !

— Quand ils se seront expliqués, je m'excuserai.

La nonne saisit la fillette par le poignet et la fit sortir avant que la seconde vague de hoquets scandalisés – et de grognements de soutien – n'ait eu le temps de faire le tour de la salle.

— Nous allons devoir t'apprendre les bonnes manières et le respect, mon enfant !

— Arrêtez de m'appeler « mon enfant » ! cracha la petite fille sans même chercher à se dégager de l'étreinte de sœur Cateline, qui l'entraînait les dieux savaient où. Mon nom, c'est Adrienne !

*

Il se trouva qu'Adrienne n'apprit de sœur Cateline ou des autres religieuses ni les bonnes manières ni le respect. En dépit des chaînes, des cadenas et des lourdes portes, et bien qu'elle n'ait pas d'autre endroit où aller, elle quitta le couvent quelques jours à peine après son arrivée – avant même que les marques de flagellation dans son dos n'aient tout à fait disparu.

Sœur Cateline ne fut pas particulièrement peinée de la voir partir. Cette petite-là, elle en était certaine, n'aurait causé que des ennuis.

Chapitre 2

AUJOURD'HUI :

Gigantesque. D'un bout à l'autre. Le domaine Doumerge était immense, le manoir en son centre monumental, la salle de bal au cœur de la demeure – vous l'aurez compris – démesurée.

Et le chaos qui y régnait, plus frénétique à mesure que les minutes passaient, menaçait de prendre lui aussi des proportions délirantes.

Sur une estrade disposée dans un coin, un groupe de musiciens se tenaient en grappe à l'écart des invités qu'ils étaient payés pour distraire. Ils jouaient avec fureur, abreuvant la foule, comme on gave une oie, de quelques-unes des pièces les plus en vogue du moment dans les cours et les soirées aristocratiques de Galice. Les atours – des artistes, pas des mélodies, encore que les airs soient tout aussi douteusement accoutrés – formaient un foisonnement d'étoffes, un méli-mélo hypnotique de couleurs tapageuses. Tuniques et vestes pendaient en désordre, les perruques étaient perchées de guingois sur des crânes luisants de sueur, des doigts martyrisés protestaient sous la douleur. L'orchestre jouait depuis cinq heures, sans jamais s'arrêter plus de quelques minutes entre deux morceaux, et la torture ne semblait pas près de prendre fin.

Pour le peu d'effet que produisaient leurs ritournelles, ils n'auraient pas dû se donner tant de peine. Si bondée qu'une simple danse nécessitait une soigneuse planification, voire la mise au point de diagrammes tactiques, la salle de bal mijotait dans un volume sonore tout juste inférieur au grondement d'un tremblement de terre. La moindre phrase se finissait en hurlement : chaque invité luttait pour se faire entendre au-dessus de toutes les autres voix. La musique, pour les convives, n'était plus qu'un bruit parasite, un obstacle à surmonter en s'égosillant.

La table du buffet, interminable, ployait sous un monceau de victuailles qui aurait suffi non seulement à étouffer un éléphant, mais encore à ensevelir ses restes. Tous les animaux de la création semblaient figurer au menu, que la bête soit en sauce, en croûte, farcie ou les dieux savaient quoi encore. Bœuf, gibier, volailles de toutes les variétés possibles, dix sortes de poissons au moins, œufs de toutes espèces, escargots, et jusqu'au plus rare des légumes connus – rien n'y manquait. Les invités avaient beau se goinfrer sans retenue, une quantité révoltante de nourriture finirait forcément aux ordures. Le seul fumet des plats aurait suffi à rassasier un petit appétit.

La demeure avait été préparée avec soin pour accueillir les réjouissances de la soirée. Tableaux et tapisseries étaient accrochés le plus haut possible, hors de portée des mains vagabondes et des assiettes renversées. La plupart dépeignaient des scènes pastorales ou mythiques, mais on voyait aussi quelques pyramides d'or de Geurron, divinité protectrice de la famille d'Orreille, et deux ou trois représentations du soleil couronné de Vercoule, Grand Protecteur de Davillon.

Des flammes crépitaient joyeusement dans les nombreux âtres, comme déterminées à égayer la soirée. Les bûches, saupoudrées d'herbes et de parfums divers, exhalaient un curieux mélange d'odeurs qui enveloppait les invités avant d'aller se lover au sommet des piliers et sous les voûtes du plafond. Les tapis, épais et luxueux, avaient été brossés pour l'occasion. Des serviteurs tirés à quatre épingles attendaient au garde-à-vous ou s'affairaient çà et là à disposer les plats et remplir les coupes – bref, s'acquittaient de leur rôle de bons chiens dressés à courir et à rapporter.

Au cœur de ce maelström, bousculé de tous côtés par les remous et les tourbillons incessants de la foule, se tenait un couple improbable. En dépit de la cohue et de la succession de sourires vides, de signes de main polis et de menus propos débités sans conviction, il émanait de ces deux-là une aura de sérénité, comme si une sphère de calme les entourait.

— Je dois reconnaître, mon cher baron, pérorait la femme d'une voix suffisante, que vous vous êtes vraiment surpassé. Je ne peux me rappeler la dernière fois que j'ai assisté à de si brillantes festivités.

Par sa seule expression, sans même avoir à ouvrir la bouche, elle parvint à ajouter : Hormis celles que j'ai moi-même organisées, naturellement.

Le gentilhomme s'inclina avec reconnaissance, le visage en partie masqué par un foulard qu'il tenait négligemment entre ses longs doigts arachnéens.

— Madame la duchesse est trop bonne, répondit-il d'une voix grêle et sans timbre.

— Je ne vous le fais pas dire ! abonda son interlocutrice.

Béatrice Luchêne, duchesse de Davillon, Voix de Vercoule, propriétaire et souveraine de tous les territoires revendiqués par le duché, la province et la cité de Davillon, était à la fois grande – presque un mètre quatre-vingts – et large d'épaules, de hanches et de traits. Sa chevelure d'un brun grisonnant formait au sommet de son crâne une montagne de boucles qui peinait à adoucir son visage crispé par les ans. Vêtue de riches teintes pourpres, rouges et bleues, elle portait une broche en or en forme de soleil couronné. Son visage était recouvert d'une couche de poudre si épaisse qu'on eût dit un paysage de neige fraîche.

Osseux et court sur pattes, son hôte, lui, avait tout d'une fouine pâlotte. Charles Doumerge, baron d'Orreille, semblait perpétuellement malade. Il était affligé d'une peau grisâtre – nul besoin pour lui d'utiliser de la poudre –, et de cheveux raides, couleur paille, qui disparaissaient plus vite qu'une limace dans une salière. Même son costume d'une distinction extrême, tout de bleus et de bruns, ne suffisait pas à lui ôter son air de cadavre ambulant.

Doumerge se pencha vers la duchesse : son nez de rongeur, telle la proue d'un navire, fendit l'air qui les séparait. Son auguste cible parvint (non sans peine) à réprimer un mouvement de recul.

— J'ai la chance, lui confia Doumerge d'une voix aussi basse que le lui permettait la cacophonie ambiante, d'avoir ici des convives assez… raffinés, si je puis dire, pour apprécier mes efforts. (Il promena son regard alentour, comme pour s'assurer que personne ne pouvait l'entendre, avant de poursuivre en minaudant :) À la vérité, je ne suis pas sûr que tous ici soient parfaitement à leur place. Pardonnez ma franchise, votre Grâce, mais j'aurais préféré ne pas inviter, disons… (Il jeta un rapide coup d'œil autour de lui en quête d'une proie facile.) Le marquis de Brielles. Cet homme n'a tout simplement pas l'étoffe nécessaire pour survivre dans notre petite arène, vous en conviendrez. Mais… enfin, ce pauvre Francis a connu des moments tellement difficiles ces derniers temps qu'il eût été grossier de ne pas lui permettre d'échapper un peu à ses tourments. Néanmoins, je doute qu'il soit vraiment capable de…

— Francis Carnot, objecta la duchesse avec raideur, s'en est très bien sorti si l'on considère que le titre de marquis devait revenir à son défunt frère. Je tiens ce gentilhomme pour ami, et j'attends avec impatience le jour où il sera parvenu à remettre sa Maison sur pied.

Elle toisa son petit hôte déplaisant d'un air hautain.

Affolé, le baron chercha du regard un prétexte pour changer de sujet, et ses yeux se posèrent non loin de là sur une autre invitée : une jolie aristocrate qui, pour l'heure, se tenait seule au milieu du tumulte des convives, le regard perdu dans le vague.

— Euh… Ah ! Votre Grâce, dit-il en tendant un bras sec comme une brindille pour saisir de ses doigts maigres le coude de la jeune femme. Avez-vous déjà rencontré Mlle Valois ? Non ? Eh bien, dans ce cas, laissez-moi vous la présenter. Madeleine Valois, voici Béatrice Luchêne, duchesse de Davillon.

L'élégante cligna des yeux à deux reprises, seul signe de son étonnement, et fit une charmante révérence.

— Votre Grâce, dit-elle d'une voix rauque mais modeste, c'est un grand honneur.

La diversion maladroite de Doumerge avait inspiré à Béatrice Luchêne une pointe d'amusement, qu'elle dissimula de façon habile avant de jauger la nouvelle venue d'un rapide coup d'œil.

Elle était jeune, cette Madeleine Valois, tout juste sortie de l'enfance, avec un visage mince, des traits anguleux et de grands yeux couleur océan. D'opulentes boucles blondes s'empilaient au sommet de sa tête – une perruque, de toute évidence, mais quoi de plus naturel dans une soirée où la moitié des invitées en portaient. Elle était vêtue d'une lourde robe de velours d'un vert profond. D'une façon générale, fût-ce de manières ou de silhouette, peu de détails la distinguaient d'une dizaine d'autres dames de qualité.

Et cependant…

Après avoir accueilli la génuflexion de la demoiselle d'un léger signe de tête, la duchesse fit remarquer :

— Il me semble vous avoir déjà vue quelque part, ma chère.

— Sans doute, votre Grâce, répondit Madeleine qui, pleine d'humilité, gardait la tête baissée. J'ai eu le privilège d'assister à d'autres bals et dîners avant ce soir. Mais c'est la première fois, ajouta-t-elle, le souffle court, en adressant un sourire radieux à leur hôte insignifiant, que l'on me fait l'honneur d'une présentation officielle.

— Ah… (Manifestement, l'esprit de la vieille dame était déjà ailleurs.) Eh bien, ce fut un réel plaisir de vous rencontrer, mon petit. Profitez bien de la fête, voulez-vous ? Où en étions-nous, mon cher baron ? poursuivit-elle en se tournant d'un coup, tel un oiseau de proie, vers le pâle maître des lieux.

*

Leurs altesses reprirent leur débat sur les mérites comparés de tel ou tel invité, et la jeune aristocrate se fondit discrètement dans la foule.

— Il était moins une ! murmura la demoiselle qui se faisait appeler Madeleine Valois. J'ai bien cru que nous étions démasqués.

Son invisible compagnon exprima un sentiment de complet accord, assorti d'une pointe de soulagement, qui se termina sur une note interrogative.

— Non, ce n'est pas le baron qui me préoccupe. S'il trouvait un scorpion au fond de son pot de chambre, ce bouffon s'imaginerait encore que c'est un simple hasard ! Mais j'ai bien cru que la duchesse m'avait reconnue. Heureusement, on n'examine pas de trop près le menu fretin.

Autre vague d'émotion, teintée d'un soupçon de nostalgie.

Madeleine – qui s'était autrefois appelée Adrienne – approuva d'un hochement du menton.

— De l'eau a passé sous les ponts depuis, tu as raison. Mais trêve d'inquiétudes !

Tout en se faufilant dans la forêt humaine qui l'entourait, elle continuait d'observer le manoir et de noter chaque détail.

— Bon… notre ami n'a ouvert l'étage à aucun de ses invités. Conclusion : c'est là qu'il garde la plupart de ses objets de valeur. (Irritée, elle secoua la tête, avec précaution cependant afin de ne pas déloger la perruque qui couvrait son épaisse chevelure brune.) Si seulement j'avais pu monter repérer les lieux, maugréa-t-elle, tout serait beaucoup plus facile. Bah ! Nous ne sommes que de simples mortels, après tout…

Sans pourtant articuler le moindre mot, Olgun parvint à grommeler une remarque impolie.

Un sourire malicieux éclaira brièvement le visage de Madeleine. Évidemment… Comment aurait-elle pu oublier qu'un dieu se promenait en permanence dans sa tête ?

Elle laissa le flot de la fête la repousser peu à peu vers la grande porte. Le moment était venu pour Madeleine Valois de se retirer, et de céder la place à une autre invitée. Une invitée qui, elle, n'avait pas reçu de carton.

*

De nombreuses paires d'yeux regardèrent Madeleine Valois quitter avec grâce la soirée du baron d'Orreille – tous des soupirants potentiels navrés de voir une si jolie créature les priver de sa compagnie.

Tous, sauf un.

Chaque Maison de Davillon possédait ses propres gardes. Bien qu'ils n'aient pas grand-chose à faire la majeure partie du temps, on ne pouvait tout simplement pas se passer d'eux : c'était l'usage. Certaines familles disposaient d'une véritable petite armée, d'autres se contentaient du premier venu, pourvu qu'il se tienne droit et sache exécuter des rondes d'un air menaçant, revêtu d'un uniforme ou engoncé dans une armure à l'ancienne.

Les hommes de Doumerge relevaient en grande partie de la seconde catégorie – en d'autres termes, le baron se montrait bien plus laxiste que la Garde de la cité en matière de recrutement. Même si sa main déchiquetée lui avait coûté son poste dans le célèbre corps d'armée, Henri Roubet n'était donc jamais resté sans affectation.

Ce n'était pas la première fois que le soldat estropié apercevait Mlle Valois dans une réception, quoiqu'elle ne l'ait elle-même jamais remarqué (après tout, passer inaperçu et ne pas rester dans les jambes des convives faisait partie intégrante de son travail). Mais jamais, jusqu'à présent, il n'avait pu observer d'assez près la jeune aristocrate pour confirmer ses doutes quant à son identité.

Car Madeleine Valois n'était autre qu'Adrienne Satti. Il tenait là un renseignement que son employeur – le vrai, pas cette stupide fouine de baron – ne manquerait pas de récompenser grassement.

*

Pour les sans-grade qui vivaient en marge de la loi dans les taudis des bas quartiers, et pour les membres de ce qu'on appelait la guilde des Dénicheurs, la jeune femme ne s'appelait ni Madeleine, ni Adrienne, mais Widdershins, simple voleuse parmi des centaines d'autres. Ce soir-là, Madeleine avait admirablement joué son rôle. Le moment était désormais venu pour Widdershins d'entrer en scène.

À deux rues au sud du domaine Doumerge, coincée entre une grande boulangerie et une cave à vins, s'ouvrait une étroite venelle presque invisible dans la pénombre de cette heure tardive. Encombrée des ordures des deux établissements, que les employés sous-payés de la cité ne ramassaient qu'une fois par semaine, elle ne suscitait aucun intérêt chez les rares passants à la remarquer.

À cet instant précis, cependant, elle accueillait une population anormalement dense : une personne en tout et pour tout. Madeleine avait quitté le boulevard et s'enfonçait petit à petit dans l'allée dans une position bien étrange pour une demoiselle de qualité. Les genoux pliés, le dos appuyé à la façade latérale du magasin vinicole, elle avait calé ses deux pieds contre les briques du mur d'en face et se glissait peu à peu par-dessus les immondices nauséabondes. Sa robe, coincée sous son bras gauche, reposait sur ses genoux : elle portait désormais une combinaison noire en tissu et cuir souple, dissimulée jusque-là sous le velours vert. Lorsqu'elle atteignit le fond de la ruelle, elle tendit le bras pour attraper le sac qu'elle y avait caché un peu plus tôt dans la soirée. Entraînée par son propre poids, elle faillit tomber de son perchoir précaire, mais ses doigts rencontrèrent enfin la besace. Elle s'en empara d'un geste vif et la tira vers elle.

Sans poser pied à terre, le nez froncé dans la puanteur des détritus, elle fourra à la hâte sa robe dans le sac et en sortit un second ballot, plus petit. Cette nouvelle prise, déballée avec précaution, dévoila une paire de gants à crispin en daim, une cagoule, de fins chaussons de cuir noir et une ceinture. Les nombreuses poches et sacoches de cette dernière renfermaient, entre autres, un morceau de chandelle, un briquet à amadou utilisable d'une seule main, un petit marteau et le trousseau de passe-partout et de crochets métalliques le plus complet qu'on puisse trouver sur n'importe quel marché, fût-il noir. Et enfin, l'instrument qu'elle n'employait qu'en dernier recours : une rapière à la lame noircie au charbon et à l'encre, dont elle avait ôté la garde afin de pouvoir la porter à plat dans son dos.

Elle replia soigneusement le petit sac de couleur foncée qui avait enveloppé son matériel et le passa sous sa ceinture. Quant au gros sac – qui contenait la robe, les bijoux et tout ce qui identifiait Madeleine Valois –, il resterait caché au fond de la venelle.

Quelques inspirations rapides pour recouvrer son calme, et la jeune femme levait les bras pour s'accrocher au surplomb, juste au-dessus de sa tête. Elle l'empoigna fermement, détacha ses jambes du mur opposé et les remonta avec souplesse. Tout le poids de son corps pesait sur ses mains agrippées à l'auvent. Ses muscles abdominaux (quoique toniques après des années de pratique) eurent beau protester sous la douleur, ses pieds, puis ses genoux, parvinrent à franchir le rebord de la toiture et s'enroulèrent au-dessus de sa tête. Une dernière traction sur ses bras tendus par l'effort, et elle se retrouva à plat ventre au bord du toit de la cave à vins.

Pendant une poignée de minutes – un peu plus qu'une poignée, à vrai dire –, elle resta étendue là sans bouger, haletante, pour reprendre son souffle. Elle fit une moue agacée quand survint la question de son divin passager.

— Peut-être, mais ce chemin était plus rapide, chuchota-t-elle.

Olgun eut une réaction amusée et un rien taquine. Elle le rabroua aussitôt d'une voix cinglante :

— N'importe quoi ! Je n'ai pas joué les acrobates juste pour prouver que j'en étais capable !

Certaines émotions se traduisaient en mots plus facilement que d'autres. En l'occurrence, la réplique du dieu s'avéra très voisine d'un sempiternel : « Mais oui, bien sûr. »

Widdershins se releva en grommelant – sans tenir compte des tiraillements de sa sangle abdominale – et entreprit de passer de toit en toit. Un pas de ce côté, un bond de l'autre, un bref trottinement au sommet d'un mur tout proche… et, près d'un quart d'heure plus tard, elle s'arrêtait sur un bâtiment séparé du palais Doumerge par une large avenue.

Le boulevard marquait la frontière entre deux mondes. Derrière la jeune femme, les bâtisses carrées et trapues du quartier commerçant. Comme la majorité des constructions les plus récentes de la cité, elles étaient en pierre de mauvaise qualité ou en bois peint au petit bonheur. Elles n'abritaient que des échoppes. Devant elle en revanche, une rangée de manoirs. Toitures pentues, corniches et contreforts ornementés, gouttières à multiples cannelures et gargouilles grimaçantes, tout de marbre ou de pierre blanchie à la chaux, ces demeures avaient acquis avec le temps une arrogance qui ne devait plus rien à leurs occupants. Les lignes dures et les angles aigus de la pauvreté face aux arches gracieuses de la richesse…

Widdershins avait vécu des deux côtés de cette frontière, et elle ne se sentait vraiment à l'aise ni dans un monde, ni dans l'autre. Accroupie sur le toit en terrasse, ombre parmi les ombres, elle se mit à l'aise en prévision d'une attente qui s'annonçait longue et fastidieuse.

*

Les qualificatifs « longue » et « fastidieuse » se révélèrent vite ridiculement optimistes. « Interminable » et « à mourir d'ennui » auraient été plus justes. Les heures s'égrenaient, paresseuses, et la voleuse, réputée pour son impulsivité, ne tarda pas à se trouver prête à exploser. Enfin, alors que la lune voguait déjà sur la mer nocturne, le manoir commença à recracher ses augustes occupants par à-coups et sursauts sporadiques. Les étoiles filaient dans le firmament obscur, chauves-souris et oiseaux de nuit la survolaient dans un bruissement d'ailes, on entendait des chats se battre, siffler et cracher dans les ruelles alentour… bref le temps poursuivait sa course pesante vers le matin.

Widdershins avait épuisé presque toute sa patience quand, peu avant l'aube, la lueur des lanternes du premier étage vacilla et mourut : le baron Tête-de-fouine avait enfin regagné son terrier pour un sommeil bien mérité – quoique manifestement inefficace. Les lumières du rez-de-chaussée continuaient de briller, sans doute pour les serviteurs qui, après avoir regardé une horde de pourceaux en satin et brocart s'engraisser de mets luxueux, devaient à présent nettoyer derrière eux.

— Psst ! siffla-t-elle, la gorge un peu irritée par les hurlements qui avaient tenu lieu de conversation pendant la réception. Olgun ! Réveille-toi !

Une sorte de protestation offusquée – et vaguement somnolente – lui répondit.

— Mais bien sûr ! le railla-t-elle. Tu révisais simplement tes gammes, au cas où ? Ne t'inquiète pas, tes ronflements étaient parfaits !

La réaction d'Olgun ressembla fort à un grognement indigné.

— Tout ce que tu voudras ! Il est l'heure.

Elle inclina la tête de côté en réponse à une question indistincte.

— Bien sûr que j'aurais préféré attendre encore un petit moment ! mentit-elle (elle trépignait littéralement d'impatience). Mais la nuit n'est pas seulement sur le point de s'achever, elle agonise. Il faut vraiment qu'on y aille.

Seul un léger crissement de semelles sur la poussière de schiste du chemin marqua sa descente rapide et agile. Quiconque aurait observé le large boulevard à la faible lueur de l'éclairage public n'aurait vu qu'un bref éclair noir, une légère ombre, pas plus inquiétante qu'un matou en fuite, et s'en serait détourné sans plus y penser.

Le mur de pierres polies qui ceignait la propriété des Doumerge, haut de presque trois mètres, était redoutablement lisse. Aucune aspérité, aucune fissure n'offrait la moindre prise. Une corde et un grappin auraient pu lui être utiles, mais Widdershins, qui préférait travailler léger, n'avait pas ce genre de matériel sur elle.

Elle n'en avait jamais eu besoin.

Elle approcha de l'enceinte, puis s'élança au pas de course.

— Olgun ? dit-elle à mi-voix. Aurais-tu l'amabilité…

Parvenue à quelques pas du mur, elle posa un pied botté sur une marche qui n'existait pas, une échelle transparente, peut-être, ou les doigts entrelacés de mains qu'on ne pouvait voir. Grâce au coup de pouce de son invisible allié, elle franchit la muraille d'un seul bond, non sans se ramasser sur elle-même au moment de passer le sommet pour éviter les pointes courtes mais acérées qui le couronnaient.

Elle eut beau enchaîner ensuite sur une roulade pour amortir le choc, l'atterrissage s'avéra violent. Accroupie dans le gazon humide de rosée, elle tâta avec précaution ses chevilles et ses genoux : pourtant accoutumée à ce genre d'exercice, elle croyait à chaque fois s'être blessée. Une fois rassurée sur l'état de ses articulations, elle se redressa pour examiner les alentours.

D'épais buissons fleuris, plantés à intervalles irréguliers – sans doute avait-on jugé cette asymétrie de bon goût –, ornaient un parc aux couleurs variées. Quelques arbres s'étiraient avec grâce vers les étoiles, des sculptures et des fontaines en pierre se dressaient un peu partout sur le domaine. Malgré l'obscurité, Widdershins reconnut deux satyres, une nymphe dénudée et un chérubin en train d'uriner. Il flottait sur l'ensemble un parfum douceâtre et écœurant, comme si l'association d'un si grand nombre de fleurs écloses faisait ressortir le pire en chacune d'elles. L'air en permanence maladif de Doumerge n'avait rien d'étonnant.

Une démesure grandiloquente suintait du lieu. Widdershins songea au baron et à ce qu'il représentait – à ce qu'elle-même avait failli devenir, dans une autre vie – et esquissa une moue dédaigneuse.

— Olgun ? demanda-t-elle d'une voix réduite à un murmure. Des chiens ?

Une pause, puis une réponse.

— Ah… Et est-ce que tu penses que tu pourrais arranger ça ?

Il se rengorgea.

— Tu t'en es déjà occupé.

Ce n'était pas une question.

Nouvelle réponse affirmative.

Widdershins soupira.

— J'espère que tu ne leur as pas fait de mal.

Décharge d'émotion horrifiée qui traversa le corps de la jeune femme, si violente qu'elle en frémit.

— D'accord, pardon ! siffla-t-elle. Je sais que tu aimes les chiens. Bien sûr que tu ne leur ferais aucun mal ! J'ai dit ça sans y penser !

Le dieu renifla, dédaigneux.

— Arrête un peu, j'ai dit que je m'excusais ! On y va, maintenant ? La nuit va nous claquer entre les doigts.

À petites foulées, d'une ombre à l'autre, Widdershins traversa la propriété. En chemin, elle croisa un grand chien de chasse au pelage marron qui portait un collier à pointes. L'animal huma l'air une fois dans sa direction, fronça le museau, poussa un bref jappement, et l'ignora.

Un de ces jours, se dit-elle, il faudra que je demande à Olgun ce qu'il leur fait au juste – ou quelle odeur il me donne pour qu'ils réagissent de cette façon !

Et, sans rencontrer plus de difficultés, la jeune voleuse parvint au pied du manoir. Elle se coucha alors à plat ventre et rampa sous les fenêtres du rez-de-chaussée : après être arrivée jusque-là, c'eût été un comble de se faire repérer par un serviteur mélancolique occupé à contempler les étoiles ! Elle attendit d'avoir atteint une partie de mur aveugle pour se relever.

La façade n'aurait pu lui fournir meilleure échelle : chaque interstice entre les briques, rempli de mortier, formait comme un barreau placé là à son intention. En moins de temps qu'il n'en faut pour le dire, elle progressait à trois mètres du sol, aussi discrète qu'un chat, plaquée contre le mur, vers la fenêtre la plus proche.

Elle s'arrêta un instant pour maudire les guildes d'artisans qui, depuis quelques années, proposaient du verre si bon marché – tout aurait été bien plus simple du temps des fenêtres à claire-voie ou tendues de toile cirée –, puis, à tâtons, elle sortit d'un étui une fine pointe métallique. D'une main, elle inséra celle-ci entre les deux battants de la fenêtre, et se retint de l'autre à son dangereux perchoir. Quelques secondes plus tard, une faible résistance et un petit claquement lui indiquèrent que la pointe avait enfin trouvé le loquet. Elle dut s'y reprendre à plusieurs fois, mais le minuscule crochet en métal finit par quitter son œillet avant de tomber avec un léger tintement.

En un éclair, l'outil réintégra son fourreau et Widdershins se retrouva dans une pièce baignée de ténèbres.

Une bonne nouvelle, donc. La mauvaise ? Sa connaissance des lieux s'arrêtait là, puisqu'elle n'avait pas eu l'occasion d'explorer l'étage.

— Ouvre l'œil, les oreilles… enfin tout ce que tu voudras ! intima-t-elle à Olgun de ce chuchotement presque inaudible qu'elle employait toujours à son intention.

Restée aux aguets une minute entière afin de s'assurer qu'elle n'entendait rien d'autre que les battements de son propre cœur, Widdershins sortit de l'une de ses sacoches le briquet à amadou et le morceau de chandelle, puis fit jaillir des étincelles jusqu'à ce que la mèche prenne feu. Alors, dos à la fenêtre, elle balaya la pièce du regard.

Un fauteuil au rembourrage confortable, un lourd secrétaire en acajou couvert de parchemins de toutes tailles et une bibliothèque rencognée contre le mur du fond et qui croulait sous les livres : elle se trouvait de toute évidence dans le bureau de Doumerge. Mue par une soudaine curiosité (la sienne ou celle de son hôte et allié, elle n'aurait su le dire), la voleuse-devenue-aristocrate-redevenue-voleuse feuilleta en vitesse la pile de documents la plus proche. Rien de très intéressant : divers calculs de la valeur de tel produit ou tel marché et des lettres de recommandation sans doute destinées aux serviteurs chargés de quelque course pour le compte du baron. Sans oublier plusieurs ébauches successives d'un poème romantico-épique apte tout à la fois à faire grincer des dents, à abrutir le cerveau et à racornir l'âme – au point que la Garde aurait pu s'en inspirer pour ses méthodes d'interrogatoire. Widdershins murmura un « Beurk ! » de dégoût, laissa retomber le parchemin et se dirigea vers la porte, comme si elle craignait que les rimes bondissent de la page pour la poursuivre en hurlant dans le couloir.

Elle posait la main sur la poignée lorsque Olgun poussa un cri d'alarme. Un hoquet de surprise échappa à la jeune femme, qui recula. D'instinct, plus discrète qu'une souris, elle souffla sa bougie et s'évanouit dans l'obscurité de la pièce, tel un fantôme insaisissable.

Des bruits de pas étouffés se rapprochèrent dans le couloir et marquèrent une courte pause devant le bureau. La jeune femme, aussi immobile que les statues du parc, retint sa respiration. Les pas reprirent leur chemin et s'estompèrent.

— Merci, chuchota-t-elle à son protecteur invisible. Mais ce n'était pas la peine de crier.

La réponse d'Olgun dénotait une sérieuse inquiétude.

— Oui, c'est vrai… j'aurais dû faire plus attention ! Les erreurs, ça arrive, non ? Je t'ai déjà remercié ! protesta-t-elle en élevant un peu la voix. Qu'est-ce que tu veux de… Quoi ? Mais bien sûr que si, je le pensais ! Oh, très bien ! C'est la dernière fois que je me fends d'un remerciement, tu peux toujours courir !

Widdershins colla une oreille contre la porte : cette fois, elle ne voulait prendre aucun risque.

— Quel vieux rabat-joie, celui-là ! grommela-t-elle avant d'actionner la poignée de sa main gantée. On se croit supérieur, tout ça parce qu'on est un dieu…

Sans cesser de marmonner – dans sa barbe, bien sûr, afin que seul Olgun puisse l'entendre –, elle se faufila dans le couloir. Elle était prête à fouiller les pièces une par une si nécessaire pour dénicher sa cible, mais, cette nuit-là, la tâche se révéla aisée. Inutile de sillonner tout le manoir en quête de la chambre à coucher du baron d'Oreille : pour le trouver, il suffisait de suivre ses prodigieux ronflements.

Enfin, à supposer que ce soit vraiment la nature du vacarme qu'elle entendait. Car, à en juger par le volume sonore – impressionnant – et la variété des tons adoptés – extrême –, on aurait pu croire qu'un bûcheron très enrhumé s'attaquait à un bosquet d'arbres à grands coups de boutoir.

— Bon, souffla-t-elle, c'est maintenant que les choses se corsent.

Prête à s'éclipser en quelques secondes si quelqu'un survenait, elle s'approcha à pas feutrés de la chambre à coucher.

La porte s'ouvrait vers l'intérieur, hélas : impossible donc d'en graisser les gonds. Nul doute que le baron ordonnait à ses serviteurs de les huiler régulièrement – rien n'agace tant les riches oisifs que ce genre de petits tracas –, mais Widdershins n'aimait guère s'en remettre à la chance. Cela dit, qu'était la chance, en fin de compte, sinon une intervention divine ?

— Olgun ? Pourrais-tu t'occuper des éventuels craquements ou grincements de gonds ?

Pour unique réponse, elle eut droit à une pointe de mauvaise humeur assortie d'une touche de dérision.

— Allons, tenta-t-elle de l'amadouer d'une voix douce et rauque, tu ne vas pas te vexer pour si peu, tout de même ?

Avec un roulement plus qu'ostensible de ses yeux inexistants, le dieu agita devant la porte des doigts tout aussi imaginaires. Widdershins perçut dans l'air, tout autour d'elle, le fourmillement étrange du pouvoir d'Olgun.

— Merci, mon beau, le taquina-t-elle. Tu auras droit à une friandise tout à l'heure, d'accord ?

Série de ronchonnements manifestes.

Avec délicatesse, la voleuse abaissa la poignée de la porte et l'entrebâilla juste assez pour se glisser à l'intérieur. Les grondements ensommeillés du baron s'intensifièrent, si bien qu'elle eut l'impression de pénétrer dans l'antre de quelque bête fantastique prête à la gober toute crue en guise de mise en bouche.

Comme cette sensation s'estompait et que la chambre s'entêtait à demeurer une chambre, elle referma le battant et imposa à chacun de ses muscles de se détendre, le temps que sa vue s'accommode à l'obscurité quasi totale. Par chance, la fenêtre était orientée à l'ouest (impossible de laisser les yeux du baron souffrir à la lumière de l'aube chaque matin, quelle idée !), d'où brillaient pour l'heure les derniers éclats de la lune couchante.

La pièce arborait un style tapageur. De toute évidence, le baron conservait l'impression puérile que « plus » signifiait toujours et forcément « mieux ». Tableaux, armes serties de pierres précieuses et même quelques tapisseries de modeste dimension encombraient les murs, et faisaient ressembler le tout à ces coffres qui débordent d'articles sur les étals des marchés. Un lustre de mauvais goût, en forme de pyramide d'or de Geurron, pendait au-dessus du lit. Un grand miroir d'argent surplombait un meuble bas qui disparaissait sous un monceau de bibelots, petits bidules et autres babioles – bijoux, brosses dorées, boîtes incrustées de joyaux –, éparpillés dans le plus parfait désordre.

Widdershins n'y accorda aucune attention. Tout objet dérobé dans la propriété Doumerge serait trop facile à tracer. Mais pas l'argent. Paranoïaque comme il l'était, le baron d'Orreille gardait sans aucun doute à portée de main, en cas d'urgence, un coffre-fort rempli de pièces : voilà ce qu'elle était venue chercher dans la chambre de cet homme, à quelques instants des premiers tressaillements de l'aube. Discrète, d'une main assurée, la voleuse fureta d'un bout à l'autre de la salle en laissant errer ses yeux et ses mains, aux aguets. Le baron continuait de ronfler, sinon paisible, du moins abandonné, tout le temps où sa chambre était passée au crible.

Noyé dans la symphonie nocturne du baron, enseveli sous l'épaisseur des couvertures et des édredons, le dernier occupant de la pièce faillit bel et bien échapper à l'inspection pourtant méthodique de Widdershins. Ce n'est que lorsque la voleuse eut atteint le coin opposé du lit qu'elle remarqua la présence de la jeune femme qui somnolait au côté de l'aristocratique rongeur – une courtisane de la haute société, à en juger par ses vêtements, soigneusement pliés sur le sol, et son visage encore barbouillé de maquillage. Widdershins se raidit, mais la femme dormait toujours, quoique d'un sommeil léger. Ses paupières se contractaient sous les soubresauts d'un rêve, et sa respiration s'entrecoupait de temps à autre d'un minuscule éclat de voix, qui s'échappait d'entre ses lèvres sous forme de faible gémissement.

La voleuse dut réprimer un soupir de compassion : le désespoir, au cœur de ses pires années de famine, l'avait plus d'une fois conduite à deux doigts d'embrasser elle-même cette profession.

Au moins, elle a accès à une clientèle de première classe. Maigre consolation, malgré tout. Widdershins se mordilla l'intérieur de la joue, puis reprit ses recherches.

Sans grande surprise, c'est sous le lit qu'elle finit par trouver la récompense de ses efforts : un lourd coffre en acajou, muni du meilleur cadenas en acier qu'une bourse bien remplie puisse lui procurer. Et ce n'était pas peu dire, car il lui fallut deux bonnes minutes pour l'ouvrir. À l'intérieur étincelaient des centaines de marques d'or, pareilles à des étoiles tout juste capturées… assez de richesses pour vivre dans le confort plusieurs mois.

Il lui fallait à présent transférer le trésor, ou la plus grande partie possible, dans son robuste sac noir – de loin le moment le plus critique de sa virée nocturne.

Heureusement pour elle, et à l'inverse de bon nombre de ses pairs, Widdershins ne travaillait jamais seule. Olgun l'avertirait si quelqu'un approchait, ou si le baron donnait des signes d'agitation. De plus, son « sac de pillage », tissé dans une toile épaisse, étoufferait un peu l'inévitable tintement des pièces. Toutefois, manipuler le coffre se révéla un processus lent et ardu, ravageur pour les nerfs. Sa besogne achevée, la cambrioleuse se retrouva couverte d'un voile de sueur. Le ciel s'était suffisamment éclairci pour qu'elle distingue les premières lueurs de l'aube par la fenêtre pourtant orientée à l'ouest. Il était temps pour elle, plus que temps même, de tirer sa révérence.

Elle releva la tête, jeta un dernier coup d'œil en direction du lit pour s'assurer que tout allait bien… et se figea. Le baron d'Orreille dormait toujours à poings fermés, mais sa bonne amie, elle, se tenait assise dans le lit. Terrorisée, les draps serrés contre sa poitrine nue, elle fixait ce qui, à ses yeux, ne devait être qu'une tache d'un noir d'encre qui se mouvait dans l'obscurité de la chambre.

Vive comme l'éclair, Widdershins contourna la couche sans un bruit et plaqua une main gantée sur la bouche de la courtisane. Sa cible se rejeta en arrière avec un couinement terrifié, mais n'émit pas d'autre son.

Toujours en silence, la voleuse se pencha presque jusqu'à effleurer de ses lèvres la joue de la jeune femme. Elle sentit les contours osseux de son visage – à l'évidence, même avec une clientèle aussi aisée que le baron et ses pairs, son commerce ne rapportait pas si gros.

— Je ne vais pas te faire de mal, souffla l'intruse d'une voix à peine audible. À condition que tu me laisses tranquille. (Elle sourit, même si dans le noir, on ne pouvait pas voir son visage – mais peut-être au moins deviner son expression ?) Cinquante marques d'or. Elles sont à toi, si tu tiens ta langue.

Widdershins ne pouvait pas les lui donner tout de suite : nul doute que la fille serait fouillée des pieds à la tête à la découverte du cambriolage. Mais…

— La statue du chérubin en train d'uriner. Regarde dans l'eau juste sous son… euh… (La voleuse remercia l'obscurité qui masquait le rouge de ses joues.) Enfin, tu m'as comprise.

La demoiselle n'avait bien sûr aucune raison de se fier à son assaillante. Mais une telle somme représentait le salaire de plusieurs mois, et, jusque-là, Widdershins ne lui avait fait aucun mal. Il fallait espérer que cela suffirait à la convaincre.

La courtisane acquiesça d'un signe de tête presque imperceptible sous la main qui la bâillonnait. La cambrioleuse poussa un soupir de soulagement silencieux, et disparut.

Très ralentie, la jeune femme vêtue de noir remonta le couloir à pas lourds, et non sans précautions. Car le voleur le plus persuasif aurait peiné à convaincre un sac d'or de ne pas faire le moindre bruit. Olgun lui-même ne pouvait étouffer les tintements que dans une certaine mesure. Lorsqu'elle eut regagné la relative sécurité du bureau, Widdershins risqua un coup d'œil par la fenêtre, mais se rendit aussitôt compte qu'elle rechignait à partir si vite. L'étalage de mauvais goût de Doumerge lui avait vraiment hérissé le poil, et une irrésistible envie l'avait saisie de manifester son irritation.

Peut-être éprouvait-elle aussi de la colère à se voir ainsi rappeler ce qu'elle aurait pu devenir. Si tel était le cas, elle n'en souffla mot et son divin compagnon préféra se taire.

Tandis qu'Olgun, impatient, tapait du pied – un pied imaginaire, naturellement –, la jeune femme reprit son examen des livres et des parchemins posés sur le secrétaire. Nul besoin d'une bougie à présent, le ciel était assez clair pour y voir distinctement. Elle allait trop loin et jouait avec le feu, elle le savait, mais, par les dieux (enfin, par un dieu, tout au moins), elle ne partirait pas avant d'en avoir terminé. Et elle savait qu'Olgun, malgré sa hâte de partir, lui donnait raison, au fond.

Widdershins s'empara d'une plume qui traînait non loin de là pour la plonger au fond de l'encrier posé sur le petit bureau, et elle raya consciencieusement plusieurs dizaines de chiffres et de totaux dans le grand livre. Des jours, voire des semaines, seraient nécessaires à cette crapule cupide pour refaire tous ses calculs. Puis la voleuse sauta plusieurs jours dans le livre de comptes et griffonna en travers d'une page, à la hâte mais d'une écriture bien lisible, son message :

Merci pour l'or, Monsieur le baron. J'en jouirai mieux que vous, je n'en doute pas. Mais voyez le bon côté des choses : désormais, vous ne serez plus tenté d'aller le dépenser en plaisirs alors que vous devriez être chez vous en train d'équilibrer vos comptes.

Sincèrement vôtre,
Une personne nettement plus riche qu'auparavant.

Un petit sourire satisfait se dessina lentement sur ses lèvres, et Widdershins referma le grand livre. Elle rangea en hâte le fatras répandu sur le secrétaire, s'efforçant de remettre les volumes et les papiers à peu près comme elle les avait trouvés. Elle laisserait son hôte découvrir le mot de remerciement en temps et en heure.

Elle alla à la fenêtre pour regarder dehors.

— Bon, dit-elle à Olgun, nous n'avons plus qu'à filer d'ici. (Elle lorgna le lever de soleil d'un air renfrogné.) J'imagine que tu ne peux pas faire apparaître quelques nuages, voire une jolie brume matinale ? s'enquit-elle d'un ton dubitatif.

Olgun se moqua d'elle.

— Tant pis… Peux-tu au moins alléger un peu mon fardeau ?

Elle laissa tomber un regard éloquent sur le sac rempli de marques d'or.

Et comme par miracle, le butin se fit sensiblement moins lourd.

— Parfait ! Ça ne prendra pas très longtemps.

Elle ouvrit la fenêtre, se pencha le plus bas possible par-dessus le rebord et laissa tomber sa prise du haut du dernier mètre qui la séparait encore du sol. Elle prit le même chemin un instant plus tard. Après avoir vérifié d'un bref coup d'œil que personne ne s'était levé tôt pour travailler dans le parc, elle hissa le sac sur son épaule, et fit la seule chose qu'elle pouvait faire.

L'illustration d'une des règles fondamentales de l'art du cambriolage, pour tout dire : quand la dissimulation, la discrétion ou la ruse n'étaient pas de mise, une seule solution… la fuite.

Un autre dieu qu'Olgun veillait peut-être sur elle ce matin-là – à moins qu'elle n'ait été portée par la chance. Toujours est-il qu'elle traversa le domaine Doumerge sans se faire repérer. (En dépit des protestations d'Olgun, elle parvint même à faire un rapide détour pour effectuer la livraison promise à la fontaine au chérubin.) L'instant d'après, elle arrivait au pied du mur d'enceinte, qu'elle franchit d'un bond, sans s'arrêter – aidée une nouvelle fois par des mains invisibles – avant de s'évanouir dans le dédale de ruelles environnantes.

*

Oiseaux, écureuils et autres créatures odieusement champêtres saluaient de leurs chants et pépiements le lever du soleil. Les rues du bazar de Davillon se remplissaient de commerçants occupés à installer leurs étals et d'acheteurs avides de bonnes affaires qui espéraient profiter de la bonne humeur des boutiquiers avant l'heure d'affluence. Les ruisselets d'humanité prirent de l'ampleur, se muèrent en ruisseaux, puis en véritables fleuves. Forces vives de Davillon, ils coulèrent bientôt à flots dans les rues qui formaient les veines et les artères de la cité.

Bien au-dessus de la cohue grandissante, en bordure de la place, une femme se retourna sur sa couche pour regarder vers la fenêtre et cligna des yeux, éblouie par la lumière du soleil. Elle ne dormait que depuis quelques heures, et n'avait aucune intention de se lever tôt. Avec un juron étouffé, elle ferma ses volets d'un geste brusque et se laissa une nouvelle fois emporter par le sommeil, accompagnée dans ses rêves par les bruits assourdis du marché en ébullition.

Elle se réveilla aux alentours de midi, envisagea un instant de s'attarder encore au lit – elle n'ouvrait jamais la taverne plus de quatre heures avant le coucher du soleil, de toute façon – mais décida, à contrecœur, qu'un bon nettoyage ne serait pas de trop après la soirée de la veille. Non sans grommeler à mi-voix, elle se leva, toute frissonnante dans sa chemise légère qui ne la préservait pas le moins du monde de la fraîcheur automnale.

Une heure plus tard, lavée, habillée et rassasiée, elle se risqua parmi les vagues de chalands et se laissa porter par le flot humain jusqu'à sa destination, quelques portes plus loin.

Un simple observateur de passage aurait jugé Geneviève Marguilles époustouflante. De somptueuses boucles blondes, telles que la plupart des femmes de l'aristocratie s'efforçaient (en vain) d'en obtenir au moyen de perruques coûteuses, tombaient en cascade sur ses épaules. Ses yeux, d'un brun chatoyant, se teintaient d'un éclat mordoré à la lumière. Des femmes dix ans plus jeunes qu'elle lui enviaient son visage aux traits doux. Ce jour-là, elle portait une longue jupe bordeaux sous une tunique gris cendre et un corsage bien ajusté qui mettait en valeur des attributs qui, chez elle, n'avaient guère besoin d'être soulignés davantage.

Geneviève était belle, aucun doute là-dessus. Et, si les choses s'étaient arrêtées là, elle aurait été mariée depuis douze ou quatorze ans déjà à quelque dandy de l'aristocratie choisi par son père pour ses relations politiques.

Mais, évidemment, les choses ne s'arrêtaient pas là. Lorsqu'elle marchait, son corps penchait lourdement du côté gauche. De naissance, elle avait la jambe gauche un peu tournée vers l'intérieur et bizarrement tordue au niveau du genou, et, bien qu'elle dissimulât les détails de cette difformité sous les longues jupes fluides qu'elle affectionnait, elle ne pouvait en cacher les effets sur sa démarche. Elle s'y était habituée depuis longtemps, mais, pour Gustave Marguilles, patriarche de la Maison Marguilles – et, accessoirement, son père –, ce handicap signait l'arrêt de mort de toute union politique. Donner en mariage une enfant « imparfaite » au rejeton d'une famille de la noblesse eût été une insulte.

Consciente d'être indésirable (son géniteur n'en avait jamais fait mystère), Geneviève avait passé son enfance et son adolescence entourée de personnes de plus basse condition que la sienne. Elle avait noué de nombreuses amitiés au sein de la plèbe de Davillon, et, quoiqu'il lui ait fallu du temps pour s'accoutumer à une vie où tout ne s'obtenait pas d'un claquement de doigts, elle avait persévéré. Elle avait quitté sa famille avec assez de fonds pour ouvrir sa propre taverne. Son père s'offusquait de voir sa fille travailler parmi les classes inférieures, et ne voyait pas d'un bon œil la vocation qu'elle s'était choisie. Pour autant, le vieil homme ne s'était guère attristé de la voir partir. De loin en loin, pour la forme, il tentait de l'inciter à regagner le nid, mais, la plupart du temps, chacun laissait l'autre tranquille et ne s'en portait pas plus mal.

Ce jour-là, Geneviève se sentait d'humeur joviale – sa grasse matinée n'y était sans doute pas étrangère. Avec un signe de main enjoué à l'adresse de quelques habitués du marché, elle gravit les cinq marches basses qui menaient à la porte de *La Sorcière Désinvolte*. Le bâtiment trapu, plutôt quelconque, n'abritait en plus des cuisines qu'une vaste salle commune, une petite réserve et trois minuscules arrière-salles privées. Aucune décoration, à l'exception d'une petite pierre bleue gravée d'une croix blanche : le symbole de Banin, divinité de la Maison Marguilles, l'un des rares fragments de sa vie passée auxquels Geneviève n'avait pas renoncé. Son établissement avait beau être modeste, les clients qui n'avaient pas les moyens de fréquenter les débits de boisson « prestigieux » savaient l'apprécier. Elle y pratiquait des prix raisonnables, on y buvait bien et faisait bonne chère, et le personnel y était aimable.

Pour Geneviève, cette taverne n'était pas simplement son gagne-pain. Plus que la demeure de son enfance, plus que la petite suite de pièces où elle vivait à présent, *La Sorcière Désinvolte* était sa maison.

Voilà pourquoi, lorsqu'elle pénétra dans la salle sombre et y découvrit un trio d'hommes installé à la table la plus proche, sa première réaction fut de colère plus que de peur.

— Qui êtes-vous ? s'écria-t-elle en portant aussitôt une main au stylet d'acier glissé dans son corsage. Et comment êtes-vous entrés ici ?

Les trois hommes se levèrent, dissimulés en grande partie par les ombres qui régnaient dans la pièce, et le plus grand d'entre eux s'avança vers elle. Malgré elle, Geneviève recula jusqu'à sentir les pierres dans son dos. Elle songea un instant à fuir, mais elle savait que l'intrus la rattraperait sans peine avant qu'elle n'atteigne la porte.

— Que… que voulez-vous ? bredouilla-t-elle. Je n'ai pas beaucoup d'argent ici. Nous… nous ne sommes pas encore ouverts. Si…

— La ferme. (La voix de l'homme était aussi profonde et inamicale qu'elle l'avait imaginée.) Ton argent ne nous intéresse pas. Toi non plus, d'ailleurs, ajouta-t-il au moment où Geneviève, pâle comme la mort, laissait échapper un hoquet.

Il se rapprocha encore et accula contre le mur la tavernière effrayée. Désormais, il était assez près pour qu'elle puisse le frapper de sa petite arme, mais elle n'allait certainement pas s'y risquer.

— Tout ce qu'on veut, poursuivit-il, c'est un petit coup de main de ta part. Ensuite, on te laissera tranquille.

— Un coup de main ? répéta-t-elle en levant les yeux vers cette montagne en habits d'homme.

— C'est très simple : nous cherchons quelqu'un qui vient souvent dans ta jolie taverne, paraît-il. Car, soit dit en passant, tu as là un bien bel établissement. Est-ce que tu connais une jeune femme du nom de Widdershins ?

*

Quelques heures plus tard, le dos tourné au soleil couchant, Widdershins se promenait sur le boulevard noir de monde, sifflotant un air enjoué. Elle portait une tunique vert pâle et des culottes couleur de terre surmontées d'un gilet noir à garnitures kaki, une association qui lui donnait un peu l'air d'un arbre ambulant. Ses cheveux châtains étaient ramassés en une queue-de-cheval lâche, sa rapière (dont elle avait remis en place la garde en argent ouvragé) se balançait librement à son côté, et sa bourse débordait, garnie d'une infime portion de l'or dont elle avait délesté le baron. L'un dans l'autre, ces deux derniers jours avaient été fastueux, et elle était bien décidée à partager sa gaieté.

Or, à l'exception d'Olgun, la voleuse n'avait à Davillon qu'une seule amie assez proche pour se réjouir avec elle de sa bonne fortune.

Une fois sortie du domaine Doumerge, Widdershins avait fait un rapide crochet par la venelle pour récupérer son sac avant de se diriger droit chez elle. La journée suivante – ou ce qui en restait après un somme bien mérité –, elle avait pris ses précautions et effectué une tournée de ses diverses cachettes réparties dans toute la cité, afin de déposer dans chacune d'elles une fraction de son butin.

À présent, elle avait la ferme intention de profiter d'une petite part de sa toute nouvelle richesse. Indifférente aux regards courroucés des passants – qui sentaient bien que la mélodie sifflotée allait leur rester dans la tête –, elle traversa la place du marché d'un pas nonchalant, grimpa une volée de marches et franchit la porte de *La Sorcière Désinvolte*.

Une joyeuse flambée crépitait dans l'énorme âtre de pierre. Des lanternes, accrochées à intervalles irréguliers, éclairaient une salle commune pleine à craquer de citadins et de clients du bazar venus étancher leur soif. Le volume sonore approchait celui de la réception du baron l'avant-veille, mais ce vacarme semblait plus accueillant, moins agressif en quelque sorte.

Dès qu'elle entra, plusieurs habitués l'interpellèrent ou la saluèrent gaiement d'un signe de main, et elle leur répondit de la même façon, un grand sourire aux lèvres. Ce dernier se fit plus large encore lorsqu'elle vit Robin se faufiler jusqu'à elle d'un air timide mais ravi. Plus jeune que Widdershins de quelques années, la serveuse, fluette, avait des cheveux bruns coupés court et s'habillait de couleurs ternes. De prime abord, on la prenait souvent pour un garçon – impression qu'elle cultivait délibérément, en raison de quelques expériences passées fort désagréables dont elle parlait peu.

La Sorcière Désinvolte, se répétait souvent Widdershins, attirait plus que son lot d'infortunés.

— Comme d'habitude, Shins ? s'enquit Robin d'une voix douce.

— Pas ce soir, petite, jubila la voleuse en lui ébouriffant les cheveux. Du Scyllien rouge, ta plus vieille cuvée. J'ai quelque chose à fêter.

— On dirait bien ! s'exclama la jeune serveuse qui secoua la tête, ahurie. Mais tu sais que je ne peux rien servir d'aussi cher sans la permission de Geneviève.

— Pas de problème. Où est-elle, d'ailleurs ? J'ai à lui parler. Je…

Elles furent interrompues par les protestations tonitruantes d'une tablée toute proche, dont les membres exigeaient à grands cris de savoir où se trouvaient leurs bières.

— Il faut que j'y aille, s'excusa Robin sans sourciller. Geneviève s'occupe du bar, ce soir. Je suis sûre qu'elle t'attend.

Avec un dernier sourire, la jeune fille se fraya un chemin entre les tables surpeuplées et assura à la ribambelle de clients impatients qu'elle serait à eux dans une minute.

Toujours d'excellente humeur, Widdershins joua aimablement des coudes pour atteindre le comptoir en chêne massif. L'établissement avait tout de la taverne typique, si ce n'est l'incontournable grand miroir au mur, trop coûteux – surtout si l'on considérait le risque bien réel de le voir fracassé par une table volante lors des soirées les plus agitées de la Sorcière. Des tonnelets ventrus de bière étaient disposés à gauche du bar. À droite, des casiers chargés de bouteilles s'empilaient les uns sur les autres. La porte qui conduisait à la réserve se trouvait au milieu. Les cuisines se situaient à l'écart du comptoir, le long du mur de gauche. Un appétissant fumet de gibier rôti s'en échappait, véritable bénédiction envoyée par toute une brochette de dieux culinaires.

Au cœur de ce maelström se tenait Geneviève Marguilles, propriétaire des lieux, tavernière, et l'une des rares amies de Widdershins. Elle semblait très inquiète.

— Geneviève ! la héla joyeusement la voleuse, qui s'approcha du bar d'un air crâne. Tu ne me croiras jamais ! Figure-toi qu'hier…

Mais lorsqu'elle remarqua l'expression de son amie, le flot de ses paroles se tarit comme un ruisseau frappé par la sécheresse, et son sourire s'évanouit.

— Geneviève ? Qu'est-ce qui se passe ?

La demoiselle aux cheveux d'or s'apprêtait à lui répondre lorsqu'une silhouette massive se leva de la table la plus proche et s'avança vers la nouvelle venue. Elle eut la désagréable impression qu'une avalanche était sur le point de l'engloutir. Elle saisit la poignée de sa rapière et fit volte-face, toute gaieté envolée.

D'une voix en parfaite adéquation avec sa taille disproportionnée et sa carrure de colosse, le géant ironisa :

— Toutes nos salutations, chère Widdershins. Si ton emploi du temps surchargé te le permet, la guilde des Dénicheurs aimerait beaucoup te dire un mot.

Chapitre 3

SIX ANS PLUS TÔT :

Dans le bazar bouillonnant d'activité, nul n'aurait remarqué la petite fille qui déambulait entre les nombreuses échoppes aux murs de briques brutes et les étals aux parois de bois branlantes – bien plus nombreux et éphémères – des vendeurs à la sauvette. Rien ne la distinguait des autres chalands, hormis peut-être son jeune âge. Une queue-de-cheval lui dégageait le visage, au mépris de la mode du moment. Sa tunique et sa robe, dont le temps et l'usage avaient délavé les teintes lavande et jaune canari, paraissaient propres et bien tenues. Elle marchait d'un pas allègre dans la cohue, une robuste besace en bandoulière – simple acheteuse parmi d'autres, à moins qu'elle ne fût servante dans une Maison aristocratique ayant connu des jours meilleurs.

En réalité, Adrienne Satti n'était ni l'une ni l'autre. Sans domicile, elle n'appartenait à aucune Maison et aucune maison ne lui appartenait. Si elle avait la figure propre, c'est parce qu'elle se l'était lavée dans une fontaine publique la veille, et si ses vêtements n'étaient pas trop sales, c'est que, ce matin-là encore, avant de « tomber » d'une corde à linge, ils avaient quelqu'un d'autre pour propriétaire.

Tandis qu'Adrienne poursuivait son chemin à travers le marché, son sac se remplissait peu à peu d'objets divers, auxquels s'ajoutait tantôt une pâtisserie, tantôt une aumônière subtilisée à quelque badaud peu vigilant.

Avec une telle récolte, elle n'avait pas perdu son temps, mais la journée aurait pu s'avérer encore meilleure. Aussi lorgnait-elle au passage l'intérieur des boutiques dans l'espoir de repérer une recette – voire, pourquoi pas, une bourse bien garnie – laissée sans surveillance juste au bon moment.

Pendant de longues heures, elle rôda autour des échoppes dans l'attente d'une occasion qui ne venait pas, jusqu'à en avoir les pieds tout endoloris et le visage couvert de sueur malgré la douceur de l'air. Beaucoup d'aristocrates et de domestiques étaient de sortie ce jour-là – Adrienne reconnut un certain nombre d'armoiries –, mais aucun ne quittait des yeux son aumônière assez longtemps pour qu'elle puisse tenter la moindre action.

Et puis, comme de guerre lasse elle songeait à aller dépenser sa maigre fortune dans une auberge pas trop repoussante où passer la nuit, elle vit deux hommes entrer chez un marchand de cuir. Le plus âgé des deux affichait une dignité majestueuse, une fierté comme seule une richesse extraordinaire peut en conférer. À l'exception d'une mince crête de cheveux gris, il avait le crâne aussi lisse que le ventre d'un serpent. Ses traits accusés faisaient penser à un rapace, impression d'ailleurs renforcée par son nez en bec d'aigle. Il portait une chemise à jabot pourpre et une cape bleu nuit surmontant une culotte rouge vif – on aurait dit une ecchymose sur pattes ! Mais enfin, à la connaissance d'Adrienne, presque tous les aristocrates semblaient avoir confié leur garde-robe à un artiste peintre victime de cécité.

Quant au serviteur qui l'accompagnait, il passait un peu plus inaperçu : cheveux, tunique, chausses, bottes, ceinture ou cape, tout chez lui oscillait entre le brun et le gris. Une fine moustache surmontait son bouc, et ses cheveux étaient noués en queue-de-cheval. À sa hanche gauche pendait une sacoche en daim, sans doute la cagnotte de son maître pour les achats du jour, tandis qu'à sa hanche droite était accrochée une épée d'estoc et de taille de facture ancienne, à la lame plus large que celle d'une rapière moderne. Il portait aussi, à l'épaule gauche, une espingole au canon évasé – une arme certes imprécise, mais assez efficace pour réduire en miettes quiconque se trouverait du mauvais côté au moment du tir.

Cependant, ni l'accoutrement bariolé de l'aristocrate ni même la bourse pansue que trimballait son porteur armé jusqu'aux dents n'avaient retenu l'attention d'Adrienne. L'arme du maître, oui : une rapière magnifique qu'il arborait au côté gauche. La garde semblait offrir une excellente protection contre les assauts malgré la délicatesse de ses volutes ouvragées. La jeune chapardeuse avait déjà vu des armes d'apparat et plus que son lot d'armes fonctionnelles, mais jamais encore ces deux aspects réunis dans une même lame avec une telle élégance, une telle perfection. Même en tenant compte des maigres commissions concédées aux voleurs à la tire par les receleurs, cette rapière représentait plusieurs mois de confort !

Adrienne prit appui sur une charrette de l'autre côté de la rue et, sans tenir compte du regard noir que lui lançait le marchand, elle ôta un de ses souliers et massa son pied endolori, tout en surveillant la boutique du coin de l'œil. À l'intérieur, le paon et son domestique s'étaient lancés dans une discussion animée avec le propriétaire, lequel saisit une longue lanière de cuir sur le présentoir derrière lui pour la leur montrer. Le gentilhomme fit un signe d'assentiment et déboucla sa propre ceinture, qu'il déposa avec précaution sur un petit banc de bois à côté de lui.

Adrienne se pétrifia, abasourdie. Pourquoi ne tendait-il pas sa rapière au premier voleur venu, tant qu'il y était ?

Cela dit, elle n'allait certainement pas s'en plaindre ! (Comment était-ce, déjà, cette histoire de crachat et de soupe ?) Nerveuse et empressée, Adrienne entra en catimini dans l'échoppe où elle se dissimula derrière les peaux qui attendaient d'être coupées, se fondant parmi les ombres et les replis du cuir. À présent, elle entendait clairement la conversation : on parlait pedigree de l'animal d'où provenait la lanière, on négociait le prix. La petite voleuse s'approcha sans bruit, elle osait à peine respirer. Un éclat attira son regard sur la main droite de l'aristocrate : un sceau luisait faiblement à son annulaire. Minuscule, il était pourtant si finement ciselé qu'elle n'eut aucun mal à distinguer les armoiries qu'il représentait : une tête de lion en partie dissimulée par un domino, ce type de loup monté sur baguette qui faisait fureur dans les bals masqués de la haute société.

Adrienne effleura le ceinturon abandonné là par le gentilhomme. Lorsqu'elle referma le poing sur le cuir assoupli par l'usage, elle en sentit l'arête s'enfoncer légèrement dans sa chair. Avec mille précautions, elle tira…

Et la garde de la rapière tinta contre le bord du banc, haut et clair comme une cloche à l'heure des vêpres.

La conversation s'interrompit net et trois paires d'yeux effarés se tournèrent vers Adrienne. La fillette jura tout bas et prit ses frêles jambes à son cou, traînant derrière elle, dans sa course folle à travers le marché, la ceinture – et la rapière qui l'avait trahie – toujours serrée dans sa main droite.

Un rugissement indigné fit vibrer l'air dans son dos et la poursuivit jusqu'à l'autre bout de la place, comme porté par des ailes démoniaques : elle n'eut aucune peine à l'entendre malgré le brouhaha de la foule. Jetant un coup d'œil par-dessus son épaule, elle vit le serviteur sortir en trombe de l'échoppe, suivi de près par son maître et le marchand de cuir. D'un mouvement aussi souple qu'expert, le domestique s'empara de l'espingole qu'il avait à l'épaule et pointa sur elle le canon de l'arme, béant telle la mâchoire d'une bête féroce.

C'est alors que la rapière, peut-être déterminée à ne pas se laisser souiller par une vulgaire voleuse à la tire, rebondit sur le sol et se mit tout à coup en travers des jambes d'Adrienne.

Un cri déchirant lui échappa au moment où elle basculait en avant, comme si l'arme à feu l'avait déjà touchée. La carriole d'un petit marchand de fruits ambulant se rapprocha dangereusement, toute prête à accueillir sa chute. Pas contrariante, la voleuse y plongea la tête la première et la fit voler en éclats avant d'atterrir sur un tas de fruits écrasés, au milieu des débris de bois. Elle sentit des picotements aux mains et aux genoux, là où les pavés rugueux et les échardes lui avaient arraché des lambeaux de peau. Elle ne pouvait déjà plus ouvrir l'œil gauche, collé par le sang qui avait coulé d'une légère entaille au front.

Dans l'ensemble, cette tentative de fuite n'était ni la plus gracieuse, ni la plus réussie de sa jeune existence.

Avec la sensation que son corps tout entier n'était plus qu'un énorme bleu, Adrienne commença péniblement à se redresser, pour se pétrifier aussitôt, accroupie sur ses jambes en coton.

Vendeurs ou acheteurs, tous ceux qui se trouvaient entre elle et l'échoppe du marchand de cuir s'étaient écartés comme pour former une haie d'honneur à ses poursuivants. Le serviteur, planté au milieu de la rue, brandissait son espingole d'une main ferme. Incapable de cligner des yeux, d'avaler sa salive ou même de respirer, la petite voleuse regarda la minuscule amorce se consumer jusqu'à disparaître complètement, après quelques étincelles, dans le bassinet de l'arme. Malgré la distance, Adrienne entendit le grésillement étouffé de la poudre noire qui prenait feu.

— Arrête, Claude !

Une fraction de seconde avant la décharge, le vieil aristocrate surgit aux côtés de son serviteur et releva le canon d'un geste brusque.

Un bruit de tonnerre résonna à travers l'immense place, auquel répondirent des hurlements parmi la foule des observateurs. Les redoutables billes de plomb fusèrent à quelques dizaines de centimètres au-dessus de leur cible initiale et allèrent s'encastrer avec un crépitement sonore dans le mur le plus proche, où elles soulevèrent un nuage de poussière et déclenchèrent une pluie d'éclats de pierre.

Ébranlée jusqu'au plus profond de son âme, Adrienne dévisagea le gentilhomme qu'elle venait de déposséder – et qui venait de lui sauver la vie, contre la volonté de son propre serviteur. L'espace d'un bref instant, leurs regards se croisèrent : le sien effrayé, perplexe et rempli d'une gratitude infinie, celui de l'homme indéchiffrable.

Puis elle fila dans la venelle la plus proche, toute souffrance oubliée, laissant la confusion et le chaos loin derrière elle.

Chapitre 4

AUJOURD'HUI :

L'endroit n'avait rien d'accueillant. Les parois – au nombre de cinq – étaient en pierres noires comme l'ébène, scellées par du mortier non moins sombre. Le sol et le plafond, de marbre lui aussi couleur charbon, formaient des surfaces unies, ininterrompues. La pièce ne comptait qu'une issue, une porte monumentale en bois massif noirci qui donnait sur une petite antichambre. Un ingénieux système d'engrenages et de poulies empêchait la porte extérieure du réduit de s'ouvrir à moins que l'entrée vers la pièce obscure ne soit hermétiquement close, et *vice versa*. Ainsi protégées, les ténèbres de la chambre intérieure dépourvue de fenêtres n'avaient jamais été troublées par la lumière profanatrice du jour.

Bref, il y faisait très, très noir.

À la lueur des deux seules torches accrochées au mur situé face à la porte, un visiteur aurait vraiment pu s'imaginer contempler, au bord de l'éternité, la nuit originelle qui rôdait aux confins de la création.

Entre ces tisons aux flammes vacillantes se cachait l'unique autre attribut de la pièce : le buste de ce qu'on pouvait prendre pour un homme à la lumière incertaine, sculpté en relief dans le mur par ailleurs lisse. Les épaules et les bras faisaient plus vrais que nature, hormis peut-être leurs muscles un peu trop développés. La tête, réaliste, s'auréolait d'une crinière désordonnée qui cascadait sur les épaules, ciselée dans la pierre avec une finesse saisissante.

Mais tous ces détails n'avaient pour but que d'attirer l'attention de l'observateur sur le visage de la silhouette.

Les traits de l'entité étaient hideux : la vague réminiscence d'un récent cauchemar n'aurait pas inspiré plus de terreur, ni plus de perplexité. Car on ne voyait pas là le mufle d'un horrible monstre – point de crocs, de fourrure ou d'écailles –, mais bien les traits d'un homme, beau qui plus est. Un visage totalement dépourvu d'émotion humaine. Sans nul doute, ce buste était celui d'un dément, d'un être incapable d'éprouver ou même de comprendre appétits, désirs, haines et peurs qui auraient dû être son lot de par sa naissance. Le faciès même de la convoitise et de la voracité, d'une malveillance qui n'avait d'autre source que l'instinct de chasse. Loup, serpent ou lion, une bête affleurait sous ce masque d'homme.

Devant la grande idole, deux silhouettes patientaient. La première était celle de Roubet. Ses yeux écarquillés, où se lisait un âpre mélange de frayeur et de cupidité, allaient de la forme sculptée à l'autre occupant de la pièce, un homme enveloppé dans une robe bleu nuit qui se fondait presque dans les ténèbres alentour. Ce dernier avait commencé à rémunérer grassement Roubet avant même son expulsion de la Garde. Le soldat ne l'appelait jamais autrement qu'« Apôtre ».

Henri Roubet refusait d'admettre, fût-ce en lui-même, qu'il connaissait son véritable nom, par peur de ce qu'un tel savoir lui vaudrait.

— Es-tu bien sûr qu'ils viendront ? lui demanda l'Apôtre en jetant un regard irrité vers la porte du sanctuaire.

Le soldat espion se retint de soupirer ou de lever les yeux au ciel : il entendait pour la troisième ou quatrième fois la même question.

— Tout à fait sûr, Apôtre. Ils seront là dans un instant. Ce n'est plus qu'une question…

Un gong sourd résonna sur les murs noirs, et la pièce s'emplit du grincement des engrenages.

— De minutes, acheva Roubet au moment où la porte intérieure coulissait sur le côté.

Ils furent six à entrer, de tailles et d'allures diverses. L'un portait de lourds vêtements de cuir sombre, aux plis nets, un autre arborait le ramage aux couleurs criardes de l'aristocratie de Davillon, jusqu'au détail de la rapière acérée suspendue à sa hanche, un troisième, tout de noir vêtu, se distinguait à peine dans le décor d'ébène de la salle. Ces hommes avaient tout de même un point commun : leur profession, qu'ils exerçaient tous avec un talent indéniable.

— Roubet vous a-t-il expliqué pourquoi vous êtes ici ? commença l'Apôtre sans préambule.

— Laissez-moi deviner, répondit l'homme en cuir. (Il avait une voix profonde et rocailleuse : la cicatrice irrégulière en travers de sa gorge y était sans doute pour quelque chose.) Ma main à couper que vous voulez la mort de quelqu'un.

— Si jamais j'ai envie de rire, j'appellerai un bouffon ! Bien sûr que je désire la mort de quelqu'un, pauvre crétin !

L'assassin en cuir haussa les épaules.

— À question stupide...

L'aristocrate – ou du moins l'assassin vêtu comme tel – s'avança pour couper court à la réplique de son compagnon.

— Vous ne nous aviez pas convoqués en personne depuis un bon moment. Sans compter que votre soldat errant ici présent, bien qu'il se soit montré peu loquace, n'a pas pu dissimuler une certaine excitation dans sa voix. Vous avez localisé Adrienne Satti, je présume.

— Bravo, Jean-Luc. Ravi de constater qu'il y en a au moins un parmi vous qui se sert de ses neurones. (Puis, s'adressant à l'ensemble du groupe, l'Apôtre poursuivit :) En effet, j'ai retrouvé notre hérétique en cavale – ce qu'aucun d'entre vous n'a été capable de faire en deux ans, dois-je vous le rappeler ? (Il les regarda droit dans les yeux l'un après l'autre, afin de bien leur faire sentir son mécontentement, et les tueurs, tout endurcis qu'ils étaient, détournèrent le regard.) Et oui, je ferai appel à vos compétences pour m'aider à la faire disparaître une bonne fois pour toutes. Mais, dans l'immédiat, je vous demande seulement de découvrir où elle vit – Roubet va vous indiquer son nom d'emprunt –, de sorte que vous puissiez lui mettre la main dessus le moment venu. Car elle n'est pas votre cible pour l'instant. J'ai en tête une tout autre mission pour vous.

Quelques murmures perplexes s'élevèrent au sein du groupe. Dans l'étrange acoustique de la pièce, ils résonnèrent comme un véritable chœur de sifflements.

L'Apôtre devança la question qui n'allait pas manquer de suivre :

— Vous avez tous entendu parler du dignitaire qui viendra bientôt gratifier de sa présence notre bonne cité, je présume ?

Le sanctuaire s'emplit d'un nouvel écho lorsque les chuchotements étonnés laissèrent la place aux hoquets abasourdis.

— Je vois que oui. (L'Apôtre sourit, éclair blanc dans l'implacable obscurité.) Laissez-moi vous expliquer ce que j'attends de vous…

*

La porte se referma derrière elle avec un claquement funeste, telle la trappe d'une potence. Les arrière-salles de *La Sorcière Désinvolte* étaient meublées avec simplicité, sans fioritures : six chaises et une table formaient l'unique mobilier. Désinvolte, ou s'efforçant de le paraître, Widdershins fit face au trio qui l'avait poussée dans l'une d'elles. Un sourire jovial comme cloué aux lèvres, elle s'assit d'un bond sur la table et croisa sagement les jambes, qu'elle laissa pendre dans le vide.

— Brock, fit-elle pour saluer l'énorme roc qui lui tenait lieu d'interlocuteur.

— Ça me fait plaisir que tu te souviennes de moi, Widdershins, gronda l'intéressé avec un petit rictus cruel.

— De quoi ? Oh ! non… En fait, j'ai la manie de jurer en langage poulet quand je suis surprise. Brock ! Brooock-brock-brock-brock-brock ! Codac ! (Elle cligna des yeux d'un air candide.) Comme ça, tu vois ?

Le sourire de Brock s'évanouit. Il n'en restait qu'une vague trace lorsqu'il se mit à grincer des dents.

— Très drôle, grogna-t-il.

— C'est vrai ? Tu trouves ? Je suis bien contente que tu me le dises. Vu ta tête, je n'aurais jamais cru que… que…

Elle avala nerveusement sa salive quand elle vit l'expression de Brock passer, sur le cadran émotionnel, du stade « agacé » au stade « meurtrier ». Widdershins décida qu'imiter la poule n'était peut-être pas un passe-temps des plus sûrs, tout compte fait.

Avec ses cheveux sombres coupés court et sa mâchoire carrée, Brock aurait pu être qualifié de séduisant, pour peu que son visage ait caché une nature bien plus douce. Membre éminent de la guilde des Dénicheurs de Davillon, Brock n'était pas pourtant à proprement parler un voleur. Au sein de l'organisation, il jouait plutôt le rôle de « négociateur » – ou, en termes plus clairs, de gros bras. Il n'était pas moins contondant que son arme favorite.

D'un pas lourd, qui faisait trembler les lames du plancher et soulevait de petits nuages de poussière, il se rapprocha de la table. Malgré elle, Widdershins baissa les yeux sur l'énorme marteau qu'il portait à la ceinture.

Dans son agitation, et bien qu'elle sache qu'il valait mieux ne pas le taquiner davantage, elle s'exclama :

— Tiens donc ! Brock, je ne savais pas que tu travaillais le fer ! Qu'est-ce que… Qu'est-ce que tu as l'intention de forger avec ça ? (Elle émit un petit rire nerveux, non sans regretter de s'être assise sur la table. Sa position ne lui offrait guère de possibilités de retraite.) Tu sais, quand on se demande ce que « fabriquent » les membres de la guilde des Dénicheurs, c'est une image. D'ailleurs, dans notre branche, on préfère généralement l'encre et le papier. C'est bien plus…

— Ferme. Ta. Grande. Gueule.

Elle obtempéra, et se pencha de plus en plus en arrière, jusqu'à presque s'allonger sur la table pour pouvoir encore le regarder dans les yeux. Il finit tout de même par s'arrêter, à moins d'un pas d'elle.

— Tu m'ennuies, lâcha-t-il, laconique. Ce n'est jamais une très bonne idée.

— Un réflexe, répliqua-t-elle du tac au tac. Qu'est-ce que tu me veux ?

— D'après toi, Widdershins ? En général, quand on reçoit ma visite, c'est qu'on doit une certaine somme à la guilde. Or, avec toi, la croupe est pleine…

Le lapsus arracha à ses comparses un petit sourire narquois.

Widdershins ne put retenir un regard mauvais. Encore un coup de Lisette, forcément. Qui d'autre serait déjà sur son dos pour une opération menée seulement la veille ?

Évidemment, il n'était pas exclu que Brock fasse référence à des vols plus anciens, mais elle n'avait rien escamoté les fois précédentes. Enfin, pas grand-chose. Tout le monde gardait pour soi quelques bricoles…

— Je ne vois pas de quoi tu parles ! s'indigna-t-elle.

À cette protestation, entendue mille fois de mille bouches différentes, les autres voleurs ricanèrent de plus belle. Brock prit un air navré.

— Bien sûr, ironisa-t-il. Tout ça n'est qu'un terrible malentendu.

— Parfaitement ! (Puis, comme il posait une main sur son lourd marteau, elle ajouta aussitôt :) Sans compter que si tu me tues, la guilde ne récupérera jamais ce que je suis censée lui devoir ! Tes supérieurs ne seraient pas très contents de toi, pas vrai ?

— Il n'est pas question de te tuer, répondit Brock en lui soufflant au visage son haleine corrosive. Ni même de te briser le moindre petit os, précisa-t-il, vaguement contrarié. Je dois juste faire en sorte que tu n'oublies pas notre petite conversation. (Il la gratifia d'un sourire où manquaient plusieurs dents, et dégagea son marteau dans un sifflement sinistre.) Je pense que tu t'en souviendras.

— Absolument ! confirma-t-elle avec un petit rire forcé, mais la bouche sèche. Je n'en oublierai pas un seul mot. Tu m'as remis les pendules à l'heure, Brock. Inutile de perdre encore du temps avec moi !

— Ce sera plus facile si tu ne résistes pas, déclara-t-il en brandissant son marteau.

— Sans doute ! abonda Widdershins, qui remonta d'un coup les pieds entre les jambes de Brock. (Avec une force prodigieuse, elle écrasa ses tibias sur l'un des rares points faibles de la brute.) Mais la facilité, ça me barbe ! (Elle s'amusa de l'expression de stupeur des deux autres, qui regardèrent leur chef s'effondrer à terre avec un gémissement de douleur.) Pas vous, les gars ?

Il ne leur fallut que quelques secondes pour se remettre de leur surprise et s'avancer vers la petite voleuse, un rictus aux lèvres et l'épée à la main. Mais ce bref moment de flottement permit à Widdershins de rouler sur le dos et de se rétablir sur ses pieds au milieu de la table, la rapière au poing. Le bois grinça sous son poids, branla dangereusement, mais tint bon. Sur le qui-vive, elle se mit à décrire dans l'air de petits cercles avec la pointe de sa lame pendant que les voleurs se déployaient autour de son perchoir.

Widdershins n'eut le temps de penser qu'à deux choses… la première fut de remercier Geneviève pour la hauteur de ses plafonds, la seconde de murmurer à Olgun d'une voix tendue :

— Surveille mes arrières !

Ensuite, elle n'eut plus le temps de songer à rien.

Le premier butor, un homme au visage couturé de cicatrices et mangé par une barbe hirsute dont le blond s'accordait à ses dents jaunies, plongea par-dessus la table pour tenter de faucher les chevilles de Widdershins à l'aide d'une dague vicieusement incurvée. Compte tenu de l'angle d'attaque et de leurs positions respectives, la jeune femme ne pouvait parer le coup. L'unique mouvement sensé aurait été de reculer hors d'atteinte.

Ce qui, bien entendu, l'aurait aussitôt exposée à une autre attaque similaire de la part du second acolyte, un type plus petit au museau de rat et à la peau grêlée par la variole. Elle serait tombée dans le piège si Olgun n'avait pas hurlé un avertissement dans sa tête. Elle recula bel et bien d'un pas, mais envoya aussitôt son autre jambe en arrière. Un brouillard de cuir noir obstrua le champ de vision du voleur, et, le temps qu'il comprenne qu'il s'agissait de la semelle d'une botte, celle-ci lui avait déjà écrasé le nez sur la joue gauche dans un regrettable craquement.

Le barbu, qui avait brillamment conclu que l'entretien ne se déroulait pas comme prévu, sauta sur la table et, jambes fléchies, se prépara à lutter au couteau. Widdershins se pencha un petit peu en avant, elle aussi, et entreprit de le contourner avec méfiance. Elle fit un pas à gauche. Il l'imita. Ni l'un ni l'autre n'osaient se quitter des yeux, ou même cligner des paupières. Un pas, l'autre suivit. Un autre, idem. Encore un autre… Widdershins réprima à grand-peine un sourire. *Par les dieux, quel crétin !* Il suivit… Le spadassin se renfrogna. Qu'est-ce qui réjouissait cette garce ? Un nouveau pas, il suivit encore.

Avec un petit cri et un bruit sourd, il tomba de la table et son séant fit connaissance avec le sol inhospitalier.

Widdershins laissa libre cours à son rire, alla jusqu'au bord de la table et asséna à son adversaire un coup de pied aussi rude que vif à la tempe. L'homme s'effondra comme un sac de vieux grain à côté de son complice au visage ruisselant de sang.

— Ah ça ! On peut dire que vous avez accompli votre mission, messeigneurs ! lança Widdershins, narquoise, à la cantonade. Je peux vous assurer que je ne suis pas près d'oublier cette soirhiii !

Cette entorse impromptue à la grammaire fut motivée par la vue de Brock, qui, rouge de colère, se releva d'un coup, rugissant comme un tigre à qui on aurait chatouillé le derrière. Tel un coup de tonnerre décoché par les dieux, son marteau s'abattit violemment, non pas sur Widdershins mais sur son perchoir. Des éclats de bois volèrent, la table s'inclina dangereusement, et Widdershins, avec un petit cri, se retrouva sur le dos et commença à glisser.

Elle s'affala en tas aux pieds de Brock, et sa rapière roula, inutile, juste hors de sa portée. Prise de nausée, comme si elle venait d'avaler une anguille vivante et d'humeur particulièrement folâtre, Widdershins écarta les cheveux qui lui tombaient sur le visage, cligna des paupières pour chasser la poussière, et leva des yeux craintifs, un pâle sourire aux lèvres.

— Tu es un homme raisonnable, pas vrai, Brock ? Je suis sûre que nous pourrons nous entendre si… Tes ordres, Brock ! Tu n'es pas censé me tuer, tu te rappelles ?

Apparemment, il n'en avait aucun souvenir. Il poussa un hurlement inarticulé et brandit haut son marteau, décidé, semblait-il, à pulvériser le crâne de la jeune femme entre son arme et le plancher.

Widdershins lui donna un nouveau coup de pied à l'entrejambe.

Eût-il contemplé, enamouré, la face d'une gorgone qu'il ne se serait pas pétrifié de la sorte. La scène se prolongea pendant d'interminables secondes : l'énorme gorille debout devant la voleuse, plus raide qu'une statue, et elle-même, figée comme lui, le pied encore enfoui à un endroit sensible et douloureux. Puis l'air contenu dans les poumons de Brock s'échappa allègrement en un brusque « Ouf ! ». Les pupilles de la brute se croisèrent, littéralement, sa poigne se relâcha, et… Eh bien, Widdershins ne vit pas la suite, car elle dut s'écarter tant bien que mal, affolée, pour éviter que sa tête ne se retrouve sur la trajectoire du marteau, lequel échappait à présent aux doigts ramollis de son propriétaire. L'arme frôla l'oreille de la jeune femme et tomba avec fracas : des échardes fusèrent et quelques mèches de ses cheveux furent arrachées.

Lorsque Brock rejoignit son marteau quelques secondes plus tard, elle dut décamper à nouveau, afin d'éviter cette fois de se faire écrabouiller sous les cent trente et quelques kilogrammes du truand.

Meurtrie et couverte de poussière, Widdershins se baissa pour ramasser sa rapière, déplora le saccage des meubles de Geneviève d'un claquement de langue, et, l'allure altière, sortit de la pièce. Elle perçut un soupçon de satisfaction de la part d'Olgun.

— Oh ! Ça va, hein ! Comme si tu m'avais aidée ! (La protestation indignée du dieu la contraria.) D'accord, tu m'as prévenue que l'autre se trouvait dans mon dos. Merci infiniment. Il ne te serait pas venu à l'idée de t'occuper de l'un d'entre eux, par hasard ? J'ai failli repeindre le plancher avec ma cervelle, je te signale !

Geneviève se jeta sur elle, à peine ralentie par sa mauvaise jambe.

— Par les dieux ! Tu vas bien, Shins ?

La jeune femme aurait sans doute répondu si la violente étreinte de son amie ne s'était pas autant rapprochée de celle d'un boa constrictor affamé. Mais Geneviève ne remarqua pas que les yeux de la voleuse sortaient légèrement de leurs orbites.

— Je suis désolée ! ne cessait de sangloter la tavernière. Si tu savais comme je m'en veux !

— Gen… croassa enfin Widdershins. De l'air…

— Oh ! Pardon !

Rouge comme une pivoine, Geneviève relâcha sa prise mortelle et recula. Widdershins haleta, reconnaissante.

Elle s'aperçut que les autres clients de *La Sorcière Désinvolte* les dévisageaient avec un fascinant mélange d'expressions, et décida qu'il valait mieux ne pas poursuivre cette conversation en public, même dans un coin un peu à l'écart.

— Robin ! appela-t-elle (non sans avoir pris quelques inspirations supplémentaires au préalable).

Elle fit signe à la petite serveuse de les rejoindre.

— Tout va bien, Geneviève ? s'enquit Robin d'un air inquiet.

Formidable ! grommela Widdershins en son for intérieur. *J'ai failli être réduite en chair à pâté, et c'est à Geneviève que cette sale môme demande si tout va bien !*

— Elle va s'en remettre, Robin. Il faut juste qu'on discute quelques minutes. Tu penses pouvoir te débrouiller sans elle un petit moment ?

— Aucun problème. J'ai déjà tenu la taverne seule pendant tout un service. Mais toi, n'hésite pas à me dire si tu as besoin de quoi que ce soit.

Elle leva vers Widdershins des yeux déterminés, insistants. La voleuse ne put s'empêcher de rire.

— Compte sur moi ! répondit-elle en ébouriffant les cheveux de la jeune fille.

Puis elle saisit son amie toujours inconsolable par les épaules et l'entraîna vers l'une des autres arrière-salles. Au passage, elle s'empara d'une carafe de vin et d'une coupe posées sur le comptoir.

— Est-ce qu'ils t'ont fait du mal ? s'enquit Widdershins d'une voix douce tandis qu'elles approchaient de la porte.

— Comment ? Oh ! non… Ils ne m'ont rien fait. (Les yeux de Geneviève se voilèrent de nouveau et elle renifla bruyamment.) Ils voulaient juste… Ils voulaient savoir quand tu allais venir. Je ne voulais rien leur dire, Shins, je le jure par Banin ! Mais…

— Chut… Ne t'en fais pas, Gen. Je comprends.

Elle était sincère. Brock lui paraissait déjà impressionnant, tout habituée qu'elle était aux drôles d'oiseaux qui hantaient comme elle les ombres de Davillon. Alors, pour quelqu'un comme Geneviève Marguilles, il devait être tout à fait terrifiant.

Mais il lui restait un petit détail à éclaircir.

— Tu ne leur as rien dit, Gen ? dit-elle d'une voix calme. Tu sais, à propos de moi ?

— À propos de… (Geneviève fit une moue perplexe, puis son visage se décomposa.) Non, bien sûr que non ! Enfin, jamais je ne…

— Je sais, la rassura Widdershins. Il fallait que je te pose la question, c'est tout.

À sa connaissance, Geneviève était la seule personne à savoir qu'elle s'appelait autrefois Adrienne Satti. Si elle devait être identifiée et arrêtée, Widdershins savait très bien qu'elle ne pourrait espérer un procès équitable, ni même une exécution rapide. En matière de vengeance, l'aristocratie n'avait rien à apprendre de la guilde des Dénicheurs.

Mais comme, heureusement, cette désagréable éventualité venait d'être écartée, la voleuse n'avait plus qu'à réconforter de son mieux son amie traumatisée.

Lorsque Widdershins lâcha les épaules de Geneviève pour pousser l'étroite porte, elle découvrit que leur salle soi-disant privée était déjà occupée.

Un homme de petite taille, à la beauté espiègle, était assis, désinvolte, sur la chaise la plus éloignée de l'entrée, ses pieds bottés posés sur le rebord de la table.

Le pétillement de ses yeux azur atténuait l'expression d'inquiétude qui lui déformait le bas du visage, moustache de jais comprise.

Geneviève, déjà agitée comme un singe en état d'ébriété, laissa échapper un cri strident. Widdershins, elle, se contenta de passer encore une fois un bras réconfortant autour des épaules de son amie, et lança un regard noir à l'intrus.

— Par la chaussure gauche de Khuriel, qu'est-ce que tu fiches ici, Renard ?

L'intéressé se leva et, du haut de son tout juste et peu impressionnant mètre soixante-dix, s'inclina en une extravagante révérence. Ce jour-là, il portait une longue chemise de l'étoffe la plus fine à pans blanc et bleu saphir, galonnée de broderies d'or. Ses bottes étaient garnies de boucles étincelantes – et, Widdershins le savait d'expérience, de quelques dagues bien dissimulées. Une courte cape d'un violet sombre et un chapeau de feutre blanc piqué d'une plume d'autruche complétaient son costume.

— Les dieux portent-ils seulement des chaussures, ma chère Widdershins ?

— En tout cas, si tu ne me dis pas immédiatement ce qui t'amène et pourquoi tu as jugé nécessaire de risquer provoquer une crise cardiaque à mon amie, tu vas manger les tiennes, de chaussures ! Alors, crache le morceau !

D'un geste magnanime, l'homme aux atours princiers les pria d'entrer. *Comme si on avait besoin de son invitation…*

— N'aie pas peur, Gen, murmura-t-elle à la tavernière blême qu'elle poussa gentiment à l'intérieur. Il est inoffensif. (Elle adressa un regard en coin à l'homme qui souriait d'un air présomptueux.) Enfin, plus ou moins.

» Renard, reprit-elle après avoir soigneusement refermé la porte derrière elle, je te présente Geneviève Marguilles, la propriétaire de cette taverne et, par conséquent, ton hôtesse. Geneviève, voici Renard Lambert, un ami – une connaissance –, et un incorrigible voleur. Garde un œil sur ton argenterie, ta bourse et même tes cheveux ! Il est presque aussi doué qu'il le pense.

— Tes propos me blessent, Widdershins, protesta Renard. Comme tu l'as dit, cette gente dame a la bonté de nous accueillir dans son établissement. Je ne détrousse jamais un hôte, mademoiselle Marguilles. Ce ne serait pas bon pour ma réputation.

— Un voleur ? (Geneviève se tendit, prête à se sauver. Widdershins lui mit dans les mains une coupe de vin, que la tavernière vida d'un trait.) Crois-tu... reprit-elle avant de s'étrangler avec son vin. Crois-tu vraiment que c'est une bonne idée de s'entretenir avec ce monsieur, après...

Le sourire de Renard s'effaça.

— Je fais certes partie de la guilde, mademoiselle, mais je vous assure que je désapprouve fermement quelques-unes de ses politiques les plus draconiennes – du moins lorsqu'elles visent mes amis. Vous n'avez rien à craindre de moi, l'une comme l'autre.

— Tu peux le croire, intervint Widdershins d'un ton maussade en resservant Geneviève. D'autant qu'il sait très bien que je le tuerais plutôt deux fois qu'une s'il tentait quoi que ce soit.

Elle ne put retenir un sourire face à l'expression offensée du voleur.

— Je dois dire que Renard s'est toujours bien comporté avec moi, reconnut-elle à contrecœur. C'est lui qui m'a prise sous son aile quand je suis entrée dans la guilde. Il m'a guidée dans mon apprentissage, m'a montré les ficelles du métier.

— C'était mes ficelles ou la corde, de toute façon ! s'amusa Renard.

— Et il voue à certaines personnes qui me haïssent une haine tout aussi farouche, ce qui, je suppose, le place dans mon camp. Que je le veuille ou non, ne put-elle s'empêcher d'ajouter.

Renard, distingué et courtois en toutes circonstances, lui tira la langue.

— Mais revenons à nos moutons. Qu'est-ce tu fais à fouiner par ici ?

Renard rétorqua, hautain :

— Je ne fouine pas, madâme. Je me coule. Je rôde. Il m'arrive même, de temps à autre et au besoin, de me tapir. Mais je n'ai jamais, au grand jamais…

— Réussi à tenir ta langue plus de deux minutes consécutives ! l'interrompit Widdershins. Vas-tu te taire et répondre enfin à ma question ?

— Décide-toi : faut-il que je me taise ou que je réponde ?

— Renard…

— Très bien, capitula-t-il. (Et il se rassit.) Pour tout te dire, quand je t'ai vue mener notre ravissante hôtesse vers cette salle, je m'y suis faufilé pour vous devancer. Je dois te parler, Widdershins, et je préfèrerais que personne n'en sache rien.

— Vous vous êtes « faufilé » dans ma taverne ? s'exclama Geneviève, l'incrédulité prenant le pas sur ses dernières craintes. Dans une taverne bondée ? Accoutré comme vous l'êtes ?

Renard lui adressa un sourire affable.

— Tout à fait, ma chère. Comme notre amie en a si aimablement témoigné, je suis presque aussi doué que je le pense. (Sa voix se fit sérieuse.) Tu es blessée, Widdershins ?

— J'ai quelques bleus, mais rien de grave. Brock et ses petits copains ont subi bien plus de dégâts.

— Aïe ! Ce n'est pas bon du tout. Il est rancunier. Enfin, soupira-t-il, mieux vaut cela que l'inverse, je suppose.

— Pour l'amour du ciel, Renard, va droit au but ! Pourquoi la guilde est-elle après moi ?

Nouveau soupir.

— Je crois que nous savons tous les deux qui est à l'origine de cette agression, pas vrai ?

La jeune femme hocha la tête sans mot dire. Elle préférait ne pas mentionner de noms en présence d'une personne extérieure à la guilde, fût-elle de confiance.

Cependant…

— Même à elle, il faudrait un prétexte, Renard. Elle n'a pas le pouvoir d'exclure un membre selon son bon vouloir.

Pas encore, du moins.

— Non, en effet. Mais, en ce moment, la guilde sévit contre tous ceux qui, euh… « oublient » de s'acquitter de la totalité de leur tribut. Nous relançons tout le monde à propos des impayés, puisqu'il est prévu de suspendre l'ensemble des opérations d'envergure jusqu'au départ de notre visiteur. Pour éviter d'attirer l'attention. Enfin, tu vois.

Widdershins, qui tendait le bras vers la carafe, suspendit son geste.

— Un visiteur ? Quel visiteur ?

— Tu n'en as pas entendu parler ? s'étrangla Renard. (Même Geneviève la contempla d'un air effaré.) Tu traînes dans les tavernes, tu fréquentes les demeures des riches et des puissants, et tu n'en as pas entendu parler ?

— Je n'écoute pas les ragots. Vas-tu me dire de quoi il s'agit ?

— Shins, intervint Geneviève, Davillon va recevoir la visite de William de Laurent.

On eût dit que les yeux de Widdershins allaient sortir de leurs orbites et rouler sur la table comme des boules de billard. William de Laurent, archevêque de Chevareaux, était le plus haut dignitaire de la Grande Église à l'ouest des monts de la Crête Noire. Il n'avait d'autres supérieurs que les douze cardinaux et le prélat lui-même. Sa venue signifiait clairement que d'importantes affaires d'État et de culte se préparaient – peut-être même la nomination d'un nouvel évêque à Davillon, dont la chaire restait vacante depuis qu'une fièvre avait emporté l'évêque Fontaine deux ans plus tôt.

En effet, la nouvelle était de taille pour la cité, l'aristocratie et la masse des fidèles. Mais…

— Mais pourquoi diable la guilde des Dénicheurs se sentirait-elle concernée ?

— Parce que s'il arrivait quoi que ce soit de fâcheux pendant le séjour de Son Éminence, répondit Renard, qui lissait sa moustache d'un geste mécanique et d'un doigt bien manucuré, la duchesse et la Garde nous tomberaient dessus à bras raccourcis, et feraient en sorte que nous servions de mortier aux pavés de la cité.

Il tourna son attention vers Geneviève, dont l'expression inquiète s'était teintée d'une vague perplexité.

— Ne vous êtes-vous jamais demandé, mademoiselle, pourquoi la cité ne nous anéantissait pas purement et simplement ?

— Je me suis toujours dit que si ça arrivait quelqu'un prendrait de toute façon votre place. Au moins, là, les autorités peuvent vous tenir à l'œil.

— Ma foi… fit Renard en fronçant les sourcils.

Widdershins pouffa d'un rire moqueur. *Si tu voulais impressionner notre amie, c'est raté, Lambert !*

— Très juste, admit-il. Mais ce n'est pas tout. Les autorités ont bel et bien voulu se débarrasser de nous à plusieurs reprises, pourtant la cité n'a jamais ouvertement déclaré la guerre à la guilde. L'enjeu ne vaudrait ni le sang versé, ni la dépense, bien entendu. Mais la première des raisons, c'est le Pacte Sacré.

La tavernière se tourna vers Widdershins.

— Il n'est pas sérieusement en train de me dire que ce sont les dieux qui exigent de Davillon qu'elle laisse ses voleurs tranquilles, quand même ?

Widdershins haussa les épaules.

— Je ne suis pas très calée en théologie, mais c'est plus ou moins ça. Le Dieu Voilé…

— Notre protecteur, l'interrompit Renard d'un ton étonnamment respectueux.

— C'est ça. (Widdershins leva les yeux au ciel de sorte que seule Geneviève puisse la voir.) Apparemment, il fait partie du Pacte, même si je serais bien incapable de te dire de qui il s'agit. Et comme le protecteur de Davillon fait lui aussi partie du Pacte, ainsi que Demas, celui de la Garde…

Geneviève comprit :

— Pas de guerre entre eux, donc. L'Église l'interdit.

— Exactement. (Toujours sérieux, Renard confirma d'un signe de tête.) Reste que la guilde préfèrerait ne pas se faire remarquer en présence d'un haut dignitaire de la Grande Église. L'archevêque a peut-être le pouvoir de ratifier une exception aux règles qui interdisent une guerre ouverte. Ou peut-être pas. À vrai dire, nos prêtres eux-mêmes ne sont pas très clairs sur ce point. En tout cas, nous ne voulons pas lui donner matière à y réfléchir, ni donner l'occasion aux dirigeants de la cité de lui poser la question. Mieux vaut faire profil bas et attendre son départ. La guilde récupère donc tous les fonds possibles, et le Seigneur Voilé – le Seigneur, pas le Dieu, précisa-t-il devant l'air confus de Geneviève – laisse tu-sais-qui avoir la main aussi lourde qu'elle le désire, dans l'espoir d'inciter les éléments les plus rebelles à la soumission…

Alors même qu'il prononçait ces mots, il sut qu'il commettait une erreur. Mais trop tard pour les ravaler.

— M'inciter à la soumission, moi ?

Pour un peu, les deux amis de Widdershins auraient vu la fumée lui sortir des naseaux.

— Les mots étaient peut-être mal choisis, tenta de se rattraper Renard.

Widdershins ne sembla pas l'avoir entendu.

— Mais pour qui se prennent-ils, ces vieux imbéciles croulants, incompétents, fripés et inutiles ?

— Quel langage, Widdershins ! commenta Renard, sarcastique. Si tu continues ainsi, dans une heure tu les traiteras de fientes desséchées, et alors que vont penser les enfants de Davillon ?

Le regard qu'elle lui décocha aurait pu le transpercer de part en part.

— Vous mériteriez une bonne leçon, tous autant que vous êtes…

— Je t'en prie, Widdershins ! (Le ton du dandy eut raison de sa diatribe de plus en plus véhémente.) Tu sais comme moi que tu es connue pour être un peu… impétueuse, dirons-nous – réputation qui n'est pas totalement infondée, d'ailleurs. Alors, tu les inquiètes. Il n'y a rien de personnel là-dedans, et tu n'es pas la seule concernée. Alors, laisse couler.

— Oui, tu as sans doute raison, Renard, répondit Widdershins d'une voix soudain plus calme, adoucie.

Elle lui adressa un sourire aimable.

Le voleur la dévisagea, soupçonneux. Il ne croyait pas une seconde à sa reddition.

— Quoi qu'il en soit, poursuivit-il pour enfoncer le clou, dès lors qu'elle pense que tu n'as pas réglé ton dû, elle n'a pas besoin d'un autre prétexte.

— Qu'est-ce que tu essaies de me dire, Renard ? Que je ferais mieux de payer même si je ne dois rien ?

Ou si peu…

— Oui, si tu tiens à tes rotules. Je détesterais te voir les jambes brisées, Widdershins. Elles sont si jolies.

— Très bien, soupira-t-elle. (Avec un grognement écœuré, elle plongea la main dans la bourse accrochée à sa ceinture et jeta une généreuse poignée de pièces sur la table.) Prends déjà ça. Je vais voir ce que je peux faire pour donner à Li… euh, à tu-sais-qui, le reste de ses précieux deniers. Avant l'arrivée de son Éminencieuseté.

Renard hocha la tête, ramassa les marques, les mit dans sa propre bourse et se leva.

— Je pense pouvoir t'acheter quelques jours de répit avec ce que tu m'as donné là. Si, bien sûr, ajouta-t-il avec une lueur malicieuse dans le regard, je ne décide pas d'aller tout dépenser dans un grand festin et une bonne bouteille de rouge. (Son sourire s'effaça aussitôt lorsqu'il vit l'expression de la voleuse.) Hum, bon ! Je te ferai savoir si tu as encore des raisons de t'inquiéter.

— J'ai toujours des raisons de m'inquiéter, Renard.

— Je sais. Sois prudente, Widdershins, dit-il, soudain grave. Ne fais rien d'inconsidéré.

— Qui ça, moi ?

Renard émit un petit grognement de désapprobation, puis :

— Mademoiselle Geneviève, ce fut un véritable plaisir de vous rencontrer. Votre établissement est ravissant, quoiqu'il soit loin d'égaler sa propriétaire.

Sur une révérence aussi invraisemblable que la première, il disparut de la pièce tel un coup de vent.

— Un homme intéressant, commenta Geneviève d'un air détaché – trop détaché, aurait dit Widdershins – au moment où la porte se refermait derrière lui. Il ne correspond pas du tout à l'idée que je me faisais d'un voleur. Il s'est montré très agréable, en fait.

— N'y pense même pas, Gen. Il n'est pas fréquentable.

— Je te fréquente bien, toi !

— Je ne parlais pas de ce genre de relations !

— Ah… (Geneviève leva d'un coup les yeux vers elle, accusatrice.) Tu lui as dit que tu ne cachais rien à la guilde, Shins !

— Et c'est vrai ! insista la jeune femme. (Le regard désapprobateur de la tavernière la fit céder.) Enfin, pas plus que les autres ! se défendit-elle, un peu moins mordante. Je t'assure ! On n'en attend pas moins de nous, Gen ! C'est la raison pour laquelle les pourcentages sont si élevés : la guilde sait très bien qu'elle n'obtiendra pas des comptes exacts !

— Shins…

— Je rends service à la guilde ! Si je déclarais de façon honnête ma recette, le système comptable serait complètement déséquilibré ! Je donnerais trop. Ce qui mettrait le bazar dans les comptes ou bien conduirait la guilde à attendre le même chiffre de la part de tous les autres ! Si je ne déclare pas tout, c'est par devoir !

Geneviève croisa les bras et se mit à taper légèrement du pied. Le bruit évoquait un petit pivert qui picorait le sol avec patience.

Widdershins se décomposa.

— Pour qui se prennent-ils, de toute façon, pour me dire ce que je dois faire ? ronchonna-t-elle.

— On parle d'individus qui peuvent te créer de sacrés ennuis si tu ne fais pas ce qu'ils veulent, Shins. (Geneviève afficha un air sévère.) Et, de toute évidence, ils vont m'en créer, à moi aussi.

— Je suis désolée, Gen, murmura la voleuse. Tu as raison. Je vais payer. Je te le promets.

— Bien.

Geneviève n'ajouta rien, mais, quand Widdershins la quitta un peu plus tard dans la soirée, l'inquiétude se lisait encore dans les yeux de la tavernière.

*

Lisette Suvagne, capitaine de la guilde des Dénicheurs, plus haute autorité parmi les voleurs de Davillon après le Seigneur Voilé, se prosterna sur les tapis usés de la chapelle. Nul homme, nulle femme n'aurait pu exiger d'elle cette posture de vénération et d'obéissance – elle la haïssait jusqu'aux tréfonds de son être. Lisette était l'incarnation du feu. Chevelure d'un roux flamboyant, tempérament plus explosif qu'un baril de poudre, ardentes ambitions – tout en elle évoquait une flamme. Seuls le vert et le noir de son habit ne promettaient pas une cuisante brûlure. Tout mortel qui lui aurait demandé une telle soumission serait passé de vie à trépas avant d'avoir eu le temps d'achever sa phrase.

Mais, ce jour-là, sa dévotion n'allait pas à un humain. Au cœur du complexe de la guilde, dans le sanctuaire de pierre embrumé par les fumées d'encens, se tenait l'unique représentation connue du Dieu Voilé, dont le chef des voleurs de Davillon tenait son propre titre. L'idole, une statue un peu plus grande qu'un homme, se dressait contre le mur du fond. Si la tradition voulait que le Dieu Voilé soit l'une des divinités du Pacte Sacré, personne aujourd'hui – pas même les plus âgés des Dénicheurs – ne se rappelait son nom. Lorsqu'ils le remerciaient d'une prise particulièrement heureuse ou d'avoir échappé de justesse aux limiers de la Garde, ses adeptes se contentaient de l'appeler par son titre.

La silhouette portait une tenue simple, composée d'une tunique ajustée surmontant une épaisse culotte et des bottes souples, le tout sculpté selon une mode passée depuis des siècles. Un lourd capuchon de toile, non pas taillé dans la pierre mais réel, celui-là, couvrait la tête de l'idole. La règle interdisait à quiconque de contempler le visage du dieu, à l'exception du Seigneur

Voilé – et même celui-ci, ou celle-ci s'il s'agissait d'une femme, ne le pouvait qu'à l'occasion de la cérémonie qui l'intronisait chef de la guilde. On racontait que de terribles malédictions, aussi puissantes qu'anciennes, et prêtes à frapper qui oserait soulever le capuchon, préservaient le dieu du blasphème. Lisette avait beau douter de l'existence de telles malédictions, et sa curiosité être grande, la foi retenait sa main.

La foi en son dieu, qui veillait sur elle, mais aussi celle en elle-même, car le jour viendrait où il lui serait permis de regarder l'idole bien en face, lorsqu'elle prendrait sa place légitime de prochain Seigneur Voilé.

Il n'y avait peut-être pas d'honneur chez les voleurs, mais, en la personne de Lisette Suvagne, on trouvait indéniablement du fanatisme.

Elle resta courbée de longues minutes, les bras grands ouverts, jusqu'à ce que ses muscles se mettent à trembler et à crier grâce. Ce n'est qu'une fois sa prière achevée et sa pénitence accomplie qu'elle s'autorisa à se relever d'un mouvement souple. Sur une dernière révérence à son seul dieu et maître, elle sortit d'un pas vif à la rencontre de l'homme qui – pour l'heure seulement ! – osait croire qu'il détenait sur elle autant d'autorité que le dieu.

Elle traversa à grandes enjambées plusieurs courts passages, avant de franchir une arche ouverte qui menait à une salle enfumée. Une porte en acier se referma en coulissant derrière elle dans un silence fantomatique, et Lisette s'inclina jusqu'à la taille – aussi bas qu'elle pouvait le supporter face à un être humain – devant son souverain mortel, maître de tous les voleurs sous le ciel de Davillon.

Le Seigneur Voilé.

— Relevez-vous, Lisette.

L'intéressée se redressa et toisa l'apparition qui se tenait devant elle.

Bien qu'elle se trouvât souvent confrontée à cette scène, l'effet en était toujours aussi saisissant. Dans les quartiers du Seigneur Voilé flottait un épais brouillard musqué qui s'échappait de nombreux encensoirs, beaucoup plus imposants que celui de la chapelle et entretenus en permanence. L'ample capuchon et la robe en lambeaux qui constituaient l'uniforme du chef de la guilde se confondaient parfaitement avec la fumée, la tenture accrochée derrière lui et les pièces de tissu qui drapaient son trône. Où s'arrêtait l'homme, où commençaient les nuées ou l'étoffe, nul n'aurait su le dire.

Magistral. Et d'un mélodramatique qui frisait l'opéra de bas étage, mais il fallait bien que les voleurs aient leurs traditions, même excessivement théâtrales. L'espace d'une seconde, Lisette se demanda, comme chaque fois, qui des Dénicheurs pouvait bien porter le capuchon. Car seuls les prêtres de la guilde, qui choisissaient et supervisaient l'ascension de chacun des Seigneurs Voilés, savaient qui se dissimulait sous ce morceau de tissu.

— Faites-moi votre rapport, commanda-t-il d'une voix lasse.

Lisette bouillait de colère, mais elle garda un ton parfaitement neutre.

— Larémy et Golvar ont signalé une augmentation moyenne des cotisations de sept pour cent depuis la mise en place de nos nouvelles politiques. Si nous parvenons à maintenir ce taux jusqu'à l'arrivée de l'archevêque, nous ne devrions pas avoir de mal à faire face aux dépenses courantes tant que durera son séjour.

— Et dans le cas contraire ? l'interrogea le Seigneur Voilé.

Lisette eut un geste désinvolte.

— Il nous faudra alors puiser dans les réserves d'urgence pendant quelques semaines. Mais je ne pense pas que les chiffres puissent chuter au point de poser de réels problèmes. D'ailleurs, je propose que nous maintenions ces politiques même après le départ de William de Laurent. Nous…

— Soumettez-moi une proposition écrite. J'y réfléchirai à ce moment-là.

Fumier.

— Entendu. (Pendant qu'elle mettait de l'ordre dans ses pensées, elle se racla la gorge, en partie à cause de l'encens qui l'irritait.) En ce qui concerne les paiements particuliers…

Mais elle fut de nouveau interrompue. Le Seigneur Voilé leva une main, geste spectral parmi les volutes.

— Qu'est-ce que j'apprends au sujet de Brock ? Il s'en est pris à l'une des nôtres ?

Maudit soit-il ! Comment peut-il être si vite au courant ?

— Dans le cadre de notre collecte de fonds, j'ai dû dépêcher plusieurs hommes de main auprès d'un certain nombre de nos membres, mon Seigneur. Pourriez-vous être plus précis ?

La forme nébuleuse se pencha en avant dans son fauteuil, ou du moins en eut-elle l'impression. Elle n'en était pas sûre, avec toute cette fumée.

— Ne faites pas l'idiote, capitaine. Nous savons tous les deux de qui je parle.

Lisette se renfrogna et se mit à tripoter d'un air absent le fourreau qu'elle portait à la ceinture.

— Elle ne déclarait pas toute sa recette. Je l'ai traitée comme les autres !

— Allons, Lisette. Je crois, moi, que Widdershins ne doit pas plus d'un tiers de ce que devaient tous ceux avec qui Brock a eu une « petite conversation ». Vous savez que je préfère ne l'utiliser qu'en dernier recours, il a tendance à faire des dégâts. Et à abîmer ses interlocuteurs. Vous lui en voulez donc encore à ce point, après tout ce temps ?

J'avais passé une année entière à planifier l'opération d'Arras ! voulut-elle lui crier. *C'était un coup de maître, tel que la cité n'en avait jamais vu ! J'aurais même pu devenir Seigneur Voilé, mais il a fallu que cette garce rapplique et…*

Mais à quoi bon ? Cette tirade, le chef de la guilde l'avait entendue dix fois sans jamais se laisser convaincre – hormis le détail concernant les ambitions de Lisette, bien entendu. Elle espérait que de nouveaux méfaits de son ennemie viendraient s'ajouter aux anciens et finiraient pas faire pencher la balance en sa propre faveur. Jusque-là, ses espoirs avaient été déçus.

Comme Lisette ne répondait rien, la silhouette encapuchonnée hocha la tête.

— Je vois. L'idée que vous puissiez abuser de votre pouvoir pour livrer une vendetta personnelle me serait très désagréable, capitaine. Nos hommes de main ne doivent servir que les intérêts de la guilde. Et Widdershins doit être traitée comme n'importe quel autre Dénicheur. Si elle vous donne une raison – valable –, vous pourrez vous occuper d'elle en conséquence. Pas avant.

— Je comprends, mon Seigneur.

Ces mots-là lui parurent plus âcres encore que la fumée.

— Bien. Consignez par écrit le reste de votre rapport, Lisette. Je ne crois pas avoir besoin de l'entendre dès maintenant.

Les mâchoires serrées, la jeune femme s'inclina une seconde fois et sortit de la salle à reculons.

Cependant, une fois parvenue dans ses propres quartiers, sa fureur était déjà retombée. Soit. Elle allait traiter Widdershins « comme n'importe quel autre Dénicheur ». Elle allait choisir avec soin et précision les ordres qu'elle donnerait à Brock.

Mais elle n'oublierait pas de rappeler à son sbire que, si la situation échappait un tant soit peu à son contrôle – eh bien, ce serait son rôle à elle, en tant que capitaine, de veiller à ce qu'il soit châtié…

Chapitre 5

QUATRE ANS PLUS TÔT :

— Cette histoire ne me dit rien qui vaille, Pierre, geignit Adrienne.

Le jeune homme l'avait prise par la main et l'entraînait presque de force derrière lui.

— Comme à chaque fois, Adrienne, la rabroua-t-il. Maintenant, dépêche-toi, tu veux ? Si je dois te tirer sur tout le trajet, on va être en retard.

— Ça vaudrait peut-être mieux, marmonna la jeune fille, qui finit toutefois par se laisser faire.

À treize ans et quelque, Adrienne commençait à s'affranchir de la gaucherie de l'enfance. Elle était plus mince que maigre désormais, bien que ses repas surviennent encore au petit bonheur. Diverses courses-poursuites avec des « donateurs » en colère ou des soldats de la Garde lui avaient appris à être plus rapide, plus agile. Elle avait même acquis une certaine dextérité avec la rapière accrochée à sa ceinture depuis deux ans. Car, même si elle s'était emparée de cette lame avec la ferme intention de la revendre – et s'était mordu les doigts de ne pas l'avoir fait lors de maintes nuits glaciales et de famine –, elle n'avait pu se résoudre à s'en séparer. Mais l'arme lui permettait au moins d'impressionner les autres voleurs à la tire (il lui était même arrivé de s'en servir pour maintenir quelques-uns d'entre eux à distance).

Et, ces derniers temps, un autre changement s'était produit dans sa vie : elle avait rencontré Pierre Lemarche.

Pierre avait connu l'opulence et la misère, et en voulait profondément au sort de l'avoir laissé du mauvais côté de la barrière. Il avait perdu ses parents : à la suite d'une gageure financière de trop, son père s'était donné la mort après la confiscation des biens familiaux par ses créanciers, non sans avoir, au préalable, déchargé son pistolet à silex dans le crâne de sa femme.

Un vif ressentiment consumait l'âme de Pierre. Pour autant, il avait fini par s'accoutumer quelque peu à la dégradation de sa condition, et, tout comme ses frères et sœurs, il s'était lié d'amitié avec d'autres compagnons d'infortune.

Quelque chose chez ce garçon, âgé de trois ans de plus qu'elle, avait conquis Adrienne. Peut-être les vestiges de savoir-vivre qu'il avait conservés de jours plus fastes, un arsenal de charme dans lequel il savait encore puiser quand la situation l'exigeait. La jeune fille, habituée aux avances peu subtiles de ses pairs, avait été plutôt séduite par ses compliments fleuris et ses flatteries éhontées. Il pouvait se montrer doux, prévenant, mais aussi impatient, intolérant face aux faiblesses des autres, et, par-dessus tout, il brûlait de reconquérir un jour ce qui lui avait été arraché. Ce qu'il considérait comme son dû.

Était-elle amoureuse du jeune homme ? Qui aurait pu le dire ? Dans le meilleur des cas, l'amour se manifestait rarement dans le milieu où évoluait Adrienne, et, du haut de ses treize ans, l'expérience lui manquait pour le savoir elle-même. Mais, en tout cas, elle était sûre de s'être attachée à lui bien plus qu'à n'importe quel autre garçon auparavant. Pour une fille de son âge, l'amour pouvait très bien se définir ainsi.

Il lui fallait donc affronter une foule de nouvelles émotions, parmi lesquelles l'inquiétude à son égard figurait en bonne place. Car Pierre s'était récemment lié à une clique… sinon « peu recommandable » – toutes les connaissances d'Adrienne correspondaient plus ou moins à cette définition –, du moins « singulière ». Il s'était fait beaucoup plus rare ces dernières semaines, et ne cessait de parler de ses nouveaux amis qui allaient, disait-il, lui redonner la place qui lui revenait de droit. Il disparaissait souvent des nuits entières et refusait de dire où il s'était rendu. Adrienne avait fini par lui demander sans détour de l'emmener avec lui, histoire de voir enfin ce qu'il mijotait.

Elle fut plutôt surprise lorsqu'il accepta.

Tout de noir vêtu – c'en était presque théâtral –, il l'emmena par les rues et les ruelles de Davillon. Ils franchirent bientôt les limites du secteur où Adrienne avait coutume d'opérer. Elle se troubla à la vue de la façade extérieure du mur d'enceinte de la cité, dont les pierres brutes illuminées par des lanternes aux flammes vives apparaissaient par intermittences entre les constructions basses. Elle n'avait encore jamais mis les pieds hors les murs de Davillon, et n'avait guère envie de sauter le pas ce soir-là.

Elle continua pourtant de suivre Pierre, les yeux et les oreilles aux aguets. Le jeune noble déchu lui fit contourner un bâtiment en bois – un entrepôt, supposa-t-elle – avant de s'arrêter au pied de la façade arrière. La structure, disgracieuse, paraissait trapue alors qu'elle dominait pourtant les constructions environnantes. Aucune fenêtre n'était visible, à l'exception de quelques minuscules lucarnes à l'étage le plus haut : un contremaître devait habiter là. Par cette nuit sans lune, les ombres drapaient la venelle tel un épais linceul. Adrienne mit du temps à repérer la porte, située tout en haut entre deux des petites ouvertures, ainsi que la plateforme grillagée fixée juste en-dessous.

— Là, regarde : l'escalier d'honneur, chuchota Pierre en désignant un escalier en fer instable qui grimpait en zigzag le long du flanc de l'édifice.

— On va entrer là-dedans ? lui demanda Adrienne, qui considérait la frêle structure d'un œil dubitatif.

— Pas exactement. Suis-moi.

Pierre avait déjà posé le pied sur la première marche.

Adrienne s'attarda encore, assez réticente, et regretta de s'être laissé entraîner dans ce... dans cette... histoire, quelle qu'elle soit !

Non sans grommeler, elle emboîta le pas à son ami.

L'escalier tint bon, quoiqu'il tremblât comme un faon

nouveau-né sous leur poids. L'air amusé, Pierre attendit que la jeune voleuse, dont les jointures blanchissaient à force de se cramponner à la rambarde, le rejoigne sur la plateforme.

— Il n'y a rien à craindre, Adrienne, lui assura-t-il doucement. Je l'ai déjà fait plein de fois.

— Tu m'en diras tant, fit-elle entre ses dents serrées.

— Je ne t'aurais jamais laissée m'accompagner s'il y avait eu le moindre danger, ma douce. Je préfèrerais m'ouvrir les veines plutôt que de risquer qu'un seul bleu vienne gâter ton joli...

— Garde tes compliments pour plus tard, lui intima-t-elle, sans toutefois réussir à réprimer un léger sourire. Bon, et maintenant ?

— Là-haut.

Pierre pointa un doigt vers le ciel.

— Là-haut ? Où ça ? (Adrienne cligna des yeux, perplexe.) Sur le toit ?

— Oui.

Comme en réponse, une corde ondula jusqu'à eux par-dessus le rebord de la toiture.

— Tu es vraiment sûr de toi ? demanda Adrienne, à nouveau curieusement réticente.

— Absolument. Mais si tu veux faire demi-tour, ma belle...

Cette pique la décida.

— Essaie de m'en convaincre, pour voir !

Pierre n'eut pas le temps de répliquer : Adrienne jouait déjà des épaules et des hanches le long de la corde.

— Non, Adrienne ! Ils ne…

Elle s'aida à peine de la corde pour se hisser par-dessus le bord du toit, où elle fut accueillie par un éventail de lames étincelantes.

— S'attendent pas à ta visite, acheva Pierre d'une voix résignée, au moment d'apparaître à son tour.

» Mes amis, poursuivit-il une fois sur le toit et en s'époussetant les mains, permettez-moi de vous présenter Adrienne Satti. Elle va se joindre à nous pour l'opération de cette nuit.

Avec une hésitation palpable, les lames s'écartèrent, et Adrienne ne put s'empêcher de se demander une nouvelle fois dans quel guêpier Pierre l'avait entraînée.

Chapitre 6

AUJOURD'HUI :

Dans le fracas d'un équipage qui cahotait et bringuebalait sur les routes en direction de Davillon, une voix âgée et d'ordinaire distinguée geignit pour la énième fois :

— Redites-moi, Maurice, ce qui m'attend à notre arrivée.

Un grand sourire fendit le visage de Maurice – frère Maurice, pour être plus précis –, qui se laissa aller contre le dossier de son siège au rembourrage insuffisant. Sa tête blonde, tonsurée, ballottait au rythme des secousses du lourd attelage. Il joignit ses mains à l'intérieur des manches de son froc marron.

— Rien du tout, Votre Éminence. Votre visite à Davillon n'a absolument aucune importance. Il s'agit juste d'un subtil stratagème orchestré par l'Église pour vous obliger à voyager pendant des semaines dans l'inconfort de cet abominable tape-cul, pour le plus grand amusement de vos supérieurs comme de vos subordonnés.

— Je vois, commenta l'autre passager. C'est bien ce que je pensais. Mais alors, qu'est-ce qui vous a poussé à trahir cette formidable conspiration ecclésiastique pour m'en informer ?

— Eh ! C'est que, moi aussi, je souffre, Votre Éminence.

— L'inconstance de la jeunesse, déplora le haut dignitaire. Je me souviens d'une époque où la souffrance en vertu de la foi était considérée comme une preuve de noblesse.

— Je me trouve déjà bien assez noble comme ça, Votre Éminence. Je crains d'ailleurs, si je passe encore trop de temps dans cette voiture qui me réduit le dos en bouillie, de devenir plus noble que le roi lui-même, ce qui me ferait risquer l'exécution pour haute trahison contre la couronne.

— Je ne doute pas que l'Église vous protégerait, Maurice. Vous devez bien lui avoir été utile d'une façon ou d'une autre depuis votre entrée dans les ordres.

Le jeune moine de l'ordre de Saint-Bertrand, tout entier dévoué au service des dignitaires de la Grande Église, ne put que rire de la remarque. Son interlocuteur l'imita, avant de reprendre sa contemplation du paysage boisé. Il n'en voyait pas grand-chose à travers la vitre de cette voiture ornementée qui, comme l'affirmait Maurice, malmenait ses occupants au point de leur faire risquer l'arrêt cardiaque. Voyager dans le luxe, quelle ironie !

William de Laurent, archevêque de Chevareaux, prenait de l'âge en dépit de tous ses efforts. Néanmoins, s'il avait les cheveux fins et gris, et le visage creusé de plus de rides qu'il n'en pouvait compter, sa poigne demeurait ferme, et son regard, tout comme son esprit, n'avaient rien perdu de leur acuité. L'habit noir de son rang l'enveloppait d'une aura fluide, et à son cou pendait l'Œil Éternel en argent massif, symbole suprême de la Grande Église, qui représentait les cent quarante-sept dieux du Pacte Sacré. La crosse qui accompagnait sa fonction reposait à côté de lui.

Il esquissa une grimace rébarbative lorsque l'un des cavaliers de son escorte lui boucha la vue déjà limitée sur la campagne environnante, et ses pensées se tournèrent vers le but de son voyage. Officiellement, sa visite avait pour objet de repérer les éventuels problèmes à régler à Davillon avant la nomination d'un nouvel évêque, et de déterminer quel candidat serait le plus apte à remplir cette fonction. Cette tâche seule eût déjà été fastidieuse en soi : William envisageait sinon avec effroi, du moins avec appréhension, les longs mois qu'il allait devoir passer au contact de l'aristocratie davillonaise. L'archevêque était un vieil homme bienveillant, mais il ne supportait pas les insensés – ni volontiers ni autrement –, or il avait souvent l'impression qu'ils formaient la grande majorité de la noblesse de Galice.

Mais si essentielle que soit cette mission, elle n'était qu'un prétexte, un voile derrière lequel l'Église dissimulait la véritable raison de son séjour à Davillon.

Les dieux du Pacte favorisaient leurs adeptes, et les plus dévots de Galice bénéficiaient de leur divine influence. Rien à voir avec ce que le commun des mortels appelait de la « magie », cette sorcellerie des mythes, contes et légendes de l'ancien temps. Disons plutôt que le hasard s'arrangeait pour placer les plus fervents au bon endroit au bon moment. La chance leur souriait et tournait le dos à leurs adversaires. Et, parfois, lorsque la lune, les étoiles et les vents se trouvaient dans la configuration adéquate, ils recevaient des mises en garde sous forme de rêves ou de présages, jamais très claires mais toujours pressantes.

Or, William de Laurent avait perçu… quelque chose. Des remous dans l'obscurité, pendant que le monde somnolait dans une bienheureuse ignorance. Un mouvement, là-bas à Davillon.

L'archevêque serra inconsciemment les poings, tourna les yeux vers le paysage qui défilait par la fenêtre, et se mit à prier.

*

— Je te dis qu'elle est partie par là !

La voix de l'homme à la peau grêlée était nasillarde, discordante, presque aussi vilaine que son propriétaire. Le nez, cassé tout récemment et qui resterait sans doute crochu comme celui d'une sorcière jusqu'à la fin de ses jours, n'y était sans doute pas étranger.

— Mais bien sûr ! (Son acolyte, l'homme à la cicatrice et à la barbe en bataille, gratta avec nonchalance – mais non sans précautions –, du tranchant de son poignard courbe, une piqûre d'insecte qu'il avait au cou.) Et maintenant, elle se cache parmi les rats, pas vrai ?

Il flanqua un coup de pied dans un tas d'ordures et le regarda rebondir contre le mur le plus proche. Un agglutinement de cafards s'en échappa à l'endroit où il atterrit, puis les insectes se dispersèrent dans les recoins sombres de la ruelle.

— Bon sang, elle était là !

Le balafré secoua la tête.

— Tu me raconteras la réaction de Brock quand tu lui auras annoncé qu'elle nous a semés.

— Moi ? Pourquoi ce serait moi qui...

— Parce que c'est toi qui l'as laissée filer.

— Je ne l'ai pas laissée filer ! (Le premier voleur roula des yeux furibonds.) Écoute, si ça se trouve, elle est encore là. Faut vérifier les renfoncements de portes...

— Pas très profonds. Tu vois quelqu'un s'y cacher, toi ?

— Alors les fenêtres...

— Condamnées.

— Et ça, alors ? (Le grêlé agita un pouce par-dessus son épaule.) Cet escalier, là ?

— Ce truc tout croulant ? (Ils se retournèrent et levèrent les yeux.) On aurait entendu du bruit si elle avait grimpé ces...

En matière de bruit, ils furent servis : quelques crissements légers, ceux des boulons qui s'extrayaient du bois, puis un vacarme assourdissant lorsque l'escalier tout entier se détacha du mur auquel il était fixé. Une pluie de planches et de clous s'abattit sur eux, comme si un dieu venait d'abandonner son projet de construction, et les deux associés de Brock eurent tout juste le temps de redouter la douleur qui les attendait avant d'être ensevelis sous les décombres, meurtris et contusionnés.

*

Widdershins passa la tête par-dessus le rebord du toit et cligna des yeux pour en chasser la poussière, le menton posé de manière élégante sur son poing refermé. Dans l'autre main, elle tenait la rapière qui, avec l'aide d'Olgun, lui avait très aimablement servi de levier pour arracher les boulons de l'escalier branlant.

— Je les ai bien eus ! s'écria-t-elle, triomphante.

Puis son sourire s'effaça.

— Non, c'est vrai, je n'aurais pas réussi à faire tomber l'escalier sans toi. Donc, en effet, je suppose qu'il faut dire « nous les avons bien eus », mais…

Nouvelle pause.

— Oui, je sais que je n'aurais jamais pu grimper sans qu'ils m'entendent si tu ne m'avais pas aidée ! Qu'est-ce que tu… Quoi ? Dis donc, moi aussi, j'ai fait ma part du boulot. C'est moi qui… Raaah ! (Widdershins leva d'un coup les bras au ciel – et parvint on ne sait comment à ne pas jeter son épée du haut du toit – avant de s'éloigner du rebord à pas furieux.) Ah çà ! pour t'attribuer tous les lauriers, tu sais t'y prendre ! Ce n'est pas parce que je n'aurais rien pu faire sans toi que tout le mérite te revient ! Comment ça, ce que je dis n'a pas de sens ? Je m'en fiche ! Tu es un dieu, trouves-en un !

Avec une rapidité étonnante, elle redescendit le long de la façade arrière de la bâtisse (malgré l'absence d'escalier ou de quoi que ce soit d'approchant) et s'éloigna dans la rue, sans cesser de grommeler. Pourtant, si sa langue poursuivait la dispute dans des termes à peu près similaires, son esprit, lui, se tournait déjà vers d'autres considérations. *Si je ne les avais pas repérés,* songea-t-elle en particulier, *j'aurais pu passer un très mauvais quart d'heure.*

Décidément, Widdershins allait devoir prendre quelques décisions désagréables.

*

Le temps avait glissé comme un mécanisme bien huilé, les jours s'étaient succédés, fondant comme neige au soleil : l'arrivée de l'archevêque approchait. Rues, venelles et courettes – dont certaines disparaissaient sous une couche de détritus si épaisse que personne, de mémoire d'homme, n'en avait jamais vu les pavés – étaient balayées et récurées, prêtes à briller d'un éclat aussi virginal que malhonnête au passage de William de Laurent. On encourageait les sans-abris et les déshérités qui hantaient d'ordinaire ces passages à déguerpir. Certains d'entre eux, arrêtés « sur présomption », resteraient sous les verrous – et hors de vue – jusqu'au jour où les portes de la ville se refermeraient derrière Son Éminence et sa suite, dans de longues semaines. Façades, fenêtres et même espaces entre les édifices étaient tendus de bannières aux armoiries des

Maisons, garnis d'emblèmes des diverses guildes, ornés d'innombrables symboles sacrés. Entre la ribambelle de couleurs qui s'étalaient dans toute la cité et les monceaux désordonnés de déchets en attente d'être enlevés, Davillon commençait à ressembler au terrain de jeu d'un enfant très grand et très gâté.

Au milieu de toute cette agitation rôdait Widdershins, elle aussi concentrée sur l'arrivée de l'archevêque, quoique pour de tout autres raisons. Elle avait mené quelques petites opérations dans l'intervalle, rien de bien notable, pas de quoi attirer l'attention. La Garde de la cité était en alerte, et Lisette à l'affût du moindre prétexte pour la faire arrêter et mettre aux fers. (Le Grêlé et le Balafré, comme elle les appelait depuis leur première altercation à *La Sorcière Désinvolte*, n'avaient été que les derniers en date à qui elle avait dû échapper – même si elle n'avait pas éprouvé le besoin de faire tomber une partie de bâtiment sur la tête des autres.) En somme, elle faisait son possible pour rassembler assez de fonds afin que cette satanée guilde la laisse tranquille.

Elle et ses amis.

En dépit de son programme plutôt léger, Widdershins n'avait pas trouvé le temps, depuis l'échauffourée avec Brock la semaine précédente, de retourner voir Geneviève pour s'assurer qu'elle allait bien.

Non, ce n'était pas tout à fait exact. Si elle n'avait pas trouvé le temps, c'est qu'elle ne l'avait pas cherché. Elle redoutait un peu ces retrouvailles, et il lui avait bien fallu une semaine – ainsi que la récente rencontre avec les petits copains de Brock – pour se résoudre à les provoquer.

Un brouhaha assez dense pour être coupé au couteau s'élevait de la foule plus compacte que jamais. Pourtant, Widdershins se faufilait avec grâce dans les interstices mouvants de cette marée humaine. Elle traversa de nouveau la place du marché surchargée de bannières et de drapeaux colorés, laquelle, lentement mais sûrement, commençait à prendre l'aspect des rejets d'un arc-en-ciel atteint de troubles digestifs, et se retrouva une fois de plus sur le perron de *La Sorcière Désinvolte*.

Elle s'était levée à l'heure indue de midi, aussi la taverne n'était-elle pas encore ouverte à la clientèle. Cela dit, elle savait qu'en général Geneviève arrivait tôt pour redonner un air présentable à son commerce avant le déferlement des hordes de boit-sans-soif et de futurs ivrognes.

D'un autre côté (pour un peu, elle se serait presque perdue elle-même au milieu de toutes ces réflexions), même si Geneviève se trouvait bien là, Widdershins n'en serait peut-être pas plus avancée. À supposer que la tavernière ne cherche pas tout bonnement à l'éviter, il se pouvait qu'elle n'y soit pour personne avant l'heure de l'ouverture. Car chaque jour devait apporter son lot de soiffards persuadés de mériter un traitement de faveur.

Avec un haussement d'épaules fataliste – après tout, si on ne lui ouvrait pas, elle pourrait toujours forcer la serrure –, elle frappa plusieurs coups sonores à la porte en bois massif.

— On est fermés ! entendit-elle aussitôt. Revenez dans deux heures !

— Gen ? cria Widdershins. Gen, c'est moi !

Quelques minutes s'écoulèrent, puis d'autres. Déconfite, Widdershins s'apprêtait à repartir la queue entre les jambes lorsqu'un lourd verrou fut tiré – suivi d'un deuxième, puis d'un troisième, ainsi que de deux barres de sécurité. La grande porte s'ouvrit pesamment vers l'intérieur.

— Dépêche-toi avant de te faire repérer ! siffla Geneviève. Si on me voit faire entrer quelqu'un si tôt, je n'ai pas fini d'en entendre parler !

Widdershins s'engouffra dans la salle plongée dans la pénombre. Les volets étaient clos. Aucun feu n'égayait l'immense âtre de pierre. Il n'y avait de flammes que dans les lanternes, qui brûlaient avidement leur réserve d'huile, mais il émanait d'elles une lumière terne et maussade, comme si elles aussi noyaient là leur chagrin dans la boisson. Même la croix de Banin paraissait grise et austère sous cet éclairage larmoyant.

— C'est toujours aussi lugubre avant l'ouverture ? demanda Widdershins avec une légèreté forcée.

— Normalement, c'est pire, mais là j'ai fait porter les crânes et les instruments de torture au nettoyage.

Widdershins lui lança un regard étonné.

— Ça va mieux, toi, constata-t-elle, presque accusatrice.

D'un air désinvolte, Geneviève retourna derrière le comptoir, où elle se remit à entasser des bouteilles de ses spiritueux les plus prisés pour en avoir sous la main au cours de la soirée.

— Ma foi, oui, reconnut la tavernière, laconique, sans s'interrompre dans sa tâche. Qui l'eût cru ?

Widdershins s'approcha du bar et regarda son amie s'affairer un moment. Tout à coup, Geneviève reposa violemment une bouteille – le bruit fit sursauter Widdershins – et se tourna vers elle.

— Pourquoi est-ce que tu n'es pas revenue me voir, Shins ? (Nulle colère dans sa voix, tout au plus une pointe de déception.) Après ce qui s'était passé, j'avais vraiment besoin d'une amie.

Widdershins déglutit péniblement, un nœud dans la gorge. Elle baissa les yeux sur le comptoir, penaude.

— Je croyais que tu m'en voulais, avoua-t-elle. (Soudain, elle n'était plus l'adulte qu'elle s'efforçait de paraître mais une petite fille qu'on venait de réprimander.) Je pensais que tu n'avais pas envie de me voir.

Elle sentit la main de Geneviève se poser sur la sienne et releva les yeux : l'aristocrate aux cheveux blonds affichait un sourire triste.

— Ce que tu fais ne m'inspire pas beaucoup de… d'admiration, Shins, si je puis dire. Et les individus que tu côtoies me font froid dans le dos. Mais tu n'en es pas moins ma meilleure amie. (Elle ajouta, un peu narquoise :) Ce qui en dit sans doute moins long sur toi que sur moi ou sur cette fichue ville, mais voilà.

Widdershins se força à sourire à son tour.

— Je dirais que ça prouve à quel point tu as de la chance !

Geneviève grogna et retourna à ses bouteilles. Widdershins continua à regarder travailler la tavernière, mais ses pensées, elles, virevoltaient d'un sujet à l'autre.

Geneviève superposait maintenant avec adresse les carafes en verre, et elle lança par-dessus son épaule :

— Je suis contente de te voir, Shins, mais je ne peux pas m'empêcher de me demander ce qui t'amène.

La voleuse revint au présent.

— Parce que j'ai besoin d'une raison particulière ? s'exclama-t-elle.

— Tu croyais que je t'en voulais. Dans ce cas, pourquoi avoir choisi aujourd'hui pour braver les foudres de mon courroux ?

Widdershins soupira.

— Je suis retombée sur certains de ces types. (Les yeux écarquillés de Geneviève lui indiquèrent qu'elle n'avait pas besoin de préciser de qui elle parlait.) Tout va bien, ajouta-t-elle vivement. Ils ne causeront plus d'ennuis avant quelques jours. Et ils ne peuvent même pas m'accuser, du moins avec certitude.

— Mais ils le feront quand même, tu le sais bien.

— Oui, admit la voleuse. Sans doute. Quoi qu'il en soit, ça m'a fait réfléchir. À ce qui s'était passé, et à ce qui pourrait encore arriver. Et donc… me voilà. Veinarde que tu es !

— Mais bien sûr. (Geneviève lui donna un petit coup dans le sternum.) À d'autres.

— Je ne te mens pas ! protesta Widdershins. Et puis, aïe !

— D'accord, tu ne me mens pas. Mais tu ne me dis pas tout. Je tiens une taverne, Shins. J'entends plus de demi-vérités chaque semaine que tu n'as pu en dire dans toute ta vie.

— Bon, d'accord, il y a une petite chose…

— Une petite chose ? Comme toujours, hein ?

— Je veux que tu viennes avec moi la semaine prochaine, lui confia Widdershins.

Son amie la fixa sans comprendre.

— Avec toi ? Où ça ?

— À la procession. J'ai prévu d'aller assister à l'arrivée de l'archevêque.

— Shins…

— Je n'ai pas l'intention de faire quoi que ce soit ! Vraiment, je t'assure ! J'ai juste envie d'aller voir à quoi rime tout ce charivari.

— Je vois. Et ce n'est pas du tout pour faire un pied de nez à la guilde, bien entendu. Histoire de leur claironner : « Vous avez vu ? Je ne le touche pas ! Na-na-nè-re ! » avant de t'enfuir comme un garnement. Ou alors, c'est pour mieux voir qui s'est mis sur son trente-et-un pour accueillir l'archevêque, et repérer les citoyens que tu vas aller détrousser après son départ.

Widdershins marmonna dans sa barbe.

— Tu vois ? Qu'est-ce que je viens de dire à propos des demi-vérités, Shins ?

— Je ne te demande pas de faire quoi que ce soit d'illégal ou de dangereux, insista la jeune femme. J'ai juste envie de compagnie.

— La moitié de la cité sera là.

— Alors comme ça, tu n'es pas à l'aise dans la foule, maintenant ? Je te signale que tu tiens une taverne !

— Mes foules, je les préfère moins… peuplées.

Widdershins se leva et déclara :

— Tu ne sors pas assez. Moi, je n'ai que toi, mais c'est tout à fait logique. Je suis une voleuse. Je vis dans l'ombre. Je n'ai pas de vie. Mais toi, tu es la fille d'un noble, même s'il n'a de noble que le rang, et tu es la patronne d'un établissement très apprécié. Comment se fait-il que tu n'aies pas plus d'amis ?

— Mais j'en ai plein ! Prends Robin, par exemple.

— Elle travaille pour toi.

— Et Gérard, alors ?

— C'est pareil. Les employés ne comptent pas.

— Bertrand Ruchard ! lança Geneviève, pleine de suffisance.

Widdershins s'esclaffa.

— Bertrand n'est pas un ami ! Juste un poivrot qui n'arrête pas d'essayer de trousser tes jupes !

— Admettons. Eh bien, il y a cet homme qui s'installe toujours à la table du coin, là, celui au manteau en peau de castor. Il est toujours très drôle.

— Si tu ne connais pas son nom, Gen, tu ne peux pas dire que c'est un ami. Je suis à peu près sûre que cette règle est écrite quelque part.

— Bon, et à part réduire en miettes mon amour-propre, où veux-tu en venir ?

— Ce que je cherche à te faire comprendre, Gen, c'est que tu ne sors pas assez souvent, et que les festivités de la semaine prochaine sont une excellente occasion de commencer.

Les yeux de Geneviève s'étrécirent jusqu'à n'être plus que des fentes.

— Et donc, toute cette histoire selon laquelle je devrais avoir plus d'amis – à part toi –, c'était pour me convaincre de t'accompagner, toi, à cette célébration ?

La voleuse sourit de toutes ses dents.

— Tu as tout compris.

— C'est complètement absurde, Widdershins. Même avec la meilleure volonté du monde, je ne pourrais rien trouver de plus illogique.

— Parfait ! Comme ce n'est pas logique, tu ne peux pas argumenter ! Je passerai chez toi à midi le jour J.

La porte claqua. Elle était partie.

Geneviève secoua la tête, perplexe. Il restait beaucoup à faire avant l'ouverture. Quant à la semaine suivante… Eh bien, elle n'aimait pas décevoir son amie, mais tant pis. Elle n'irait pas à cette stupide parade, certainement pas. Oh que non. Hors de question. Sous aucun prétexte. Point final.

*

— C'est chouette, non ? s'égosilla gaiement Widdershins. Je t'avais dit qu'il fallait que tu sortes un peu !

Geneviève grinça des dents, et s'efforça de penser à autre chose qu'à étrangler la jeune voleuse à mains nues.

Elle ne comprenait pas encore très bien comment les événements s'étaient enchaînés. Après une soirée mouvementée mais lucrative à remplir coupes et assiettes à *La Sorcière Désinvolte*, elle s'était béatement écroulée dans son lit pour dormir du sommeil du juste, l'esprit léger, bien à l'abri de la fraîcheur de cette fin d'automne sous ses couvertures douillettes.

L'instant d'après, Widdershins se tenait dans sa chambre (dont elle avait crocheté la maudite serrure) et, surexcitée, criait à Geneviève de s'habiller en vitesse. Tout juste si elle ne dansait pas. Il était à peine plus de midi – le cœur de la nuit, pour la tavernière. Un comportement proprement scandaleux, même de la part d'une amie proche, et Gen avait résolu de lui dire sa façon de penser dès qu'elle aurait eu le temps de se réveiller pour de bon, de rassembler ses esprits, de…

Elles se trouvaient déjà au milieu de la place du marché lorsque Geneviève s'était enfin sentie capable de parler. Mais il était déjà bien trop tard, évidemment. Geneviève avait alors souri d'un air pincé, sans desserrer les lèvres, une seule question en tête : comment diable Widdershins avait-elle réussi à la faire s'habiller (et à nouer presque tous ses laçages correctement, qui plus est) ? Puis, à contrecœur, elle avait suivi.

Décision qu'elle regrettait amèrement à présent que la foule impitoyable les bousculait dans tous les sens, comme deux bouteilles flottant au gré des marées humaines de Davillon. La multitude semblait former un être à part entière, elle se déplaçait d'un seul bloc, et respirait de même. La tavernière avait la désagréable impression d'être ballottée par des vagues bruyantes et suantes.

Parler s'avérait pour ainsi dire impossible : on avait beau se pencher pour s'époumoner à l'oreille de son voisin, ou s'arracher la gorge à force de crier, comme si on venait de se gargariser avec des bris de verre, on devait encore se répéter trois ou quatre fois avant que son commentaire (qui n'avait sans doute aucune importance, de toute façon) ne fasse son chemin.

Et, pour ne rien arranger, il faisait chaud. Le soleil n'y était pour rien – l'hiver ne tarderait pas –, mais les milliers de corps compressés dans une grotesque parodie d'intimité, oui. Les miasmes de transpiration et de parfum auraient suffi à asphyxier un bœuf à trente pas de distance.

Ses vêtements trempés de cercles peu distingués, bousculée par des inconnus, meurtrie en d'innombrables zones tendres dans le tohu-bohu de coups accidentels, Geneviève fit le dos rond au cœur du vacarme et de la fureur, et tâcha d'imaginer pire enfer que celui qu'elle était en train de vivre.

*

— Pas mal, hein, Olgun ? marmonna Widdershins, qui savait pertinemment qu'il pouvait l'entendre en toutes circonstances.

La réponse du dieu lui parut quelque peu condescendante. Comme s'il venait de lui dire, avec un sérieux tout paternel : « Oui, ma petite, c'est très bien. Maintenant, va jouer un peu plus loin, veux-tu ? »

— Tu ne trouves pas ces festivités impressionnantes ? lui demanda-t-elle, incrédule.

Sa question lui valut un regard étonné de la part d'un marchand qui se tenait à côté d'elle, lequel, par quelque caprice de l'acoustique, l'avait distinctement entendue. Le veuf au visage flasque et à la mine terreuse, flatté qu'une demoiselle lui accorde de l'attention, s'apprêtait à répondre quand il s'avisa soudain que la jeune femme s'adressait non pas à lui, mais à elle-même.

Cinglée.

Pendant ce temps, Olgun avait fait sentir à Widdershins, par le biais d'émotions catégoriques, que rien de ce que faisaient les êtres humains – à l'exception d'elle-même, bien entendu – ne pouvait l'impressionner, et qu'une plus grande concentration de clowns avait un effet certes plus divertissant mais, dans l'ensemble, pas plus renversant.

— Vraiment ? s'exclama-t-elle. Alors comme ça, nous sommes des clowns, placés là pour te distraire ? Ce n'est pas tout à fait ce qui est écrit dans le mythe de la création, si ?

Le dieu personnel de Widdershins lui adressa l'équivalent d'un sourire amusé, et refusa de s'attarder davantage sur la question.

La voleuse, têtue, ne comptait pas en rester là, et elle s'apprêtait à envoyer une réplique pleine d'esprit à son dieu de poche, quand elle sentit les doigts de Geneviève se refermer sur son bras.

— Qu'est-ce qu'il y a ? s'enquit-elle en espérant que son expression suffirait à traduire sa question, puisque les mots seuls ne servaient sans doute à rien.

Geneviève, les yeux agrandis par un enthousiasme contagieux qu'elle s'était pourtant évertuée à combattre, désigna par-dessus les têtes les lourdes portes bardées de fer qui gardaient l'entrée principale de Davillon. D'immenses oriflammes s'élevèrent et se déployèrent pour flotter, majestueuses, au-dessus des édifices environnants. L'Œil Éternel toisa les masses depuis de nombreux étendards, comme s'il pouvait lire la moindre de leurs pensées et n'en approuvait aucune.

Un grand mouvement se fit dans la foule, et seul le manque d'espace l'empêcha de prendre assez d'élan pour générer un monstrueux piétinement. Il serait plus juste de dire qu'elle glissa en avant, tel un glacier de chair et d'étoffe. Des murmures, audibles parce que répétés par d'innombrables bouches, coururent parmi les rangs de la multitude rassemblée dans l'attente.

— Vous avez vu ?

— On a hissé les oriflammes ! Il est là !

— Mais non, il ne peut pas être là ! Il n'est que deux heures après midi !

— Il est en avance ! Vous entendez ? L'archevêque est en avance !

À cet instant, les chuchotements furent dispersés dans l'air comme autant d'éclats de verre sous les salves tonitruantes de vingt trompettes, qui saluèrent l'arrivée de Son Éminence, le très estimé William de Laurent, archevêque de Chevareaux.

Les clairons sonnèrent, les bannières s'agitèrent, et des milliers de voix clamèrent leur joie (même si la plupart des citoyens ne célébraient pas tant la venue de l'archevêque – qui ne signifiait pas grand-chose pour eux – que la simple occasion de prendre du bon temps). Seuls les curieux arrivés dès les premières lueurs de l'aube, pour s'assurer une place au premier rang ou un poste d'observation en hauteur, auraient le privilège d'apercevoir l'équipage d'un blanc immaculé, flanqué d'une quinzaine de cavaliers et suivi des sept ou huit autres voitures qui transportaient la suite de l'archevêque. Les autres ne verraient rien de plus attrayant que l'arrière du crâne de leur voisin de devant.

Une main refermée sur le poignet de Geneviève telles les mâchoires d'un bouledogue, Widdershins se faufila, slaloma, se contorsionna, se pressa, se coula, poussa, bouscula, joua des coudes, bref força le passage à travers la barrière vivante qui la séparait de son but. Elle alla même jusqu'à invoquer l'aide d'Olgun à certains moments. Ici, une femme fut prise d'une crise d'éternuements et dut s'écarter, titubante, ce qui libéra une place que Widdershins s'empressa d'occuper. Là, un homme sentit sa ceinture se déboucler et un autre vide se créa comme il détalait, rouge de honte, les deux mains agrippées à sa culotte. En un temps record, la tavernière et la voleuse parvinrent au bord de la chaussée, où elles eurent enfin une vue bien dégagée sur…

— Un attelage, se plaignit Geneviève à l'oreille de sa compagne. Tout ça pour voir un stupide attelage ! J'espère que tu es contente, Shins. Quant à moi, je crois bien que je n'ai pas éprouvé un tel enthousiasme depuis au moins dix minutes !

— Ce n'est pas l'attelage qui compte, mais le passager ! jubila Widdershins sans pouvoir détacher son regard des étalons d'un blanc de neige, des fenêtres aux rideaux luxueux, des imposantes roues cerclées d'or.

— Parce que tu le vois, toi ? Vraiment, parfois, je ne te comprends pas !

— Non, mais je sais qu'il… Oh ! Zut.

Geneviève se tendit.

— Quoi, oh zut ?

— Là.

Widdershins désigna l'un des hommes de l'escorte : non pas un cavalier venu de Chevareaux, mais l'un des sept ou huit soldats de la Garde de Davillon qui s'étaient joints au pompeux cortège pour compléter la garde d'honneur.

— Julien Bouniard, souffla-t-elle. Tout devant, là.

— Allons, Shins ! Il ne risque pas de te repérer dans cette foule. Je suis sûre qu'il a d'autres chats à fouetter.

Widdershins se mordilla la lèvre inférieure sans répondre.

Le jeune agent qu'elle avait observé depuis les poutres en ce jour funeste, deux ans plus tôt, s'entêtait à se mêler de sa vie avec toute l'insistance d'un rêve récurrent. Devenu major après une ascension fulgurante dans les rangs de la Garde, il comptait à présent parmi les grands de la cité, et nombre d'entrepreneurs en délicatesse avec la loi maudissaient son nom. Malgré son habileté, Widdershins elle-même avait été arrêtée à plusieurs reprises au fil des ans – le plus souvent par Bouniard. Sa présence la rendait toujours assez nerveuse, même si elle ne voyait pas comment il aurait pu savoir que Widdershins n'était autre qu'Adrienne Satti.

Cependant, Geneviève avait raison. Qu'importaient le talent, l'expérience et le sens de l'observation de Bouniard, il avait peu de chances de la remarquer parmi les milliers de personnes qui l'entouraient. Avec un profond soupir, la jeune voleuse s'efforça de se détendre et de profiter du défilé.

*

Julien Bouniard, droit comme un I, tenait les rênes de sa monture d'une main lâche. Les plis de son tabard et de son uniforme, passés au fer et à la vapeur, étaient si nets qu'on aurait pu s'y raser la barbe. À son cou, la fleur de lis en argent fin et le médaillon de Demas scintillaient au soleil, et une plume de paon à l'ocelle bleu et vert avait été ajoutée à celle qui ornait déjà son chapeau de feutre.

Charlemagne, son coursier à la robe pommelée, piaffait d'impatience dans la lente procession. Il brûlait de galoper, de caracoler, de trotter, au moins. Même un pas rapide eût fait l'affaire. Mais non, il fallait se traîner sur les pavés, encerclé par des équidés de moindre stature et ces énormes trucs à roues, au train d'une mule atteinte de goutte.

— Tout doux, Charly, l'amadoua Julien en posant une main ferme sur son encolure. Moi non plus, je n'apprécie pas ce type de corvées.

Le cheval s'ébroua de plus belle, peu convaincu.

Julien ne put retenir un sourire sous son épaisse moustache châtain (qu'il avait affecté de porter dès l'obtention de sa promotion, dans l'espoir qu'elle le vieillirait assez pour le rendre crédible dans son nouveau rôle). Il ne comprenait que trop la frustration de sa monture – il la partageait, pour tout dire. Les obligations officielles comme celle-ci avaient tendance à le faire rêver d'une longue journée de paperasserie.

Le major, constamment à l'affût, se rembrunit à la vue d'un visage familier parmi la foule. Il savait d'avance qu'il n'obtiendrait pas la permission de quitter le cortège. Il possédait le grade le plus élevé, et il était primordial – du moins le lui avait-on martelé à maintes reprises au cours des semaines passées – que la cité fasse la meilleure impression possible sur son illustre visiteur.

Or, que penserait Son Éminence si un voleur à la tire lui subtilisait son manteau, ou se servait de lui comme appât afin de pêcher un poisson local ? Ce n'était pas la seule criminelle qu'il avait repérée dans la masse des badauds, et il allait se charger d'elle comme des autres.

Sans prendre le moindre risque.

D'un geste discret, Julien tira sur les rênes pour intimer à son destrier de ralentir un peu, de façon à se laisser rattraper par la voiture revêtue d'émail blanc. Il se pencha alors, et, d'un doigt ganté de cuir, toqua à la porte de bois branlante.

Le store se releva sans à-coups, les rideaux s'écartèrent, et un visage âgé et bienveillant apparut à la fenêtre.

— Un problème, major ? s'enquit William de Laurent.

— Rien de sérieux, Votre Éminence, le rassura poliment Julien, qui inclina la tête en signe de respect. J'ai repéré une canaille attestée dans la foule, et…

— Encore, major ? On dirait que la récolte est exceptionnelle, cette année.

Julien s'assombrit. Il n'ignorait pas qu'il marchait sur la corde raide, entre la nécessité d'assurer la sécurité de l'archevêque et son devoir en tant que soldat de Davillon.

— Chaque cité compte son lot de malfrats, Votre Éminence. Mais les grands rassemblements représentent une aubaine pour eux, aussi sont-ils de sortie.

— Certes. Et donc, vous aimeriez envoyer l'un de vos soldats appréhender cette canaille, comme tout à l'heure, je me trompe ?

— Euh, peut-être deux, cette fois-ci, Votre Éminence.

L'archevêque parut surpris.

— Est-ce vraiment nécessaire, major ? Cet homme ne peut-il pas être là dans la seule intention de profiter du spectacle ?

— C'est une femme, Votre Éminence. Et vous avez sans doute raison, en effet. Mais il se trouve que j'ai une certaine expérience avec cette voleuse-là. Elle ne manque pas de ressource, peut être un véritable fantôme quand elle le décide, et elle n'a pas une once de bon sens. Tant que durera votre séjour, je serai plus à l'aise en la sachant hors d'état de nuire, et donc de vous dérober jusqu'à votre chemise – pardonnez mon langage. J'aimerais tout au moins l'encourager à disparaître de votre voisinage proche ou lointain.

Julien était prêt à employer d'autres arguments pour plaider sa cause, avec toute la courtoisie qui s'imposait, mais de Laurent se contenta de sourire.

— M'est avis que vous vous inquiétez inutilement, major. Néanmoins, je ne suis guère qualifié pour vous dire comment faire votre travail. Envoyez vos hommes si vous estimez que cela vaut mieux. Je pense que je survivrai aux hordes d'assassins jusqu'à leur retour.

Julien lui adressa un large sourire.

— Merci, Votre Éminence.

Sur un hochement de tête, William de Laurent rabaissa le store. Julien adressa un signe aux deux soldats les plus proches, qui rompirent les rangs pour s'approcher de lui. Leurs chevaux avançaient toujours à une allure d'escargot. Julien grogna ses instructions.

*

Lorsque les deux soldats de la Garde firent volter leurs coursiers dans leur direction, Widdershins comprit que la belle assurance de Geneviève n'était plus de mise.

— Bouge-toi ! hurla-t-elle. (Elle attrapa son amie par la main et la fit replonger dans la marée humaine dont elles s'étaient extraites un peu plus tôt.) Par les dieux, je n'arrive pas à le croire ! Quelle probabilité…

— J'aurais dit quasi nulle, mais, vu les circonstances… répondit Geneviève, les yeux légèrement vitreux.

— Il doit y avoir des centaines de voleurs connus parmi toute cette foule ! Pourquoi faut-il que ça tombe sur moi ?

— Combien, parmi ces centaines de voleurs, se sont mis au premier rang ?

— Et c'est maintenant que tu me le dis !

Telle une chouette, Geneviève tourna la tête et lança un regard nerveux en arrière. Malgré le peu d'espace pour leurs montures, les hommes de la Garde avançaient rapidement. La populace s'écartait, bousculée par des mains prestes lorsque le tabard noir et argent des soldats ne suffisait pas à leur ouvrir la voie.

D'une brusque secousse, Geneviève se dégagea de l'étreinte de Widdershins.

— Ce n'est pas après moi qu'ils en ont, Shins ! cria-t-elle, déjà séparée de la voleuse par plusieurs rangées grouillantes. Je vais me débrouiller ! Cours !

— Mais…

Geneviève désigna les soldats, qui se rapprochaient vite, bien plus vite qu'elle-même n'aurait pu courir avec sa mauvaise jambe.

— Cours, je te dis !

Alors, Widdershins s'élança : elle se jeta au cœur de la foule, d'abord aussi gracieuse qu'un yack en fuite, puis, une fois calmée, avec plus de souplesse, contournant les badauds au lieu de les renverser. Peu à peu, ses poursuivants perdirent du terrain, et Widdershins se rua hors de la masse pour filer jusqu'à la ruelle la plus proche. Une poignée de secondes hors de leur vue, voilà tout ce qu'il lui fallait pour disparaître une bonne fois pour toutes.

Olgun lui lança un avertissement au moment où elle tournait le coin de la rue, mais, cette fois, même les réflexes félins de la voleuse ne suffirent pas. Quelque chose siffla à travers les ombres du passage et vint s'écraser brutalement contre son ventre. La douleur, vive comme un coup de poignard, la fit se plier en deux. Un cri étranglé qu'elle mit du temps à reconnaître comme le sien se répercuta le long de la ruelle. Elle se retrouva à quatre pattes dans les ordures, prise de violents haut-le-cœur.

Elle s'aperçut avec une sourde horreur que du sang se mêlait à ses vomissures.

Brock se matérialisa sur les pavés, la mine songeuse. Il faisait des moulinets avec son marteau.

— Oh, oh… Ça ne se présente pas très bien pour toi, Whiddershins, commenta-t-il en poussant du bout de sa botte le petit tas infect sorti de l'estomac de la voleuse. On dirait que tu t'es brisé quelque chose.

— Brock… croassa Widdershins entre ses lèvres maculées de vomi.

Elle leva vers lui des yeux éteints par la souffrance.

— Qu'est-ce qui ne va pas, Widdershins ? Voilà que tu te remets à parler en langage poulet.

Une expression de rage tordit le visage du « négociateur », qui asséna un coup de pied dans le ventre de sa victime. La violence du choc la souleva de terre.

Widdershins hurla. Son estomac la brûlait comme si elle avait avalé un bol de métal en fusion. Elle cracha un nouveau jet de bile sanguinolente au moment même où son épaule heurtait les pavés. Incapable de réagir, ou de seulement penser, elle se recroquevilla sur sa douleur, haletante, le souffle trop court pour expulser les sanglots qui lui assaillaient la poitrine et la gorge.

— Ça fait mal ? poursuivit Brock sur le ton de la conversation, pendant qu'il continuait à faire des moulinets avec son marteau. Vraiment mal ? (Il eut un rictus mauvais.) Plus encore qu'un coup – deux, même – dans les grelots ? Plus que de recevoir un foutu escalier en pleine poire ? Dans ce cas, je vais te faire une faveur. Je vais mettre un terme à ta souffrance.

— Pas le droit… (Widdershins prit quelques inspirations douloureuses pour retrouver ses esprits.) Pas le droit… de me tuer…

— Oh ! Tu crois ? Tout le monde sait que tu ne réfléchis pas avant d'agir, espèce de sale petite garce stupide ! Personne ne mettra ma parole en doute quand je raconterai que c'est toi qui m'as attaqué !

— Olgun… toussa-t-elle, trop secouée pour chuchoter.

— Olgun ? (Brock plissa les yeux.) Qui c'est, Olgun ? Et qu'est-ce que j'en ai à faire qu'il me croie ou non ?

— À l'aide…

Widdershins toussa de plus belle, et sa bouche se remplit à nouveau d'un mélange de sang et de bile. Elle cracha, écœurée par le goût métallique et la viscosité du liquide qui passait sur sa langue et franchissait ses lèvres. Un brouillard de gouttelettes rouges éclaboussa les pavés et moucheta les bottes de Brock.

— Pas très poli, ça, railla-t-il. Je vais finir par croire que tu ne m'aimes pas beaucoup.

Widdershins n'écoutait pas. Pelotonnée, tremblante, elle retint à grand-peine un sanglot soulagé quand elle perçut dans l'air autour d'elle le frémissement familier, la caresse divine de son dieu. De brasier dévorant, la douleur se réduisit à une petite flamme – encore intense, mais plus invalidante. Elle ne retournerait pas à un bal de sitôt, mais du moins ne mourrait-elle pas d'une hémorragie interne. Son abdomen se contracta quand Olgun commença à raccommoder quelques muscles déchirés par l'agression barbare de Brock. Elle fit de son mieux pour ne pas gémir lorsqu'elle sentit sa chair remuer à l'intérieur. Olgun l'avait sauvée… en partie.

Il fallait qu'elle se charge d'achever le travail.

— Brock… croassa-t-elle de nouveau.

— Oui ? s'enquit d'un ton aimable le colosse, qui s'approcha pour mieux entendre. Tu as un mot à me dire avant qu'on en finisse ?

— Tu n'es qu'un crétin !

Widdershins parvint à surmonter son supplice et allongea le poing, visant la cible qui avait si bien fonctionné la fois précédente.

Le coup atteignit l'entrejambe de l'homme avec un grand bruit métallique. La voleuse se mordit la langue pour s'empêcher de hurler. Son poing l'élançait, et l'un de ses doigts était tout engourdi. Cette ordure portait une coque sous sa culotte !

Brock partit d'un rire vicieux et grinçant.

— Autre chose ?

Les mains de la jeune femme tremblaient, mais elle n'en tint pas compte : avec une force inattendue, elle arracha le marteau de celles de Brock et profita de sa surprise pour l'abattre violemment sur son pied gauche.

Le cri strident qu'il poussa ne couvrit pas tout à fait le craquement de ses os brisés.

L'énorme brute s'affaissa, les mains crispées sur son membre fracassé. Widdershins se releva. La douleur lancinante dans son ventre et la retombée de l'adrénaline la firent vaciller. Olgun l'avait soignée du mieux qu'il pouvait, mais, sans quelques jours de repos, elle était hors course.

Enfin, pas tout à fait. Il lui restait une chose à accomplir avant de s'évanouir, de s'écrouler ou les dieux savaient quoi encore. Widdershins n'était pas une meurtrière, elle ne l'avait jamais été. Mais elle ne pouvait pas se permettre de laisser Brock lui tomber dessus une fois de plus. Qui sait ce qu'il lui ferait alors ? Les bras tremblant sous l'effort, elle brandit à deux mains le marteau. Son estomac se souleva de plus belle, et pas uniquement à cause de la douleur de sa blessure, mais elle tâcha de l'ignorer et se prépara à faire disparaître Brock de sa vie de la façon la plus définitive qui soit.

— Pas un geste !

Les doigts de Widdershins se relâchèrent et laissèrent tomber le marteau, qui atterrit sur la chaussée avec un bruit sourd. Pâle comme un linge, la voleuse regarda derrière elle.

Pistolet à silex au poing, les soldats qui l'avaient pourchassée s'avancèrent dans la ruelle. Le premier fit un pas de côté, son tire-cogne pointé tout droit sur la poitrine de la jeune femme, tandis que son compagnon décrochait d'une secousse une paire de menottes qu'il portait à la ceinture.

— Widdershins, par ordre du major Julien Bouniard, vous êtes en état d'arrestation sur présomption de vol, déclara le second soldat, un homme aux cheveux bruns et à la barbe fournie. (Il tourna les yeux vers le tas de viande tremblotant que formait Brock.) Et d'agression, ajouta-t-il d'un ton satisfait.

Alors là, non ! Certainement pas. Hors de question qu'elle retourne dans les geôles ! Pas de cette façon, à cause de la paranoïa de Bouniard, et encore moins pour s'être défendue contre cette montagne de crasse !

— Olgun, commença-t-elle, les yeux rivés sur les pistolets à silex. Je crois que… que…

La rue se mit à tournoyer follement autour d'elle, la douleur dans ses entrailles redoubla, et Widdershins s'écroula sur les pavés, inconsciente.

*

Tapis dans l'ombre d'une fenêtre cassée, ils observèrent les soldats de la Garde s'avancer dans la ruelle et s'agenouiller auprès des silhouettes à terre. Les lourdes menottes se refermèrent en cliquetant sur les poignets de la voleuse.

— Eh ! fit l'homme penché sur elle à l'adresse de son compagnon. Elle est salement amochée. Il va falloir que tu m'aides à la porter pour ne pas aggraver son état.

— Qu'est-ce qu'on en a à faire ? Ce n'est qu'une…

— Tu iras dire ça au major Bouniard.

Grognement étouffé.

— Et celui-là ?

— Il est en danger ?

— J'en ai pas l'impression. En tout cas, pas si elle n'est plus dans les parages. Mais il aura une drôle de démarche pendant un bon bout de temps.

— Dans ce cas, on lui enverra quelqu'un quand on se sera occupés de celle-ci.

— Entendu.

Avec une délicatesse qui démentait quelque peu son attitude cavalière, le second agent aida son camarade à soulever Widdershins de façon à la maintenir plus ou moins à l'horizontal. Lentement, avec précaution, ils retournèrent vers les chevaux qu'ils avaient laissés à l'entrée de la ruelle.

Quelques minutes encore, pour être sûrs que les soldats étaient bien partis et que le grondement assourdi des rues surpeuplées engloutirait tout bruit imprévu, puis, ainsi rassurés, le Grêlé et le Balafré sortirent de leur cachette – le premier boitait encore, et tous deux étaient couverts d'ecchymoses, d'écorchures à vif et d'échardes récalcitrantes.

— On aurait pu se charger d'eux, souligna le Grêlé pendant qu'ils se hâtaient vers le monticule de chair frémissante formé par leur chef.

— Assassiner deux soldats de la Garde ? Sans ordre explicite de la capitaine ou du Seigneur Voilé ? Alors ça, je ne pense pas…

— Je ne te le fais pas dire, bon à rien ! (La voix de Brock, étouffée par les détritus et la crasse de la rue, frisait l'hystérie.) Vous auriez dû les tuer ! Les anéantir, tous les trois !

— Ça va, Brock ? s'enquit le Balafré en s'agenouillant, dans une imitation involontaire du soldat qui s'était tenu là quelques instants plus tôt.

En guise de réponse, Brock parvint à refouler sa douleur assez longtemps pour lui allonger une claque à lui dévisser la tête. Puis, lorsque le malheureux se fut enfin relevé :

— Aide-moi, abruti !

En réalité, ils ne furent pas trop de deux pour soulever le colosse, et même ainsi l'effort les laissa tous trois haletants. Mais, une fois redressé, le Balafré put le soutenir seul.

— Toi, file à leur poursuite ! ordonna Brock entre ses mâchoires pâles et serrées. Ils ne peuvent pas être bien loin, avec cette petite garce à porter.

— Euh… commença le Grêlé.

— Bon sang ! Je ne te dis pas de leur tomber dessus en plein milieu de la foule ! Tu les suis, c'est tout, et tu trouves dans quelle prison ils la mettent. Ensuite, tu nous retrouves à la guilde pour qu'on élabore un plan. (Déjà, il se retournait et traînait littéralement derrière lui l'homme sur lequel il s'appuyait.) Widdershins ne sortira pas vivante de sa geôle.

Chapitre 7

QUATRE ANS PLUS TÔT :

Les hommes et les adolescents qui se tenaient sur le toit semblaient pour le moins louches – et, compte tenu du genre de fréquentations auxquelles Adrienne était acoutumée, ce n'était pas peu dire. Elle en avait connu de plus féroces et de plus malpropres, et de loin. Mais, tout de même, quelque chose chez eux tirait la sonnette d'alarme dans sa tête.

Les lames nues qui l'avaient accueillie à son arrivée sur le toit n'y étaient peut-être pas pour rien.

— Voici les amis dont je t'ai parlé, Adrienne. (Indifférent à son malaise, Pierre poursuivait les présentations.) Voici Joseph, et là, c'est…

Le dénommé Joseph, crinière épaisse d'un roux d'automne et carrure charpentée, s'approcha, menaçant. Sa culotte et sa chemise noires – tous sans exception, ne put s'empêcher de remarquer Adrienne, portaient des vêtements noirs – bruissèrent lorsqu'il s'avança, comme si des chuchotements de conspiration s'échappaient de ce frottement d'étoffes. À sa hanche pendait une dague courbe à laquelle il ne manquait pas grand-chose pour être qualifiée d'épée (ce qu'elle vivait sans doute mal).

Adrienne tressaillit, mais c'était vers Pierre, et non elle, que Joseph se dirigeait. Il empoigna le jeune homme à deux mains par le devant de sa chemise et le souleva de terre sans effort apparent. Pierre blêmit et, impuissant, agita les pieds à quelques centimètres du sol.

— Pour commencer, sale avorton, pas de noms, gronda Joseph. Ta petite catin n'a pas besoin de savoir qui nous sommes.

Adrienne se hérissa, rouge de colère, mais Pierre signifia son assentiment du mieux qu'il put.

— Compris, coassa-t-il. Autre chose ?

— Oui. La prochaine fois que tu veux associer quelqu'un à l'un de nos projets, demande la permission avant !

Joseph le secoua à lui en faire claquer les dents comme des castagnettes : le visage de Pierre vira au violet.

Un murmure d'acier frottant contre le cuir précéda de peu le contact d'une rapière sur la gorge de Joseph. Pétrifié, les bras immobiles malgré le poids de Pierre, Joseph tourna la tête autant qu'il le put sans tendre le cou contre la lame.

— Lâche-le, lui intima Adrienne avec une assurance qu'elle était loin d'éprouver et dont, à cet instant-là, même le souvenir lui paraissait très lointain. Je ne plaisante pas. Repose-le.

— Une seule goutte de mon sang, petite, et vous mourrez ici même, ton petit copain et toi. Tu en as conscience, pas vrai ?

Adrienne commençait à suer à grosses gouttes – la poignée de son épée était déjà poisseuse de transpiration –, mais sa voix ne laissa rien deviner de sa peur.

— Peut-être, mais tu ne seras plus là pour le voir.

Joseph la toisa, et elle fit de même. Le regard qui les liait tous deux n'était ni moins tranchant ni moins dur que l'acier effilé de la rapière.

Impassible, Joseph finit par lâcher sa victime, qui retomba sur le toit avec un bruit sourd et un soupir de soulagement. Pierre leva vers Adrienne un visage à la fois gêné et reconnaissant, se remit sur ses pieds tant bien que mal et s'empressa de la rejoindre.

— Merci, souffla Adrienne.

— Je t'en prie, répliqua Joseph, cérémonieux.

De l'index, il écarta avec précaution la lame de sa gorge. Puis il s'esclaffa, hilare, plié en deux par la violence de ses éclats de rire.

— Dieux du ciel et de l'enfer, Pierre ! s'exclama-t-il lorsqu'il put enfin parler. On peut dire que tu les choisis bien, toi ! (Il se calma peu à peu avant de retrouver complètement son sérieux.) C'est bon, vous venez. On va bosser ensemble.

— Génial ! s'écria Pierre, toute humiliation oubliée. Merci, Joseph ! Tu ne seras pas déçu.

Adrienne sentit sa mâchoire s'affaisser.

— Il ne vaudrait mieux pas, l'avertit Joseph. Bon, que tout le monde s'approche de moi. Je n'ai pas l'intention de me répéter.

Le crissement d'une quinzaine de pas sur le toit étouffa le hoquet de frayeur de Pierre lorsqu'il sentit une violente secousse sur sa manche. Il fit volte-face et leva les mains pour se défendre.

— Par les dieux, Adrienne ! Tu m'as fichu une de ces…

— Mais qu'est-ce qui te prend ? chuchota-t-elle d'une voix tendue, presque douloureuse. Après ce qu'il t'a fait, on devrait déjà être loin d'ici !

Pierre sembla perplexe.

— Il était juste un peu contrarié, Adrienne. Tout va bien, maintenant.

— Un peu contrarié ? Ce type t'a soulevé de terre et t'a secoué comme un prunier, Pierre !

— C'est sa façon de faire. Ça ne veut rien dire pour lui.

— Et ils m'ont menacée de leurs épées !

— Ta présence les a surpris, c'est tout.

Les traits de la jeune fille s'embrasèrent.

— Et il m'a traitée de catin !

— Il ne te connaissait pas encore, ma douce. Allez, Adrienne, ne te fâche pas pour si peu. Sois raisonnable, allons rejoindre les autres et écouter ce qu'il a à dire.

Sur ces mots, Pierre traversa le toit en toute hâte, sous le regard incrédule de sa compagne. Adrienne secoua la tête, remit sa rapière au fourreau, et songea un instant à les laisser à leur petit jeu, tous autant qu'ils étaient, pour aller se trouver une occupation plus raisonnable. Éviter des chariots lancés à fond de train, par exemple, ou jeter du crottin de cheval sur les soldats de la cité.

Elle n'en ferait rien, bien entendu, et poussa un grand soupir affligé lorsqu'elle finit par se rendre à l'évidence. Non sans maugréer et traîner des pieds, elle alla prendre place dans le cercle des comploteurs.

— Quel immense plaisir de te voir enfin parmi nous, Adrienne, la railla Joseph au moment où elle se glissait entre Pierre et son voisin, un individu à l'air malsain qui, n'étaient ses cheveux blonds hirsutes, avait tout du corbeau.

— Tes remarques, tu peux te les mettre où je pense, Joseph.

Pierre la regarda bouche bée, horrifié, mais les autres voleurs hurlèrent de rire, Joseph en tête.

— Décidément, cette fille me plaît ! lança-t-il à la cantonade. Je vais peut-être te donner un rôle régulier dans mes opérations, Adrienne.

— Et si tu nous parlais plutôt de celle de ce soir, avant de penser à m'intégrer aux prochaines ?

— Très juste ! (Joseph s'éclaircit la voix et observa à tour de rôle chacun des visages qui le regardaient avec enthousiasme – ou sans, pour l'un d'entre eux.) Comme vous le savez peut-être déjà, j'ai entretenu certaines amitiés et distribué quelques pots-de-vin parmi les domestiques de diverses…

— Passe l'introduction ! l'interrompit le corbeau d'une voix rocailleuse. Sauf ton respect, on s'en balance pas mal de savoir comment tu as eu tes informations. Qu'est-ce que tu as découvert ?

— Tu n'es qu'un sauvage, Anton.

— Tant que tu fais de moi un sauvage riche, je peux faire avec. Accouche.

— Bon, puisqu'on me le demande si gentiment, il semble qu'Alexandre Delacroix ait été retenu plus longtemps qu'il ne le désirait à Guillerne, où il séjournait pour affaires. Mais en raison d'autres obligations ici, à Davillon, il a dû hâter son retour, forcer ses chevaux, voyager de nuit, bref, vous voyez le tableau.

— Et ? le pressa Pierre d'une voix où perçait l'excitation.

Tant de servilité ne put qu'arracher à Adrienne un sourire de mépris.

— Et, reprit Joseph, si j'en crois nos éclaireurs, il devrait arriver ici cette nuit. Dans une heure, environ.

» Ce qui, ajouta-t-il, nous laisse juste assez de temps pour sortir de la ville et attaquer l'équipage avant qu'il n'atteigne le mur d'enceinte.

Adrienne n'avait évidemment jamais rencontré Alexandre Delacroix : ni elle, ni aucun de ceux qui se trouvaient sur le toit ce soir-là, à l'exception de Pierre lorsqu'il était enfant, peut-être, n'auraient été en position de croiser son chemin. Mais bien rares étaient les citoyens, toutes classes sociales confondues, qui n'avaient jamais entendu parler de lui. Delacroix était un aristocrate parmi les aristocrates, le genre d'homme dont même les chevaux et les chiens de chasse étaient plus riches que la plupart des citoyens. Si son espèce côtoyait celle d'Adrienne, c'était uniquement parce que Davillon ne comptait pas assez de rues pour leur éviter de se mêler l'une à l'autre.

D'après ce que la jeune fille avait entendu dire, du moins si ses vagues souvenirs étaient exacts, la Maison Delacroix était l'une des plus anciennes de la cité, et son histoire comptait maints rebondissements. À la suite d'une succession d'investissements malheureux, les finances de la Maison avaient subi quelques années désastreuses, et la rumeur d'un proche bannissement de la noblesse avait pris tant d'ampleur que même Adrienne en avait entendu parler. Et puis, voilà un an à peine, Delacroix avait connu un retour de fortune aussi brusque qu'avait été le revers, au point qu'il était redevenu l'un des aristocrates les plus prospères de Davillon.

Sans surprise, donc, le gentilhomme avait pris l'habitude de superviser lui-même les affaires de sa Maison. Le voyage dont il revenait ce soir-là en était un exemple, et il aurait sans nul doute une grande quantité d'or sur lui. Son escorte devait être éreintée par ce long périple, épuisée par l'allure forcée. De plus, en frappant hors les murs, les bandits pouvaient être certains qu'aucun détachement de soldats de la Garde ne volerait au secours de l'aristocrate.

Jusque-là, le plan tenait la route, mais un sujet essentiel avait été laissé de côté, et la jeune voleuse hésita à l'aborder.

Qu'adviendrait-il de Delacroix et de ses serviteurs ? Adrienne Satti avait passé la majeure partie de sa vie à voler, cependant, si elle avait dû répandre quelquefois le sang pour sauver sa peau, elle n'avait jamais assassiné personne.

Elle voulut poser la question, mais celle-ci s'attarda sur le bout de sa langue, légère comme une plume, et ne franchit jamais ses lèvres. Puis la bande de brigands descendit l'escalier pour se faufiler jusqu'à l'une des nombreuses bouches d'égout qui perçaient les remparts, et des visions de marques d'or vinrent chasser de sa tête toute autre pensée. Son interrogation finit aux oubliettes.

*

Les muscles tendus, ils retenaient leur souffle, certains juchés parmi les arbres aux branches robustes dont l'épais feuillage les dissimulait, d'autres tapis au sommet des petites buttes qui se dressaient çà et là en bordure de la route, d'autres encore aplatis au sol tout près de la chaussée, invisibles dans la nuit.

Adrienne se tenait au poste d'observation le plus élevé, cramponnée à la cime d'un grand arbre. On ne le lui avait pas demandé. Personne n'était venu lui dire : « Eh ! Puisque tu es nouvelle et sans expérience, que dirais-tu d'être notre guetteuse, Adrienne ? » Mais, la plus légère et la plus habile du groupe, elle pouvait atteindre des hauteurs inaccessibles aux autres. Voilà pourquoi elle était assise là, les côtes taquinées par des rameaux, la nuque et le dos des mains chatouillés par la verdure (que la saison ferait bientôt roussir puis brunir). Une douce brise, léger souffle nocturne, lui caressait le visage et dansait une valse dans ses cheveux, chargée du parfum des feuilles d'automne auquel se mêlait le piquant encore léger des jours plus froids à venir.

Ainsi que d'un bruit, tout d'abord imperceptible puis de plus en plus net, de sabots fatigués et chancelants, accompagné du grondement de lourdes roues.

Elle se pencha au-dessus de Pierre, dont elle ne voyait que le sommet du crâne dans la pâle lueur de la lune.

— Préparez-vous ! chuchota-t-elle.

Avec un hochement de tête, il descendit en s'aidant des pieds et des mains jusqu'à mi-hauteur de l'arbre, où il fit passer le message à l'intermédiaire suivant.

La curiosité la retint quelques instants encore, et elle observa attentivement le petit cortège qui abordait le virage : les lanternes formaient comme de petites lunes sur la route plongée dans les ténèbres. Deux cavaliers apparurent en tête, vêtus de cuir épais et de lourds manteaux, armés chacun d'une rapière accrochée à la ceinture et d'une espingole attachée à la selle.

Quatre chevaux trottaient à leur suite, attelés à une voiture bringuebalante. Celle-ci, flanquée de deux autres gardes accoutrés comme les premiers, faisait grande impression. Le bois était peint d'une riche teinte sombre, et les portes, comme les fenêtres, se découpaient dans des cadres qui avaient tout l'air d'être en argent. Aucun autre ornement n'était visible, à l'exception des armoiries familiales en cuivre estampé plaquées sur chacune des portes.

L'angle de vue ne lui permettait pas de les distinguer tout à fait, mais ces armoiries évoquaient un vague souvenir, comme le refrain d'un air connu qu'elle n'arriverait pas à situer tout à fait...

L'équipage tourna pour suivre la courbe de la route, et Adrienne sentit son cœur manquer un battement. Pour les connaître, elle les connaissait, ces armoiries – bien qu'elle ne les ait vues qu'une fois, et l'espace d'un très bref instant.

Une tête de lion à large crinière, aux yeux dissimulés par un domino.

Alexandre Delacroix était l'homme à qui elle avait dérobé la rapière qui pendait à présent à sa ceinture, accusatrice, l'homme qui avait empêché son serviteur de la tuer, et lui avait sauvé la vie quand tous les tribunaux de la cité auraient confirmé son droit à la lui prendre. Et voilà qu'elle-même se trouvait là, embusquée dans un arbre en surplomb de la route, à attendre le bon moment pour l'assaillir, le dépouiller, le...

L'assassiner, admit-elle enfin. Son cœur se mit à cogner violemment dans sa poitrine. Adrienne n'allait pas lui mettre elle-même l'épée sous la gorge ou le pistolet sur la tempe, non, mais elle savait que quelqu'un d'autre le ferait. Joseph et ses comparses ne pourraient jamais atteindre la voiture sans tuer les gardes, et en aucun cas ils ne laisseraient survivre un témoin de ces meurtres. Delacroix devait mourir. Et malgré tout elle les avait suivis, aveuglée par la promesse des richesses à conquérir.

Serait-elle allée jusqu'au bout si cet équipage avait transporté quelqu'un d'autre ? Elle l'ignorait et ne le saurait jamais. Mais, en l'occurrence, elle ne pouvait aller plus loin.

— Pierre ! siffla-t-elle aussi fort qu'elle l'osa, tout juste un murmure. On doit arrêter ça ! Pierre !

Cependant, le jeune homme était déjà descendu au pied de l'arbre pour se mettre en position, et il ne l'entendait pas.

Moitié dégringolant, moitié glissant, Adrienne regagna la terre ferme. Ses paumes et ses doigts récoltèrent plus d'une écharde avant qu'elle n'atteigne le sol, mais elle s'en aperçut à peine. Sa première impulsion, presque irrépressible, fut de s'enfuir à toutes jambes loin de l'horreur qui s'annonçait. Et de fait, l'un devant l'autre, ses pieds se mirent à marteler et écraser terre et feuilles à une vitesse vertigineuse.

Lorsqu'elle sentit l'odeur des chevaux, du bois et du cuir – lorsqu'elle leva les yeux et vit devant elle la route et la silhouette menaçante des premiers gardes de l'aristocrate –, alors seulement, elle comprit qu'elle ne fuyait pas. Deux ou trois secondes encore, tout au plus, et elle serait repérée. Voilà tout le temps qu'il lui restait pour prendre la décision la plus importante de sa vie.

— Arrière ! hurla-t-elle à pleins poumons en agitant les bras au-dessus de sa tête. Guet-apens ! Brigands ! Attention !

Adrienne n'avait même pas conscience de ce qu'elle criait, elle n'avait qu'une seule idée en tête : il fallait les avertir, les contraindre à l'écouter avant qu'il ne soit trop tard.

Elle crut d'abord qu'elle avait échoué, qu'elle venait de signer son arrêt de mort, car le plus proche des gardes dégagea son espingole de sa selle et la pointa droit sur elle. Un instant, elle fut projetée deux ans en arrière sur la place du marché de Davillon, à attendre, tremblante, que le plomb parte et lui fracasse le crâne, les côtes ou les dieux savaient quoi encore. Qui sait s'il ne s'agissait pas du même homme qui avait failli l'abattre ce jour-là ? À la lueur de la lune déclinante, le visage du garde – avec son bouc brun-roux et son regard reptilien – ressemblait bel et bien à celui de son souvenir.

Mais l'arme resta muette. Pendant que ce garde-là, sans ciller, gardait Adrienne en ligne de mire, les trois autres – non, cinq, car une troisième paire de cavaliers qu'elle n'avait pas remarquée venait derrière – passèrent à l'action : ils tirèrent sur les rênes de leurs montures pour aller former un cercle resserré autour de l'attelage. Efficaces et expérimentés, ils firent en sorte que les parois de la voiture fassent écran et que leurs champs de tir se croisent, afin de couvrir tous les angles d'attaque. Sans se presser, l'homme qui surveillait Adrienne alla rejoindre sa position et lui fit signe d'avancer, son canon toujours pointé sur elle. Apeurée, la jeune fille obtempéra.

*

— Mais qu'est-ce qu'elle fabrique ? s'étrangla Joseph, la gorge aussi serrée que ses poings. Elle est en train de tout foutre en l'air !

— Je… Je ne comprends pas ! balbutia Pierre, livide. Je… Je ne…

— Tu ne quoi ? aboya Joseph. C'est ta faute, espèce de saligaud ! C'est toi qui nous as amené cette petite garce !

— Je… Mais, elle n'était pas censée…

— Comme tu dis !

Joseph planta la lame de sa dague courbe dans l'oreille de Pierre, jusqu'à la garde. La bouche ouverte sur un cri éternellement silencieux, le jeune homme tressauta et fut pris de violentes convulsions, ses pieds frottèrent sur la terre couverte de brindilles, secoués de spasmes. Joseph retira son arme d'un coup sec, dans un écœurant crissement de métal contre l'os, et Pierre s'écroula au sol, où il demeura, inerte.

— On attaque maintenant, déclara Joseph d'un ton froid.

— Euh… Tu es sûr ? (Le corbeau, Anton, jeta un coup d'œil nerveux au cadavre couvert de sang et agita son arbalète dans la direction de l'équipage.) Ils sont sur leurs gardes, maintenant, et je n'ai pas tellement envie de…

— J'ai dit, on attaque maintenant, bon sang ! Ils sont sur leurs gardes, et alors ? On est presque à trois contre un ! Remuez-vous !

Anton poussa un soupir résigné et, comme les autres, s'exécuta.

*

À la lumière des lanternes accrochées à la voiture, Adrienne voyait désormais clairement le visage de l'homme qui l'escortait : c'était le serviteur qui avait voulu la tuer, elle en était convaincue. À son cou pendaient deux médaillons, l'un frappé du lion au domino de la Maison Delacroix, l'autre portant la même tête de lion, mais sans masque. Elle se demanda ce que cela signifiait.

— Fais-la monter ! ordonna une voix sèche, autoritaire, depuis l'intérieur de la voiture.

Adrienne sursauta, stupéfiée de si bien reconnaître ce timbre qu'elle n'avait pourtant entendu qu'une fois et très brièvement.

— Monsieur, objecta le garde, nous ne sommes pas sûrs…

— Tout de suite, Claude !

La jeune voleuse, interloquée, vit le serviteur lever les yeux au ciel lorsqu'il entendit l'ordre de son maître. Mais il acquiesça :

— Oui, monsieur. Puis-je au moins la délester d'abord de sa rapière ?

— Je ne crois pas, non.

— Fort bien. Je dirai une belle prière à vos funérailles.

La porte de la voiture s'ouvrit, inquiétante. Adrienne, qui ne distinguait pas grand-chose de l'intérieur, eut l'impression de s'avancer vers un antre de noirceur infinie quand elle grimpa sur le marchepied.

— Assieds-toi, lui intima la voix.

Elle obéit à l'instant même où débutait l'attaque.

*

Les brigands surgirent des arbres et chargèrent en hurlant. Les arbalètes vibrèrent, les armes à feu rugirent, des traits fendirent l'air, des balles et des charges de plomb crépitèrent tout autour et, cruels, criblèrent la chair et les os.

Ce fut un massacre, mais pas celui auquel Joseph et ses complices s'attendaient. L'épaisseur des pans de bois de la voiture – sans parler des plaques de fer qui les renforçaient, installées précisément dans cette éventualité – rendait les gardes indifférents aux attaques autres que frontales. Et tout pillard assez fou pour s'aventurer sur ce terrain-là était accueilli par le feu. Six amorces d'espingoles se consumèrent, six volées de plomb fusèrent, et six pistolets à silex surgirent les dieux savaient d'où. Ils crachèrent à leur tour, avant même que la fumée de la première salve ne se soit dissipée.

Entre la désertion d'Adrienne, l'exécution de Pierre et la première fusillade, Joseph avait perdu près de la moitié de ses effectifs avant d'avoir abattu un seul ennemi.

Lorsque les dernières munitions chargées eurent été tirées, une série de sifflements de métal contre le cuir, pareils à ceux d'une horde de serpents, annonça l'apparition de rapières, d'épées à double tranchant et de poignards. Talonné par ses comparses, Joseph s'élança à la rencontre des gardes qui s'avançaient vers eux.

À présent que l'escorte de Delacroix était privée de protection, les brigands, plus nombreux, semblaient encore en mesure d'inverser la tendance. Joseph fut le premier à faire couler le sang : il peignit de sa lame une entaille rouge sur la jambière noire de l'un des cavaliers. Les autres voleurs déferlèrent à sa suite, en rangs trop serrés pour permettre aux combattants à cheval de tirer parti de la rapidité de leurs montures, qui furent bientôt acculées contre l'équipage à l'arrêt.

Mais en dépit de leur nombre, de leur désespoir, de la vie de violence qu'ils avaient menée dans la rue, ces hommes-là n'étaient pas rompus à ce genre de mêlée. Sur un ordre, les chevaux se cabrèrent, les sabots prêts à broyer de l'os. Les gardes mirent à profit la masse de leurs montures pour repousser leurs adversaires, puis les chargèrent à leur tour dans une pluie impitoyable d'estocades soigneusement dirigées vers la moindre parcelle de chair laissée à découvert. Le cri triomphal de Joseph s'interrompit net lorsque l'homme qu'il avait blessé à la jambe se fendit d'une riposte parfaite, avantagé par la haute taille de son destrier. Sa lame s'enfonça d'un seul coup dans la zone tendre à la base de la gorge de Joseph, et le robuste bandit mourut, une expression incrédule à jamais fixée sur ses traits.

*

La voiture tanguait dans le tumulte du dehors. Adrienne avait envie de hurler à pleins poumons, ou bien de se terrer sous son siège. Mais, comme Alexandre Delacroix ne faisait ni l'un ni l'autre, sa fierté lui imposait de rester assise pendant que le chaos faisait rage autour d'elle.

Le combat prit fin quelques instants à peine après avoir commencé. Deux des défenseurs gisaient à terre, en sang – l'un pourrait encore être sauvé, moyennant des soins appropriés, mais l'autre, éventré, était de toute évidence perdu – aux côtés de sept ou huit assaillants. Les rares brigands à avoir survécu avaient fui vers la sécurité des arbres, conduits par un Anton hâve et déguenillé.

Alors, tout ne fut plus que silence – moment suspendu entre la vie et la mort, où les bruits nocturnes n'avaient pas encore remplacé la clameur évanouie de la bataille. Le pépiement timide d'un oiseau moqueur rompit ce calme, quelques stridulations de criquets suivirent, puis la nuit reprit sa cacophonie ordinaire.

— C'est fini, monsieur Alexandre, annonça le garde le plus proche. Tous les brigands sauf une poignée sont morts, les autres ont fui.

Le vieil aristocrate dut répondre à son homme d'armes, mais Adrienne n'entendit pas. Son sang bourdonnait à ses oreilles, et la sueur s'était remise à ruisseler sur son visage.

Tous les brigands sauf une poignée sont morts…

— Pierre ! hurla-t-elle d'une voix stridente.

Elle se précipita vers la porte de la voiture, l'ouvrit à la volée et, sans se rendre compte qu'elle avait renversé le garde du corps qui venait de parler, elle s'élança vers les bois aussitôt que ses pieds eurent touché le sol.

Adrienne ne vit pas la crosse de l'espingole s'abattre sur son crâne. Un éclair fulgurant lui lézarda l'arrière de la tête, et elle s'effondra sur la route, sans connaissance.

*

Le monde cahotait.

Avec un grognement, Adrienne se força à ouvrir les yeux, qui se fixèrent sur le plafond de la voiture. Celle-ci plongeait, remontait, tanguait en tous sens, lui donnait le vertige, projetait sa tête déjà douloureuse contre le siège, et elle sentit que d'un instant à l'autre elle allait…

— Tiens, fit une voix.

Un seau en bois glissa dans sa direction. Elle s'en empara juste à temps pour ne pas répandre le contenu de son estomac sur le plancher. Elle se rallongea sur le banc en bois avec une brusque inspiration, et manqua de renverser le seau – ainsi que son contenu âcre et infâme.

— Je crois que nous ferions bien de nous en débarrasser, commenta la même voix. L'achat d'un seau neuf ne devrait pas trop plomber mes finances.

Adrienne, les yeux toujours rivés au plafond, entendit la porte s'ouvrir et le seau tomber au bord de la route, où il servirait sans doute de repas à toutes sortes de charognards affamés.

— Tu as là une belle épée, poursuivit l'autre occupant de l'équipage sur le ton de la conversation. J'ai l'impression de l'avoir déjà vue quelque part.

Adrienne avait mal à la seule pensée de bouger, mais elle tourna tout de même la tête, juste ce qu'il fallait, pour regarder l'homme assis en face d'elle. Alexandre Delacroix lui apparut assez semblable à l'homme qu'elle avait vu au marché : le nez en bec d'aigle, les traits accusés, presque chauve… et souriant. Par tous les dieux, pourquoi donc souriait-il ?

— Vous voulez… (Adrienne referma les yeux sous un brusque assaut de douleur.) Vous voulez… que je vous la rende ?

— Je dirais, mon enfant, que c'est une bien modeste récompense pour m'avoir sauvé la vie tout à l'heure.

— Je me suis seulement… acquittée d'une dette.

L'attelage s'enfonça soudain dans une nouvelle ornière : Adrienne gémit. L'inquiétude se peignit sur les traits du vieil homme.

— Je m'en veux terriblement, mon enfant. Tu as, disons, surpris mes gardes en sautant ainsi de la voiture. J'ai bien l'impression que Martin t'a frappée plus fort qu'il ne le voulait. Mais tu t'en remettras. Je vais appeler mes meilleurs guérisseurs à ton chevet.

Il se tut un instant, puis :

— De quelle dette parlais-tu ?

— Vous… avez empêché votre homme de main de me tuer… au marché.

Le visage de Delacroix, d'abord perplexe, s'éclaira tout à coup. Il rit doucement.

— Je suis flatté que tu aies une si haute opinion de moi, mon enfant, mais j'ai bien peur que tu m'aies attribué des motivations bien plus honorables qu'elles ne l'étaient en réalité. Tu courais au beau milieu d'une place bondée, et l'espingole n'est pas une arme de précision, même en des mains expertes. À vrai dire, je redoutais que l'un des tirs de Claude n'atteigne d'autres personnes dans la foule. Si j'avais pu être certain qu'il te toucherait, je l'aurais laissé tirer.

Adrienne remua les lèvres, mais aucun son n'en sortit.

Le gentilhomme parut lire dans ses pensées, ou du moins déchiffrer son expression.

— Ce qui est arrivé il y a deux ans appartient au passé, ma petite. Cette nuit, tu m'as sauvé la vie, et cet acte efface bien des méfaits. Tu n'as rien à craindre de moi. Lorsque tu seras rétablie, tu pourras partir. Saine et sauve, tu peux être tranquille sur ce point.

Cette simple affirmation, loin de la rassurer comme Delacroix en avait l'intention, ne fit que lui rappeler la raison qui l'avait poussée à s'échapper en premier lieu.

— Pierre… murmura-t-elle alors que des larmes roulaient sur ses joues.

Delacroix hocha lentement la tête.

— Pierre Lemarche ? Oui, je l'ai reconnu. J'ai côtoyé son père avant la chute regrettable de leur famille. Hélas ! Il n'a pas survécu à l'altercation. L'un des brigands l'a semble-t-il tué avant même le début de l'attaque.

Il se tut et couva d'un regard bienveillant la jeune fille en pleurs.

Il attendit que ses sanglots se calment pour reprendre avec compassion :

— Je comprends. Mon épouse est décédée il y a presque deux ans maintenant. Peu de temps après notre première rencontre, en fait. (Autre silence.) Comment t'appelles-tu, dis-moi ?

Elle renifla, s'efforça de surmonter son chagrin et la douleur lancinante dans sa tête. Elle n'avait qu'une envie : dormir, le plus longtemps possible.

— Adrienne, murmura-t-elle.

— Adrienne. Adrienne.

Il répéta son prénom, en fit rouler les sonorités sur sa langue, le goûta comme un vieux vin. Il paraissait réfléchir, songer à quelque chose qui dépassait la simple présence de la jeune fille étendue devant lui : la crainte vint se mêler à la souffrance d'Adrienne.

Cependant, pour l'heure tout au moins, elle ne pouvait pas faire grand-chose. Inutile d'envisager de courir : elle ne tenait même pas debout. Aussi demeura-t-elle allongée là, la tête posée sur le banc mal rembourré qui tressautait. Elle ne pouvait que prier pour que cet étrange aristocrate tienne parole et ne lui fasse aucun mal.

Chapitre 8

AUJOURD'HUI :

Julien Bouniard franchit à pas énergiques l'imposante porte, rabotée par le temps mais aussi solide qu'au premier jour. Sans s'arrêter, il ôta d'un geste sec ses gants à crispin, qu'il fourra pêle-mêle sous sa ceinture. Une odeur tenace de moisissure l'assaillit et lui fit froncer le nez de dégoût. Il emprunta plusieurs couloirs sales et oppressants, éclairés par de méchantes lanternes suspendues au plafond. Ces maudits trésoriers de la cité ne pouvaient même pas faire l'effort d'installer un éclairage décent en ces lieux. La qualité des lampes était si mauvaise que leurs ronds de lumière se rejoignaient à peine, et qu'elles dégageaient une affreuse fumée qui piquait les yeux et la gorge.

Peu à peu, une deuxième porte identique à la première se matérialisa devant lui dans la pénombre. Un léger cliquetis se fit entendre lorsqu'il manipula le trousseau de clés accroché à sa ceinture, puis l'énorme verrou s'ouvrit avec un claquement sonore.

La pièce qui se trouvait au-delà, plus propre (ce qui n'était guère un exploit), était éclairée par des lanternes modernes nettement plus efficaces (et qui dégageaient beaucoup moins de fumée) que celles des couloirs exigus. Le sol de pierre disparaissait sous un tapis d'un beige terne – du moins était-il beige à présent, quelle qu'ait pu être sa couleur d'origine –, et plusieurs tapisseries hors d'âge masquaient en partie les murs. Un bureau monumental occupait le fond de la salle, flanqué de casiers de rangement empilés les uns sur les autres. Derrière se dessinait une troisième porte – gardée non seulement par un verrou, mais aussi par une barre renforcée de fer et grosse comme le mollet de Julien.

Les cheveux bruns séparés par une raie irrégulière, l'homme assis derrière le bureau leva les yeux. Il portait le même uniforme que le major. Il reconnut ce dernier, bien entendu, mais les ordres étaient les ordres : il pointa aussitôt sur Bouniard les deux impressionnantes arbalètes sur pivot fixées à même la table.

— Le mot de passe du jour ! commanda-t-il, autoritaire.

— Eau bénite.

Le garde se leva et le salua.

— Major, fit-il, beaucoup plus courtois.

— Jacques. (Julien lui adressa un signe de tête.) Asseyez-vous.

L'agent s'exécuta, creusant des sillons dans le tapis avec les pieds de son siège. Le major s'apprêtait à parler, mais il s'arrêta net, la bouche entrouverte. Des cris, assourdis au point d'être parfaitement inintelligibles, leur parvenaient malgré l'épaisseur de la porte, accompagnés du martèlement métallique d'un objet qu'on cognait contre les barreaux.

— Est-ce qu'il y a un problème là-derrière, soldat ? s'enquit Bouniard le visage sévère, la moustache frémissante.

— Pas vraiment, monsieur. C'est la nouvelle qui fait des siennes. Elle dit qu'elle n'a rien à faire ici, qu'elle a été arrêtée à tort, le blabla habituel – mais en plus fort. Pour être honnête, major, j'ai fait ce que j'ai pu pour étouffer le bruit.

— Je vois. Et ça dure depuis son arrivée ?

Bouniard paraissait pour le moins effaré.

— Eh bien, oui, en quelque sorte, monsieur. Elle n'a pas arrêté depuis son réveil, ce qui fait déjà deux bonnes heures. Je…

— Son réveil ? (Julien se pencha et posa les mains sur le bureau.) Elle a été blessée ?

Ses satanées obligations officielles l'avaient empêché d'entendre plus qu'un bref compte-rendu de l'arrestation de Widdershins.

— Là encore, en quelque sorte, major. Il paraît qu'elle était bien amochée, mais pas à cause de nos gars. En arrivant dans la ruelle, ils ont interrompu une bagarre entre elle et un mastodonte. (Il afficha un air réjoui.) Il semblerait que ce soit sa vie à lui qu'ils aient sauvée, d'ailleurs.

Julien réprima lui-même un sourire. *Ça lui ressemble bien, tiens.* Tout haut, il dit :

— Dans ce cas, je ferais bien d'aller la voir, je suppose. Elle a vu un guérisseur ?

— Oui, monsieur. Un peu de repos devrait la remettre sur pied, d'après lui.

— Ma foi, ici, elle aura tout le temps qu'il lui faut. (Il se tut un instant.) Et l'autre ?

— Monsieur ?

— L'homme avec qui elle se battait.

— Ah ! Je ne peux pas vous dire, monsieur. Si j'ai bien compris, il avait filé depuis longtemps quand nos gars sont retournés sur les lieux.

— Bon. Si ce n'est pas déjà fait, procurez-vous sa description et faites-la passer aux hommes. J'aimerais lui toucher un mot à propos des bagarres de rue.

Surtout avec une fille.

— Je m'en occupe dès la fin de mon service, major.

— Parfait, soldat. Le numéro de la cellule ?

— La vingt-trois, monsieur. Comme elle était blessée, je l'y ai mise toute seule.

Jacques dégagea la lourde barre de ses supports et la laissa retomber sur le sol avec un bruit sourd, puis il tourna une clé dans un verrou bien plus sophistiqué que ceux des autres portes. Celle-ci s'entrebâilla avec un grincement fantomatique, telle une gueule béante s'ouvrant sur les profondeurs de l'enfer. Stoïque, Julien la poussa.

La porte donnait sur un autre passage moisi, enfumé et mal éclairé par des lanternes minables, mais ses parois étaient loin d'être aveugles. Une ouverture, gardée par d'épais barreaux de fer, y était pratiquée tous les trois mètres. Et derrière certaines de ces portes se trouvaient, debout, assis ou endormis, quelques-uns des spécimens les plus déplaisants (ou, pour certains, les moins chanceux) de la canaille de Davillon. Un véritable concert de sifflements, cris, menaces et supplications s'éleva au passage du major, qui parcourait le couloir d'un pas vif. Il les ignora tous ostensiblement.

Du moins jusqu'à ce qu'il ait atteint la cellule vingt-trois. Affublée de la robe brun terne réservée aux prisonniers de Davillon, le visage encore strié de sang séché, Widdershins hurlait comme une forcenée en cognant contre les barreaux la grande tasse en céramique fournie par les geôles, qui commençait à se fissurer et à s'effriter.

— Ces tasses ont un coût, vous savez, commenta Julien avec calme.

Widdershins le fusilla du regard.

— Laissez-moi sortir d'ici, Bouniard ! Immédiatement !

— Qu'est-ce que c'est que tous ces cris hystériques ? demanda-t-il les bras croisés.

Il prenait bien soin de se tenir hors de sa portée.

— Juste un moyen d'attirer votre attention. Maintenant, laissez-moi sortir, bon sang !

— Vous savez bien qu'il n'en est pas question, Widdershins, répliqua Julien non sans une pointe de compassion.

La jeune femme s'affaissa. Ses doigts laissèrent s'échapper ce qu'il restait de la tasse.

— Je n'ai absolument rien fait, Bouniard !

Cette fois-ci, ajouta-t-elle en son for intérieur.

— Possible, mais je vous connais, Widdershins, et je ne peux pas prendre le risque de supposer que votre présence dans les parages de l'archevêque – sans parler des personnalités fortunées de la cité – n'était qu'une coïncidence. De plus, j'ai entendu dire que vous vous battiez.

— Parce que l'auto-défense est un crime, maintenant ? aboya-t-elle. Il m'a frappée avec un marteau, Bouniard ! Vous avez déjà reçu un coup de marteau ? Ce n'est pas aussi agréable qu'on se l'imagine, figurez-vous.

Le major parut perplexe.

— Vous n'avez pas l'air dans votre assiette, Widdershins, mais vous ne me semblez pas si mal en point que ça.

— Je me remets vite, Bouniard. Je...

La jeune femme fut secouée d'un frisson, et Julien vit ses yeux se révulser. Il plongea en avant, passa les bras entre les barreaux de la cellule et la cueillit juste avant qu'elle ne s'effondre à terre, comme gélifiée. Il l'allongea avec délicatesse.

— Peut-être pas aussi vite que vous le pensez, lui dit-il d'une voix douce. Ici, vous serez en sécurité et vous aurez le temps de vous rétablir. Après le départ de l'archevêque, vous serez libre de vous en aller.

Widdershins acquiesça d'un léger signe de tête.

Julien se releva et regagna la porte à la hâte. Il s'apprêtait à sonner la cloche pour signifier à Jacques qu'il voulait sortir, lorsqu'il suspendit son geste et porta précipitamment la main à sa ceinture.

— Widdershins !

Le visage empourpré, il rebroussa chemin à toute allure et s'arrêta dans une glissade devant la cellule de la jeune femme. Celle-ci, revenue au milieu du réduit, tourna vers lui un visage angélique.

— Un problème, Bouniard ?

— Ne faites pas la maligne, Widdershins ! Rendez-les-moi !

L'innocence même, elle demanda :

— De quoi est-ce que vous parlez ?

— De mes fichues clés ! rugit-il, toute humeur conciliante envolée. (D'un geste impérieux, il désigna les menottes accrochées au mur du fond de la cellule.) Mettez ça, Widdershins, ordonna-t-il. Tout de suite !

— Minute, je ne crois pas que…

— Mettez-les ou j'appelle quelques agents pour vous les passer de force ! Et n'essayez pas de laisser du mou ! J'ai l'œil !

Widdershins grommela, se mit debout et tituba jusqu'au mur du fond, où elle prit les lourds bracelets de fer pour les fixer autour de ses poignets.

Ce fut le moment qu'elle choisit pour demander d'une voix aimable, en regardant le major furibond droit dans les yeux :

— Et comment est-ce que vous comptez ouvrir la porte de la cellule ?

Un ange passa, puis, sous les éclats de rire des autres prisonniers, Julien jura, le visage cramoisi, et disparut dans le couloir pour revenir quelques instants plus tard avec un second jeu de clés.

Le verrou cliqueta, les lourds barreaux pivotèrent vers l'intérieur, et l'homme de la Garde s'engouffra dans la sombre cellule pour aller se planter devant la jeune femme.

— Pour la dernière fois, Widdershins, rendez-moi mes clés.

— Mais je ne les ai pas, vos stupides clés, Bouniard !

— Fort bien. Je vais m'efforcer de rester aussi professionnel que possible.

Il se mit à la fouiller de haut en bas. L'uniforme des prisonniers n'offrait guère de cachettes, et Julien les inspecta toutes d'une main experte. Widdershins sentit le rouge lui monter aux joues, cependant, fidèle à sa parole, le major ne laissa ni ses yeux ni ses mains s'attarder plus que nécessaire.

Bouniard achevait sa fouille, et Widdershins fit alors tourner son poignet droit, juste assez pour faire tinter la chaîne de ses menottes.

Julien se redressa comme un ressort et considéra d'un air soupçonneux d'abord la main droite de la prisonnière, puis son visage.

— Restez tranquille jusqu'à ce que j'aie fini, lui ordonna-t-il.

C'était déjà trop tard, évidemment. À l'instant même où les yeux du major s'étaient baissés vers sa main droite, Widdershins, rapide comme l'éclair, avait tendu la gauche, raidissant la chaîne à l'extrême, pour lui subtiliser ses clés. Car, lors de son évanouissement, elle ne s'en était pas emparée : elle s'était contentée de les faire glisser derrière son dos, certaine qu'il la soupçonnerait aussitôt constatée leur disparition de leur place habituelle. Cette fois-ci, en revanche, elle les escamota bel et bien, et les dissimula dans la manche qu'il avait déjà fouillée.

Avec un juron écœuré, Bouniard se releva et lui décocha un nouveau regard noir, assorti d'un « Ne bougez pas ! » sévère. Puis il déverrouilla ses menottes et, au cliquetis sec que fit le mécanisme en s'ouvrant, il recula d'un bond. Widdershins, de plus en plus amusée, regarda le major sortir en trombe de la cellule. Comme s'il venait d'achever une patrouille ordinaire, il claqua les barreaux derrière lui et le bruit assourdissant se répercuta le long du couloir.

— Vous les avez peut-être fait tomber quelque part, suggéra-t-elle, polie.

La joue gauche de Bouniard tressauta par deux fois, puis il disparut, abandonnant Widdershins à la solitude et à la pénombre de sa cellule.

*

— Ensuite, poursuivit Widdershins avec enthousiasme par-dessus sa coupe (remplie à ras-bord d'un vin rouge généreux que Geneviève gardait pour les grandes occasions), il m'a suffi d'attendre la relève de la garde. J'ai tout simplement ouvert la porte de ma cellule, marché jusqu'au bout du couloir et sonné la cloche. (Elle se rembrunit un instant.) Les autres prisonniers voulaient que je les fasse sortir, eux aussi, ajouta-t-elle, songeuse. Mais je me suis dit que ce ne serait pas correct. Je ne voulais pas que de vrais criminels s'échappent, tu comprends.

— Bien sûr, approuva Gen, qui dissimula un sourire derrière sa propre coupe. Certaines personnes sont à leur place en prison.

— Absolument ! abonda Widdershins d'un air absent. Bref, le gardien ne s'attendait pas à entendre la cloche, puisqu'il savait qu'aucun soldat ne se trouvait dans le couloir : il s'est donc montré très prudent. Il a dû envisager d'appeler des renforts, mais Olgun a été assez gentil pour l'encourager à venir jeter un coup d'œil avant de déranger ses collègues. Et donc, un petit coup sur la tête, une fouille rapide des casiers pour reprendre mes affaires, et me voilà !

Elle ouvrit grand les bras et lança un « Ta-dam ! » théâtral, ce qui eut pour effet de répandre l'équivalent de plusieurs gorgées de vin sur la table.

— Et je suis bien contente de te voir ici, saine et sauve, l'assura Geneviève d'un ton grave, non sans lorgner la mare de vin avec une lassitude résignée. (Prenant soin de ne pas renverser une seule goutte elle-même, elle reposa sa coupe et se pencha en avant, la mine sombre.) Maintenant, faisons en sorte que tu le restes, d'accord ? Bouniard ne va pas être content, mais, si tu fais profil bas pendant quelque temps, sa colère devrait…

— Je ne peux pas, Gen ! protesta Widdershins, offensée à la seule idée d'un tel sacrilège. Je n'ai que quatre à six semaines d'ici au départ de l'archevêque !

Un terrible soupçon se mit à tarauder Geneviève, cependant elle refusa d'y prêter attention.

— Qu'est-ce que tu veux dire par là ? demanda-t-elle presque gentiment.

Une grimace mi-sournoise, mi-contrariée déforma le visage de Widdershins.

— Tout le monde semble persuadé qu'on peut me piétiner en toute impunité, cracha-t-elle, les mains crispées sur la table. « Widdershins pourrait nous attirer des ennuis pendant la visite de l'archevêque, mieux vaut la mettre dans le pétrin pour éviter qu'elle ne cause du tort à la guilde ! » Hein ? Et puis : « Widdershins a osé se montrer dans la foule pour assister à l'arrivée de Sa Sainteté, mieux vaut la jeter au cachot ! » Ils n'ont aucun droit de faire ça, Gen ! Ni les uns, ni les autres !

— Non, bien sûr qu'ils n'en ont pas le droit, mais…

La voleuse ne parut même pas l'entendre.

— Alors, très bien ! Parfait ! Quitte à être coupable, je vais faire en sorte de savoir pourquoi, c'est moi qui te le dis !

Le soupçon dont Geneviève n'avait pas voulu tenir compte se mua en frisson, qui remonta, glacial et obscène, le long de sa colonne vertébrale.

— Shins… De quoi est-ce que tu parles ?

— Je vais détrousser l'archevêque.

De longues secondes passèrent sans que Geneviève n'émette le moindre son, bien que sa bouche s'ouvre et se referme furieusement. Personne, pas même Widdershins, ne pouvait atteindre un tel degré de folie !

— Ce n'est pas de la folie ! objecta la voleuse lorsque son amie eut enfin réussi à glapir quelques mots. Bon, d'accord, peut-être que si. N'empêche, je dois le faire. Je ne vais pas me laisser marcher sur les pieds de la sorte, qui plus est pour une faute que je n'ai même pas commise ! Je vais détrousser l'archevêque, sans me faire prendre, et tout le monde le saura pertinemment mais personne ne pourra prouver que c'est moi qui ai fait le coup ! Alors, ils comprendront qu'ils ont tout intérêt à me fiche la paix !

— Shins…

— Non ! C'est décidé, et qu'ils aillent tous se faire voir !

— Shins ! explosa enfin Geneviève. Bon sang ! Réfléchis une minute ! Tout ce que tu vas gagner, c'est des ennuis encore plus gros ! Personne ne pourra prouver ta responsabilité, et alors ? Tu crois que la guilde des Dénicheurs ou la Garde vont hésiter à tirer des conclusions hâtives ? Tu vas finir en prison, ou morte, ou bien les deux ! Mais qu'est-ce que tu as dans le crâne ?

Tiens, c'est vrai, qu'est-ce que j'ai dans le crâne ? se demanda Widdershins, plus ébranlée qu'elle ne voulait l'admettre. Certes, elle aimait prendre des risques, et ce depuis toujours. Et certes, elle était en colère, plus furieuse qu'elle ne l'avait jamais été. Mais écervelée, non – elle savait bien que son projet, en plus d'être fou, était complètement stupide.

Tout comme elle savait qu'elle n'allait pas – ne pouvait pas – y renoncer. Pas plus qu'Olgun, qui semblait tout aussi désireux qu'elle de voir ce projet se concrétiser, s'avisa-t-elle, un peu bousculée par cette idée.

L'explication était-elle là ? Le dieu influençait-il ses réactions, ses émotions ? Olgun la poussait-il à accomplir un acte dont elle se serait détournée en temps normal ?

La minuscule divinité avait-elle seulement ce genre de pouvoir sur elle ?

Non. Et quand bien même, pourquoi agirait-il ainsi ? Non, cette décision était la sienne.

— Je ne changerai pas d'avis, dit-elle la voix ferme, le ton catégorique. J'aimerais réussir à te faire comprendre mon choix, Gen. *(Peut-être qu'alors tu saurais me l'expliquer.)* Mais c'est ainsi. Ne m'en veux pas.

Geneviève baissa les yeux et fit tourner le pied de sa coupe entre ses doigts.

— Qui va accueillir de Laurent en premier ? demanda Widdershins à voix basse.

Son amie refusa de la regarder.

— Je ne peux pas t'empêcher d'aller à la mort, Widdershins, mais ne compte pas sur moi pour t'y aider !

— Tu sais très bien que je peux trouver cette information ailleurs, Gen. J'aimerais mieux qu'elle me vienne de toi. Plus j'interrogerai de personnes, plus la rumeur risquera de se répandre. S'il te plaît.

Les épaules de la tavernière aux cheveux blonds s'affaissèrent.

— Le marquis de Ducarte. L'archevêque restera chez lui environ une semaine, puis il ira chez un nouvel hôte.

— Merci, Gen.

Lorsque Geneviève releva enfin la tête, elle avait les larmes aux yeux.

— Je t'en prie, Shins, reviens-moi en vie !

— C'est promis, Gen. Si je reviens, ce sera en vie.

Sur ces mots, Widdershins s'en fut avant que la colère qui venait d'enflammer le regard de son amie ne puisse s'abattre sur elle par l'action ou par le verbe.

*

Le Grêlé – dont le véritable prénom était Eudes, quoiqu'il n'y ait pas grand monde à part lui pour s'en soucier – n'aimait pas, mais alors pas du tout cette idée. Les agents de la Garde étaient des hommes qu'il valait mieux éviter, et il se serait fort bien passé de revoir l'intérieur (ou même l'extérieur) de l'une des geôles de la cité.

Mais voilà, il avait des ordres. Et ceux-ci étaient accompagnés d'une telle somme qu'il ne pouvait s'agir que de consignes venues d'un supérieur de Brock, tout officieuses qu'elles soient. Aussi avait-il rechigné, hésité, tergiversé...

Et obtempéré.

Debout dans l'embrasure d'une porte, il patientait, drapé dans les ombres comme s'il s'agissait de son costume favori, maudissant son complice à chaque minute qui passait. En réalité, il n'eut pas à attendre longtemps : un éclair rouge et jaune illumina bientôt la nuit, et des doigts de fumée montèrent vers le firmament, comme pour attraper les étoiles. Des portes et des fenêtres s'ouvrirent tout le long du pâté de maisons. Soudain, le redoutable appel déchira le silence : « Au feu ! »

Des hommes et des femmes munis de seaux se précipitèrent dans la rue, tels des fous, mais il s'écoula encore quelques instants avant qu'une poignée de soldats ne surgissent des portes de l'énorme carcasse de granite pour se joindre à eux.

Ils avaient sans doute pris le temps de s'assurer que les cellules étaient bien fermées. Le souci des agents – s'ils en avaient un – était une éventuelle évasion. Aucun d'entre eux, qu'il soit à l'extérieur muni d'un seau ou à l'intérieur armé d'une lame, ne s'attendait à une intrusion.

Le Grêlé s'avança dans la confusion générale et, sans plus de cérémonie, se faufila entre les grandes portes de bois, tremblant à l'idée de toute cette masse de pierre et de métal au-dessus de sa tête. Plié en deux, il rasa le mur d'une vaste antichambre pour se tenir aussi loin que possible du comptoir d'accueil. Son corps, toujours endolori, était semé de contusions et d'écorchures en partie cicatrisées. Il boitillait, et, de temps à autre, un léger sifflement lui agaçait l'oreille gauche. Mais aucun de ces désagréments n'aurait pu le freiner, surtout maintenant que l'odeur de la vengeance lui chatouillait les narines.

Il tenait à la main une arbalète miniature – bien plus discrète que le pistolet à silex avec lequel il eût été plus à l'aise –, pointée en permanence sur l'homme assis derrière le bureau. Par chance, il n'eut pas besoin de s'en servir. Les ombres denses et le tumulte qui régnait au-dehors étaient plus que suffisants pour tromper la vigilance du soldat. En un clin d'œil, le Grêlé se retrouva dans les couloirs éclairés de lanternes qui s'ouvraient au-delà d'une porte intérieure.

Il s'était douté que tout s'avérerait plutôt simple. Le gros de la Garde était en service extérieur, à escorter Son

Éminence ou à effectuer des heures supplémentaires pour maintenir la propreté et l'ordre durant le séjour du saint homme. Les divers postes de la Garde avaient été laissés aux soins d'équipes réduites, lesquelles ne constituaient pas précisément la crème des soldats de Demas. Au cours de sa discrète progression, le Grêlé rencontra à trois reprises un soldat dont il ne pouvait passer inaperçu. Et, par deux fois, une généreuse poignée de pièces permit d'acheter leur coopération.

Après tout, la cible n'était qu'un prisonnier. Où était le mal ?

S'ils avaient su quel sort connaîtrait le troisième, le soldat récalcitrant, celui qui se trouvait désormais dans un placard à balais un carreau d'arbalète en travers de la gorge, ils auraient peut-être reconsidéré leur position.

Avec précaution, il s'approcha d'une autre porte, son arme rechargée dans une main, un poignard à lame courbe dans l'autre. Il connaissait d'expérience l'agencement de la pièce suivante, et n'avait pas oublié la présence des deux arbalètes sur pivot fixées sur le bureau et dirigées vers la porte. Il devait se préparer à prendre de vitesse l'agent qu'il trouverait là. Après avoir glissé son couteau entre ses dents, il actionna doucement la poignée, puis il reprit la dague en main et poussa la porte d'un coup d'épaule.

Le lourd vantail pivota vers l'intérieur et alla heurter le mur avec un bruit sourd. Le Grêlé avait déjà mis un genou à terre et visait le bureau – mais personne derrière. En effet, la porte du fond était ouverte, et révélait la paroi percée de cellules au-delà. Le soldat censé monter la garde gisait en tas dans l'embrasure.

Quelqu'un d'autre était-il venu accomplir sa besogne ?

La mine sombre, le Grêlé traversa la pièce et jeta un coup d'œil sur le mort – non, l'homme avait seulement perdu connaissance : il le voyait respirer –, avant de s'engager dans le corridor. Certains prisonniers se mirent à lui hurler de les libérer, mais la plupart d'entre eux reculèrent en le voyant.

Les vieux briscards au moins savaient bien ce que signifiait l'intrusion d'un individu armé dans ce couloir : quelqu'un ne verrait pas le jour se lever. Il était plus prudent de ne pas attirer son attention.

Les sourcils froncés à cause du vacarme, le voleur de la guilde inspecta les cellules, en vain. Certaines étaient inoccupées, d'autres pleines à craquer d'inconnus, mais aucune ne contenait celle qu'il cherchait. C'est alors qu'il trouva une cellule non seulement vide, mais ouverte.

Et qu'il comprit.

Bon sang !

Même s'il ne voyait pas comment c'était possible, il n'en douta pas un instant. Cette chienne s'était échappée ! La nouvelle n'allait pas plaire à Brock, pas du tout…

Les cris des prisonniers s'étaient suffisamment espacés pour que le son d'une soudaine inspiration lui parvienne depuis la porte. Il fit volte-face et pointa l'arbalète prête à faire feu droit sur le cœur de l'homme qui, bouche bée, se tenait au-dessus du soldat à terre.

Génial… Juste ce qu'il me fallait.

Lentement, le nouveau venu détacha ses yeux de la forme inerte de son frère d'armes pour regarder le Grêlé.

D'une voix (presque) dépourvue de surprise ou de peur, l'homme lui dit :

— J'imagine que vous ne savez pas, vous, où ont pu passer mes clés ?

Le voleur n'avait pas la moindre idée de ce dont parlait ce fêlé et s'en fichait comme d'une guigne.

— Toi, le garde, tu poses ton pistolet et ton épée par terre. Tout de suite – et pas de geste brusque, hein ?

Cuivre et cuir raclèrent le sol de pierre, uniques sons dans le couloir où s'était abattu un silence de mort. Les prisonniers se blottissaient dans leur cellule : les uns s'accrochaient aux barreaux pour voir ce qui allait se passer, les autres tournaient ostensiblement le dos au corridor pour bien signifier qu'ils ne verraient rien, justement.

— Pousse-les plus loin.

Autre raclement.

— Maintenant, à genoux.

Il eut la satisfaction de saisir un bref éclair de frayeur sur les traits du soldat, mais celui-ci s'exécuta.

Le Grêlé s'avança sans détourner de sa cible sa petite arbalète. De quelques pas seulement, juste assez pour être tout à fait sûr que son coup serait mortel, pas suffisamment pour laisser à son adversaire une chance de l'attraper. Il fallait en finir et filer avant le retour des agents sortis éteindre l'incendie, ou avant que les hommes qu'il avait soudoyés ne s'aperçoivent de la mort de leurs collègues. Il devait prévenir Brock, et puis…

Le bruit de tonnerre d'un pistolet à silex retentit à travers le couloir et rebondit presque joyeusement sur les murs épais. Le Grêlé tituba en arrière, foudroyé de douleur, la poitrine en feu. De loin, il entendit une corde vibrer, celle de sa propre arme qui se déchargea sans dommages vers le plafond avant de glisser de ses doigts qui ne lui obéissaient plus. Ses mains se portèrent à ses côtes, puis retombèrent couvertes de sang.

Mais… Mais… Oh…

Un bref instant, le Grêlé parvint à ajuster son regard sur le tire-cogne que le soldat tenait à la main – non pas le sien, mais celui de l'agent étendu sans connaissance auprès duquel il s'était agenouillé.

— Et merde…

Ses derniers mots, comme c'est souvent le cas, ne furent pas très inspirés. Mais du moins Eudes eut-il le sentiment, avant que le sol ne se rapproche de lui à toute vitesse et que le monde ne s'évanouisse, qu'ils exprimaient une réalité irréfutable.

*

Il se donna quelques secondes, le temps de laisser son cœur affolé s'apaiser un peu et l'air pénétrer plus facilement dans ses poumons, après quoi le major Julien Bouniard se releva. Il parvint même à ne pas trop chanceler. Ses propres armes de nouveau bien en main, il scruta le couloir chichement éclairé à l'affût d'un autre assaillant, mais l'homme qu'il venait d'abattre semblait être seul.

Trois pas en avant, un bref coup d'œil au cadavre – bel et bien mort, en effet –, puis il piqua un sprint le long du couloir, sans prêter attention au chœur de sifflements et d'interrogations qui s'élevait des cellules surpeuplées. Une seule porte entrouverte, un seul prisonnier manquant : il n'arriva même pas à en éprouver une vague surprise.

Julien ne comprenait pas vraiment ce qui s'était passé ici – à quel moment Widdershins s'était enfuie, qui pouvait être l'homme qu'il avait tué, si ce dernier était venu pour libérer Widdershins ou avec un dessein bien plus sombre en tête –, mais une chose au moins était sûre.

Les voleurs et les criminels de Davillon avaient introduit leurs luttes et leur corruption dans la demeure de Demas. Ce qui était tout simplement inacceptable.

*

Clarence Rittier, marquis de Ducarte, successeur pressenti de Béatrice Luchêne à l'administration de la cité s'il devait arriver malheur à la duchesse (les dieux la gardent), était au taureau ce que le baron d'Orreille était à la fouine. Large et trapu, il semblait regarder le monde la figure écrasée contre une vitre, et le reste de sa personne suivait. Il avait dissimulé ses cheveux bruns et rêches sous une perruque de longues boucles de même couleur, ses manchettes arboraient un bouffant impeccable, son manteau et ses hauts-de-chausses étaient tissés dans l'étoffe la plus fine – et cependant, malgré tous les efforts de ses tailleurs attitrés, il frisait le ridicule. Même paré des plus beaux atours, un taureau reste un taureau.

La salle de bal de son manoir fourmillait d'aristocrates occupés à bavarder, danser ou errer sans but. La foule était si dense que Rittier aurait pu craindre pour la solidité de ses murs. L'invité d'honneur, William de Laurent, n'avait toujours pas fait son apparition et ne viendrait sans doute pas avant plusieurs heures encore : il trouvait très probablement tout ce désastre aussi pénible que le marquis. Mais tel était le prix du pouvoir et des privilèges au sein de la culture galicienne.

Rittier se retourna pour considérer les horripilantes créatures qui infestaient son domaine privé, et faillit entrer en collision avec l'une d'elles. Une stupéfiante jeune femme aux yeux d'un bleu mêlé de vert, portant une perruque de boucles blondes et une robe de velours vert au décolleté vertigineux, passait près de lui à ce moment-là, et il s'en fallut de peu qu'il la renverse.

Encore une de ces beautés mondaines.

— Mille excuses, mademoiselle. Quel maladroit je fais ! Ayez l'obligeance de me pardonner.

— Mmh ? Oh ! (L'élégante fit une révérence, le regard un peu vide.) Il n'y a pas de mal, mon Seigneur.

— Vous m'en voyez ravi. Me ferez-vous l'honneur de me donner votre nom ?

— Madeleine Valois, mon Seigneur, lui apprit-elle. Voilà une réception fort réussie, mon Seigneur, si je puis me permettre.

Petite gourde.

— C'est un plaisir de vous rencontrer, Madeleine. Très heureux que ma petite sauterie vous plaise.

— Moi aussi, souffla-t-elle d'un air mièvre.

Poings et dents se serrèrent de leur propre chef.

— Hélas ! Mademoiselle Valois, le devoir m'appelle. Si vous voulez bien m'excuser.

Elle s'inclina de nouveau avec un léger gloussement. Rittier prit le large aussi vite que la courtoisie l'y autorisait.

*

Elle leva les yeux au ciel et se retint d'éclater de rire dans le dos du marquis. Mais, malgré tout le plaisir qu'elle prenait à tourmenter ainsi la noblesse, il était temps que Madeleine se retire pour la nuit.

L'allure altière, elle gravit les larges marches recouvertes d'un tapis qui menaient à un balcon intérieur, d'où on pouvait voir la salle de bal tout entière. Lorsqu'elle fut bien sûre que personne ne la regardait, Madeleine se baissa d'un coup derrière la balustrade. Ainsi dissimulée à la vue des invités, elle fila comme une flèche jusqu'à la porte la plus proche, s'accorda (ainsi qu'à Olgun) un court instant pour vérifier qu'il n'y avait pas de bruit de l'autre côté, puis se coula à l'intérieur.

Ce devait être une chambre réservée aux invités, à en juger par la simplicité du lit, de la commode et de la penderie qu'elle entrevit avant que la porte ne se referme avec un petit claquement. La pièce fut de nouveau plongée dans le noir. Seul le scintillement des étoiles, tout juste visibles à travers les branches de l'arbre qui se trouvait devant l'unique fenêtre, atténuait quelque peu l'obscurité.

En quelques secondes, Widdershins s'extirpa de sa robe de velours et, sans façons, la roula en boule. Le froid qui régnait dans la chambre lui donna la chair de poule. Plutôt mal à l'aise de se tenir là à moitié nue, elle enfila la chemise et les gants noirs tirés d'un sac qu'elle avait dissimulé jusque-là sous les plis de sa robe. (Au passage, elle remercia les dieux du Pacte de ce que ces affreux jupons à cerceaux fassent fureur cette année. Elle aurait bien pu faire passer deux sacs à dos, trois ensembles de rechange et une mule dressée, là-dessous. Certes, le rouler en boule signifiait casser les cerceaux, et remplacer ceux-ci lui coûterait cher, mais on ne pouvait pas tout avoir, n'est-ce pas ?) Elle fourra donc la robe dans le sac, ainsi que son abominable perruque. Ceinture d'outils et de crochets sanglée autour de sa taille, rapière glissée dans son dos, cheveux noués en arrière à l'aide d'un solide ruban – elle était parée !

— Madeleine Valois a pris congé, murmura-t-elle. Elle m'a priée de te présenter ses excuses.

Olgun rit.

— Bon, poursuivit-elle à voix basse, peu importe ce qu'on prend pourvu qu'il n'y ait aucun doute sur son propriétaire. (Widdershins retourna à pas feutrés jusqu'à la porte, plus silencieuse que le fantôme d'un chat.) Dès qu'on…

Elle buta du pied droit sur un obstacle mou et souple, qui frotta sur le tapis avec un léger bruissement, quelque chose qu'elle avait dû enjamber ou éviter par le fait du hasard lorsqu'elle était entrée.

Pétrifiée, Widdershins fit appel à ses cinq sens. La vue ne lui serait d'aucune utilité dans les ténèbres, l'ouïe ne lui rapportait aucun son à l'exception des battements de son propre cœur, l'odorat… Ah ! Il y avait une odeur, qui lui semblait familière…

Avec une lenteur infinie, Widdershins sortit d'une main la boîte qui contenait son briquet à silex et de l'autre ce qui ressemblait à un petit cube en métal : une lanterne miniature, qui lui avait coûté les yeux de la tête. Le réservoir d'huile, ridiculement petit, ne permettait de s'éclairer que cinq minutes à peine. Néanmoins, elle était facile à dissimuler et pratique à amorcer. Widdershins l'alluma après avoir pris soin de ne l'ouvrir qu'au minimum, et en dirigea le mince faisceau vers ses pieds.

Une domestique du marquis, d'après son uniforme. Elle gisait pêle-mêle sur le sol, un bras étendu au-dessus de sa tête. C'était contre ce membre inerte et sans vie que Widdershins avait trébuché en regagnant la porte. La bouche de la pauvre femme s'ouvrait sur une éternelle grimace d'épouvante, et le devant de sa robe était imbibé de sang.

Le manque absolu de pitié que révélait ce meurtre lui donna le vertige. La domestique n'avait pas pu être assassinée là, il y avait trop peu de sang sur le tapis. Quelqu'un lui avait donc tranquillement ouvert la poitrine avant de jeter son corps dans cette pièce… Pourquoi ? Pour cacher le cadavre, de toute évidence, du moins pour quelque temps.

Ce qui signifiait, comprit Widdershins avec un haut-le-cœur, que l'assassin se trouvait encore dans les parages. Car, à moins qu'un individu ait nourri un grief particulièrement sérieux contre cette simple servante, ce n'était pas elle la cible. Elle avait sans aucun doute surpris une scène qu'elle n'aurait pas dû voir.

Et si quelqu'un devait mourir ce soir-là, il ne fallait pas être une lumière pour deviner qui était la victime la plus probable.

— Oh ! zut…

Par tous les dieux connus et inconnus, ce n'est pas possible d'avoir autant de malchance, si ? Quelle probabilité y avait-il pour que… ?

Après un instant de réflexion fébrile – deux instants, plutôt, car elle dut d'abord lutter contre un accès de panique –, Widdershins s'avisa que ce n'était peut-être pas du tout une coïncidence. Rittier n'était-il pas le premier hôte de l'archevêque à Davillon, et cette réception la première du programme de l'ecclésiastique ? Il s'agissait donc de la première véritable occasion de l'approcher – grâce à la diversion qu'offrait le bal, à laquelle s'ajoutait la certitude absolue que Son Éminence y assisterait. Dans ces circonstances, aucun assassin digne de ce nom ne laisserait passer une telle opportunité. N'était-ce pas pour cette raison qu'elle-même avait choisi d'opérer ce soir-là, quoique avec la seule intention d'alléger la bourse du saint homme ?

— Ce serait trop demander que tout se passe bien, pour une fois ? demanda-t-elle à la chambre, aux dieux, à l'univers tout entier. Juste pour changer un peu ?

Pour toute réponse, elle perçut une onde d'inquiétude de la part d'Olgun.

— Tu as raison. Il faut qu'on file d'ici, et vite !

Le dieu n'aurait pas pu l'approuver davantage.

— Alors c'est décidé. On s'en va. Tout de suite.

De nouveau, elle sentit qu'Olgun lui donnait son accord inconditionnel. Pourtant elle ne bougea pas. On eût dit que ses pieds avaient pris racine dans le tapis.

— Mieux vaudrait passer par la fenêtre, poursuivit-elle sans conviction. L'arbre est juste à côté. Il me suffira d'y descendre, et ni vu ni connu.

Elle perçut l'impatience de plus en plus vive d'Olgun, comme un frelon bourdonnant qui la piquerait au cou et à la tête. Mais elle s'obstinait à rester immobile.

Le cadavre de la domestique semblait la regarder d'un air accusateur : Widdershins laissa ses épaules s'affaisser, vaincue. Avec calme et méthode, elle prit le temps d'éteindre sa lanterne miniature et de la remettre dans son enveloppe. Puis elle inspira un grand coup.

L'instant d'après, elle courait, non pas vers la fenêtre mais dans le couloir, peu soucieuse d'être vue à présent, concentrée sur son objectif. Le cri de surprise d'Olgun résonna dans son esprit. Elle fonçait à pas lourds vers l'escalier qui la conduirait aux étages supérieurs, où elle supposait – espérait – que se trouvaient les appartements de l'invité d'honneur.

— Je sais, je sais ! marmonna-t-elle entre ses dents, haletante. Mais je n'ai pas le choix !

La vague de doute qui l'assaillit aurait suffi à la noyer.

— Écoute, je me suis évadée de prison il n'y a pas deux jours. À ton avis, qui est-ce qu'on va soupçonner si de Laurent finit sur le carreau ?

Olgun ne parut pas spécialement convaincu par son argument. Ce qui ne l'étonna guère, vu qu'elle-même n'y croyait pas davantage. Bouniard savait qu'elle n'avait jamais commis une seule agression. Pourquoi s'imaginerait-il qu'elle s'y mettait maintenant ?

Malgré tout, elle poursuivit sa course, grimpant les marches quatre à quatre, mue par une nécessité qu'elle ne pouvait pas plus expliquer à Olgun qu'elle ne la comprenait elle-même. Plus tard peut-être, lorsqu'elle disposerait de quelques minutes pour réfléchir…

Olgun hurla à l'instant où elle atteignait le palier. Quelque chose surgit des ombres et fendit l'air, un objet qui miroita dans la lumière dansante des lanternes du dernier étage. Des images de la brutale agression de Brock l'assaillirent et elle se jeta vivement de côté.

La rapière grava une ligne de feu en travers de ses côtes, mais l'entaille paraissait peu profonde. La plaie saignait beaucoup et faisait un mal de chien – surtout ajoutée aux douleurs qu'elle avait encore à l'estomac, même après plusieurs jours –, mais elle ne la ralentirait pas.

Son esquive l'envoya tout droit par-dessus la rampe, et son estomac se retourna à la sensation du vide. Elle projeta ses jambes sur le côté et pivota sur elle-même, comme un rôti sur une broche invisible. Pendant une effroyable seconde, elle regarda droit vers le sol, à quelque douze mètres en contrebas.

Puis elle allongea les bras et s'agrippa à la balustrade du balcon. Ses muscles protestèrent sous l'effort, mais, aidée par une rapide intervention de son dieu protecteur, Widdershins se hissa par-dessus la rambarde et se laissa tomber, pantelante, sur la terre ferme.

En plus de la douleur lancinante qu'elle éprouvait au flanc, là où la lame l'avait entaillée, ses folles acrobaties lui avaient laissé une sensation de brûlure dans les bras, et le martèlement de son cœur menaçait de lui briser la cage thoracique. Elle n'avait qu'une envie, rester étendue là. Pourtant, elle n'eut besoin ni de l'avertissement d'Olgun, ni du bruit de pas précipités qui retentit aussitôt, pour savoir que son agresseur n'en avait pas fini avec elle.

Elle ne se releva pas, et ne dégaina pas non plus son épée. Elle attendit, tirant parti de sa blessure pour l'attirer à elle.

L'assassin abaissa sa rapière, comme un ancien chevalier abaisserait sa lance, et la chargea, l'arme dirigée vers ses côtes ensanglantées. À la dernière seconde, la voleuse fléchit les jambes et roula sur elle-même, avant de planter fermement ses mains sur l'épais tapis. Au moment où l'assassin pris de court titubait devant elle, arc-bouté en prévision d'un coup qu'il ne porterait jamais, Widdershins transféra tout son poids sur ses bras déjà fatigués et rua des deux pieds.

Le grognement de son adversaire s'amplifia d'un coup en un cri de terreur au moment où il percuta la balustrade puis bascula par-dessus.

— Eh ! Olgun ! Pas mal, la volte-fa… – oh ! zut-zut-zut…

Les premières exclamations s'élevèrent de la salle de bal et Widdershins mit alors le doigt sur le défaut de son plan échafaudé à la hâte : lâcher des assassins sur la tête des convives occupés à batifoler n'était pas précisément ce qu'on pouvait appeler de la discrétion, même au sens le plus large du terme.

En dépit de son inquiétude, Olgun ne put s'empêcher d'ironiser.

— Oh ! La ferme ! Je te jure bien qu'au prochain commentaire, je me fais faire une paire de bottes en peau de dieu !

Elle s'élança, une main pressée sur son flanc blessé, et elle s'efforça de ne pas penser au fait qu'elle avait probablement tué un homme. Le brouhaha en contrebas se transforma en clameur, et elle entendit des pas dans l'escalier. Les gardes du corps de Rittier, sans doute.

Formidable. Décidément, cette soirée était une parfaite réussite !

La chance, cependant, ne l'avait pas totalement abandonnée. Trois âmes se trouvaient dans les environs immédiats, selon Olgun, et seule l'une d'entre elles brillait d'une foi sincère et de l'éclat de la faveur divine. Sans hésiter, bien consciente qu'un tas d'hommes armés d'objets pointus risquaient à tout moment de surgir de l'escalier tel un raz-de-marée de métal, Widdershins se jeta contre la porte. Celle-ci s'ouvrit d'un coup, alla heurter le mur avec fracas, et la voleuse au visage trempé de sueur et au côté imbibé de sang entra d'un pas chancelant.

Un vieil homme en soutane noire se leva de derrière une écritoire de taille respectable, et la toisa avec une absence d'inquiétude déconcertante. Il tenait une main derrière son dos, et l'autre posée avec une nonchalance trompeuse sur une crosse bien assez robuste pour se transformer en matraque efficace.

— En quoi puis-je vous être utile, ma jeune dame ? s'enquit-il d'un air de reproche, comme si son unique souci résidait dans l'impolitesse avec laquelle Widdershins venait de faire irruption dans son bureau.

— Faut partir ! haleta-t-elle. (Elle grimaça sous un nouvel assaut de douleur.) Vous êtes… en danger ! Vous…

Des cris ponctués d'un bruit de course retentirent dans le couloir derrière la cloison et se répercutèrent sur les murs de pierre.

— Par tous les dieux ! cracha la jeune intruse avec emportement.

Un éclair de désapprobation passa dans les yeux de l'archevêque.

Widdershins disparut par la fenêtre, accompagnée par un tintement mélodieux de verre brisé, à l'instant même où la garde rapprochée de Rittier, précédée du marquis en personne, s'engouffrait dans la pièce.

— Euh, Votre Éminence… (Tout massif qu'il soit, Clarence Rittier, le visage cramoisi, se sentit rétrécir sous le regard inflexible de l'homme d'église.) Tout… Tout va bien ?

Le vieil homme ne lui donna aucune réponse, ne cilla même pas. Le marquis de Ducarte, tout à fait conscient que cette fâcheuse atteinte à la sécurité du dignitaire allait retomber sur ses épaules démesurément larges, comprit qu'il s'apprêtait à passer une très mauvaise nuit.

*

Dans l'ombre qui régnait à l'autre bout du couloir, passé inaperçu aux yeux des prétendus gardes, Jean-Luc – aristocrate, assassin, et invité au bal du marquis – grimaça en son for intérieur. Il ne pleurait pas la mort de son compagnon, il ne l'avait jamais beaucoup apprécié, de toute façon. En revanche, il savait que la nouvelle de son échec n'amuserait guère l'Apôtre. William de Laurent était toujours en vie, et, après les événements de ce soir, il le resterait sans doute un bon moment encore. Rittier allait devenir paranoïaque – il ne lâcherait plus l'archevêque d'une semelle, pas même pour lui laisser le temps de remplir son pot de chambre de son eau bénite personnelle. Et, même s'il se considérait comme l'un des meilleurs, Jean-Luc n'était pas disposé à tenter sa chance sur une cible si bien gardée.

Non, l'Apôtre ne serait pas content, mais qu'importe. Car Jean-Luc avait de quoi se rattraper : un visage qu'il avait reconnu tandis qu'il rôdait, invisible, dans l'obscurité du corridor.

Voilà des semaines qu'ils tentaient sans succès de mettre la main sur Madeleine Valois. On eût dit que l'élégante n'existait tout bonnement pas en dehors des réceptions huppées – et pour cause.

Pendant tout ce temps, ils avaient cherché une femme de la noblesse, quand ils auraient dû traquer une voleuse.

Chapitre 9

TROIS ANS PLUS TÔT :

— Que Cévora t'emporte, cesse donc de te tortiller ! Ce serait fini depuis longtemps si seulement tu te tenais tranquille et laissais ce monsieur faire son travail !

— Ce n'est pas ma faute ! se plaignit Adrienne en fusillant Claude du regard. (Elle se déroba aux pressions et aux tâtonnements du tailleur.) Il n'arrête pas de me piquer avec ses épingles et – Aïe !

Vive comme l'éclair, elle se retourna et frappa au visage le vieil homme anxieux, dont la joue se colora d'une plaque écarlate.

Un rictus mauvais tordit les lèvres de Claude, qui leva le poing.

— Comment oses-tu…

— Claude !

Ils se figèrent tous deux, lui prêt à cogner, elle en position de défense, à l'instant où Alexandre Delacroix pénétra dans la pièce.

— Il suffit, Claude.

— Mais, monsieur, elle a frappé…

— Et j'entends lui dire deux mots à ce sujet. Quant à toi, ne t'avise jamais de lever la main sur elle. Est-ce bien clair ?

— Monsieur…

— Je me contenterai d'un oui ou d'un non, Claude.

— Oui, monsieur, proféra le serviteur avec une rage contenue. Puis-je me retirer, monsieur ? ajouta-t-il. Je dois préparer la prière du soir.

— Mais très certainement. Quant à toi, poursuivit Alexandre pendant que Claude sortait telle une furie, pourquoi frappes-tu mes serviteurs ?

— Regardez !

Adrienne leva un doigt où perlait une minuscule gouttelette rouge.

Alexandre Delacroix, sourcil levé, se tourna vers le tailleur.

— Êtes-vous en train de lui faire mal, François ?

— Elle ne tient pas en place, monsieur Alexandre.

Une profonde lassitude perçait dans la voix du vieil homme, dont la phrase tout entière n'avait été qu'un long soupir d'exaspération.

Alexandre lui adressa un sourire bienveillant et posa une main sur son épaule.

— Je sais que vous faites de votre mieux.

Il tendit son autre main au vieux couturier pour l'aider à se relever.

— Merci, mon Seigneur, dit l'homme reconnaissant.

Dans son mouvement, ses genoux craquèrent comme pour appuyer sa réponse.

Adrienne serra les poings sur sa robe – ou plutôt sur l'accumulation informe d'étoffes, de soies et de brocarts qui, d'après François, allait un jour, mystérieusement, se transformer en robe – et foudroya du regard le tailleur, son bienfaiteur et, pour faire bonne mesure, son propre reflet, qui lui rendit son regard depuis le miroir en pied.

Un décor d'une élégante simplicité ornait la pièce, ce qui, dans la Maison Delacroix, n'étonnait plus Adrienne. Des sièges au rembourrage moelleux étaient disposés çà et là, comme prêts à accueillir, quel que soit l'angle, quiconque défaillirait. Une vaste penderie se dressait entre la glace et une commode à nombreux tiroirs : le tabouret qu'occupait Adrienne leur faisait face. Autrefois, cette pièce avait servi de salon de couture à Mme Delacroix, avant son décès – un passe-temps qu'elle avait apprécié en dépit des innombrables domestiques qui auraient pu effectuer ce genre de travaux pour elle.

La porte se referma doucement, et Adrienne entendit l'aristocrate et son serviteur chuchoter dans le couloir – à propos d'elle et de son curieux manque de coopération, sans doute. Elle s'en contrefichait.

Non, ce n'était pas tout à fait exact. Elle ne voulait pas décevoir Alexandre.

Dix mois plus tôt, il lui avait promis de la laisser partir lorsque ses blessures seraient guéries. Et, de fait, elle le pouvait encore. Simplement, ni l'un ni l'autre n'en avait particulièrement envie. Ils avaient passé de longues heures à discuter pendant sa convalescence, découvrant chacun un genre d'existence insoupçonné, et les semaines s'étaient écoulées presque sans qu'ils s'en aperçoivent. Adrienne s'était rendu compte qu'elle aimait bien le vieil aristocrate – et, à son grand étonnement, lui-même semblait s'être attaché à elle. Longtemps, bien qu'elle ait recouvré une santé de fer, elle n'avait pu se résoudre à partir, ni lui à l'en prier.

Non, elle n'était pas prisonnière. Elle savait juste que la vie entre les murs du domaine Delacroix, quoique un peu morne peut-être, valait bien mieux que tout ce qu'elle aurait pu connaître au-dehors.

Beaucoup, y compris Adrienne elle-même, avaient rapidement supposé le pire. Un veuf âgé, une jeune fille des rues sans autre endroit où aller… Nul besoin d'un esprit aussi cynique ou terre-à-terre que celui d'Adrienne pour s'imaginer que l'intérêt d'Alexandre dépassait la simple bonté d'âme.

Mais pas une fois, au cours de cette longue période, Alexandre ne lui avait témoigné autre chose que les plus grands égards et – oserait-elle le penser ? – le plus grand respect. Son comportement évoquait moins les avances salaces d'un vieil homme lubrique que la courtoisie due à un invité de marque, voire à un proche retrouvé après une longue absence. Il lui avait enseigné un grand nombre de choses, sur l'argent et le commerce bien sûr, les investissements et les affaires, mais aussi sur les secrets de la haute société. Sous l'égide d'Alexandre, Adrienne avait appris non seulement comment gagner des sommes d'argent substantielles, mais aussi de quelle manière se comporter en présence de ceux qui contrôlaient ces richesses.

Dans les contes de fées, ce genre d'histoires pullulait tellement qu'il frisait le cliché. La vie réelle était faite d'un tout autre bois. Et cependant, Adrienne avait beau ne pas y croire, telle était sa vie.

Une fois seulement, elle avait trouvé le courage d'interroger Alexandre :

— Est-ce que vous allez me demander de partir ?

Mais Alexandre avait souri, et s'était contenté de lui répondre :

— Pourquoi ferais-je une chose pareille ?

Adrienne ne savait toujours pas ce qu'elle faisait là. Qu'était-elle aux yeux d'Alexandre Delacroix ? Un objet de charité ? Une apprentie ? Un pâle ersatz de son propre enfant, mort-né des décennies plus tôt ? Elle l'ignorait – mais, à mesure que les mois passaient, elle avait fini par cesser de se poser des questions.

En effet, les seuls points négatifs de sa vie en ces lieux se trouvaient être le dénommé Claude, valet et garde du corps d'Alexandre – qui semblait hostile à la présence d'Adrienne, et n'avait apparemment pas une once de gentillesse dans le cœur ni le moindre mot agréable à la bouche –, et les interminables prières quotidiennes à Cévora, dieu protecteur de la lignée Delacroix. À vrai dire, Claude était celui qui dirigeait généralement ces offices, ce qui n'aidait pas Adrienne à se laisser séduire par cette divinité.

Enfin, ce n'étaient peut-être pas les deux seuls points noirs. Il y avait aussi, de temps à autre, les bals et les réceptions, auxquels on ne la conviait jamais. Alexandre lui-même ne pouvait s'affranchir de toutes les conventions sociales, et, s'il l'avait adoptée sans restriction, les autres aristocrates, eux, continuaient à considérer qu'elle n'était pas des leurs.

Exaspérant ? Absolument. Mais, mis en balance avec la faim, le froid et la violence des rues, tout à fait supportable.

Et puis, un peu plus tôt cette semaine-là, Alexandre l'avait informée qu'il donnerait bientôt une nouvelle fête – à laquelle elle pourrait enfin assister !

L'excitation et l'enthousiasme avaient duré juste le temps qu'Alexandre organise sa première séance avec un tailleur et un coiffeur, après quoi Adrienne avait perdu toute patience pour l'affaire.

Elle leva des yeux furibonds lorsque Alexandre revint – seul.

— J'ai donné congé à François pour le reste de l'après-midi, annonça-t-il en s'asseyant avec grâce dans le fauteuil le plus proche. Nous réessaierons demain.

— Vous pouvez toujours courir !

Le gentilhomme haussa un sourcil, attitude qu'Adrienne commençait à bien connaître.

— Tu as un problème, Adrienne ?

— Moi ? Un problème ? D'où peut bien vous venir cette idée ? (Elle ouvrit les bras dans un grand geste théâtral, sa future robe ramassée en boule dans une main. Elle portait pour tout vêtement une chemise de gros drap blanc.) Je viens de passer trois jours en sous-vêtements à laisser ce vieux serpent décrépit me piquer avec ses épingles et prendre mes mesures à des endroits pour lesquels je pourrais porter plainte contre lui, tout ça pour une stupide fête où j'aurai le « privilège » de faire la potiche ou d'entretenir une conversation passionnante à propos de la conjoncture économique, et puis « Oh ! le marché du haricot a chuté, mais que faut-il faire ? », et puis « À quoi sert cette fichue troisième fourchette à gauche, déjà ? ».

Le visage empourpré, elle s'arrêta enfin, pour prendre une profonde inspiration.

— Tu as fini ? ironisa Alexandre.

— Je vais y réfléchir.

— D'accord. Tant que tu y es, commence à méditer sur ton comportement de cet après-midi. (Une expression désapprobatrice se peignit sur ses traits, qui attrista Adrienne bien plus qu'elle n'aurait voulu l'admettre.) N'as-tu donc rien écouté de ce que je t'ai dit ces derniers mois ?

— Si, mais…

— Dans ce cas, peux-tu m'expliquer pourquoi tu n'as pas cessé de me mettre dans l'embarras toute la semaine ?

Le rouge de ses joues vira tout à coup au cramoisi, et elle se surprit à baisser les yeux et à fixer ses orteils.

— Je suis désolée. Je…

— Je t'ai conviée à ce bal parce que j'estimais que tu étais prête. Si je me suis trompé, tu ferais mieux de me le dire tout de suite.

Le cœur d'Adrienne se glaça. Affligée, elle finit par redresser la tête sans se rendre compte que ses yeux se remplissaient de larmes.

Le visage d'Alexandre se radoucit. Il tira face à lui l'un des autres fauteuils.

— Adrienne, viens t'asseoir, l'invita-t-il d'une voix douce.

Lorsqu'elle se fut exécutée, il se pencha vers elle et lui prit les mains.

— Je sais que tout ceci est un peu écrasant. Je me doute que rien n'a été simple pour toi depuis ton arrivée. Mais cela n'excuse pas ton comportement.

— Je sais, murmura-t-elle. Pardonnez-moi.

L'aristocrate secoua la tête.

— Je voulais que ce soit une surprise, reprit-il, mais peut-être en as-tu eu plus que ta part jusqu'ici. Sache donc que cette fête est organisée en ton honneur.

La jeune fille le dévisagea, perplexe.

— Que voulez-vous dire ?

— Ce que je veux dire, c'est qu'à l'issue de ce bal, tu seras l'une des nôtres. Tu entreras dans l'aristocratie. Je ne pense pas que tu seras prête à y voler de tes propres ailes avant un moment encore, mais, au moins, tu ne seras plus seulement « la vaurienne de Delacroix ».

— Mais… Comment vous y prendrez-vous ? Pourquoi m'accepterait-on ?

— Parce que Mme Luchêne sera là. Je l'ai invitée de ta part, et elle a prévu de venir. Et si la duchesse elle-même te reconnaît, fût-ce pour me faire une faveur, les autres suivront.

Adrienne en resta pantoise. Ses mains se mirent à trembler et, dans son vertige, tout ce qu'elle trouva à répondre fut un faible : « Ben, merde, alors ! »

Alexandre afficha de nouveau une expression sévère.

— Que t'ai-je dit à propos des grossièretés ?

La jeune fille soupira, mais le changement de ton de son sourcilleux mentor lui arracha tout de même un sourire.

— Une dame digne de ce nom ne jure pas, marmonna-t-elle.

— Et sais-tu pourquoi ?

Adrienne le regarda, incertaine. Il ne le lui avait jamais expliqué, aussi avait-elle supposé que ce commandement s'ajoutait à l'inextricable écheveau des règles de l'étiquette.

— Euh… Parce que ce n'est pas distingué ?

— Non. Parce qu'une dame digne de ce nom devrait avoir assez d'esprit et d'imagination, ou tout au moins assez de retenue, pour s'exprimer sans avoir besoin de recourir à un vocabulaire aussi vil.

Il lui lâcha les mains et se leva. Sans paraître remarquer l'air interloqué que son commentaire avait peint sur les traits de sa protégée, il reprit :

— Bon ! Je crois qu'il est temps d'aller voir ce que Jeannette nous a concocté pour le dîner. Ensuite, je ferai dire à François de se tenir prêt pour une nouvelle séance dès demain matin à la première heure. (Il lui adressa un regard appuyé.) Puis-je compter sur toi pour te tenir comme il faut, Adrienne ?

La jeune fille soupira.

— S'il arrête de me piquer avec ses épingles, je promets de ne pas bouger.

— Bien. Lorsqu'il aura fini, je demanderai à Béatrice de s'occuper de tes cheveux. (Un sourire sardonique s'afficha sur ses lèvres tandis qu'il gagnait la porte.) Toi qui croyais que la confection de la robe demandait de la patience…

Adrienne s'affaissa sur son siège, déconfite.

— Et mer…

— Pardon ? l'interrompit Alexandre depuis le seuil de la pièce, raidi, une main posée sur la poignée. Et quoi ?

— Zut.

— J'aime mieux ça.

La porte se referma avec un petit claquement.

Chapitre 10

AUJOURD'HUI :

— Oui, oui, j'arrive ! La barbe, quel raffut !

Le vieil homme traversa le salon d'une maison aux dimensions modestes, aussi propre et nette qu'un baraquement militaire avant une visite d'inspection, et s'approcha de la porte d'entrée. D'une main, il portait une petite lanterne, car il avait déjà éteint les lampes pour la nuit. De l'autre, il tenait un solide gourdin avec lequel, en dépit de son âge, il pourrait encore fracasser un ou deux crânes si nécessaire. Non qu'il pressente des ennuis, mais il n'attendait pas non plus de visiteurs – or, on n'atteignait pas l'âge de prendre sa retraite de la Garde de Davillon sans être un minimum prudent.

Les deux mains prises, il lui fallut quelques instants encore pour tirer le verrou et actionner la poignée, mais il finit par entrebâiller le battant juste assez pour voir qui se trouvait derrière.

— Alors ça ! Si je m'attendais… Entrez, major, entrez !

La porte s'ouvrit toute grande pour accueillir le visiteur.

— Merci, sergent, répondit Julien Bouniard, qui retira son chapeau empanaché et franchit le seuil.

— Pas de cela entre nous, major, protesta Christophe Chapelle à l'adresse de son ancien poulain, avec un sourire bien plus large qu'il ne lui en avait jamais accordé du temps où ils travaillaient ensemble. Je ne suis plus sergent, quant à moi. À moins que vous vouliez que je vous appelle « agent » ?

Julien lui sourit à son tour.

— Il fut un temps où la seule idée de vous appeler autrement m'aurait terrifié au point de m'ôter le sommeil pendant toute une semaine.

— Bah ! Vous pouvez m'appeler « monsieur », si cela vous met plus à l'aise. (Puis, l'air toujours réjoui :) Asseyez-vous, major. J'ai bien peur de n'avoir rien de prêt à cette heure tardive, mais je peux vous proposer un brandy.

Son offre était aussi une mise à l'épreuve, et, à l'expression de son cadet, Chapelle vit que cela ne lui avait pas échappé.

— Rien pour moi, merci, déclina Julien, qui prit place dans un siège.

— Ce n'est donc pas une visite de courtoisie, hein ? (Le vieux soldat s'assit face à son hôte.) Laissez-moi deviner. Manifestement, vous vous estimez en service, mais votre démarche n'est pas officielle. Vous avez besoin d'un conseil, n'est-ce pas ?

Julien ne put retenir un petit rire.

— Toujours aussi alerte, à ce que je vois.

Chapelle bougonna :

— Je pourrais reprendre du service dès demain si on voulait encore de moi. (Puis, plus sérieux :) Racontez-moi tout, mon gars.

Le major récapitula toute l'affaire, depuis l'arrestation de Widdershins jusqu'à l'étrange incident au manoir de Rittier, sans oublier l'épisode de l'homme qu'il avait dû abattre et du soldat assassiné, qu'on n'avait découvert que plus tard.

— Monstrueux ! Venir jusque dans l'un de nos quartiers généraux… commenta Chapelle, furieux et indigné au point d'en oublier qu'il n'appartenait plus à la Garde.

Julien l'approuva d'un signe de tête.

— Je ne sais pas ce que mijotent Widdershins et le reste de la guilde des Dénicheurs. Et j'ignore si Son Éminence est encore en danger. Ce que je constate, c'est que les événements s'emballent au pire moment pour notre cité. Et je me demande sérieusement à quoi songe le Seigneur Voilé, alors qu'il devrait avoir à cœur, autant que nous tous, d'éviter les troubles durant le séjour de William de Laurent !

Ce fut le tour de Chapelle d'acquiescer, mais il laissa le major poursuivre sans l'interrompre.

— Nous ne pouvons pas laisser la guilde s'imaginer qu'un tel affront peut rester impuni. Cependant, nous ne pouvons pas non plus nous permettre une guerre ouverte – quand bien même nous lui trouverions des justifications théologiques.

— Et donc, mon gars, vous voulez mon avis là-dessus ?

— Euh… Pas exactement, monsieur. C'est de votre aide dont j'ai besoin.

De nouveau, Chapelle devina où Bouniard, à sa façon hésitante, voulait en venir.

— Vous avez déjà votre plan, alors. Mais il n'est pas de ceux que la Garde vous laisserait mettre à exécution, aussi avez-vous besoin d'une personne extérieure de confiance.

— C'est assez bien résumé.

— Je ne ferai rien d'illégal pour vous aider, major.

— Je n'oserais jamais vous le demander, monsieur, lui assura Julien. Ce n'est pas tellement que la Garde désapprouverait mon idée, mais plutôt qu'on me jugerait inapte au service pour cause de déséquilibre mental, si on savait à quoi je songe.

Chapelle se laissa aller contre le dossier de son siège, et regretta soudain de ne pas avoir opté pour un brandy, finalement.

— Demas me garde ! Je sens que cette affaire ne va pas me plaire du tout, je me trompe ? Mais allons, je vous écoute…

*

La pièce paraissait plus sombre encore que la dernière fois, comme si les ombres qui la peuplaient avaient proliféré, chaque nouvelle génération recouvrant les précédentes. Jean-Luc détestait venir ici même quand tout allait pour le mieux. Or, aujourd'hui, il devait faire part à son maître d'un échec, même s'il apportait des nouvelles propres à l'atténuer.

L'assassin de haute naissance se tenait plus ou moins au garde-à-vous au centre de la salle, à égale distance des lourdes portes couleur d'ébène et du « mur maléfique » qui leur faisait face. La lumière des torches lui permettait tout juste de discerner le faciès hideux qui le toisait depuis la paroi de pierre noire. Dans le faible éclairage, il eut l'angoissante impression que la silhouette se moquait de lui.

Le voile de silence s'effilochait, déchiré par les murmures des autres tueurs alignés derrière lui, le crépitement des torches et les pas réguliers de l'Apôtre qui, une fois de plus, passa devant l'effigie de pierre, plongé dans les réflexions que lui avait inspirées le rapport de Jean-Luc.

Enfin, il s'arrêta juste devant l'idole en relief et se tourna vers les assassins rassemblés face à lui.

— L'information que vous m'apportez, déclara-t-il, est en effet précieuse, bien plus que vous ne l'imaginez. Je vous en remercie.

» Mais vous avez tout de même fait tourner au fiasco une mission délicate et tout aussi essentielle, qui pourtant se situait pleinement dans votre champ d'expertise. Pour cela, mes remerciements seront peut-être moins à votre goût.

L'assassin vêtu de cuir, qui se taillait les ongles à l'aide d'un long poignard, objecta d'une voix hargneuse :

— Comment on était censés savoir qu'une foutue voleuse allait se pointer et tout fiche en l'air ?

— Vous n'étiez pas censés le savoir, je vous l'accorde, dit l'Apôtre en levant les bras d'un geste théâtral. Cependant, vous étiez six à avoir reçu cette mission, et seuls deux d'entre vous se sont rendus sur place. Il me semble que les effectifs ont été bien mal gérés.

— On croyait que Jean-Luc s'en tirerait très bien ! se défendit l'assassin. À nous six, on ne pouvait pas venir à bout des gardes du marquis, alors, puisqu'il fallait jouer la discrétion, on s'est dit qu'un groupe plus petit...

— Si vous y étiez tous allés, pour accomplir le travail qui vous avait été confié, Adrienne ne vous aurait pas filé entre les doigts. Maintenant, je dois non seulement continuer à la traquer, mais aussi trouver quelqu'un d'autre pour se charger de l'archevêque.

— Quelqu'un d'autre ? (Le tueur s'étrangla de rage, et ses camarades grondèrent leur mécontentement. Seul Jean-Luc ne protesta pas : il se sentait gagné par la terreur.) Vous ne pouvez pas nous retirer ce boulot ! Vous vous êtes engagé...

— À propos d'une tâche que vous n'avez pas menée à bien, le coupa leur employeur comme il eût tranché un membre gangrené. Je dirais donc que nous sommes quittes.

» Néanmoins, reprit-il d'un ton plus conciliant avant que les esprits ne s'échauffent, j'ai en tête une autre occupation pour vous. Elle ne sera pas aussi lucrative que la mission qui concernait l'archevêque, mais je pense que nous pouvons trouver un terrain d'entente.

L'assassin en cuir semblait loin d'être satisfait : la mine renfrognée, il serrait toujours sa dague dans son poing. Cependant, il n'était pas fermé à tout raisonnement.

— Très bien, je vous écoute.

— Un instant, mon impatient ami. J'ai besoin de prier, de chercher conseil sur la marche à suivre désormais. Je vous demanderai de ronger votre frein quelques minutes encore. Sauf toi. (Il pointa un doigt impérieux sur Jean-Luc.) Toi, approche.

La soudaine pâleur du tueur aristocrate passa inaperçue dans les ombres qui drapaient la salle. À contrecœur, il s'avança en traînant des pieds.

L'Apôtre se tourna vers l'image sculptée et entonna une psalmodie basse et sonore. Ses lèvres, sa langue et sa gorge modulaient des mots tels que Jean-Luc n'en avait jamais entendus. Cette langue paraissait… « gutturale », quoique ce terme ne suffise pas à la décrire. Chtonienne, peut-être, pas seulement inhumaine, mais extrahumaine.

Dans un léger bourdonnement, un taon fit le tour de la pièce, puis se posa sur le sol, où il cracha une petite forme non identifiable et sanguinolente. L'insecte fut pris de convulsions, comme s'il souffrait, et éclata: ses fluides internes s'ajoutèrent au petit tas visqueux.

Un deuxième taon apparut. Lui aussi vomit une substance infâme sur la petite masse en expansion, avant d'éclater à son tour. Il fut aussitôt suivi d'un troisième, puis d'un quatrième et d'un cinquième taon, jusqu'à ce que la salle se mette à vrombir d'un millier d'insectes. Alors, même le moins vif des assassins comprit que quelque chose ne tournait vraiment pas rond.

Les bestioles affluaient de tous les interstices imaginables. Par les coins de la pièce, l'embrasure des portes, les plis et les drapés de chaque morceau d'étoffe et même par les oreilles, les narines et la bouche des assassins frappés d'horreur, ils sortaient et bourdonnaient furieusement, venant grossir sans fin la chose qui enflait sur le sol. La salle s'emplit d'une odeur âcre et nauséabonde, d'un miasme de pourriture et de décrépitude. L'air vibrait littéralement sous l'effet de la lourde puanteur.

Lorsque l'assassin vêtu de cuir baissa les yeux sur son bras et le vit s'atrophier et se racornir, lorsqu'il vit ses muscles et sa chair fondre sous sa peau, alors seulement il comprit.

Et avec cette lucidité vint la douleur. Soudain, les hommes ne voyaient plus simplement l'abominable destin qui les attendait : ils l'éprouvaient dans leur corps même, conscients désormais de chaque nouvelle parcelle de la taille d'un taon qui se détachait de leurs entrailles pour être régurgitée sur le sol. Quatre bouches s'ouvrirent, béantes, pour hurler, pleurer, supplier peut-être. Rien n'en sortit qu'un atroce gargouillis : divers fluides se mélangeaient dans leurs poumons. Sang et bile jaillirent de leurs lèvres craquelées et desséchées, leurs yeux se liquéfièrent et des humeurs aqueuses suintèrent, écumantes, de leurs membranes crevées, pour former d'immondes larmes sur leurs joues creusées. Leurs membres se tordirent à mesure que l'assaut implacable dissolvait leurs os et leurs tendons.

La forme sur le sol se mit à palpiter comme sous l'action d'un cœur invisible. Elle mutait à chaque battement. Une pulsation faisait apparaître des crêtes et des arêtes que n'effaçait pas complètement la suivante, des creux et des cavités demeuraient en dépit de la pression des fluides.

Pendant de longues minutes, l'atrocité ne cessa de croître et les hommes se tordirent de douleur sur le sol, vidés de l'intérieur, jusqu'à ce qu'il ne reste plus d'eux que quatre défroques trempées et poisseuses flanquées chacune d'un anneau de dents.

Jean-Luc tomba à genoux, pris de violents haut-le-cœur. Son estomac continua de se soulever bien après avoir rendu tout ce qu'il pouvait. L'Apôtre, debout près de lui, observait la métamorphose d'un air songeur.

La masse prit une forme clairement humanoïde. Elle se contracta une fois, puis une seconde, et se leva. Une peau rugueuse commençait à la recouvrir. Elle replia ses doigts pour faire jouer ses muscles. En roulant, des yeux vinrent remplir de l'intérieur des orbites jusque-là vides. Enfin achevée, la créature domina de toute sa hauteur les mortels qui l'observaient, telle la Faucheuse incarnée, et Jean-Luc eut le sentiment que l'ignoble destin de ses compagnons n'était rien comparé au sort que lui réservait cette abomination. Si l'assassin pouvait se réjouir de quoi que ce soit dans cette nuit de terreurs, c'était que la faible lumière ne lui permette pas de voir le monstre dans tous ses détails.

Cela dit, il n'avait nul besoin de l'observer à présent. Il l'avait déjà vu deux ans plus tôt…

— Sais-tu pourquoi tu es encore en vie, Jean-Luc ? l'interrogea l'Apôtre. Sais-tu pourquoi ton corps n'a pas rejoint celui de tes compagnons pour constituer ma petite bête ?

— Je… Je…

— Ressaisis-toi, bon sang ! C'est toi qui m'as informé des activités illicites d'Adrienne. Tu gagnes donc un sursis. En outre, tes relations parmi les criminels de la cité vont m'être utiles pour la retrouver – et guider mon petit animal jusqu'à sa porte.

— Par les dieux, non ! Je vous en supplie, vous ne pouvez pas…

— Si, je peux. Mes propres hommes vous accompagneront tous les deux. Si tu réussis, j'oublierai tes échecs passés. Mais si tu me fais défaut une nouvelle fois, Jean-Luc…

Il ne jugea pas nécessaire de formuler sa menace jusqu'au bout.

Jean-Luc vit la silhouette démoniaque s'effondrer sur elle-même et sa chair se flétrir comme du vieux parchemin, avant de reprendre d'un mouvement fluide sa forme plus ou moins humaine. Vue de près, on ne pouvait la confondre avec un homme, mais, entraperçue dans la pénombre des rues, elle ne devrait pas attirer l'attention.

À cet instant, avec un rictus qui n'avait absolument rien d'humain, la bête s'inclina et s'effaça pour laisser l'assassin en larmes sortir devant elle.

*

— Encore une fois, major, je n'aurais pas la prétention de vous dire comment faire votre travail, mais ne pensez-vous pas être un tantinet excessif ?

Julien Bouniard jeta un coup d'œil irrité à l'homme d'église en soutane noire – lequel, d'un calme olympien, se tenait assis derrière l'écritoire, les mains dressées l'une contre l'autre en forme de pyramide – et s'efforça de juguler les prémices de ce qui s'annonçait comme une migraine monumentale. La pièce était impeccable, propre et ordonnée : chose surprenante, du reste, étant donné que la veille les hommes de Bouniard l'avaient mise sens dessus dessous en quête d'un éventuel indice laissé par les intrus. Derrière de Laurent, le jeune moine qui avait tout remis en place avec un si grand soin faisait les cent pas, nerveux, marmonnait dans sa barbe et se tordait les mains. Tous trois – ainsi que six soldats dans le couloir attenant, quatre autres postés dehors au pied de la fenêtre et deux dizaines encore disséminées dans toute la demeure – attendaient l'arrivée de l'équipage de l'archevêque, pour se rendre aussitôt en cortège au lieu de résidence suivant du dignitaire.

L'homme de la Garde secoua la tête.

— Excessif ? Non, Votre Éminence, je ne dirais pas cela. On a déjà attenté à votre vie, et le marquis de Ducarte n'est pas près de s'en remettre. Je crois qu'une fois suffit.

L'expression de l'archevêque se fit narquoise.

— Est-ce pour mon bien, ou pour celui du prochain gentilhomme qui risquerait d'être déshonoré de la sorte ?

— Pour être honnête, Votre Éminence, un peu des deux. Voyez votre assistant : il est assez sage pour s'inquiéter. Comment se fait-il que vous-même soyez si paisible ?

De Laurent tourna la tête.

— Frère Maurice, le gronda-t-il gentiment, vous allez faire un trou dans la moquette de notre aimable hôte.

— Pas plus mal ! Vous pourrez peut-être vous enfuir par là la prochaine fois qu'on essaiera de vous tuer.

Le haut dignitaire eut un large sourire.

— Là, vous voyez ? dit-il à Bouniard. Maurice se tourmente bien assez pour nous deux. Me tracasser serait tout à fait superflu, or rien ne me déplaît davantage qu'un effort gaspillé.

» Alors, poursuivit-il avant que la vague rougeur qui colorait les joues de Julien ne dégénère en une manifestation désagréable, parlez-moi de cette jeune femme qui nous met dans tous nos états.

Si de Laurent espérait apaiser la colère du major, il avait bien mal choisi son sujet. Julien pinça les lèvres et sembla se mettre à bouillir intérieurement.

— Il n'y a pas grand-chose à en dire, Votre Éminence. Je vais la retrouver et tordre son misérable cou de mes propres mains. (Il fit un geste brusque, comme pour chasser un insecte importun.) Le reste est sans importance.

— Eh bien, on en fait une affaire personnelle, à ce que je vois, commenta l'archevêque. Qu'avez-vous à reprocher à cette pauvrette que vous prévoyez d'assassiner en mon nom ?

Julien se renfrogna encore, au point que ses traits menacèrent de se chiffonner pour de bon. Il avait exagéré, bien entendu. Il ne comptait pas réellement tuer Widdershins, mais le tranquille sarcasme de l'archevêque lui fit l'effet d'une gifle.

— J'ai à déplorer un bâtiment ravagé par les flammes, un agent mort, un autre blessé à la tête qui ne pourra pas reprendre le service avant une semaine, et j'ai moi-même bien failli aller rejoindre les dieux, Votre Éminence !

— Et cette jeune femme en est responsable, d'après vous ?

— Tout au moins, elle m'a pris pour une buse, concéda le major après avoir pris deux ou trois profondes inspirations. Je ne sais toujours pas au juste comment elle a fait, mais elle s'est jouée de moi et, ce faisant, a réussi à s'échapper d'une prison qui n'avait vomi personne depuis dix-sept ans.

— Vomi ? répéta de Laurent, perplexe.

— Laissé filer, expliqua-t-il, confus et rougissant. Lorsqu'un prisonnier s'évade, nous… euh, nous avons coutume de dire que la prison l'a vomi. L'a rendu, en quelque sorte.

— Je vois. Très drôle.

— Oui. Bref, ce que je veux dire, c'est que personne n'avait réussi à s'échapper de cette prison en dix-sept ans, Votre Éminence. Mais elle, elle y est parvenue, qui plus est en se servant de moi. Quand bien même je n'aurais pas tout le reste sur les bras, cette situation suffirait à me rendre irritable.

— Sans blague… murmura Maurice qui, toujours occupé à arpenter la pièce, passait près de l'épaule de l'archevêque.

— Chut, mon garçon ! siffla de Laurent en dissimulant un sourire derrière sa main. Poursuivez, je vous en prie, dit-il plus fort.

Le major ignora leurs chuchotements.

— Je m'attendais à vous trouver d'une humeur plus noire encore que la mienne après sa tentative d'agression contre vous, Votre Éminence. Abstraction faite de toutes ces histoires de pardon, vous me paraissez étonnamment peu troublé.

— Toutes ces histoires de pardon… Ah ! Ça me fait chaud au cœur de voir avec quel enthousiasme les enseignements de l'Église sont adoptés par les masses !

— Je…

— Major, il me semble vous avoir dit – plus d'une fois, du reste, ce qui n'est pas dans mes habitudes, sauf quand je récite un sermon classique – que cette jeune femme… (Il fronça les sourcils.) Quel est ce nom bizarre que vous lui avez donné, déjà ?

— Widdershins. À Davillon, la plupart des voleurs…

— Widdershins, exact. Je crois vous avoir dit que Widdershins ne me voulait aucun mal hier soir.

— Avec tout le respect que je vous dois, Votre Éminence…

— Un préambule qui n'est jamais suivi de la moindre forme de respect, fit observer de Laurent au jeune moine.

— Tout à fait scandaleux, confirma Maurice.

— Absolument. (L'archevêque sourit de nouveau.) Laissez-moi deviner, major : vous vous apprêtiez à me dire, de la façon la plus respectueuse qui soit, que je suis un vieil imbécile à la mémoire courte, qui ne sait pas distinguer un poignard d'assassin d'un couteau à beurre, et qui ne saurait détecter une menace même si celle-ci lui mordait un attribut dont, en ma qualité de dignitaire de l'Église, je ne peux reconnaître l'existence sur ma propre personne ? Ai-je assez bien résumé votre pensée ?

Les mâchoires de Julien se serrèrent plus sûrement qu'une ceinture de chasteté.

— Major, poursuivit l'archevêque les deux mains à plat sur son bureau, toute bonne humeur à présent évanouie. Je vais m'efforcer d'être parfaitement clair. J'apprécie votre sollicitude. J'apprécie vos efforts pour mener à bien votre travail du mieux que vous le pouvez. Et je reconnais volontiers que je suis beaucoup moins accoutumé que vous aux aspects les plus sanglants de l'existence.

» Néanmoins, la violence ne m'est pas étrangère. Ma vie a été menacée plus d'une fois, et plus d'une fois je me suis défendu. Je crois à la vie après la mort, et j'ai même l'audace de croire que j'aurai une place de choix lorsque mon heure sera venue, mais je ne suis pas pressé de le vérifier. Je ne suis pas stupide, quoi que vous puissiez entendre autour de vous, et je ne suis pas non plus un vieillard crédule prêt à se laisser abuser par un joli minois.

» Lorsque cette fameuse Widdershins a fait irruption dans ma chambre, elle était blessée, et elle cherchait à m'avertir d'un danger imminent. Comme vous-même me l'avez appris, il semble qu'elle ait abattu de façon plutôt opportune un autre individu de triste réputation qui rôdait dans la demeure, un homme qui, lui, avait sans aucun doute l'intention de m'infliger certains dommages corporels. Alors, dites-moi, pourquoi cette femme devrait-elle m'inquiéter ?

— Je vous accorde qu'elle n'était sûrement pas là pour vous assassiner, Votre Éminence, répondit Julien Bouniard d'une voix qu'il s'efforça de maîtriser. Ce n'est pas dans ses manières. Mais les gredins qu'elle fréquente, eux, sont d'un tempérament bien plus sanguinaire – et, toute idée de meurtre mise à part, il ne fait absolument aucun doute qu'elle était venue ici pour vous dévaliser. Cela ne vous gêne peut-être pas, mais moi, si. De plus, quelqu'un vous veut bel et bien du mal. Donc, d'une façon ou d'une autre, vous êtes en danger. Et, d'une façon ou d'une autre, Widdershins est liée à cette affaire, et elle demeure ma seule et unique piste.

» Maintenant, si vous voulez bien m'excuser, je dois aller voir si votre voiture est prête.

Sur quoi, les poings si serrés que ses gants en grincèrent, le major se leva, s'inclina avec raideur et sortit en coup de vent.

— Vous parlez d'un joyeux luron, fit remarquer Maurice en allant se placer derrière l'épaule gauche de l'archevêque.

— Comme vous dites, renchérit William.

Il se tourna tout à coup vers son jeune ami et lui annonça :

— Vous ne m'accompagnez pas dans notre nouvelle résidence, Maurice. J'ai besoin que vous me rendiez un service.

*

— Je suis une femme très occupée, Jean-Luc. (Tel un faucon, Lisette Suvagne se pencha au-dessus de la table. La lampe située entre elle et ses visiteurs inattendus parait son visage d'un éclat diabolique.) Je n'ai pas de travail pour vous, et je ne vous ai pas convoqués, que je sache. Alors, qu'est-ce que vous venez fiche ici, vous et vos…

Elle toisa d'un air irrité la fine équipe qui se tenait devant elle. Jean-Luc lui était toujours apparu comme un fanfaron de petite envergure – à bien y réfléchir, il lui rappelait vaguement Renard Lambert, quoiqu'il n'ait pas l'extravagance du dandy de la guilde –, même si elle devait lui reconnaître un certain talent dans son métier. Les autres, elle ne les connaissait pas : deux d'entre eux, aux manteaux et rapières minables, avaient l'air de voleurs ordinaires. Le dernier était grand, enveloppé dans une cape élimée, le visage et les mains bandés comme pour raviver les vieilles terreurs inspirées par la lèpre. Seul le fait que Jean-Luc avait par le passé travaillé pour la guilde, et qu'il avait juré venir pour une affaire urgente, leur avait permis de passer les gardes. La capitaine aux cheveux roux veillerait personnellement à ce que quelqu'un tâte du fouet si ce qui amenait l'assassin n'était pas très, très important.

Ou du moins intéressant.

— Vous et vos… amis ? acheva-t-elle enfin.

De la pointe d'un poignard qu'elle triturait entre ses doigts, elle se mit à taillader l'épais plateau de la table. Le son des minuscules éclats arrachés au bois voleta furtivement dans la pièce jusque dans les coins, d'où il leur revint sous forme d'écho.

— Ce n'est pas bon pour la lame, vous savez, lui fit observer Jean-Luc d'un ton neutre.

— Merci infiniment. Je n'ai jamais eu de poignard en main jusqu'ici. Ça coupe, non ?

— Je voulais juste…

— Juste m'expliquer pourquoi vous êtes ici, pourquoi je devrais vous accorder de mon temps alors que je n'ai franchement pas besoin de vous, et me donner une bonne raison de ne pas vous avoir fait trancher la gorge avant de jeter vos carcasses dans un trou à rats. (Elle lui décocha un sourire malveillant.) Vous n'êtes pas obligé de répondre à la dernière question, si c'est trop compliqué pour vous.

Jean-Luc lui retourna son rictus : de toute évidence, elle ne l'impressionnait pas le moins du monde.

— J'aimerais bien savoir à quel moment la guilde des Dénicheurs s'est dotée de demeurés et de crétins pour la diriger.

Lisette eut un mouvement de recul sur son siège. *Impossible…* Il ne pouvait faire référence à la tentative d'assassinat perpétrée sur Widdershins dans les geôles. Personne, pas même le Seigneur Voilé et encore moins un étranger à la guilde, n'aurait pu remonter jusqu'à elle ! Et cependant, à quoi d'autre pouvait-il… ?

— Expliquez-vous, et vite ! siffla-t-elle.

— Qu'est-ce qui a bien pu vous prendre d'autoriser une mission contre l'archevêque ? poursuivit Jean-Luc, indifférent à l'agitation de la capitaine. Ce genre de mauvaise publicité est néfaste pour nous tous, pas seulement pour votre précieuse guilde !

La bouche de Lisette se referma comme un piège à loup, et ne laissa passer qu'un « Quoi ? » étranglé.

— L'archevêque, répéta lentement Jean-Luc comme s'il s'adressait à un enfant. Une recrue de la guilde a tenté de le détrousser avant-hier soir. Mon employeur...

— Qui est ? l'interrompit-elle.

— Vous savez très bien que je ne peux pas vous le révéler, madame. Je dirais simplement qu'il ne ferait pas bon l'avoir pour ennemi.

Il agita les doigts pour clore le sujet, comme s'il cherchait à se débarrasser d'une toile d'araignée collée à ses gants.

— J'ai de nombreux ennemis, commenta Lisette avec raideur lorsqu'il fut évident qu'elle n'en tirerait rien d'autre. Alors, un de plus, un de moins... Mais il se trouve que nous n'avons autorisé aucune opération de ce genre. Peut-être m'en direz-vous davantage ?

— Vraiment ? s'étonna Jean-Luc, qui se laissa aller contre le dossier de sa chaise et se caressa le menton, songeur. Je ne mets pas votre parole en doute, cependant cela me semble difficile à croire. À n'en pas douter, il s'agissait d'une professionnelle, madame.

— Une ? (Le visage de Lisette s'illumina au point d'éclipser la lumière de la lampe.) Décrivez-la-moi, lui demanda-t-elle d'un ton presque enjôleur.

Jean-Luc s'exécuta d'un air détaché. À peine avait-il décliné la couleur de ses cheveux et de ses yeux que ceux de Lisette s'enflammèrent comme un bûcher funéraire.

— Widdershins !

L'expression qui se peignit sur les traits de Lisette évoquait tout à la fois le serpent et le loup.

— Vous n'avez donc pas de nom ordinaire, vous et vos gens, « capitaine » ?

Lisette ne fit pas attention à lui.

— Cette petite peste ne devait pas s'approcher de William de Laurent, elle en avait reçu l'ordre exprès ! Je l'avais bien dit, qu'elle nous causerait des ennuis, mais non, il fallait lui laisser l'occasion de tendre la corde pour se faire pendre ! On dirait bien que c'est fait, cette fois, non ?

Ce qui, du coup, nous facilite grandement la tâche, à Brock et à moi…

Jean-Luc se leva et, poli, s'inclina devant la femme assise face à lui.

— Je vois que cette histoire est devenue une affaire interne à la guilde. Nous vous y laissons donc, rassurés de savoir que vous êtes en mesure de vous en occuper. Bonsoir.

— Un instant, Jean-Luc, l'interpella la capitaine d'une voix huileuse comme un gond bien graissé au moment où il se tournait pour partir. Que faisiez-vous au juste dans la demeure de Rittier, pour avoir été témoin des faits et gestes de Widdershins ?

L'assassin fit courir une main le long de sa veste raffinée.

— J'y étais invité, répondit-il simplement.

Lisette Suvagne ne fut pas dupe : Jean-Luc était certes issu de l'aristocratie, et il n'était pas impossible qu'il ait assisté à la réception en toute innocence, mais elle n'y croyait pas une seule seconde. Il s'y était rendu pour une mission bien à lui, une mission qui aurait pu plonger dans le chaos la cité tout entière, si son intention avait été de tuer de Laurent en personne. La capitaine fut tentée d'exiger des réponses, même si elle savait pertinemment qu'elle n'en obtiendrait aucune.

Mais les alternatives ne manquaient pas.

Lisette congédia le groupe d'un signe de la main, attendit qu'ils soient partis, puis se leva et sortit à grandes enjambées. Elle chuchota des instructions au premier garde qu'elle rencontra, lequel hocha la tête et s'élança dans le couloir. Ensuite, elle-même s'éloigna dans une autre direction.

Widdershins avait enfin fourni à Lisette la raison qu'elle attendait pour lui régler son compte. Désormais, même le Seigneur Voilé ne pourrait s'opposer à ce qu'elle prenne des mesures, sous peine d'être accusé de faiblesse. Lisette en aurait presque sautillé de joie dans les sombres couloirs, et nombre de ses confrères reculèrent, effrayés à la vue de son sourire de jubilation machiavélique.

*

Emmitouflé dans les replis d'une cape en loques, sa main valide et sa main atrophiée recouvertes de bandages de mendiant, Henri Roubet patientait dans une ruelle attenante. Ses compagnons étaient entrés depuis un moment, et l'inquiétude de l'ancien soldat de la Garde ne cessait de croître à l'idée que les choses aient pu mal tourner pour eux – ou qu'une sentinelle de la guilde comprenne qu'il n'était pas le vagabond qu'il prétendait être et le chasse. Il décida de leur accorder encore quelques minutes, et puis…

Et puis, loués soient les dieux, l'assassin et ses comparses ressortirent, apparemment indemnes. Tandis qu'ils regardaient autour d'eux comme pour se repérer, les yeux de Jean-Luc s'arrêtèrent une fraction de seconde sur Roubet et il lui fit un signe de tête. Bon, ils tenaient le renseignement qu'ils étaient venus chercher. À son tour d'entrer en scène.

Jean-Luc et son petit groupe disparurent dans une contre-allée, suivis quelques instants plus tard – comme ils s'y attendaient – par plusieurs membres de la guilde déterminés à découvrir qui ils servaient. Roubet les laissa à leur affaire, il ne se souciait pas d'eux.

Le second groupe, en revanche, mené d'une démarche boitillante par le colosse au marteau, l'intéressait au plus au point. Roubet se faufila à leur suite, prenant garde de toujours demeurer dans l'ombre.

*

— On dirait que vous n'êtes pas le seul fou de sortie cette nuit, major.

— Certes non, répondit Julien Bouniard en ôtant avec discrétion rapière et fourreau accrochés à sa ceinture. Vous êtes à mes côtés, monsieur.

— Très drôle, mon gars. Mais ce n'est pas à moi que je pensais.

Chapelle posa les mains sur les épaules du jeune soldat et le fit pivoter afin qu'il jette un coup d'œil par-dessus le rebord du toit où ils se trouvaient. Depuis leur perchoir, les deux compagnons virent plusieurs groupes s'éloigner du bâtiment situé de l'autre côté de la rue.

Julien plissa les yeux à la vue du second groupe.

— Ce grand gaillard, là, pourrait bien être celui qui s'est battu contre Widdershins, fit-il observer.

— Parfait ! Allez donc lui donner la chasse. Vous ne trouverez pas d'activité plus saine !

— Vous avez convenu qu'il le fallait, monsieur.

— Je n'ai rien fait de tel. J'ai accepté de vous aider, car, si je vous avais laissé partir seul et que vous vous étiez fait tuer, je me serais senti coupable. Cela ne m'empêche en rien de penser que vous êtes plus dément qu'un chapelier syphilitique.

Les yeux du major s'agrandirent quelque peu, ce qui incita Chapelle à marmonner quelques mots à propos de ses années de retraite, qui l'avaient rendu moins vigilant sur son vocabulaire.

Mais le vieil ex-sergent dut bien se faire une raison, et il regarda son compagnon – son ami – descendre l'escalier délabré avant de s'avancer, désarmé, vers le siège du crime organisé de Davillon.

*

À l'approche du bâtiment, Julien tâcha de maîtriser sa respiration et de garder les épaules bien droites, mais il ne put empêcher ses mains de devenir moites, ni ses cheveux de se dresser sur sa nuque. Si la guilde des Dénicheurs existait encore après tant d'années, c'était notamment grâce au bon sens de ses dirigeants – on n'y assassinerait pas sans raison un homme de la Garde. Cependant, l'incident dans les geôles pouvait suggérer que l'attitude des Dénicheurs avait récemment changé, et, même s'il n'en était rien, l'intelligence des dirigeants ne garantissait pas celle des autres membres de l'organisation.

Une brise légère s'engouffra dans la rue, chargée d'odeurs de bois, de viande et de fumée, et fit bruisser la cape de Julien. Convaincu qu'on l'observait, que la guilde avait des yeux perçants braqués sur la rue, il voulait pourtant bien être pendu s'il apercevait aucun espion. D'un poing qu'il parvint à garder ferme – ce dont il fut assez fier –, Julien frappa à la porte.

Un judas, dissimulé dans le bois avec une telle astuce que le major ne s'était pas douté de sa présence, coulissa avec un claquement sonore. Il n'apercevait pas grand-chose de la personne qui se tenait derrière, mais juste assez pour deviner qu'il s'agissait d'une femme. La voix confirma sa supposition lorsqu'elle aboya :

— La boutique est fermée à cette heure-ci, et, de toute façon, nous ne cherchons pas de nouveaux clients.

— Je viens voir le Seigneur Voilé.

Sa requête était assez inattendue pour que la femme, qui s'apprêtait à refermer le panneau, suspende son geste.

— Pardon ?

— Vous m'avez bien entendu. Ne perdons pas de temps, vous et moi, à faire comme si ces lieux n'étaient pas ce qu'ils sont. J'ai besoin de m'entretenir avec le Seigneur Voilé. Immédiatement.

— Vous… (À l'évidence, la femme était prise de court.) Vous avez perdu la tête !

— Presque, rétorqua Julien. Je la perds un peu plus à chaque seconde que nous passons ici à tergiverser, en fait. Je ne suis pas armé, et ceci n'est pas une ruse. Maintenant, soyez une gentille petite voleuse et laissez-moi entrer. (Puis, alors que les yeux de la femme s'étrécissaient :) Et n'y songez même pas. Je ne suis pas seul.

Il agita la main et, à ce signal convenu d'avance, une lanterne s'alluma au sommet du toit d'en face avant de disparaître tout aussi subitement. Julien savait que Chapelle se dirigeait déjà vers un nouveau poste d'observation, au cas où les voleurs décideraient de cerner l'endroit où la lumière était apparue. Mais cela suffit à lui confirmer qu'on le surveillait depuis les deux côtés de la loi.

— Donc, reprit Bouniard, voilà les options qui s'offrent à vous. Vous pouvez refuser de me laisser entrer, et risquer ainsi de priver votre seigneur d'une information susceptible de l'intéresser. Vous pouvez me tuer, bien sûr, mais vous commettriez alors un meurtre de sang-froid sur la personne d'un homme de la Garde – qui plus est devant témoin – en plein sur le perron de votre quartier général, ce qui, je gage, ne vous attirerait pas non plus les bonnes grâces de votre chef. Ou alors, vous pouvez me laisser entrer pour lui parler, et vous décharger sur lui de toute décision me concernant, moi et les nouvelles que j'apporte.

Le dilemme occupa la voleuse en faction près d'une minute entière : elle n'était manifestement pas préparée à un tel débat intérieur. Enfin, Julien entendit qu'on manipulait un lourd verrou. Avec lenteur, la porte pivota devant lui, et, après avoir avalé sa salive, nerveux, adressé une prière affolée à Demas et affronté un brusque déluge d'interrogations qui venaient bien trop tard, le major Julien Bouniard franchit le seuil du quartier général de la guilde des Dénicheurs.

*

Lisette s'avançait dans les couloirs sombres qui serpentaient à travers les profondeurs du bâtiment de la guilde. Modeste et un peu vétuste en apparence, celui-ci abritait un complexe souterrain presque aussi vaste et tortueux que le palais du roi de Galice. Un pauvre bougre étranger à ces lieux aurait pu y errer des jours entiers – à supposer qu'un garde ne mette pas fin à sa visite de façon prématurée.

Les pas de Lisette la conduisirent jusqu'au gigantesque sanctuaire de pierre situé au cœur du labyrinthe. Là, elle s'agenouilla sur un long coussin rebondi placé devant l'idole par quelque bonne âme, et se mit à remercier son protecteur du fond du cœur.

Une quinzaine de minutes plus tard, sa rêverie fut interrompue par le léger sifflement d'un appel d'air, qui signalait l'ouverture de la porte de l'une des chapelles secondaires.

Sans quitter des yeux le dieu des voleurs de Davillon, Lisette se redressa avec la majesté d'un cobra. Une fois debout, elle se détourna de la divinité pour regarder le nouveau venu. D'un signe de tête, elle l'autorisa à parler.

— Il veut vous voir, l'informa le voleur.

Le messager ne précisa pas qui était ce « il », et elle ne lui posa pas la question. Tête haute, conquérante, elle se dirigea vers la salle enfumée.

— J'ai cru comprendre que nous avions eu de la visite, déclara le Seigneur Voilé sans préambule.

— En effet, confirma-t-elle.

— Racontez-moi.

Lisette parla longuement, et seules quelques quintes de toux dues à la fumée qui lui picotait la gorge vinrent altérer l'exultation qui perçait dans sa voix. Un silence plus long encore s'établit lorsqu'elle eut terminé, pendant lequel le Seigneur Voilé, immobile, médita ses propos.

À nouveau, la capitaine sourit de toutes ses dents.

— Je vous l'avais dit, qu'elle tendrait le bâton pour se faire battre. Nous savons ce qu'il nous reste à faire.

— Je… (Était-ce son imagination, ou le Seigneur Voilé était-il en train d'hésiter ?) Oui, j'imagine que nous…

Sa réponse, quelle qu'elle soit, se perdit dans une série de coups fermes frappés à la porte de ses quartiers.

— Entrez !

Un Dénicheur – celui qui était venu chercher Lisette au sanctuaire – passa la tête par l'entrebâillement.

— Quelqu'un demande à vous voir.

— Tu ne vois pas que nous sommes occupés ? le rabroua Lisette avec rudesse, furieuse de voir interrompu son moment de triomphe.

— Je… Si, capitaine, mais je pense que sa visite vous intéressera tous les deux.

À cet instant, Lisette perçut le trouble dans la voix du messager.

— On dirait que notre petit club privé a du succès, ce soir, commenta le Seigneur Voilé sans laisser à son adjointe le temps de réagir. Très bien, faites-le entrer.

Lisette ne savait pas vraiment à quoi s'attendre, mais un homme en uniforme complet, arborant la fleur de lis de la Garde de Davillon, n'était en aucun cas sur sa liste. Sous le coup de la surprise, elle prit une bruyante inspiration. Le Seigneur Voilé lui-même, dont les volutes occultaient en partie la silhouette, sembla sursauter.

— On l'a fouillé, précisa le messager resté derrière la porte. Au moins trois fois. Il ne porte aucune arme.

— Va, se contenta de dire le Seigneur Voilé. (Le voleur disparut en tirant la porte derrière lui.) Vous êtes un homme courageux, agent… ?

— Ou bien stupide, marmonna Lisette, un peu trop haut pour que son commentaire passe inaperçu.

— Major, rectifia le visiteur. Et, avec votre permission, je préfèrerais, pour le moment, mettre les présentations de côté.

Lisette s'apprêtait à protester, mais elle se ravisa. *Attendons de voir où cette conversation va nous mener…*

— Fort bien, major, gronda la voix sous le voile. Trêve de civilités, donc : qu'est-ce qui vous a pris de venir ici ?

— Ce qui m'a pris, c'est qu'aucun de nous ne veut d'un bain de sang dans les rues de Davillon, alors, sauf votre respect, ce serait peut-être à vous de me dire à quoi vous jouez !

Lisette réprima à grand-peine un sourire : il lui plaisait d'entendre quelqu'un s'adresser au Seigneur Voilé sans ramper devant lui, mais, surtout, elle était presque sûre de savoir où l'officier voulait en venir. Si Widdershins, avec son action contre l'archevêque, avait suscité la colère du major au point qu'il était prêt à en tenir rigueur à la guilde, cela ne pourrait qu'appuyer sa propre requête de traquer la voleuse et de la…

— Vous envoyez un assassin dans l'une des geôles de la cité, mon « Seigneur » ? Vous faites abattre des soldats ? Seriez-vous en train d'essayer de déclencher une guerre ?

Eh ! merde…

— Parce que, laissez-moi vous dire une chose, mon « Seigneur » : s'il faut contourner l'interdiction des conflits au sein du Pacte, nous sommes tout à fait prêts à prier de Laurent de…

— Major, bouclez-la.

Les mâchoires du garde claquèrent et il se tut.

— Allez-vous tolérer qu'il vous parle sur ce ton ? s'emporta Lisette, qui cherchait désespérément un prétexte pour se débarrasser de ce trublion. Nous devrions…

— Capitaine ? Faites-moi plaisir, suivez l'exemple du major et taisez-vous !

Elle obtempéra, le visage aussi rouge que ses cheveux, dévorée par une fureur presque douloureuse.

— Formidable ! Maintenant… (Le Seigneur Voilé se pencha vers eux : dans la fumée, on eût dit qu'il se rapprochait en lévitant.) Racontez-moi, major, ce qui s'est passé exactement.

*

— Qu'est-ce qui vous permet d'établir un quelconque lien avec la guilde des Dénicheurs ? demanda-t-il à la fin du récit.

— La qualité de l'organisation, expliqua le major. L'homme avait des complices pour allumer l'incendie et faire diversion. Il disposait aussi d'une bonne réserve d'argent, à en juger par les pots-de-vin qu'il a distribués. Et la scène s'est déroulée dans un couloir rempli de condamnés. Cela ne s'est pas fait sans mal, mais une poignée d'entre eux a fini par identifier l'assassin comme l'un des vôtres.

— Je vois. Et, pour vous, il ne fait aucun doute que Widdershins était sa cible ?

— Aucun.

Lisette bouillait de rage, mais elle demeurait pieds et poings liés.

— Sa cellule était la seule à être ouverte, et elle seule avait disparu, expliqua l'homme de la Garde. Je ne saurais dire s'il était venu la libérer ou l'éliminer, mais, dans un cas comme dans l'autre, un soldat en est mort. Si vous commencez à venir jusque chez nous, comment justifier encore…

— Major, j'admire le risque que vous avez pris en venant jusqu'à moi. Je sais que vous ne l'avez pas fait pour nos beaux yeux, mais, en effet, une guerre ouverte aurait des conséquences désastreuses aussi bien pour nous que pour vous – pires encore pour nous, peut-être. Aussi, croyez bien que je n'ai jamais autorisé la moindre opération au sein de vos geôles, que ce soit pour libérer ou pour éliminer l'un de vos prisonniers.

— Soit. Mais je ne peux me contenter de vous croire sur parole et d'oublier que…

— Et je ne vous le demande pas. Capitaine ?

— Oui ? dit l'intéressée d'une voix atone.

— Vous ferez cette annonce pour moi : le responsable de cet acte, quel qu'il soit, dispose d'un jour pour se dénoncer. S'il se désigne, il sera livré à la Garde, qui s'occupera de le sanctionner.

— Cela ne me paraît pas très…

— S'il ne le fait pas, et que j'apprends de qui il s'agit, ce sera moi qui déciderai de son châtiment.

— Oh…

Le major parut sur le point de protester, puis changea d'idée.

— En outre, ajouta le Seigneur Voilé en se tournant de nouveau vers l'officier, si vous parvenez à identifier les autres conspirateurs avant nous – et à condition d'avoir des preuves tangibles, major –, aucun membre de la guilde ne lèvera le petit doigt pour les protéger de vous, ni pour venger leur arrestation et leur condamnation.

» Je pense que ces garanties – ainsi que l'assurance de pouvoir ressortir d'ici indemne – devraient amplement suffire à éviter tout autre conflit susceptible de naître de ce regrettable malentendu, non ?

— Je le pense aussi, acquiesça le major, dont la voix trahit une pointe de soulagement.

— Parfait. (Le Seigneur Voilé tira sur un cordon à peine visible dans la fumée, et la porte se rouvrit.) Raccompagnez ce monsieur. Et sans brusqueries, précisa-t-il.

— Euh, bien sûr, répondit le voleur.

Il fit aussitôt demi-tour, le major sur les talons.

— Je suppose que vous n'étiez pas au courant de cette histoire, capitaine ?

— Non, bien sûr que non, déclara-t-elle, maussade.

— Vous m'en voyez ravi.

— Ces événements ne changent rien aux actes de Widdershins. Nous devons tout de même…

— Non.

Lisette sentit sa mâchoire s'affaisser.

— Widdershins me déçoit beaucoup, reprit le Seigneur Voilé, sa voix sépulcrale teintée de regret. Mais quand bien même les accusations de Jean-Luc seraient fondées…

— Rien ne nous permet de penser le contraire, mon Seigneur, protesta Lisette avec insistance, affolée de voir sa victoire si longtemps attendue lui échapper. C'est tout à fait son genre. Elle sous-déclare ses butins, elle refuse de régler ce qu'elle nous doit... Nous n'avons aucune raison de croire qu'elle n'a pas...

— Nous verrons bien. L'assassin s'est montré utile par le passé, mais il n'est plus des nôtres. Je recevrai en personne la confession de Widdershins – ou son déni –, comme je le ferais pour n'importe lequel de mes voleurs. Mais pour en revenir à ce que je disais, reprit-il d'une voix plus forte pour couper court aux protestations de Lisette, même si l'assassin nous a dit la vérité, il semble clair que Widdershins est mêlée à une affaire qui la dépasse, et qui, semble-t-il, implique quelques francs-tireurs au sein de ma guilde. Et je ne tolérerai pas d'insubordinations dans ma propre maison, capitaine. Aussi, écoutez-moi très attentivement, Suvagne. Je la veux vivante, compris ?

Sur ces mots, alors qu'ils se trouvaient dans ses quartiers et qu'il avait coutume de congédier lui-même ses visiteurs à l'issue des entretiens, le Seigneur Voilé se leva. Deux pas en arrière et il s'évanouit derrière les rideaux couleur de fumée, laissant Lisette s'inquiéter et enrager dans l'épais brouillard.

*

— Alors, comment ça s'est passé, mon gars ? s'enquit Chapelle en emboîtant le pas au major, qui avançait d'une démarche raide.

— Je suis encore en vie, répliqua Julien, la main tendue vers son aîné. J'imagine donc que les choses se sont déroulées aussi bien que je pouvais l'espérer.

Le vieux sergent lui donna sa rapière, attendit qu'il l'ait accrochée à sa taille, puis lui rendit également son tire-cogne.

— Mais je crois bien avoir appris quelque chose d'important, annonça enfin Julien. Les Dénicheurs ne sont pas impliqués dans les événements de la prison. Ils ne veulent pas plus que nous d'une guerre, et ils redoutent que de Laurent l'autorise.

— À supposer, nuança Chapelle, que vous puissiez croire un mot de ce qui vous a été dit ce soir.

— À supposer, en effet.

Le reste du chemin se fit en silence, seulement troublé par leurs pas lourds.

Chapitre 11

TOUJOURS AUJOURD'HUI :

— Aïe !

— Bon sang, Shins ! Cesse donc de te tortiller ! Ce serait déjà fini si tu voulais bien rester tranquille une minute !

— Je n'y peux rien, geignit la voleuse avec une vague impression de déjà-vu, tout en cherchant à échapper aux mains habiles mais plutôt rudes de son amie. Tu me fais mal !

— Oh ! Par Banin ! Quelle pleurnicharde tu fais ! rétorqua Geneviève. (Pour la troisième fois, elle tenta d'absorber le sang à l'aide d'une bande de tissu.) Tu auras encore plus mal si je dois continuer à appliquer sans fin ce stupide machin, alors, arrête de te trémousser comme une poule avinée et laisse-moi terminer ! Je précise, au passage, que la fièvre ne s'en serait pas mêlée si tu étais venue me voir tout de suite !

Widdershins serra les dents, en partie sous l'effet de la douleur, mais surtout pour éviter de dire quelque chose d'inconsidéré. Quand on a des plaies ouvertes, il n'est jamais très judicieux de provoquer la personne qui vous soigne.

Après sa chute spectaculaire depuis la fenêtre de l'archevêque dans les jardins de Rittier, elle avait filé tout droit par les ruelles de Davillon jusqu'à l'une de ses nombreuses cachettes, et s'y était terrée toute une journée pour être bien sûre que ni la Garde ni les spadassins de la guilde ne l'avaient suivie. Alors seulement, à contrecœur et boitillante, elle s'était dirigée vers *La Sorcière Désinvolte*. Elle n'avait aucun autre endroit où aller. Cependant elle aurait compris si la tavernière lui avait claqué la porte au nez.

Bien entendu, Geneviève n'avait rien fait de tel. Toute fatiguée qu'elle était de sa dure soirée à la taverne, elle avait serré son amie dans ses bras et l'avait fait allonger sur l'une des tables de la salle. Après avoir rallumé les lampes, rassemblé un peu de matériel et offert à Shins une boisson forte pour atténuer la douleur, elle s'était mise en devoir, au grand embarras de la voleuse, de nettoyer la plaie, et c'est alors qu'avait commencé le sermon.

Widdershins n'en entendit pas grand-chose : elle était bien trop occupée à se disputer en son for intérieur avec son compagnon de tous les instants.

— Redis-moi pourquoi tu ne peux pas tout simplement me soigner ça comme l'autre fois ? siffla-t-elle.

Mais elle connaissait déjà la réponse, avant même de percevoir le soupir irrité d'Olgun. Elle avait été blessée assez souvent pour savoir que le dieu ne pouvait la guérir que dans une certaine mesure – et qu'un corps mortel ne pouvait pas tout supporter.

En d'autres termes : « Encaisse et prends ton mal en patience, comme n'importe quel être humain. Ce n'est pas si grave. »

— Facile à dire ! gronda-t-elle en réponse à l'exaspération d'Olgun. Ce n'est pas toi qui as les côtes fêlées ! Je… Aïe !

Ce qui, en quelque sorte, boucla la boucle de la conversation.

— Bon ! annonça enfin Gen en se redressant. (Son dos, lorsqu'elle se cambra, émit plusieurs craquements sonores.) Je crois que j'ai à peu près, euh, rebouché la fuite. Il ne me reste qu'à nettoyer la blessure une dernière fois, à mettre quelques pansements supplémentaires, et ça devrait aller.

Widdershins s'apprêtait à poser une question quand elle se retrouva avec un verre collé aux lèvres. Interloquée, elle but, et manqua cracher un organe vital. Sa poitrine se souleva, des larmes ruisselèrent sur ses joues, et sa gorge menaça de tout bonnement se faire la belle en signe de protestation.

— Que… croassa-t-elle, plus éloquente que jamais.

— Je me suis dit que la pilule passerait mieux ainsi, lui expliqua Gen, qui tenait la bouteille dans une main et plusieurs bandelettes de tissu dans l'autre.

— Quelle pilule ?

— Celle-là, fit Geneviève.

Elle versa alors une double ration du puissant breuvage sur la blessure à vif. Le cri qui en résulta évoquait assez celui d'une harpie qui se serait cogné un orteil.

— Ben dis donc ! s'exclama Geneviève qui posa la bouteille pour pouvoir se frotter délicatement l'oreille, laquelle sifflait. Je ne pensais pas qu'un être humain avait la capacité physique d'émettre un son pareil !

Widdershins, si bien recroquevillée sur elle-même qu'elle aurait pu enfiler ses bottes avec ses dents, gémit quelque chose d'inintelligible, qui se termina néanmoins très clairement par les mots « te coller sur un bûcher ».

— Allons, Shins, la gronda Gen avec tendresse. La plaie va se remettre à saigner si tu continues à tirer dessus comme tu le fais. Et puis, il me reste encore à te mettre les bandages.

Tâche qu'elle accomplit d'une main sûre et rapide. Elle serra si bien les bandelettes que Widdershins crut que sa cage thoracique allait s'échapper par le haut de son corps, comme une savonnette mouillée glissant entre les doigts.

— Eh bien, soupira Widdershins en se forçant à s'asseoir sur la table robuste (et tachée de sang), on ne peut pas dire que cette expérience ait été la plus agréable de ma vie, mais…

Une série de cliquètements se fit entendre à l'entrée de *La Sorcière Désinvolte*, et la porte s'ouvrit. Renard Lambert, affublé d'un costume bleu et violet qui, à la faible lueur des lanternes, le faisait ressembler à une prune, se rua à l'intérieur.

— Widdershins ! cria-t-il, sa cape flottant derrière lui, je… haaa !

Il baissa la tête juste à temps pour éviter la carafe qui alla se fracasser contre le mur derrière lui. Un tintement de verre brisé, dangereux carillon s'il en était, retentit autour de lui.

— Mince ! fit Geneviève d'un ton un peu contrit. Ce n'était que ton ami. Pardon, Renard.

— Pardon ? C'est tout ce que vous trouvez à dire ? Mais qu'est-ce qui vous a pris de… euh… Hem ! Bonjour, euh… Widdershins.

La voleuse, qui s'était aussitôt levée à l'ouverture de la porte, se rappela soudain, aidée par le regard effaré de Lambert, que Geneviève l'avait déshabillée afin d'accéder à la blessure causée par la rapière. Elle devint aussi écarlate qu'une religieuse dans une maison close et alla se cacher derrière son amie aux cheveux blonds, d'où elle chercha, fébrile, à récupérer sa chemise.

— Je n'avais pas l'intention de vous décapiter, Renard, affirma Geneviève surtout pour faire diversion. Mais il faut dire que vous nous avez surprises.

— Tout à fait compréhensible, la rassura le dandy qui, d'un air absent, clignait furieusement des yeux à l'affût d'un endroit sûr où poser le regard.

— Quelque chose de particulier vous amène, ou bien vous êtes simplement venu reluquer mon amie ? lui demanda Geneviève d'un ton glacial.

— Il a sacrément intérêt à avoir une bonne raison ! renchérit Widdershins derrière la tavernière, la voix étouffée par la chemise qu'elle était en train d'enfiler. Du moins s'il a envie de ressortir d'ici en un seul morceau, complèta-t-elle en se montrant de nouveau, tout habillée, quoique un peu chiffonnée.

Renard releva la tête.

— Je suis venu pour une raison bien plus sérieuse, mesdames, n'en doutez pas, quoique, si je devenais assez grossier à mon âge pour prendre l'habitude de « reluquer », comme vous dites, je ne pourrais qu'espérer trouver deux sujets aussi adorables que…

— Renard ! tranchèrent-elles à l'unisson.

— D'accord. (Le voleur se rembrunit.) La guilde va te tomber dessus, Widdershins, annonça-t-il d'un ton grave. Bientôt.

— Dis-moi quelque chose que je ne sais pas encore, tu veux ?

— Les Dénicheurs ont déjà assassiné un soldat de la Garde pour t'avoir.

La douleur et le sang qu'elle avait perdu ne suffirent plus à expliquer sa pâleur.

— Quoi ?

Le voleur fantasque leur fit un bref résumé de l'histoire qui circulait dans tous les bas quartiers de Davillon, puis conclut :

— Tu as eu de la chance de t'évader avant son arrivée.

— Bon, d'accord, mais c'est juste Brock qui cherche à se venger. Je ne vois pas…

— Plus maintenant. Jusqu'ici, peut-être qu'il ne s'agissait que d'une vendetta personnelle, mais à présent la guilde elle-même s'en mêle. La prochaine descente sera appuyée d'une autorisation officielle, avec l'assentiment du Seigneur Voilé.

— Mais pourquoi ?

La question de Widdershins sonna comme une plainte enfantine.

— On raconte que tu aurais bêtement tenté de voler l'archevêque.

— Oh ! Shins, se lamenta Geneviève, qui s'effondra sur la chaise la plus proche.

— C'est impossible ! Renard, ce n'est pas possible ! Personne d'autre que l'archevêque lui-même ne m'a vue là-bas ! (Elle ne sembla pas se rendre compte qu'elle venait de confirmer à Renard la véracité de cette rumeur.) À moins que…

— Oui ?

À son tour, Widdershins se laissa tomber sur une chaise.

— De Laurent doit m'avoir décrite à Julien Bouniard. Ou alors, l'assassin avait un complice qui m'a vue prévenir l'archevêque.

Renard la regarda sans comprendre.

— L'assassin ?

— Euh, oui. Longue histoire. Je t'en parlerai plus tard.

— Mais…

— Longue. Histoire. Plus. Tard.

— Mmh, bon. Quoi qu'il en soit, Shins, lui dit Renard, il faut que tu files d'ici. Je ne dois pas avoir plus d'une heure d'avance sur les hommes de main de la guilde. Dans l'état actuel des choses, ils ont ordre de te capturer sauve et plus ou moins saine, mais tu connais le caractère imprévisible de ce genre d'opération. Surtout si l'on considère que Brock est à la tête de l'une des meutes.

— Dans ce cas, allons-nous-en. (Widdershins se releva avec raideur et se baissa en grimaçant pour ramasser sa rapière et ses outils.) Tu viens avec moi, Gen.

— Comment ? Mais…

— Écoute, Gen. En temps normal, le fait que tu sois mon amie ne donnerait pas aux membres de la guilde une raison suffisante de te chercher des noises. C'est mauvais pour les affaires de harceler les commerçants qui n'ont rien fait de mal. Mais là, ils pourraient bien être assez en colère pour s'en prendre à toi. Donc, tu viens avec moi. Tu pourras revenir plus tard, pendant les heures d'ouverture, quand ce sera sans danger.

— Mais…

— Allez !

Geneviève soupira, pourtant protester ne servirait à rien et elle le savait. L'improbable trio franchit donc la porte presque aussitôt, et ne laissa derrière lui que des linges ensanglantés et une table tachée de frais.

*

Jean-Luc et Henri Roubet se retrouvèrent dans une gargote à ciel ouvert avec pour tout éclairage des bougies disposées sur les tables : un lieu où un groupe d'amis n'attirerait pas l'attention, et où personne, depuis la rue, ne pourrait distinguer assez clairement leur visage pour les reconnaître. Les deux truands à la solde de l'Apôtre étaient assis côte à côte, et la silhouette enveloppée de bandages dressait sa masse inquiétante derrière eux.

— Ça n'a pas l'air de donner grand-chose, était en train de raconter Roubet. Apparemment, elle ne s'est pas montrée le premier soir, et, quand ils sont arrivés aujourd'hui, ils ont trouvé la taverne vide. Ils ne sont pas assez nombreux pour assurer une surveillance continue dans la journée, mais ils vont finir par y retourner. Ils semblent persuadés qu'elle va s'y pointer tôt ou tard, et, en ce moment même, Brock paraît décidé à faire le guet là-bas.

— Et elle a un nom, cette taverne ? s'enquit Jean-Luc, qui sirotait une tasse de thé, le petit doigt en l'air.

— *La Sorcière Désinvolte.*

— Montre-moi.

Les deux hommes levèrent les yeux vers la voix surnaturelle sortie de derrière les bandages, laquelle avait fait trembler la table et vaciller la flamme de la bougie.

— Bien sûr. Ça vous ennuie si on finit d'abord…

— Montre-moi tout de suite.

En théorie, Jean-Luc était celui qui dirigeait les opérations. Ce qui ne les empêcha pas, Roubet et lui, de se lever aussitôt, peu désireux de provoquer un conflit.

Ils parcouraient de nouveau les rues, quand Roubet se demanda l'espace d'un instant ce qui était arrivé aux voleurs désignés pour suivre Jean-Luc et son allié démoniaque. Puis, il s'avisa tout à coup qu'il n'avait absolument aucune envie de le savoir.

*

— C'est absurde, Shins ! siffla Geneviève pour la cinquième ou sixième fois.

Les trois fugitifs s'enfonçaient dans une énième ruelle crasseuse et jonchée de détritus. Les relents d'ordures en décomposition, d'alcool, de vomi et de déjections humaines s'entremêlaient pour former un ignoble parfum qui caressait les rues froides et humides avec toute la feinte affection d'une ribaude atteinte de maladie honteuse. Même les rats fuyaient la puanteur. Les trois compagnons foulaient un limon indéfinissable qui s'écrasait sous leurs pieds avec un bruit de succion, et chaque pas libérait une nouvelle bouffée immonde qui venait s'ajouter aux miasmes quasi toxiques.

— J'aurais tendance à donner raison à Mlle Marguilles, renchérit Renard. (Il fit une pause pour soulever une botte, dont il examina avec tristesse la semelle crottée.) Même en faisant abstraction du danger pour notre santé – lequel est tout à fait substantiel, il faut bien le dire –, je vois d'autres sujets d'inquiétude non moins pressants. Ce costume, par exemple : j'ai bien peur qu'il ne soit tout à fait irrécupérable. Je vais être contraint et forcé de le brûler.

Widdershins, qui s'avançait sans bruit dans la venelle devant eux, s'arrêta. Un soupir souleva ses épaules.

— Bon ! Ça suffit, vous deux ! Ce n'est pas un jeu, alors taisez-vous et avancez ! Plus tôt on y sera…

— Plus tôt on en repartira, la singèrent-ils à l'unisson.

— Tu n'arrêtes pas de nous le répéter, ajouta Geneviève. Mais ce sera vrai à condition que tu survives, Shins.

Widdershins se retourna d'un mouvement brusque, ce qui tira de façon désagréable sur ses bandages et lui arracha une grimace.

— Écoutez, il faut qu'on se cache, non ? Peut-être même pour un bon moment. Donc, c'est pourquoi et par conséquent : il nous faut de l'argent. Qu'est-ce qui n'est pas clair là-dedans, dites-moi ?

Renard leva un poing devant la bouche et se racla la gorge.

— Je crois bien, Widdershins, que c'est la partie où tu décides de rentrer au bercail rassembler ton petit pécule, alors même que les hommes qui te poursuivent savent peut-être où tu habites.

La jeune voleuse donna un coup de pied peu convaincu dans une petite masse non identifiée sur la route devant elle. La chose alla percuter le mur de gauche avec un bruit mouillé et y resta collée.

— Je vous l'ai déjà dit, je n'habite pas ici. C'est juste l'une des chambres que je loue dans la cité. Sous de faux noms, ajouta-t-elle aussitôt, car Geneviève s'apprêtait à faire un commentaire (mais elle ne fit que prendre une teinte verdâtre lorsque l'air de la ruelle inonda ses poumons). J'ai planqué des fonds dans chacune d'elles.

Assez pour nous faire vivre quelque temps si besoin. Et c'est absolument sans danger ! insista-t-elle devant leurs regards de travers. Personne ne peut avoir eu vent de cet endroit, c'est humainement impossible. Il n'y a aucun moyen de remonter jusqu'à moi. Aucun !

» Si vous préférez, poursuivit-elle, vous n'avez qu'à tous les deux attendre ici pendant que je monte en vitesse chercher les marques.

Elle désigna un bâtiment délabré de trois étages plus hideux les uns que les autres. Les murs comportaient plus de trous que de briques. L'escalier de bois – qui courait le long de l'édifice comme un lierre affaissé et moribond – s'écartait de la paroi de presque un mètre en de nombreux endroits, et paraissait, en somme, aussi robuste et bien conçu qu'un bélier en verre.

— Tu sais, avança Geneviève, ce ne serait peut-être pas plus mal.

Widdershins sourit malgré elle.

— Je n'en aurai que pour une ou deux minutes, promis. Vous n'avez pas à vous inquiéter.

— Nous inquiéter ? demanda Geneviève à Renard à l'instant où leur amie commune s'évanouissait parmi les ombres. Je me demande bien pourquoi !

— C'est vrai, il n'y a absolument pas de quoi !

Ils attendirent un long moment, pendant lequel ils s'efforcèrent de respirer le moins possible, de peur que leurs poumons ne se révoltent et ne leur mènent une lutte acharnée pour s'évader de cette infâme ruelle. Puis, enfin, Geneviève se tourna vers Renard et, pour la première fois peut-être, le regarda droit dans les yeux.

— Elle ne sait pas, hein ?

— Je vous demande pardon, ma chère ? Qui ne sait pas quoi ?

— Widdershins. Elle ne sait pas, à propos de vous.

Les yeux de Renard s'agrandirent l'espace d'une seconde, puis se plissèrent.

— Je ne vois pas le moins du monde à quoi vous…

— À d'autres ! Vous êtes voleur professionnel et membre en vue de la guilde, et pourtant vous risquez votre vie et votre position rien qu'en vous trouvant ici. J'aime Widdershins comme ma propre sœur, Renard, mais je sais qu'elle peut être vraiment bouchée, parfois. Ce qui n'est pas mon cas, croyez-moi.

Sa tirade parut rabattre le caquet du dandy. Même les couleurs criardes de son costume semblèrent se ternir d'un coup (encore que, pour lui rendre justice, c'étaient peut-être les émanations corrosives de la ruelle qui en attaquaient les teintes).

— Vous ne direz rien, d'accord ? dit-il, presque suppliant.

— Qu'est-ce qui vous retient d'en parler, vous ? lui demanda Gen avec une certaine douceur.

— Regardez-moi, mademoiselle. Je suis bien des choses, dont je n'ai pas honte pour la plupart – mais croyez-vous vraiment que je sois le type d'homme que Widdershins prendrait au sérieux ?

— Vous pourriez être surpris, lui affirma-t-elle. Mais je ne lui dirai rien. Ce n'est pas mon rôle.

— Merci.

Sur ces mots, ils se turent, car il leur sembla qu'il n'y avait rien à ajouter.

*

L'assurance inébranlable de Widdershins dura précisément jusqu'à la moitié de la première volée de marches. Ce n'était sans doute pas un hasard : à ce point de sa progression, la structure tout entière émit un énorme grincement et s'écarta de quelques dizaines de centimètres sur la gauche. La voleuse s'arrêta net et se cramponna à la rampe avec une telle force que le bois pourri commença à se désintégrer dans son poing.

— Olgun ? appela-t-elle d'une voix rauque. Olgun, est-ce que tu peux faire en sorte que ce truc ne s'effondre pas sous mes pieds ? Enfin, bien sûr que tu le peux… non ?

La seule réponse qu'elle obtint fut une autre légère embardée de l'escalier branlant. Une pluie de poussière lui saupoudra les cheveux et lui chatouilla les narines. Au prix de plusieurs profondes inspirations, elle parvint à retenir un éternuement qui aurait pu faire s'écrouler tout le fourbi.

— Olgun ?

Cette fois, elle risqua à peine un murmure, de crainte que le moindre son n'ait des répercussions funestes.

Alors, en même temps qu'un grand éclat de rire, Widdershins perçut dans l'air le fourmillement familier, et sentit le bois en décomposition se consolider sous ses pieds et sous sa main plus crispée que jamais.

— Oh ! Très drôle, Olgun ! gronda-t-elle, rouge de colère, tandis que le rire résonnait dans sa tête. Hilarant, même.

La déité espiègle continua à glousser.

— Quand tu auras fini de t'amuser, le rabroua Widdershins avec dédain, on pourra peut-être poursuivre.

Il fallut encore un moment au dieu pour se ressaisir – un long moment pendant lequel la jeune voleuse contempla, irritée, les constellations restées visibles malgré la clarté de la lune et les longues traînées nuageuses. *Il va sans doute pleuvoir demain matin*, remarqua-t-elle distraitement.

Enfin, Olgun décréta que la plaisanterie avait assez duré, et ils reprirent leur ascension de l'escalier désormais stable.

Widdershins fit halte au sommet des marches, non pas à côté de la porte mais au point le plus à droite du petit palier. Ses mains expertes trouvèrent les fissures et les brèches dans le mur, ses pieds se glissèrent sans difficulté dans les creux qui, pour elle, équivalaient à des marches en bonne et due forme. Elle se mit à progresser latéralement, sans plus d'efforts qu'une araignée, et passa au-dessus de trois fenêtres avant de s'arrêter à la quatrième. Elle actionna alors un loquet soigneusement dissimulé, souleva le carreau et se faufila à l'intérieur, aussi silencieuse que le rayon de lune qui répandait sur le sol une petite flaque de lumière dense.

— Bien ! Ce n'était pas si compliqué, commenta-t-elle – pour elle-même, pour Olgun ou pour la pièce dans son ensemble, nul n'aurait su le dire.

Sans se soucier de l'obscurité, elle fit lentement le tour de la chambre pour rassembler ses affaires. Quelques instants plus tard, elle s'arrêtait devant la penderie bon marché disposée dans un angle. L'or se trouvait derrière, caché dans une anfractuosité près du sol. Elle s'agenouilla et se prépara à décaler le meuble pour atteindre son butin.

— Faisons vite et allons-nous-en.

— Tout à fait d'accord.

Dure et gutturale, la voix évoquait un grognement, comme celui d'un dogue qui aurait aboyé la bouche pleine de gravier et de verre pilé. Widdershins roula aussitôt en arrière et se rétablit sur ses pieds, la rapière dégainée. Il faisait trop sombre pour qu'elle voie son adversaire, mais elle était certaine qu'il ne se trouvait pas là un instant plus tôt. Qui était-ce ? Comment était-il entré ?

Mais surtout, pourquoi Olgun ne l'avait-il pas prévenue de son arrivée ?

Et, plus important encore, comment avait-il réussi à la retrouver, nom d'une pipe en bois ?

— Impossible ! chuchota-t-elle en s'arc-boutant en prévision de l'assaut, sans se rendre compte qu'elle parlait tout haut.

— En fait, nuança la voix râpeuse, il me semble que tu as employé l'expression « humainement impossible » lorsque tu t'es adressée à tes compagnons – ceux qui t'attendent dans cette petite rue sale. Et, sur ce point, tu as tout à fait raison.

Widdershins se fendit, lame fermement pointée en direction de l'effroyable son, mais ne rencontra que le vide.

— Qui t'imagines-tu pouvoir piquer avec cette épingle, fillette ?

La question surgit de sa droite. Dans cette voix détestable, dénuée d'humanité, Widdershins ne perçut que du mépris.

— Toi, si tu as le courage de te montrer !

La voleuse bluffait, certes, mais elle avait besoin de savoir à qui elle avait affaire.

— Comme tu voudras. (Une ombre bougea, masse plus noire encore que les ténèbres qui régnaient dans la pièce, et une silhouette se découpa dans la lumière blafarde de la lune.) Satisfaite ?

Widdershins fut incapable de répondre, tout juste pouvait-elle encore respirer. L'unique son qu'elle parvint à émettre fut un gémissement de désespoir primaire.

Le monstre ployait sa grande carcasse pour ne pas toucher le plafond. Ses quatre membres affreusement longs et minces le faisait ressembler à un homme ordinaire qu'un sorcier fou aurait étiré comme du caramel mou jusqu'à une fois et demie sa taille initiale. Sa chair présentait la teinte du cuir mal tanné en décomposition, ses mains se terminaient par des griffes irrégulières couleur de fer rouillé, et il avait une tête difforme, mi-homme mi-sanglier. De minces membranes de peau reliaient ses bras à sa cage thoracique démesurée et entre ses jambes saillait, obscène, un appendice serpentin qui fouettait l'air devant lui. Des crocs inégaux et une langue fourchue complétaient l'abominable vision.

Et, détail incongru, il sentait le miel.

Cependant, Widdershins n'avait pas gémi ainsi en raison de l'horreur ou de l'épouvante qu'il lui inspirait, mais parce qu'elle l'avait reconnu…

— Salut, Adrienne, ronronna le rejeton de l'enfer en caressant, songeur, son menton difforme du bout de ses doigts griffus.

Widdershins eut l'impression que le monde s'obscurcissait et s'alourdissait autour d'elle, comme si l'ombre même de la créature devenait une présence palpable.

— Ou bien, préfèrerais-tu que je t'appelle Widdershins, maintenant ? Je détesterais te déplaire, après une si longue séparation.

Sur quoi la bête se rua sur elle : elle traversa la pièce d'un seul pas monstrueux. Aucune issue. Widdershins était prise au piège.

Chapitre 12

DEUX ANS PLUS TÔT :

Adrienne se laissait porter par le rythme et le flot de la musique, au cœur des virevoltes et des tourbillons des danseurs. Sublimes, les cordes et les vents de l'orchestre tissaient une trame d'émotion pure. Robes et toilettes les plus raffinées, tenues d'apparat ornées de boutons d'argent tournoyaient autour d'elle dans l'immense salle de bal d'Alexandre Delacroix. Dotée d'une grâce telle qu'on l'aurait crue née dans ce monde, Adrienne se surprit à sourire, envahie d'un sentiment étrange qu'elle identifia, non sans peine, comme du bonheur.

Et si elle éprouvait plus de difficultés que les autres femmes à trouver un cavalier, si elle dansait plus souvent seule qu'accompagnée, si certains aristocrates se détournaient avec une moue dédaigneuse à son approche… Eh bien, ils ne savaient pas ce qu'ils perdaient, comme Alexandre le lui avait maintes fois répété au cours des longues nuits où leur manque de respect l'avait poussée à se réfugier dans sa chambre, rageuse ou en larmes. Car, contrairement à ces fâcheux, une partie de la noblesse de Davillon avait appris à accueillir cette curieuse nouvelle venue à bras ouverts. Les autres, eux, ne comptaient pas.

La valse s'acheva et, pendant que les ménestrels s'accordaient une pause bien méritée avant d'attaquer le morceau suivant, Adrienne, essoufflée, se fraya un chemin au milieu de la foule grouillante. Elle portait une robe simple couleur lavande rehaussée d'un bleu profond aux manches : son mentor avait insisté pour lui en faire cadeau, bien qu'Adrienne puisse désormais s'offrir sans peine ce genre de toilette. Les attentions comme celle-ci étaient précisément ce qui entretenait la rumeur de leur romance imaginaire. Voilà deux ans qu'elle vivait au manoir des Delacroix. Si elle l'avait voulu, elle aurait pu acquérir une maison bien à elle aussi facilement que cette robe.

De toute évidence, elle aimait le vieil homme – comme un membre de sa famille, et non comme le suggéraient les ragots –, mais, si elle restait, c'était pour une autre raison.

Adrienne avait peur – peur que, sans Alexandre à ses côtés, la reconnaissance qu'elle avait durement acquise au sein de la haute société davillonaise s'égrène et se disperse aux quatre vents comme les aigrettes d'un pissenlit. Elle craignait aussi que les convenances et l'aisance ne la contraignent, dans quelques années, à engager ses propres serviteurs, organiser ses propres réceptions, conduire ses propres politiques – tous aspects de la vie aristocratique dont elle se serait volontiers passée.

Mais, par-dessus tout, Adrienne redoutait que son ancienne vie ne ressurgisse si elle mettait un pied dehors. Elle avait beau l'avoir refoulée, écrasée sous le poids d'une farouche détermination, son souvenir revenait la hanter la nuit, à l'heure où ce genre d'angoisse ressort de son antre pour tourmenter les innocents insomniaques. L'aiguillon de la faim et la démangeaison de la crasse incrustée dans les pores n'étaient jamais loin. Encore persuadée que tout cela n'était qu'un merveilleux rêve, une délicieuse illusion, elle s'accrochait inconsciemment à l'idée enfantine que seul Alexandre pouvait empêcher son destin de la rattraper. Tant qu'il demeurerait dans sa vie, le rêve se poursuivrait.

Mais trêve de sombres pensées ! Ce soir, seules comptaient la musique, la danse, le…

— Bon sang, regarde donc où tu mets les pieds !

Adrienne s'écarta juste à temps pour éviter la flamme d'une lourde bannière, qui tomba à l'endroit même où elle s'était tenue un instant plus tôt. Elle leva les yeux et croisa le regard courroucé de Claude. L'homme, perché au sommet d'une échelle, s'efforçait de remettre en place une suspension qui s'était décrochée. L'image qui l'ornait était celle de la tête de lion – non pas les armoiries de la Maison Delacroix, mais la tête de félin démasquée qui représentait Cévora.

Évidemment. Quelle autre bannière aurait retenu l'attention de Claude ?

— Tu n'as pas un psaume à aller chanter ? le cingla Adrienne.

Sur quoi elle fit demi-tour et s'éloigna dans la cohue avant que la colère lisible sur les traits du serviteur ne se transforme en paroles.

Tout compte fait, les sombres pensées sont peut-être de mise ce soir.

— Aurai-je l'audace d'affirmer, mademoiselle Satti, que vous êtes de loin la vision la plus radieuse, la plus enchanteresse, la plus merveilleuse de cette soirée ?

Quoique...

La jeune fille leva les yeux au ciel d'un air amusé, mais son sourire s'élargit.

— L'audace, monsieur Lemarche ? Je ne sais pas. La bêtise, sans doute.

Darien Lemarche, patriarche actuel de la famille Lemarche et frère cadet du défunt et regretté Pierre, s'inclina de façon galante et s'assit à côté d'elle.

S'il ressemblait beaucoup à son frère, il n'avait pas (du moins en apparence) son caractère égoïste. Huit ou neuf mois après l'arrivée d'Adrienne chez Alexandre, la famille Lemarche, comme en écho à la réhabilitation sociale et économique de Delacroix lui-même, avait connu un retour de fortune et réintégré la haute société, lavée de toute honte causée par l'ancien patriarche. La première fois qu'ils s'étaient rencontrés, Darien avait reconnu Adrienne d'après son nom. S'il lui tenait rancune de la mort de son frère aîné, si même il savait quel rôle elle avait joué dans les derniers instants de Pierre, il ne le lui avait jamais montré et l'avait toujours traitée avec une exquise courtoisie. De son côté, Adrienne le considérait comme l'un de ses rares amis au sein de la noblesse, où l'on était généralement plus agréable en groupe que seul.

Ce soir-là, Darien était vêtu d'un collant blanc et d'une chemise noire à jabot sous un somptueux pardessus à la riche teinte bordeaux. Il avait choisi de ne pas porter de perruque, mais pas un cheveu ne dépassait de sa coiffure tirée en arrière. Aux yeux d'Adrienne, il était plus que séduisant.

— Sérieusement, dit-il. (Il prit le temps de saluer d'un signe de tête un autre invité de sa connaissance.) Comment vas-tu ?

La jeune fille fut déconcertée, non par la question mais par le ton de son ami.

— Je vais très bien, Darien. Pourquoi ?

— Je ne sais pas. Tu ne me parais pas… Excuse-moi. (Il secoua la tête, ce qui eut pour effet de déranger quelques boucles.) Je me mêle de ce qui ne me regarde pas.

— Oh ! Ça va ! (Adrienne sourit.) On se connaît depuis assez longtemps pour que tu saches où tu peux te mettre tes scrupules. (Darien la dévisagea, ahuri.) Dis-moi, insista-t-elle.

Le jeune patriarche soupira.

— Comme tu voudras, Adrienne. Tu ne me parais pas très heureuse ces temps-ci, voilà tout. (Il se pencha vers elle, assez près pour attirer sur eux quelques regards scandalisés.) Est-ce que tu n'as pas l'impression, disons, qu'il te manque quelque chose ?

Elle ne put s'empêcher d'esquisser un nouveau sourire.

— On dirait que tu as quelque chose à vendre ! Je suis tout à fait heureuse ici, Darien.

— Mais cela ne suffit pas, si ?

Adrienne se rembrunit, assaillie de plus belle par ses idées noires.

— J'aimerais te montrer quelque chose, Adrienne, reprit-il en caressant de façon distraite le bras satiné de son fauteuil. Au vu de ton histoire, toi qui es passée de la misère à la richesse – pardonne-moi ce cliché peu flatteur –, il t'a sans doute appelée de toute façon. Il se pourrait même qu'il ne soit pas étranger à ta réussite.

— Il ? Qui ça, il ? De qui parles-tu ?

— De celui à qui ma famille doit son retour de fortune. (Darien se leva et tendit une main à la jeune élégante.) Allons quelque part où nous pourrons parler, lui proposa-t-il d'une voix douce. Tu ne le regretteras pas, je te le promets.

*

Ils choisirent l'un des balcons du manoir qui surplombait la roseraie et ses motifs complexes. D'autres couples, eux aussi en quête d'un peu d'intimité, se promenaient en contrebas, longeant les tours et détours de ce qui ressemblait fort à un labyrinthe de fleurs. Çà et là, un rayon de lune scintillait, capté par tel bijou ou tel colifichet, par la chevelure d'une femme ou le crâne chauve d'un homme. Une brise légère au parfum de rose caressait l'avancée à ciel ouvert et faisait bruisser la robe d'Adrienne, comme si une petite créature s'agitait sous l'étoffe. L'expression de Darien était franche et implorante, celle d'Adrienne, pour le moins incrédule.

— Tu plaisantes, finit-elle par dire.

Le jeune homme se décomposa, mais refusa de baisser les bras.

— Pas du tout, Adrienne.

— Un dieu.

— Un dieu, oui. Il s'appelle Olgun.

— Je n'en ai jamais entendu parler.

— Le contraire m'aurait étonné. Il ne fait pas partie des dieux du Pacte, je ne suis même pas sûr que la Grande Église sache qu'il existe, sans parler de le reconnaître. Nous le connaissons nous-mêmes uniquement parce que le fondateur de notre culte a découvert son dernier temple au cours d'une expédition marchande dans les terres du Nord. Il s'y trouvait un homme – l'ultime prêtre d'Olgun, sans doute, mais celui-ci ne parlait aucune des langues civilisées et il est mort quelques heures à peine après avoir été trouvé. Nous supposons qu'Olgun était autrefois une déité nordique majeure, il y a très, très longtemps.

— Et c'est lui qui a remis sur pied ta famille, résuma Adrienne, dubitative. Et tu penses qu'il est aussi à l'origine de ma bonne fortune ? Allons, Darien !

— Pourquoi crois-tu que les Maisons, les guildes, les gouvernements ont leurs propres dieux protecteurs, Adrienne ? Combien d'icônes de Cévora as-tu vu chez Alexandre ? Et, puisqu'on parle de lui, comment crois-tu qu'il a recouvré les richesses de sa famille, sinon grâce à une intervention divine ?

Elle fit signe qu'elle n'en savait rien.

— Par chance ? Par son talent ? Par pur hasard ? Excuse-moi, Darien, ce n'est pas que je ne croie pas aux dieux, mais… eh bien, en tout cas, ils n'ont jamais rien fait pour moi.

— Non ? releva Darien, énigmatique. (Puis, devant l'expression de la jeune femme, il ajouta :) Tu n'es pas obligée de me croire sur parole. Nous sommes plus de vingt, à présent. Tous nobles, tous riches, et nous avons tous connu une incroyable réussite depuis que nous l'avons rejoint. Nous sommes les seuls fidèles d'Olgun. À l'inverse des autres dieux du Pacte, qui reçoivent des centaines, des milliers, voire des millions de prières en même temps, Olgun peut se consacrer tout entier à nous, et il n'est pas astreint aux mêmes règles qu'eux. Avec lui à nos côtés, nous ne risquons plus de perdre ce que nous avons. Plus jamais ma famille ne tombera en disgrâce, je te le garantis.

— Même si c'était vrai, Darien, objecta Adrienne d'un ton qui laissait deviner qu'elle n'en croyait pas un mot, pourquoi aurais-je besoin d'Olgun ? J'ai tout ce qu'il me faut.

Sans compter que si Cévora est bien à l'origine de la réhabilitation d'Alexandre, faut-il risquer de le contrarier ?

— Sauf la liberté d'en faire ce qui te plaît, argua le jeune homme.

La jeune femme serra les dents.

— Accompagne-moi à un office, la supplia-t-il. Juste une fois. Olgun n'est ni mauvais, ni cruel. Si tu ne souhaites pas te joindre à nous, ta décision n'aura pas de conséquences. Je te le promets.

— Pourquoi fais-tu cela ?

— Parce que j'aimerais beaucoup… que tu occupes une plus grande place dans ma vie, répondit Darien d'une voix douce. Et parce que je veux que tu voies quelles richesses j'ai à partager.

Elle baissa les yeux sur le jardin en dessous, soulagée que la luminosité soit trop faible pour révéler la rougeur de ses joues.

— Allez, Adrienne. Qu'as-tu à perdre ?

*

Un soir de la semaine suivante, où Alexandre s'était absenté pour régler une affaire, Darien se présenta au manoir Delacroix. Adrienne, en robe de cérémonie rouge et corsage de daim noir, l'accueillit sur le pas de la porte. Les rumeurs iraient sans doute bon train parmi les serviteurs, mais la jeune femme était presque sûre qu'un rituel religieux illicite ne faisait pas partie des activités sur lesquelles porteraient leurs spéculations.

Ils traversèrent les rues de Davillon à vive allure, installés dans un petit attelage aussi luxueux que celui d'Alexandre, et bien plus confortable. Les banquettes, recouvertes du velours le plus raffiné, étaient généreusement rembourrées de plumes d'oies. Chevaux et cocher devaient connaître la route, à en juger par l'assurance qui émanait de leur conduite et du claquement monotone des sabots sur les pavés. La promenade était tout à fait idyllique, ou l'aurait été si Darien n'avait masqué toutes les fenêtres et refusé catégoriquement de dire à Adrienne où ils allaient.

La réticence de son ami, sa mine grave et sévère l'amusèrent – au début. Adrienne ne put s'empêcher de rire : cette attitude ressemblait si peu au jeune homme, d'ordinaire jovial et insouciant ! Mais, lorsqu'une demi-heure fut passée sans qu'il ait prononcé plus de trois mots consécutifs, sans qu'elle en sache plus long sur leur destination, et lorsqu'elle eut tenté, d'un geste discret, de soulever le store d'une fenêtre pour découvrir que celle-ci était occultée par un volet… la moutarde commença gentiment à lui monter au nez.

— Dis-moi tout de suite où nous allons, Darien, grogna-t-elle, ou je descends de cette voiture.

— Mauvaise idée, Adrienne. On roule.

— Pas très vite. Je vais prendre le risque.

— La porte est verrouillée, fit-il observer.

L'expression de la jeune femme se fit glaciale.

— Pardon ? Je n'ai pas bien entendu. J'ai cru que tu avais dit que la porte était verrouillée.

Darien confirma d'un signe de tête.

— Laisse-moi descendre immédiatement, Lemarche !

— Je ne peux pas, Adrienne. Tu ne dois pas savoir où se trouve notre temple avant d'avoir été admise au sein de la communauté.

— Darien…

— Il ne t'arrivera rien, Adrienne, je te le jure. Fais-moi confiance.

— Il faut dire que tu me facilites la tâche !

Mais Darien se retrancha de nouveau dans un mutisme solennel, et Adrienne eut beau menacer, exiger, elle ne put rien en tirer. Enfin, vaincue, furieuse et de plus en plus inquiète, elle se mura à son tour dans un silence hautain, qu'elle brisait de temps à autre pour souligner en grommelant combien Darien commençait à ressembler à son frère aîné.

Vingt minutes passèrent. Pour ce qu'en savait la jeune femme, ils pouvaient avoir traversé la moitié de la ville ou se trouver encore à trois portes de leur point de départ. Lorsque enfin l'équipage s'arrêta dans une secousse, Darien tendit à son amie un bandeau, prêt à lui expliquer qu'il le fallait et que lui-même n'y était pas pour grand-chose.

Le profond mépris qu'il lut dans le regard d'Adrienne l'incita à mettre de côté le foulard sans mot dire.

En dépit de sa colère et de son agitation grandissante, elle ne put retenir un sourire narquois lorsqu'elle vit son compagnon déplier un morceau d'étoffe grise tiré de sous son siège et se le mettre sur la tête. Des dieux inconnus, des messes clandestines, et maintenant, rien moins qu'une cagoule ! Toute cette histoire commençait à ressembler non pas à une secte secrète, mais au premier acte d'un mauvais mélodrame.

— Et moi ? demanda-t-elle quand Darien tendit le bras pour frapper à la porte de la voiture. Je n'y ai pas droit ?

Le jeune homme fit un signe de tête négatif, déformé de façon étrange par son capuchon.

— Non. Par tradition, les nouveaux postulants doivent expliquer à visage découvert en quoi ils sont aptes à rejoindre la secte, de sorte que tous les membres puissent les voir.

— Je ne postule pas, j'observe. Juste un office, pour me permettre de juger par moi-même, tu te rappelles ? (Elle ajouta, amère :) Jusqu'ici, on ne peut pas dire que mon impression ait été particulièrement bonne.

D'un coup, la porte s'ouvrit et plusieurs silhouettes apparurent, dissimulées, comme Adrienne s'y attendait, sous des cagoules identiques à celle de Darien. Une volée de chuchotements et de marmonnements fusa parmi leur petite bande à la vue du visage découvert d'Adrienne, et l'un des hommes se tourna aussitôt vers Darien.

— Elle était censée avoir les yeux bandés ! siffla-t-il en aparté.

Elle laissa Darien expliquer de son mieux l'absence du bandeau pour se concentrer sur le bâtiment : une structure quelconque, indéfinie, aussi laide que disgracieuse. Ni entrepôt, ni devanture, pas davantage une taverne ou un logement. Niché au fond d'une rue encombrée, l'édifice était si insignifiant, semblait si peu important, qu'elle douta que quiconque y accorde jamais la moindre attention.

Ce n'était pas un mauvais endroit pour un culte clandestin, à vrai dire. Les compagnons de Darien montèrent d'un cran dans son estime – ils étaient toujours en dessous du cancrelat, mais désormais au-dessus de la fine pellicule qui couvre d'ordinaire le sol autour des latrines publiques.

Le type encagoulé qui avait jappé après Darien se tourna soudain vers elle, visiblement mécontent des paroles échangées. Aux mots qu'il avait prononcés à mi-voix, associés à ce qu'elle avait déjà aperçu de son menton malgré le capuchon, Adrienne le reconnut pour l'avoir déjà croisé dans plusieurs réceptions.

— Adrienne Satti, demanda-t-il dans un râle forcé, jures-tu sur ton âme de garder le silence sur ce que tu verras ce soir, de ne rien révéler de tes activités, et de ne divulguer notre foi et le pouvoir de notre dieu à aucun étranger ?

— Oui, bien sûr, Tim. Tout ce que tu voudras.

Timothée Pardeau, à la tête d'un empire fondé sur le commerce des chevaux et des animaux d'élevage, laissa échapper un hoquet étranglé et recula de quelques pas. Sous sa cagoule, il la foudroyait du regard. Il fit volte-face et empoigna Darien par le col.

— C'est ta faute, ragea-t-il à l'adresse du jeune patriarche de la famille Lemarche. Si les choses tournent mal, compte sur moi pour faire en sorte que ça te retombe dessus ! Je...

— Quand tu auras fini de menacer ton frère dans la foi... intervint Adrienne, qui tapait du pied, désinvolte. Je croyais qu'il y avait un petit spectacle de prévu, ce soir.

Timothée lui cria quelque chose d'incompréhensible, puis la dépassa telle une furie et s'engouffra dans le bâtiment. Avec un haussement d'épaules – suivi d'un autre, plus prononcé, en réponse au : « Non mais, tu veux tout bousiller, ou quoi ? » chuchoté par Darien –, Adrienne suivit les adeptes encapuchonnés à l'intérieur.

*

Si quelqu'un le lui avait prédit, elle se serait moquée de lui, mais, dans l'heure qui suivit, la vie d'Adrienne Satti bascula irrémédiablement.

Elle avait levé les yeux au ciel à la vue de l'escalier en colimaçon qui menait au sanctuaire souterrain, une ancienne cave. Elle avait considéré avec un dédain amusé la masse de fidèles en robe grise qui la dévisageaient, petits moutons sagement alignés entre la porte et le centre de la salle voûtée (où se voyaient encore les chevrons et les échafaudages d'une récente reconstruction). Elle avait bâillé tout au long du sermon, un boniment quelconque à propos de santé et de richesse déclamé avec force par un Timothée exalté. Elle avait ricané lorsqu'ils avaient actionné le levier secret et mis en mouvement toute une série de lourds engrenages et de poulies pour faire apparaître l'effigie d'Olgun au cœur du temple, et elle avait franchement ri à la vue de la tête cornue et barbue qui s'était élevée devant eux. Elle était toute prête à suggérer à Darien et à ses amis de se mettre leur déité et sa divine faveur là où elle pensait quand Timothée acheva sa bénédiction en ces termes :

— Parle-nous, ô puissant et fidèle Olgun. Révèle-nous ta faveur !

Adrienne vécut alors le plus grand choc de toute sa vie : le dieu répondit !

Non pas d'une voix profonde et grondante comme le tonnerre venu des cieux, ni par d'obscurs présages ou une pluie de grenouilles, mais par ce que la jeune femme n'aurait pu décrire que comme une douce vague d'émotion. Celle-ci se propagea dans la pièce comme un flot purifiant – tendre et bienveillante, elle les délivra de leurs soucis et de leurs craintes. Face à ce déferlement de paix et de quiétude, Adrienne s'efforça de rester sceptique, de se convaincre que ce n'était qu'une illusion, un sortilège, peut-être même l'effet d'une drogue diffusée par la fumée des torches aux flammes vacillantes.

C'est alors qu'Olgun toucha personnellement son âme. Adrienne ne sut jamais s'il s'était adressé en privé à d'autres adeptes ce soir-là, ou si elle fut la seule à être honorée de la sorte. Et l'émotion qu'il lui transmit ne fut ni un sentiment creux de sa propre splendeur, ni une arrogante tentative de lui dicter sa conduite. Non, ce que la jeune femme perçut, pour autant qu'elle puisse le traduire en mots, signifiait à peu près ceci : « Plutôt ridicule, non ? »

À partir de ce jour, Adrienne ne manqua plus une seule de leurs réunions hebdomadaires. Elle accepta Olgun et ses disciples, et eux-mêmes l'acceptèrent en retour comme leur nouvelle acolyte, bien que certains y montrent plus d'enthousiasme que d'autres. Car, jusque parmi eux, il s'en trouvait qui pensaient qu'Adrienne cherchait à s'élever au-dessus de sa condition, et que sa fortune récemment acquise n'effaçait pas le péché capital de sa basse extraction. Cependant, au fil des semaines et des mois, même les plus hostiles durent bien admettre qu'Olgun lui-même avait élu Adrienne comme l'une de ses fidèles. Bien que hautains et convaincus de leur supériorité, ils n'étaient pas prêts à mettre en cause le jugement de leur propre dieu.

Olgun ne s'adressa plus à elle qu'à de rares occasions après ce premier soir, mais elle ressentait sa présence chaque semaine lorsqu'il communiquait avec ses adeptes de façon globale. Quant aux signes de sa faveur, ils devinrent vite évidents pour qui savait regarder. Alexandre avait été un bon maître, et Adrienne s'était révélée bonne élève, mais, lorsqu'elle eut découvert Olgun – à moins que ce ne soit lui qui l'ait découverte –, les richesses qu'elle avait accumulées en deux ans doublèrent presque en seulement deux mois. Chacune de ses démarches semblait bénéficier d'un petit surcroît de chance, jamais spectaculaire mais suffisant pour faire tourner l'affaire à son avantage. Les vers à soie d'Orient cessèrent de produire très tôt cette année-là, juste après qu'elle eut rempli ses propres stocks. Une violente pluie empêcha un concurrent de se rendre au marché le jour où ses propres marchandises s'échangeaient avec succès.

La chance sourit également à Adrienne dans d'autres domaines, et elle se mit à côtoyer Darien dans des occasions aussi bien mondaines que religieuses. Cette relation contribua elle aussi à lui ouvrir plus grand les portes de la haute société et à arrondir les angles dans ses relations avec l'aristocratie.

Puis, un soir, tandis que la petite assemblée commençait à se disperser après un office, Darien apparut à ses côtés.

— Nous devrions y aller, mon ami, lui dit-elle avec un sourire. Ne t'y trompe pas, je préfère le chant d'amour des chats à celui d'une diva, mais, si tu ne veux pas être en retard…

— En fait, dit-il avec un étrange sérieux, nous n'allons pas à l'opéra, ce soir. Tu as quelqu'un à voir.

Adrienne, perplexe, laissa Darien la conduire à l'autre bout de la salle. Leurs pas résonnaient entre les épais murs de pierre. Ils s'arrêtèrent devant une autre silhouette au visage encagoulé et vêtue de gris. Elle l'avait déjà aperçue un peu plus tôt, au dernier rang, et s'était demandé qui cela pouvait être, mais le service avait commencé, et elle n'y avait plus du tout pensé.

L'homme leva lentement les mains – ne les voyait-elle pas trembler ? – pour relever son capuchon. Adrienne écarquilla les yeux, et une grande joie le disputa en elle à un vague sentiment de trahison.

— Bonsoir, Adrienne, dit Alexandre Delacroix.

*

Ils marchèrent longuement côte à côte dans les rues d'un quartier huppé de Davillon. Ils s'éloignèrent à la fois du temple et de leur propriété, mais également de tout lieu où ils auraient pu se sentir en danger.

— Pourquoi ? demanda-t-elle enfin, sans trancher parmi la dizaine d'interrogations que ce mot pouvait traduire.

Alexandre soupira.

— Je me débats avec cette question depuis le jour de notre rencontre, Adrienne.

— Alors cessez de vous débattre et expliquez-moi.

Il ne put se retenir de rire.

— Olgun m'a redonné la fortune, Adrienne. La Maison Delacroix était vouée à la ruine, à la disgrâce et à l'exil social. Je cherchais désespérément un moyen de sauver ma Maison – de me sauver moi-même –, quand Olgun me l'a donné.

— Et Cévora, dans tout ça ?

Le visage de l'aristocrate se décomposa.

— Cévora est le protecteur de la lignée Delacroix depuis d'innombrables générations, et, par le passé, il s'est montré bon envers nous. Mais, depuis quelques temps, il semble avoir choisi de nous retirer sa faveur, à moins que, face à l'ampleur de la tâche, celle-ci se soit révélée insuffisante. Quoi qu'il en soit, je ne cesserai jamais d'honorer Cévora pour tout ce qu'il a fait pour ma famille, pour toutes les années où il a veillé sur nous. Je continue à le vénérer. Mais j'accorde aussi ma foi à Olgun, et il m'a honoré en retour. Voilà pourquoi j'ai permis à Claude de prendre en charge la plupart des devoirs religieux de la maisonnée. Je révère Cévora, mais il ne me paraissait pas très honnête de continuer à diriger les services, tu comprends ? (Alexandre esquissa un pâle sourire.) Ce n'est pas plus mal, d'ailleurs. Du jour où je lui ai confié le culte de Cévora, Claude l'a servi comme s'il était né pour ça. Je crois qu'il est plus dévot que je ne l'ai jamais été.

— Très intéressant, commenta Adrienne. (À cet instant, la lumière d'un réverbère qui n'aurait pas dit non à un bon coup de nettoyage éclaira le visage de la jeune femme, sur lequel se peignit, l'espace d'une seconde, une expression amère.) Mais ce n'était pas vraiment à cela que je pensais, vous le savez bien.

— Je sais, oui. (Alexandre s'arrêta, se tourna vers elle et posa les mains sur ses épaules.) Je crois que notre rencontre cette nuit-là fut le fruit de la volonté d'Olgun, Adrienne.

— Quoi ? Comment ça ?

— Le soir où tout a commencé, je fréquentais le temple d'Olgun depuis un peu plus d'un an, expliqua Alexandre. Et j'avais toutes les peines du monde à garder le secret – en particulier vis-à-vis de mes serviteurs. Tu imagines la réaction de Claude quand il me voyait manquer la messe du soir deux ou trois fois par mois.

Adrienne pouffa de rire.

— À ce point de mon voyage, je venais de prendre la décision d'espacer mes absences – ou de trouver quelqu'un pour me représenter aux offices. Mais, bien entendu, je n'avais personne dans mon entourage en qui j'avais suffisamment confiance pour le charger de cette tâche. Tu ne comprends donc pas, Adrienne ? L'idée venait à peine de germer en moi quand tout à coup tu m'es apparue ! Cela ne pouvait pas être une coïncidence !

— C'est donc la seule raison qui vous a poussé à me recueillir ? s'enquit-elle avec calme.

— Au début, oui, avoua-t-il. Mais seulement au début, Adrienne. Je te le jure.

— Très bien, dit-elle, feignant de ne pas s'apercevoir que la lumière du lampadaire se brouillait de larmes contenues. Mais vous ne m'avez jamais parlé d'Olgun ! Si j'étais censée être votre… votre…

Elle agita les mains, impuissante.

— Mandataire ? suggéra Alexandre.

— Oui, c'est ce mot-là.

— Dans un premier temps, il fallait que je sois sûr de pouvoir te faire confiance. Puis j'ai eu peur que tu te sentes utilisée, que tu penses que je nourrissais des arrière-pensées en te recueillant – ce qui était le cas, bien sûr. Mais je me suis rendu compte que, plus que le fait d'être démasqué, ton départ était ce que je redoutais vraiment.

» Ensuite, malgré mes absences de plus en plus fréquentes aux offices, j'ai pu constater que ma chance ne me faisait pas défaut. J'ai alors compris qu'Olgun ne m'avait pas retiré sa faveur. Qu'il t'avait peut-être conduite jusqu'à moi pour de tout autres raisons – parce que tu avais besoin de moi.

Les joues d'Adrienne brillaient : elle pleurait à présent sans retenue. Avec un cri étouffé, elle se jeta dans les bras du vieil homme. Et, tandis qu'il la serrait contre lui, elle affecta de ne pas voir ses propres larmes, qui scintillaient dans le halo de lumière.

Il s'éclaircit la voix et l'écarta de lui.

— Bien sûr, reprit-il, quand le jeune M. Lemarche a demandé la permission de t'initier à notre culte, je pouvais difficilement refuser, non ? Que rêver de mieux ? (Alexandre posa sur elle des yeux dont le brillant n'avait rien à voir avec les larmes.) Ton choix aurait pu être pire, tu sais.

Adrienne s'empourpra et lui donna un coup de coude dans les côtes, mais elle rit en même temps. Lorsqu'ils entamèrent la longue marche du retour, elle se sentait plus légère qu'une plume.

*

— Impatiente, ma douce ?

Adrienne sourit et se haussa sur la pointe des pieds pour embrasser Darien sur la joue.

— Peut-être un petit peu, reconnut-elle. (Le sourire coquet qui lui effleurait les lèvres disparut bien vite sous sa cagoule blanche d'acolyte.) J'attends cela depuis des mois !

Main dans la main, ils descendirent l'escalier en spirale.

Ce serait son dernier office en tant que membre à l'essai de la secte. Ce soir, elle allait troquer son habit blanc contre la robe grise portée par les autres. Elle pourrait désormais participer pleinement aux services et non plus se contenter de marmonner les chants répétés en chœur par les fidèles. Elle pourrait prendre la parole sans devoir attendre qu'un membre plus ancien l'y autorise.

Des avantages bien prosaïques, certes, mais un sentiment d'impatience l'étreignit tout au long de l'office telle une seconde peau. Son unique regret, bien qu'elle comprenne parfaitement, était qu'Alexandre, retenu par d'autres obligations plus officielles, ne puisse assister à cette réunion particulière.

En un tournemain, ce fut fait. L'heure s'écoula, Timothée prononça sa bénédiction finale, et, en guise de conclusion, il fut joyeusement annoncé que la secte accueillait une nouvelle sœur en Olgun. On lui présenta des félicitations (dont la plupart étaient même sincères), le levier caché fut actionné, l'idole cornue s'enfonça avec lenteur et majesté dans le sol.

La porte du sanctuaire souterrain s'ouvrit dans un fracas assourdissant. Elle livra le passage à une apparition si abominable que plusieurs fidèles d'Olgun parmi les moins solides perdirent la raison à sa seule vue.

Plusieurs hommes l'accompagnaient, mais Adrienne ne les regarda pas vraiment. Ses yeux, agrandis par l'horreur, étaient braqués sur l'entité démoniaque, qui déchira de ses griffes de fer irrégulières l'ample giron de Timothée. Le monstre le souleva par les tripes, et les pieds du malheureux ruèrent tandis que son sang arrosait son meurtrier en un baptême macabre. Avant même que les spasmes du négociant aient pris fin, la créature le lâcha pour taillader de la griffe de son pouce gauche le visage de Marie Richelieu. Les cris de terreur de la jeune femme montèrent en un bref crescendo d'agonie, qui s'acheva dans un épouvantable bruit de crécelle tandis que son crâne éclatait.

À chaque nouvelle seconde, un autre ami d'Adrienne mourait d'atroce façon, les membres et les organes arrachés et dispersés à travers la salle comme autant de jouets d'enfant. Le sang se répandit partout, pareil à un geyser écarlate qui trempa Adrienne et ses compagnons jusqu'aux os. Certains parmi la congrégation de plus en plus réduite d'Olgun se débandèrent, paniqués, mais trouvèrent l'issue barrée par les alliés humains du démon. Malgré tout, plusieurs adeptes choisirent cette voie : ils préféraient une mort nette sous les coups d'une lame d'assassin au démembrement promis par cette monstruosité aux bras démesurés. D'autres encore restèrent où ils étaient, pétrifiés. Ce fut le cas d'Adrienne. Elle n'eut même pas la force de cligner des yeux pour chasser ses larmes lorsqu'elle vit la gueule béante de la créature engloutir l'épaule gauche de Darien et la désintégrer entre ses mâchoires inhumaines.

La jeune femme aurait pu demeurer avec les autres, tétanisée, jusqu'à ce que la mort vienne la cueillir à son tour, mais quelque chose la tira de sa paralysie : un éclair fulgurant d'une terreur presque enfantine. Ce n'étaient ni les hurlements de ses compagnons à l'agonie, ni un appel issu des profondeurs de son propre esprit, mais la « voix » reconnaissable entre toutes : celle d'Olgun lui-même.

Adrienne comprit, avec un sursaut qui manqua lui décrocher le cœur, que le dieu avait peur. *« Nous sommes les seuls fidèles d'Olgun »*, lui avait dit Darien. *« Que crois-tu qu'il arrive à un dieu quand ses adeptes, tous ses adeptes, disparaissent ? »*

Cette pensée l'aiguillonna, quand la crainte pour sa propre vie avait échoué. Alors que ses amis tombaient tout autour d'elle, réduits en hachis sanguinolent, Adrienne s'aperçut que ses bras et ses jambes s'activaient d'eux-mêmes. Des réflexes restés endormis pendant des années lui revinrent d'un coup : ses doigts et ses orteils trouvèrent des fentes et des crevasses dans le mur. En deux temps trois mouvements, elle se retrouva perchée au milieu des chevrons, invisible dans les ombres profondes.

Et, impuissante, elle regarda le monde virer au rouge à ses pieds…

Chapitre 13

AUJOURD'HUI :

Olgun n'avait en rien choisi de se taire.

Non, si la minuscule déité n'avait pas prévenu Widdershins qu'une présence néfaste se glissait dans la pièce, c'est parce qu'il ne s'en était tout simplement pas aperçu. Seules les réactions de Widdershins, la vague de terreur à l'état pur et de panique absolue qui s'était emparée d'elle, avaient averti Olgun qu'il se passait quelque chose d'anormal.

Alors, il se pétrifia.

Confronté à une expérience totalement inédite, le dieu se retrouva paralysé. Impossible ! Rien, absolument rien n'aurait dû pouvoir passer à son insu ! Et pourtant, son ultime adepte était à présent menacée par quelque chose qu'il ne voyait tout simplement pas. La crainte assaillit le dieu oublié, mais il tarda à agir, luttant pour surmonter le choc qu'il venait de subir.

Bien que la créature ne puisse être détectée par les sens divins d'Olgun, les signes de son passage étaient nets, gravés sur la trame de la réalité en symboles que seul un dieu était capable de décrypter. L'affaissement des lames du parquet sous son poids, la danse des grains de poussière autour de sa forme mouvante constituaient autant d'indices révélant une présence par ailleurs invisible.

Mais il pouvait faire si peu ! Même lorsque Widdershins faisait appel à lui et canalisait sa résolution divine par l'intermédiaire de sa foi, il était si faible... Il n'avait plus accès qu'à la magie la plus élémentaire, et encore fallait-il que la volonté de Widdershins guide la sienne, que la détermination et la conviction de sa protégée lui fournissent les outils dont il avait besoin pour agir. Sans intention claire de la part de Widdershins, sans la motivation de la jeune femme pour galvaniser la sienne, il était presque impuissant.

Presque, mais pas tout à fait : si l'impossible était hors de sa portée, l'improbable était peut-être encore réalisable.

Dans un acte de volonté tel qu'il n'en avait plus tenté depuis un siècle, Olgun concentra le maigre pouvoir qui lui restait. Widdershins ne perçut même pas le picotement dans l'air au moment où la créature se ruait sur elle, mâchoires grandes ouvertes et griffes tendues, prêtes à la réduire en bouillie palpitante. Les pattes du monstre atterrirent lourdement sur le sol et il se dressa devant la jeune voleuse, telle l'ombre de la mort.

Le pouvoir d'Olgun atteignit son apogée, et le plancher, miné par les années d'abandon, rongé par l'humidité et la moisissure, céda.

*

Avec un cri de stupeur, la créature infernale passa au travers du parquet éclaté, incapable de déployer ses membranes pour amortir sa chute dans cet espace exigu. Même sans la pression continue d'Olgun, l'élan de la bête aurait suffi à lui faire traverser le deuxième étage, puis le premier, et enfin le rez-de-chaussée. Le monstre alla s'écraser sur la terre battue de la cave, couvert de poussière et d'éclats de bois, et très, très en colère.

Des cris fusèrent depuis les étages au-dessus, le bâtiment tout entier tangua comme un navire dans la tempête, mais la structure tint bon.

Le monstre remonta à toute allure, les marches s'écroulant sous son poids. Parvenu en haut de l'escalier, il ouvrit la porte à toute volée, et le panneau lui resta dans la main. La pièce était vide.

Mais peu importait… Désormais, il pouvait la retrouver.

Il renifla et, de contrariété, plissa ses yeux inhumains. L'odeur s'était évanouie ! La trace spirituelle, l'effluve unique de l'âme de Widdershins qu'il avait suivie depuis *La Sorcière Désinvolte*, s'était dissipée.

Le dieu nain devait l'avoir occultée, tout comme lui-même s'était servi du pouvoir de son dieu de tutelle pour dissimuler son odeur à Olgun. Agaçant, mais ce n'était qu'un contretemps. Il disposait d'autres moyens pour traquer sa proie.

*

— On vous a installé correctement, Votre Éminence ?

De Laurent leva les yeux du bureau qui constituait l'unique élément de décor dans la pièce qu'il occupait maintenant, mise à sa disposition par le deuxième hôte d'une interminable liste.

— Bonsoir, major. Oui, tout est pour le mieux, merci de vous en inquiéter.

— Pas d'autre problème jusqu'ici ? s'enquit Julien, qui se tenait toujours dans l'encadrement de la porte.

— Vos hommes ne vous auraient-ils pas averti, s'il y en avait eu ?

— Si. Malgré tout…

— Oui, malgré tout. Non, rien de fâcheux. Ne voulez-vous pas entrer une minute ?

— Je ne peux pas, Votre Éminence. J'ai trop à faire. Je voulais juste m'assurer que vous alliez bien, et m'excuser de n'avoir pas été plus présent ces derniers temps.

— Ne vous en faites pas, major. Vos hommes ont été tout à fait à la hauteur. Ils…

— Parfait. Dans ce cas, bonne nuit, Votre Éminence. Je repasserai demain.

Frère Maurice apparut sur le seuil de la pièce à l'instant où le major Bouniard la quittait en jetant un regard par-dessus son épaule.

— Il a l'air un peu malade, vous ne trouvez pas ? fit observer le jeune moine.

L'archevêque fit un mouvement de tête pensif. Malade, non. Le major commençait à avoir l'air épuisé.

Et peut-être bien effrayé, aussi.

*

— Widdershins, chuchota Renard d'une voix étouffée par le mouchoir parfumé qu'il tenait devant sa bouche. Tu as réussi à… dieux d'en haut !

Geneviève se précipita vers la voleuse et l'agrippa aux épaules. Sa meilleure amie titubait.

— Shins ! Que s'est-il passé ?

Widdershins saignait d'une dizaine d'entailles récoltées lors de l'effondrement du plancher, et elle suait à grosses gouttes, autant à cause de sa fuite effrénée par l'escalier instable que de la terreur qu'elle avait éprouvée à la vue de son pire cauchemar revenu des enfers.

Sa vue se brouilla. L'immonde ruelle jonchée d'ordures dansa devant ses yeux, et une autre image vint s'y superposer en transparence, celle de ses frères et sœurs dans la foi éparpillés en morceaux de chair suintante sur le sol du sanctuaire d'Olgun. Comme s'il ne suffisait pas de savoir que la guilde des Dénicheurs voulait sa mort, et que ses dirigeants avaient invoqué un démon issu des ténèbres les plus noires pour la traquer, voilà qu'elle découvrait qu'ils étaient responsables du chapitre le plus tragique de son existence, et que c'était par leur faute que le nom d'Adrienne Satti avait dû disparaître, entaché par le meurtre et bien pire encore. L'âme de Widdershins s'embrasa.

— Je n'en peux plus de fuir, déclara-t-elle à Geneviève d'une voix plus froide que la glace. (Son regard dur se posa sur Renard, qui marmonna quelque chose dans sa barbe et détourna les yeux.) Trouve-lui un endroit sûr jusqu'à l'ouverture de la taverne, d'accord ?

— Je ne sais pas si c'est vraiment…

— Je t'en prie, Renard. Fais ça pour moi.

— Bien sûr, dit-il d'une voix douce.

Widdershins avait déjà fait quelques pas lorsque Geneviève la retint par l'épaule. La voleuse regarda la main de son amie comme si elle ne comprenait pas bien de quoi il s'agissait.

— Attends, Shins ! Tu ne peux pas partir seule ! Tu…

— Je vais au siège de la guilde, Geneviève, murmura Widdershins.

La tavernière blêmit.

— Quoi ?

— Ils m'envoient des démons, maintenant. Ça ne peut plus durer.

— Des démons ? Tu as perdu la raison, Shins !

Sa remarque suscita un bref mouvement de tête de son amie, qui fit voleter ses cheveux d'un brun profond.

— Tout à fait possible, reconnut la voleuse. Mais, en ce qui concerne le démon, je ne plaisante pas. Et je suis aussi très sérieuse quand je dis que je me rends au siège de la guilde. (L'espace d'un instant, son visage s'adoucit et sa carapace se craquela.) Gen, je ne veux pas mourir. Et je ne veux pas qu'on te fasse du mal. Il faut que je sache à quoi rime tout ça et que j'y mette un terme au plus vite. Je suis désolée.

Elle porta lentement sa main gauche à son épaule droite, souleva les doigts pâles et tremblants de Geneviève, et, une fois de plus, les ombres se refermèrent sur elle.

*

Widdershins était accroupie sur un toit juste en face de l'entrée du quartier général de la guilde des Dénicheurs – le même toit où Bouniard et Chapelle s'étaient postés avant elle, bien qu'elle n'ait aucun moyen de le savoir. Selon tous les registres officiels et pour chaque inspection de routine, l'édifice qu'elle observait à présent abritait simplement les bureaux d'une société – assez peu prospère, du reste – de prêt sur gage, crédit et assurance pour les caravanes longue distance.

À Davillon, très peu de monde, d'un côté ou de l'autre de la loi, ignorait la véritable nature de ces lieux. Mais quiconque tentait de s'y infiltrer connaissait une mort brutale, et, quand bien même la Garde de la cité aurait eu assez d'hommes et d'équipement pour prendre le bâtiment d'assaut, le Pacte Sacré interdisait tout conflit ouvert entre deux organisations placées sous la protection de dieux différents. Aussi la Garde faisait-elle semblant de ne pas savoir ce qui s'y tramait, et ne s'aventurait guère dans les parages : c'était l'unique option sensée.

Mais, ce soir, Widdershins n'en était plus à se demander ce qui était sensé ou non, et l'insignifiante éventualité de sa propre mort, pourtant quasi certaine, n'allait pas l'empêcher d'obtenir réponse à ses questions.

Après avoir quitté Gen et Renard, elle avait fait un rapide crochet par la boutique d'un apothicaire qui croyait naïvement son échoppe fermée pour la nuit. Ses propres connaissances des herbes et des remèdes auraient pu tenir sur une tête d'épingle, tout en y laissant encore assez de place pour qu'un éléphant puisse y danser une gigue. Mais Olgun, lui, était tout à fait capable de combler les lacunes de Widdershins. En un tournemain, elle avait rassemblé ce dont elle avait besoin et avait filé.

Elle jeta un dernier coup d'œil alentour et prit une profonde inspiration.

— Bon ! Olgun, dit-elle en relâchant son souffle, tu es prêt ?

La réponse anxieuse du dieu fut un non net et précis.

— Allez, secoue-toi un peu ! On va s'amuser !

Pas une seule réaction, cette fois. Avec un haussement d'épaules indifférent, elle se laissa glisser du toit.

*

Il n'y avait aucune justice en ce monde, se lamentait Hubert en son for intérieur tout en se dandinant d'un pied sur l'autre dans la lumière maladive de la lune. En temps normal, c'était plutôt une bonne chose, vu qu'il était un voleur. Mais ce soir, tandis que l'air s'alourdissait de l'averse à venir et qu'il grelottait dans ses vêtements « discrets », il ressentait plus que de l'amertume.

Et d'abord, pourquoi fallait-il qu'il soit coincé là en cette nuit oubliée des dieux, pendant que la plupart de ses compagnons profitaient d'une partie de dés en sirotant du vin épicé, bien au chaud, ou parcouraient les rues pour soulager les citoyens des pièces qui les encombraient ? Pourquoi fallait-il qu'il soit déguisé en mendiant alors qu'il appréciait tant les dernières modes vestimentaires de l'aristocratie ?

Tout cela parce que lui, Hubert Juste, membre respectable de la guilde des Dénicheurs et serviteur loyal du Seigneur Voilé, s'était montré assez digne de confiance pour occuper le poste de sentinelle. C'était un honneur, lui avait-on maintes fois répété. Une bonne chose. Cela signifiait qu'il avait été remarqué par la hiérarchie, par les personnes importantes. Il était promis à une brillante carrière au sein de la guilde, à n'en pas douter ! Brillante, quelle blague !

Hubert s'emmitoufla dans sa défroque de mendiant, grimaça lorsque les premières gouttes glaciales lui bombardèrent le visage, et les maudit en pensée, tous autant qu'ils étaient.

Si c'est tout ce qu'on gagne à prouver sa valeur, on verra comment je me débrouille à la prochaine mission, et puis qu'ils aillent tous se…

— Excusez-moi.

N'abandonnant pas son rôle, Hubert se força à tousser et à crachoter, puis s'avança d'une démarche incertaine. Sous son manteau, il avait rapproché une main de sa dague à fine lame et du sifflet d'alarme qui pendait à son cou. Décidément, entre celle-là et les visiteurs de l'autre nuit, cet endroit commençait à attirer les foules.

— Peux faire quèque chose pour vous, ma p'tite dame ? baragouina-t-il d'une voix sifflante.

— Ma foi, oui, minauda-t-elle, enjôleuse. (Elle leva le bras comme pour caresser ou étreindre le répugnant gredin.) Je m'appelle Widdershins, lui apprit-elle. Je suis en tête de liste des personnes recherchées par la capitaine Lisette. J'ai l'intention de te droguer et de te contraindre à me servir de guide.

Hubert la dévisagea, abasourdi.

— Que…

Widdershins ouvrit la main qu'elle tenait à présent juste devant le visage de la sentinelle, et souffla dessus. La poudre qu'elle avait serrée dans son poing pour éviter que la pluie n'en fasse de la pâte s'envola en un épais nuage. Hubert prit une brusque inspiration et recula, affolé, mais il était bien trop tard.

Il tituba et s'emmêla les mains, cherchant à saisir à la fois sa dague et son sifflet. Ce dernier retomba sur sa poitrine sans avoir émis un son, puis se balança au bout de son cordon lorsque Hubert se pencha, pris d'une violente quinte de toux. Quant à sa dague, elle tomba avec un bruit métallique sur les pavés : le choc en tordit la pointe et en ébrécha la lame. Le voleur tomba à genoux, déchirant sa culotte déjà rapiécée en maints endroits.

*

Chassant de ses yeux l'eau de pluie et les cheveux qui la gênaient, Widdershins jeta de rapides regards autour d'elle. Lorsqu'elle fut bien sûre que personne ne les avait vus, elle se pencha sur l'homme hébété et l'aida à se relever. L'air s'emplit d'étincelles : le pouvoir d'Olgun se diffusait pour renforcer les effets de la drogue sur l'organisme de la sentinelle.

— Comment est-ce que tu t'appelles ? lui demanda Widdershins d'une voix douce.

Un filet d'eau de pluie ruisselant dans son dos la fit frissonner.

— Hubert Juste, répondit l'intéressé d'une voix rêveuse.

— Comment te sens-tu, Hubert ?

— Tout drôle, reconnut-il.

Il ponctua sa réponse d'un gloussement féminin.

Sa réaction arracha un sourire à Widdershins.

— Tu as raison, c'est drôle, dit-elle à l'homme qui acquiesçait avec enthousiasme. J'ai besoin de ton aide, Hubert, reprit-elle sur le ton de la conspiration. Est-ce que tu peux faire quelque chose pour moi ?

— Oui ! répondit-il, déterminé. (Il hochait toujours la tête avec énergie, au point que Widdershins craignit de la voir se détacher de son cou et rebondir dans la rue sans cesser de bafouiller doucement.)

— Tu es sûr ? hésita-t-elle. Il s'agit d'un boulot difficile…

— Je suis capable ! Je sais faire plein de crucs… trucs !

— Peut-être bien. Bon, d'accord, céda-t-elle. J'ai besoin que tu me guides à travers le quartier général de la guilde des Dénicheurs, Hubert. Tu comprends, jusqu'à maintenant, je n'ai visité que les niveaux supérieurs. Sans compter que les sous-sols sont remplis de gardes assoiffés de sang et de couloirs qui partent dans tous les sens, et je ne voudrais vraiment pas qu'il m'arrive malheur là-dessous. Tu ne voudrais pas qu'on me fasse du mal, pas vrai ?

— Oh ! non ! protesta-t-il en faisant oui de la tête.

— Bien. Dans ce cas, montre-moi le chemin, mon ami.

Elle emboîta le pas chancelant mais déterminé du faux mendiant en direction de l'entrée principale, et s'arrêta au passage pour ramasser la dague qu'il avait abandonnée dans la rue. Elle ne pouvait éviter que les voleurs ne découvrent la disparition de leur sentinelle, mais du moins pouvait-elle supprimer tout indice d'événement fâcheux. *Laissons le doute planer.*

À peine avaient-ils franchi la porte qu'elle comprit que tout ne serait pas si simple.

— Eh ! Hubert !

Une jeune femme mince, de carrure assez semblable à celle de Widdershins, se laissa tomber depuis une plateforme qui surplombait la porte. Elle était chaussée de bottes marron et portait un collant rouge ajusté sous une chemise bleue, si courte que Widdershins elle-même sentit ses joues s'empourprer. Elle tenait à deux mains une petite arbalète – sans doute, supposa Widdershins, parce qu'une telle arme causerait moins de dégâts sur les murs qu'une espingole si la fille était contrainte de faire feu à l'intérieur. Quoi qu'il en soit, l'arme indiquait clairement qu'en dépit de sa tenue, elle n'était pas là pour plaisanter.

— Tu te crois où ? jappa-t-elle en allant se planter face à Hubert pour le regarder droit dans les yeux. Tu sais très bien que tu ne dois quitter ton poste sous aucun prétexte, et encore moins pour ramener la première catin venue !

— Surtout qu'en matière de catins, il n'a que l'embarras du choix, ici, fit observer Widdershins avec candeur.

Furieuse, l'autre voleuse se tourna soudain vers elle, pour rencontrer un violent crochet du droit. Elle chancela, ses yeux se révulsèrent si bien qu'elle aurait pu admirer son cortex cérébral, et elle tomba avec un bruit mat.

Widdershins secoua son poing douloureux, perdue dans ses réflexions. Elle n'avait aucune envie de tuer qui que ce soit en ces lieux. Toute considération morale mise à part, cette histoire allait déjà lui attirer assez d'ennuis. Faute d'une autre solution, elle cacha la cerbère inconsciente non loin de là dans une penderie, lui entrava les mains et les pieds à l'aide des lacets de ses propres bottes, et la bâillonna avec le minuscule morceau de tissu que sa propriétaire, vraisemblablement, avait pris pour une chemise. Hubert, qui d'après son air égaré n'avait rien saisi de la situation, reprit sa visite guidée. Les couloirs se firent plus sombres à mesure qu'ils progressaient, éclairés de temps en temps par une lanterne ou une torche. Widdershins décrocha du mur l'un des brandons et l'emporta avec elle.

Ils s'enfonçaient dans les profondeurs du quartier général de la guilde, plus loin que la jeune voleuse n'était jamais allée – hormis en une occasion, lors de son initiation, quand elle avait dû prononcer certains serments aux pieds du Seigneur Voilé –, et Widdershins se sentit submergée par l'ampleur de la tâche qu'elle avait entreprise avec tant d'insouciance. Le complexe, immense, pouvait sans problème atteindre les dimensions d'un vaste palais. Les salles s'y succédaient avec une telle profusion et un tel désordre que l'adjectif « labyrinthique » lui rendait à peine justice. Elle supposa que les architectes avaient dû lâcher une énorme poignée de ficelles, ou de nouilles orientales, et tracer leurs plans d'après l'enchevêtrement ainsi obtenu. Çà et là, des voleurs montaient la garde, postés aux intersections à intervalles irréguliers. Par chance, aucun d'entre eux ne sembla la reconnaître de vue – ce qui n'était guère étonnant si l'on considérait l'ampleur des effectifs de la guilde. Mais Widdershins n'en était pas moins convaincue que, sans la présence d'Hubert pour justifier la sienne, on ne l'aurait pas arrêtée dans l'unique but de lui faire la conversation. Elle savait aussi que sans son escorte droguée, tous ses précieux savoir-faire ne lui auraient été d'aucune utilité. Elle se serait perdue sans aucun espoir de retour et aurait très probablement trouvé la mort : ni ses propres compétences, ni l'aide d'Olgun n'auraient pu la sauver. Elle marchait dans la crainte que l'un des hommes en faction ne soit au courant que son guide était censé se trouver à l'extérieur et non à l'intérieur, et ne les arrête malgré tout.

Ils poursuivirent leur route, toujours plus avant dans les couloirs enténébrés, escortés par le triste écho de leurs pas. Certains passages montraient des signes de fréquentation régulière : la couche de poussière sur le sol était fine, et les supports muraux tous garnis de torches. D'autres semblaient n'avoir reçu aucune visite depuis des décennies. Les gardes se faisaient rares, d'épaisses toiles d'araignée pendaient, l'air sentait le moisi, les appliques étaient vides ou ne portaient que des morceaux de bois pourrissants dont on n'aurait jamais pu tirer la moindre flamme. À l'évidence, son guide ne prenait pas le plus court chemin – non que Widdershins ait en tête une destination plus précise que « les salles centrales ». Elle ne pouvait qu'espérer que leur itinéraire tortueux finirait par les conduire quelque part. Et qu'Olgun saurait retrouver le chemin si les circonstances exigeaient une retraite précipitée.

Mais il sembla enfin que leur long cheminement n'avait pas été vain. Les traces de passage fréquent et les échos de voix lointaines se multiplièrent à chaque nouveau couloir, et il fut bientôt évident qu'ils étaient parvenus à un point névralgique du complexe. Widdershins se raidit, à l'affût du moindre signe indiquant qu'ils n'étaient plus seuls.

Pourtant, ils ne rencontrèrent pas âme qui vive. Les voleurs étaient-ils en grande partie occupés à d'autres tâches, ou était-ce un simple coup de chance ? Widdershins l'ignorait, mais elle en concevait autant d'inquiétude que de soulagement. Hubert, qui avait ralenti l'allure et dont les yeux commençaient à prendre l'aspect d'un glaçage de pâtisserie, s'arrêta dans une saccade vacillante face à une massive porte d'acier.

— Centre, murmura-t-il d'une voix pâteuse, la bouche sèche.

— On est au centre ? répéta Widdershins. Au centre du complexe ?

— Oui…

— Qu'est-ce qu'il y a derrière cette porte ?

— Chapelle. (De nouveau, Hubert gloussa, mollement cette fois.) On devrait aller prier.

Widdershins eut tout juste le temps de le rattraper avant qu'il ne s'écroule à terre sans connaissance.

Bon… On dira qu'il a tenu aussi longtemps que j'avais besoin de lui.

Widdershins colla une oreille contre la porte métallique. Elle n'entendit rien, sans doute à cause de l'épaisseur du panneau. Cependant, lorsque les sens divins d'Olgun lui-même eurent confirmé ses propres observations, Widdershins poussa la porte avec assurance et, assez surprise de la facilité et de la discrétion avec laquelle celle-ci s'ouvrait, tira son guide inconscient à l'intérieur.

La salle lui rappelait vaguement quelque chose. Elle n'y était venue qu'une fois, plus d'un an auparavant et pas plus d'un bref instant. Plusieurs lanternes y brillaient d'un doux éclat qui repoussait les ombres vers le plafond, où elles demeuraient en suspens, pareilles à un mince et sombre auvent. Des volutes de fumée s'échappaient en sinuant des minuscules lampes et allaient s'entremêler sous la voûte avant d'être aspirées par de nombreuses prises d'air invisibles.

L'attention de la jeune femme se porta sur l'imposante statue de pierre disposée au fond de la salle. Sa curiosité éveillée, elle s'avança sans bruit, tel un fantôme, grimpa sur l'estrade et contourna le piédestal.

La statue aurait pu représenter un homme ordinaire, si elle n'avait pas été d'une taille monumentale. Le personnage portait des vêtements amples, selon une mode révolue depuis maintes générations. Sa seule autre particularité résidait dans l'épais capuchon, fait d'une étoffe noire comme le jais, qui lui couvrait le visage.

Widdershins en avait gardé un souvenir beaucoup plus impressionnant.

— Le Dieu Voilé, psalmodia Widdershins d'un ton théâtral. Craignez la terreur terrifiante de son terrible courroux !

Olgun ricana, dédaigneux.

— Tu sais, dit-elle en levant une main, je me suis toujours demandée…

Ses doigts effleuraient déjà le capuchon de tissu grossier lorsque le cri d'Olgun fusa dans sa tête. Jamais elle n'avait entendu semblable hurlement. Les mains collées aux oreilles, titubante, elle s'écarta de l'idole.

— Aaah ! Par toutes les flammes de l'enfer ! Qu'est-ce qui te prend, Olgun ?

Le dieu continua à crier son avertissement – quoique plus calme et d'une voix moins forte, à présent.

— Pff ! Franchement ! le railla-t-elle. Comme si une horrible malédiction ancestrale allait vraiment s'abattre sur moi si je regardais ce qu'il y a sous ce stupide capuchon !

Une sensation de certitude absolue l'envahit. Elle écarquilla les yeux.

— La malédiction existe vraiment ? Qu'est-ce qu'elle fait ?

Pas de réponse. Soit Olgun n'en savait rien, soit il ne voulait pas le lui dire. Widdershins jeta un dernier coup d'œil à la statue et décida de laisser tomber.

— D'accord, d'accord. Bon ! Les quartiers du Seigneur Voilé ne doivent pas être loin de la chapelle. Allons-y, on pourra peut-être résoudre cet imbroglio avant…

— Toi !

Ce simple mot contenait assez de venin pour tuer quelqu'un sur le coup, mais aussi pour empoisonner les vers et les insectes qui se délecteraient du cadavre.

— Ou alors, marmonna Widdershins, on peut se laisser surprendre à traînasser ici.

Elle fit volte-face, une main sur la garde de sa rapière, et son regard rencontra le visage qu'elle en était venue à haïr de toutes les fibres de son être.

Lisette Suvagne, auréolée de sa crinière flamboyante, enjamba le corps inanimé d'Hubert Juste. Ses yeux semblaient presque éclairés de l'intérieur.

— Je ne sais pas comment tu es entrée ici, espèce de petite raclure, mais tu ne peux pas savoir combien j'en suis ravie !

La capitaine s'arrêta au centre de la chapelle. Avec un frottement grave et presque enthousiaste, sa rapière glissa hors de son fourreau dans un mouvement obscène, et un poignard apparut en même temps dans sa main gauche. Ses lames luirent d'un éclat blafard dans la lumière des lanternes.

— Me charger de toi personnellement… Je n'aurais pu rêver mieux.

La propre lame de Widdershins surgit de derrière son dos et la jeune femme se mit à tracer dans l'air devant elle de délicates arabesques.

— Salut, Lisette. Tu as l'air tendue, tu sais ? Tu es sûre que tu prends suffisamment soin de toi ?

La rouquine afficha un petit rictus.

— Je me sentirai beaucoup mieux dans quelques minutes, Widdershins.

Avec précaution, elle avança de quelques pas. Widdershins, quant à elle, bondit de l'estrade pour aller à sa rencontre. Elles se tenaient à présent à quelques pas l'une de l'autre, assez près pour que les pointes de leurs rapières se touchent avec un petit tintement.

— Eh bien alors, Lisette, qu'est-ce qui t'arrive ? Je ne t'ai pas vue dans une telle colère depuis la Tour d'Arras. (Elle lui adressa un sourire aimable.) Tu boudes encore ?

La capitaine se rua sur elle avec un grognement bestial. D'un air détaché, Widdershins para l'attaque, et écarta la lame avec mépris, préférant l'esquive à la riposte prévisible. Lisette battit l'air un instant : à grand renfort de moulinets qui manquaient de dignité, elle cherchait à recouvrer son équilibre.

— J'aurai ta peau, sale garce !

— À condition que le plafond me tombe sur la tête, Lisette.

Le sanctuaire s'emplit d'échos, comme si une pluie de clous se déversait soudain des hauteurs obscures. Coup après coup, la lame de la capitaine s'abattait sur l'intruse vêtue de noir. Son poignard, tel un dard de

scorpion, cherchait la moindre ouverture laissée par la rapière.

Aucune attaque n'atteignait sa cible. Widdershins se mouvait à une allure incroyable, anticipait chacun des assauts de Lisette. Son arme filait vers le haut, vers le bas, à droite, à gauche, elle fléchissait le poignet à des angles impossibles pour opposer son fil d'acier aux armes de la capitaine.

Elles se déplaçaient avec rapidité à travers la pièce. Widdershins reculait délibérément face à l'offensive enragée de Lisette, tout entière concentrée sur sa défense. Elle refusait de porter ne fût-ce qu'un coup à son adversaire. Mais sous le vernis de style et de civilité, acquis sous la tutelle d'un gentilhomme, le jeu d'épée de Widdershins était, au fond, brutal et direct – il tenait plus du combat de rue que de l'escrime. Rien dans son expérience passée n'aurait dû la rendre capable de dévier ainsi botte après botte, et cependant les deux armes de Lisette rencontraient toujours sa lame.

La capitaine était habile, très habile. Mais, malgré l'immensité de sa foi, aucun dieu ne guidait sa main. Aussi, peu à peu, Lisette commença à se fatiguer. Elle se mit à tressaillir en prévision de contre-attaques qui ne venaient pas, et ses yeux s'égarèrent dangereusement vers le jeu de jambes de Widdershins quand elle aurait dû les garder fixés ailleurs.

Et puis, comme leurs pas les entraînaient devant l'imposante idole du Dieu Voilé, Widdershins se fendit et, de la pointe de son épée, égratigna l'entrejambe de la divinité de pierre.

Lisette se pétrifia, ébranlée jusqu'au tréfonds de son âme, plus horrifiée par le blasphème de Widdershins que si elle avait reçu une simple blessure mortelle. Alors, durant ce bref instant de paralysie, la jeune voleuse profita du relâchement de Lisette : elle s'avança et abattit sa rapière sur l'épée de la capitaine. L'arme échappa à Suvagne et tomba sur le sol recouvert de tapis, où elle rebondit. Au moment où Lisette se retournait, de nouveau consciente du danger, Widdershins saisit de sa main libre le poignet gauche de la capitaine et, sans grand effort, lui enfonça profondément son poignard dans la cuisse.

— Assez joué ! J'ai quelques questions à te poser avant que tu ne saignes à mort, déclara Widdershins à son adversaire, qui gisait désormais au sol, recroquevillée dans une flaque de sang plus large de seconde en seconde.

— Va te faire voir ! hoqueta Lisette entre ses sanglots. (Elle tenta de relever la tête dans un ultime sursaut de dignité, mais son caleçon, déjà collé à sa jambe par le torrent de sang, appuya durement sur sa plaie béante, et elle ne put que déplacer son propre poids pour atténuer la souffrance.) Me tuer ne les arrêtera pas ! Ils viendront te chercher quoi qu'il arrive !

— Tu sais, Lisette, fit Widdershins d'un air songeur, je me demande si je ne rendrais un fier service à la communauté en t'arrachant le sac de poison qui te sert de cœur. Je suis sûre qu'il y en aurait un paquet ici pour m'envoyer des fleurs. Peut-être même une belle corbeille de fruits.

— Et après ? siffla la capitaine. De toute façon, le Seigneur Voilé n'aime pas qu'on lui désobéisse.

— Je n'en ai même pas eu le temps : tu m'as fait punir avant, objecta Widdershins. Et puis, tu ne trouves pas que m'envoyer un démon est un rien excessif ?

Lisette s'esclaffa, mais le mouvement tirailla sur sa blessure et son rire s'acheva en gargouillis de douleur.

— Je dirai à Brock quelle haute opinion tu as de lui, ironisa-t-elle.

Était-ce le ton qu'elle avait employé ? En tout cas, la jeune voleuse ne douta pas un instant de sa sincérité. Lisette ne savait pas de quoi parlait Widdershins. Quelqu'un d'autre cherchait donc à la tuer, quelqu'un d'extérieur à la guilde – celui-là même qui avait massacré les disciples d'Olgun ! Elle s'était trompée de cible !

Elle remit sa rapière au fourreau et asséna un violent coup de pied sur la blessure de Lisette. Puis, profitant de ce que le hurlement de la capitaine noyait tout autre son, elle fit coulisser la porte derrière elle et s'éloigna sur la pointe des pieds dans les couloirs sinueux. Bien avant que les cris de Lisette aient attiré l'attention au sein du complexe presque désert, Widdershins s'évanouit dans le dédale du souterrain, ne laissant comme indice de sa présence que le faible écho de ses pas.

Chapitre 14

PRESQUE DEUX ANS PLUS TÔT :

Même au plus profond de la nuit, la place du marché de Davillon continuait à bourdonner d'activité. Les échoppes étaient depuis longtemps fermées, les étals repliés, les fenêtres et les portes calfeutrées, mais la place offrait d'autres attractions. Impasses obscures, officines faiblement éclairées, boxes de tavernes enfumées – partout où l'on pouvait mettre un mur derrière son dos, des affaires illicites et des transactions frauduleuses se concluaient. Et, pour chaque voix audible, on comptait un rôdeur silencieux prêt à trancher les cordons d'une bourse ou la chair d'une gorge. Le marché nocturne, privé des effluves mêlés des fruits, confiseries et parfums, empestait la sueur et le crottin de cheval.

Mais ce soir-là, Adrienne ne sentait rien. Elle n'entendait pas les chuchotements étouffés qui tournoyaient autour de la place comme un vol de corneilles noires. La fièvre qui pimentait l'air n'atteignait pas sa langue, la caresse moite de la peur n'effleurait pas sa peau.

Car, ce soir-là, Adrienne ne voyait que l'ignoble océan écarlate dans lequel elle avait dû barboter, ses narines et sa langue ne sentaient que l'âcre goût de fer du sang et l'amère pestilence de la mort, sa peau ne percevait que l'étreinte suintante de sa robe trempée de fluides humains.

Comme en arrière-pensée, elle entendait Olgun s'épancher à sa propre façon, sous la forme d'un déluge d'émotions qu'Adrienne, faute d'expérience et de présence d'esprit, ne savait comment interpréter. Quelques années plus tard, elle songerait de nouveau à cet instant et comprendrait alors que son divin compagnon avait lui aussi été frappé d'une terreur sans nom. De sa vie, jamais elle ne le taquinerait à ce sujet.

De ruelle en boulevard, drapée dans l'obscurité, Adrienne traversa rapidement le cœur de Davillon qui battait en sourdine. Elle croisa en chemin des patrouilles de la Garde, des couples imprudents sortis pour une promenade tardive, mais nul ne la vit.

Les oppressantes limites du centre de la cité s'éloignèrent, pour laisser peu à peu la place aux propriétés bien entretenues et beaucoup plus spacieuses des quartiers cossus. Là encore, elle poursuivit sa route, jusqu'à ce que ses pas la conduisent au pied de la plus prospère d'entre elles, sinon la plus imposante et la plus prétentieuse.

Malgré l'épuisement de la fuite, il restait assez de bon sens à Adrienne pour se dire qu'elle ferait peut-être mieux de ne pas se montrer au gardien. André, comme tous les serviteurs – à l'exception de Claude –, l'avait toujours traitée avec bonté. Mais, tout débonnaire qu'il soit, elle le voyait mal l'accueillir avec sang-froid dans l'état où elle se trouvait, or elle préférait éviter tout grabuge avant d'avoir pu parler à Alexandre, vérifier qu'il allait bien et lui demander par quel miracle elle allait pouvoir se tirer d'affaire.

Finalement, sans trop savoir comment, elle se retrouva perchée sur une branche au niveau de la fenêtre du salon de son ami, à écouter avec un effroi grandissant la conversation qui se déroulait à l'intérieur.

De l'autre côté de la vitre, un petit feu crépitait joyeusement dans l'âtre et semblait ponctuer le murmure des voix graves qui l'entouraient. Sur deux côtés de la pièce, des bibliothèques s'élevaient jusqu'au plafond. Les autres murs s'ornaient de trophées, souvenirs du passé aventurier de leur propriétaire. Une vieille rapière, accrochée au-dessus du foyer, croisait le fer avec une arquebuse antédiluvienne. Une tête de lion rugissait en silence en surplomb de la porte, empaillée et modelée de façon à offrir une parfaite représentation de Cévora. Ses yeux semblaient plongés dans ceux, tout aussi farouches, du petit rhinocéros albinos fixé au-dessus des armes.

Quatre somptueux fauteuils tapissiers se faisaient face de part et d'autre d'une petite table basse. Alexandre Delacroix, en vêtements de nuit froissés, était assis juste en face de la fenêtre. Claude, encore tout habillé, se tenait debout derrière l'épaule de son maître. Les trois autres fauteuils étaient occupés par des hommes de la Garde. Sur celui de droite, elle reconnut le jeune agent, Bouniard. Son supérieur était installé sur le siège le plus proche de la fenêtre.

— C'est forcément une erreur, était en train d'insister Alexandre, abasourdi, lorsqu'Adrienne colla une oreille contre la vitre. Ou alors, une plaisanterie du plus mauvais goût ! Je ne sais pas à quoi vous jouez, sergent Chapelle, mais cela ne m'amuse pas, croyez-moi.

— Je vous crois sur parole, monsieur, répondit le vieux soldat avec respect. Je vous assure que je suis on ne peut plus sérieux. Il me semble que le meurtre de vingt-six individus, et tout particulièrement de ces individus-là, ne prête absolument pas à rire.

Alexandre secoua la tête, les poings serrés.

— Je ne doute pas un instant que vous m'ayez dit la vérité sur ce qui s'est passé, sergent. Par les dieux, ces pauvres… Je connaissais la plupart d'entre eux ! Vous comprendrez sans doute que je sois bouleversé.

Par-dessus le dossier du fauteuil, Adrienne vit Chapelle acquiescer d'un bref signe de tête.

Le maître des lieux poursuivit :

— Mais venir ici pour me dire que vous soupçonnez Adrienne… Voyons, Adrienne ? Par les dieux, mon ami, c'est parfaitement insensé ! Voilà presque deux ans que je l'élève comme ma propre fille ! À supposer qu'un être humain soit capable d'accomplir un tel carnage, il est impensable que mon Adrienne y soit mêlée. C'est contre sa nature, quoi que puissent en dire les ragots auxquels vous avez prêté l'oreille !

Adrienne manqua suffoquer de soulagement. Il ne doutait pas d'elle…

— Je ne peux qu'imaginer à quel point ces nouvelles sont difficiles à entendre, monsieur Delacroix, expliqua Chapelle avec calme. En d'autres circonstances, j'aurais montré plus de délicatesse. Mais nous manquons de temps, aussi me faut-il aller droit au but. Vous m'avez demandé d'être compréhensif face à votre bouleversement. À mon tour, je vous demande d'être compréhensif face aux exigences de mon métier, auxquelles je me dois de répondre.

» Ce que nous avons découvert, monsieur, c'est un temple dédié à un dieu extérieur au Pacte Sacré. Pour l'instant, nous ignorons en quoi consistait ce culte et quels desseins poursuivaient ses adeptes. Nous attendons d'en apprendre davantage sur cette divinité. Mais, pour en venir au fait, il se trouve que nous avons mis la main sur un registre des membres de la secte.

— La secte consignait des noms ? s'écria Alexandre, incrédule – avec, peut-être, une note apeurée dans la voix.

— Pas des noms, mais des nombres. (Le léger frisson de soulagement qui parcourut le gentilhomme sembla complètement échapper au sergent.) Et ces nombres nous suffisent pour savoir qu'un ou deux membres de la secte ne figuraient pas parmi les morts.

» C'était une véritable boucherie, pourtant nous n'avons retrouvé aucun autre cadavre que ceux des fidèles eux-mêmes. (Impitoyable, Chapelle martelait ses arguments avec une froide efficacité.) Ce qui signifie soit qu'ils n'ont abattu aucun de leurs assaillants, soit que les corps ont été emportés. Dans un cas comme dans l'autre, on devine un déploiement de force important, et, à mon sens, des complicités. Pour qu'un grand groupe ait réussi à localiser le sanctuaire secret, et à y pénétrer sans que quiconque sonne l'alarme, sans qu'une retraite ou un semblant de défense soit organisé, il fallait à coup sûr une aide de l'intérieur.

Alexandre acquiesça, comme à contrecœur.

— Je vois bien la justesse de vos propos, sergent. Ce que je ne vois toujours pas, en revanche, c'est ce que mon Adrienne a à faire dans toute cette histoire.

— L'un des corps est celui de M. Darien Lemarche. J'ai entendu assez de « ragots », comme vous dites, pour savoir qu'il se montrait rarement seul ces derniers temps – et pour connaître le nom de celle qui l'accompagnait.

Le visage d'Alexandre se crispa.

— Je vois.

— Nous devons à tout prix retrouver Adrienne Satti, monsieur, de préférence les premiers. Elle est certes une suspecte, mais la Garde, au moins, lui laissera une chance de se défendre. Vous savez fort bien que les Maisons, lorsqu'elles apprendront la nouvelle, risquent de la juger coupable sans autre forme de procès. Elle doit être interrogée, nous devons savoir ce qui s'est passé. Aussi, je vous en prie : pour notre bien à tous, y compris le sien, où est-elle ?

Pendant un long moment, Alexandre Delacroix contempla les flammes dansantes. Entre ses mains agitées, il faisait tourner une coupe de vin encore pleine. La lumière jouait sur son visage, ses cheveux, le verre qu'il tenait, et les marbrait de reflets changeants. Elle lui donnait l'allure d'un fantôme issu d'un rêve à demi oublié. Claude, mû par une tendresse qui, chez lui, était tout sauf habituelle, posa une main sur l'épaule du vieil homme et la serra.

Adrienne se rendit compte qu'elle avait retenu son souffle, et se força à prendre une douloureuse inspiration pour soulager sa poitrine comprimée et chasser les feux follets qui valsaient devant ses yeux.

Alors, le maître des lieux secoua tristement la tête, la mine défaite.

— Je ne peux pas vous dire où est Adrienne, sergent. Pour être honnête, je n'en sais rien. Elle s'est éclipsée dans la soirée. Après tout, elle vit sa vie… (Sa voix s'éteignit, avant de s'élever de nouveau, plus ferme, quoique toujours empreinte de chagrin :) Si je le savais, je vous le dirais, sergent. Je suis désolé.

Adrienne laissa échapper un unique sanglot. Nul ne l'entendit à travers la vitre. Leurs propres voix et le crépitement des flammes – ainsi que les efforts ténus d'un dieu traumatisé, peut-être – le firent passer inaperçu.

— Aux agents de fouiller ses appartements, entendit-elle lorsqu'elle se concentra de nouveau sur les voix derrière la fenêtre. Ils respecteront votre propriété, bien entendu, monsieur, mais je crains de devoir insister. Il va aussi me falloir en laisser quelques-uns pour surveiller sa chambre un jour ou deux, au cas où elle reviendrait.

Alexandre hocha à peine le menton.

— Certainement, capitula-t-il d'une voix monocorde. Claude va montrer le chemin à vos hommes.

— Dans ce cas, je ne vous prendrai pas davantage de votre temps. (Le sergent se leva poliment et fit signe à ses hommes de l'imiter.) Mes agents devraient être ici dans moins d'une heure. (Il s'interrompit, et son visage s'adoucit quelque peu. De sa voix bourrue, il ajouta presque avec gentillesse :) Pour ce que ça vaut, monsieur Delacroix, je suis désolé.

Claude les raccompagna. Alexandre regarda la porte se refermer derrière eux. Resté seul, il jeta sa coupe de vin à travers la pièce, enfouit son visage dans ses mains et se mit à pleurer, le corps secoué de sanglots.

Presque aveuglée par ses propres larmes, Adrienne se laissa glisser à bas de l'arbre et escalada la façade arrière du manoir jusqu'à la fenêtre de sa chambre. Elle marqua une pause pour s'essuyer les yeux, et ravala son désespoir.

Elle ne pouvait pas lui faire cela. Elle ne pouvait pas aller le retrouver, bien qu'elle y aspire de toute son âme, bien qu'elle tremble de tous ses membres. Il avait confiance en elle, il l'aiderait – elle en était convaincue au plus profond d'elle-même –, mais elle ne pouvait pas lui demander un tel sacrifice. Il avait trop à perdre.

Dans le noir, privée d'outils adéquats, il lui fallut un temps interminable pour forcer le loquet. La fenêtre s'ouvrit dans un craquement, pas assez fort toutefois pour couvrir les battements frénétiques de son cœur. Elle se coula à l'intérieur, laissant sur l'appui de fenêtre des écailles de sang séché.

Elle ne disposait que de quelques minutes avant que les soldats n'entrent pour fouiller la pièce, mais elle ne put se résoudre à partir sans s'être d'abord débarrassée de sa robe tachée de sang, qu'elle remplaça par la première chemise et le premier collant de couleur sombre qui lui tombèrent sous la main. Elle aurait voulu avoir le temps de se laver, d'ôter le sang qui lui collait aux cheveux, aux mains, à la peau… mais il lui faudrait se contenter de ce rapide changement de vêtements.

Adrienne rassembla tous les objets utiles qu'elle se sentait capable de transporter. Une couverture arrachée au lit et refermée par les quatre coins ferait un sac acceptable. Les cinq cent marques d'or qu'elle gardait à portée de main en cas d'urgence, auxquelles s'ajoutèrent le double de valeur en bijoux et autres babioles, atterrirent en tas sur la courtepointe, suivis d'un nécessaire de toilette et de tout ce qui, dans sa garde-robe, ne clamait pas « aristocratie » en lettres rouges. Puis, sans vraiment y songer, Adrienne ramassa la rapière posée contre le mur. La garde ouvragée en argent et en cuivre parvint, d'une façon ou d'une autre, à luire dans l'obscurité de la chambre.

Alors, l'arme lui tomba des mains, rebondit sur le matelas et tomba sur le sol. Le hasard voulut qu'elle ne heurte point les pieds du lit, sans quoi le bruit n'aurait pas manqué d'alerter toute la maisonnée. Adrienne se retrouva à genoux, les mains crispées sur son ventre d'où montaient des sanglots à fendre l'âme.

— Non ! Oh ! dieux du ciel, je ne veux pas être seule à nouveau ! Je vous en supplie…

Ses yeux remplis de larmes se posèrent sur la rapière. Durant quelques poignantes secondes, elle envisagea d'en retourner la lame contre elle, afin de mettre un terme à son angoisse dans un ultime éclair de douleur.

Une douce caresse lui effleura tendrement la joue. Une main invisible lui prit le menton et détourna son visage rougi de chagrin de l'arme qui scintillait, tentante, devant elle. L'air s'anima tout autour, et elle sentit l'esprit d'Olgun entrer en contact avec le sien.

La panique à laquelle avait cédé le dieu un peu plus tôt s'était évanouie. Nulle frayeur, nulle incertitude ne se lisait plus dans ses pensées. Seule l'onde sereine et apaisante qu'elle avait éprouvée dans la sécurité du sanctuaire demeurait.

Elle percevait une attente, aussi. Olgun – dieu incroyablement faible, désormais, mais dieu néanmoins – avait besoin d'elle. Se souciait d'elle. Ne l'abandonnerait jamais.

Elle n'était pas seule.

Adrienne se releva, remit sa rapière au fourreau sans lui accorder un regard, et la déposa sur la couverture avec tout le reste. Elle noua son sac de fortune et le souleva du lit. À l'intérieur, tout le nécessaire pour survivre, et rien, hormis cette épée, pour rappeler l'aristocrate qu'elle avait été pendant quelques années, et qu'elle laissait derrière elle ce soir-là.

Chapitre 15

AUJOURD'HUI :

Deux années peuvent changer une personne, mais rarement une cité. Widdershins se faufilait par les ruelles sombres qui menaient à la place du marché de Davillon, et le souvenir de cette nuit infernale revint la hanter. Décor, sons et odeurs étaient identiques. Les mêmes disputes, les mêmes chuchotements de tractations illicites se faisaient entendre, les mêmes bruits de pas étouffés dans les ténèbres nocturnes annonçaient l'agression de promeneurs solitaires pour leur bourse ou leur vie.

Et un démon rôdait toujours parmi les ombres, se rappela Widdershins avec un frisson.

Elle était ressortie du quartier général de la guilde sans la moindre difficulté – c'en était même troublant, à bien y réfléchir. Certes, Olgun s'était souvenu du chemin comme elle l'avait espéré et l'avait guidée à travers le dédale de couloirs. Toutefois, elle s'était attendue à trouver un comité d'accueil armé à la sortie ou embusqué sur le trajet.

Mais elle avait croisé peu de Dénicheurs, et ceux rencontrés l'avaient laissée passer sans faire d'histoire, soit qu'ils l'aient vue un peu plus tôt en compagnie d'Hubert, soit qu'ils aient supposé que, pour se trouver ainsi dans les profondeurs du complexe, elle devait y avoir été dûment autorisée. Et tout s'était révélé de plus en plus facile. Près de la porte, Widdershins n'avait décelé aucun signe de vie, hormis les gémissements de douleur de la femme qu'elle avait jetée sans ménagement dans le placard. Juste un tracas de plus à ajouter à sa collection déjà bien fournie.

À présent, tapie de l'autre côté de la rue face à *La Sorcière Désinvolte*, elle se demanda une nouvelle fois si elle avait bien fait de venir. Olgun jurait qu'il pouvait dissimuler sa trace à la créature qui la pourchassait, du moins temporairement. Mais elle savait bien qu'il existait d'autres moyens de la retrouver, et elle craignait de faire courir un terrible danger à Geneviève.

Malgré tout, Widdershins éprouvait un besoin impérieux de s'assurer que son amie allait bien.

— C'est stupide, se sermonna-t-elle tout bas au moment où elle abandonnait sa cachette pour traverser la rue en toute hâte. Je lui ai dit de rester en lieu sûr jusqu'à l'heure de l'ouverture. Si ça se trouve, elle n'est même pas là. Il ne doit y avoir que Robin et les autres employés…

Sa main se referma sur la poignée ternie de la porte.

— Excusez-moi, mademoiselle. Je me demandais si vous pourriez m'accorder…

Au vu des événements de la soirée, la réaction de Widdershins était peut-être compréhensible : d'un revers de poing, elle frappa à la mâchoire celui qui venait de parler sans lui laisser le temps de finir sa phrase. Il dévala les marches et atterrit durement sur le sol. Lorsqu'il releva la tête, elle se tenait déjà au-dessus de lui, l'épée dégainée.

— Quelques minutes ! acheva le jeune homme d'une voix qui grimpa de plusieurs octaves, une main pressée sur sa lèvre ensanglantée.

Il déglutit bruyamment.

Widdershins le détailla du regard, perplexe. Ce jeune échalas en robe marron n'avait guère l'allure d'un assassin de la guilde, ni d'un conjurateur de démons. Néanmoins, sa rapière resta fermement pointée sur le cou de l'inconnu.

— Bien sûr, si c'est trop vous demander, ajouta-t-il, nerveux, je suis plus que disposé à négocier.

— Qui êtes-vous ? aboya Widdershins. Qu'est-ce que vous voulez ?

— Oh ! Euh, je suis frère Maurice. Quant à ce que je veux, eh bien, je dirais que ma priorité numéro un serait de voir votre rapière s'éloigner un chouia de ma gorge.

Widdershins recula et écarta sa lame de la jugulaire de Maurice.

— Debout.

Il s'exécuta : alors seulement, elle vit sa tonsure.

Maurice s'épousseta du mieux qu'il put, s'efforçant de recouvrer un peu de dignité. Il lissa avec soin le devant de son froc et regarda Widdershins droit dans les yeux, bien qu'il ne parvienne pas à dissimuler entièrement la peur dans son propre regard. Non sans hésitation, Widdershins abaissa sa rapière.

— Loin de moi l'idée de parler pour vous, commenta le jeune moine, mais, pour ma part, je trouve cet arrangement bien plus confortable.

— Vous aviez quelque chose à me dire, frère Maurice ? demanda-t-elle d'un ton brusque, en lançant des regards inquiets tout autour d'elle.

Cette rencontre sentait le traquenard à plein nez.

— J'ai pour instructions de vous transmettre une invitation, annonça-t-il, heureux de pouvoir se retrancher derrière le devoir et les ordres reçus. Enfin, si vous êtes bien la vol… euh, la dénommée Widdershins.

Au point où elle en était, mentir lui semblait inutilement pénible.

— C'est bien moi. Une invitation de qui ? Pour quoi faire ?

— De l'archevêque William de Laurent. Il semblerait que vous ayez fait forte impression sur lui lors de votre première rencontre. Il désire vivement s'entretenir avec vous dès que vous serez disponible

Widdershins le dévisagea, interloquée.

— Il… Je… Mais pourquoi ?

— Je ne saurais vous dire, fit Maurice d'un geste désinvolte. Il m'a demandé de vous faire part de sa requête, mais il ne m'a pas précisé ses raisons, et je n'ai pas pour habitude de poser des questions.

— Je me doute. (Widdershins secoua la tête, et finit par remettre sa lame au fourreau. Le sifflement du métal contre le cuir couvrit le soupir de soulagement du moine.) Mais au fait, comment est-ce que vous m'avez trouvée ?

— Son Éminence m'a indiqué dans quel quartier commencer mes recherches. (Le jeune moine leva les yeux au ciel.) Je n'oserais pas spéculer sur les moyens mis à la disposition de l'archevêque en cas de besoin, mais j'imagine que le fait de connaître votre nom et, disons, votre profession, s'est révélé utile. Ensuite, j'ai posé des questions à droite et à gauche, jusqu'à ce que quelqu'un m'apprenne que vous fréquentiez cet établissement.

— Pardon ? Vous vous êtes promené dans les bas quartiers de Davillon, comme ça, en posant des questions sur une voleuse connue de tous ? Mais vous êtes suicidaire, ma parole ! Je me disais bien, aussi, que rentrer dans les ordres devait détraquer le cerveau !

— Les dieux veillent sur moi, répliqua Maurice avec raideur. Je ne courais aucun danger.

Widdershins se demanda comment la maigre carcasse de cet homme pouvait contenir autant de naïveté. Et cependant, il se tenait bel et bien devant elle. Nul n'avait touché à un cheveu de sa tonsure.

Elle ne put que hausser les épaules : après avoir vu ce dont Olgun était capable, elle n'était guère en position de douter.

— Bon, admettons. A-t-il précisé l'endroit où il voulait que je le retrouve ?

C'était là que la situation risquait de se corser, comme Maurice en avait été averti.

— Hélas, on ne quitte pas des yeux l'archevêque, et il ne peut donc se rendre où que se soit en toute discrétion.

Il vous prie de l'excuser pour le désagrément, mais il va falloir que vous alliez jusqu'à lui.

— Dans une Maison ? (La voix de Widdershins aurait fait voler du verre en éclats.) Il est fou ?

— Il ne doute pas un instant de votre capacité à organiser un tel rendez-vous, mademoiselle. Apparemment, le fait que vous ayez réussi à l'approcher la première fois l'a beaucoup impressionné.

— Oui, mais c'était avant qu'on tente de l'assassiner, mon frère. Maintenant, il est aussi surveillé qu'une exposition gratuite dans un lupanar, et… Oh ! (Un peu tard, Widdershins se rappela à qui elle s'adressait, et s'empourpra.) Hem ! Désolée.

— Il n'y a pas de mal, lui assura Maurice, non sans espérer que la brusque bouffée de chaleur qui lui était montée aux joues ne se remarquait pas. Je comprends tout à fait vos inquiétudes, reprit-t-il, tout comme mon maître. Mais il a insisté sur l'importance capitale de cette entrevue, et il n'y a pas d'autre solution.

— Il n'y a jamais d'autre solution, soupira Widdershins.

Entrer par effraction était hors de question : si elle se faisait prendre, les conséquences seraient bien trop lourdes. Madeleine Valois pouvait toujours rendre visite à Son Éminence, ce qui la contraindrait cependant à révéler son alter ego aristocratique à l'archevêque, or elle ne savait pas jusqu'à quel point elle pouvait lui faire confiance. Dans ce cas, comment…

Je sais.

— Il y a bien des bonnes sœurs dans la suite de l'archevêque, non ?

— Eh bien, oui, mais je ne vois pas ce que…

La jeune voleuse lui annonça avec un petit sourire narquois :

— Vous allez m'aider à prendre de bonnes résolutions.

Maurice s'étrangla : il venait de comprendre.

— Oh ! Par tous les dieux ! J'irai en enfer.

— Sans doute, mais c'est vous qui m'avez invitée, et je suis maintenant beaucoup trop curieuse pour renoncer !

Le moine capitula, résigné.

— Très bien. Je vous fournirai ce dont vous avez besoin.

— Parfait ! Mais ne soyez pas trop pressé quand même. (Elle jeta un dernier coup d'œil en direction de la Sorcière et soupira.) Je vais rentrer pour grappiller quelques heures de sommeil, sans quoi je risque fort de m'endormir sur les genoux de Sa Sainteté.

» Mais au fait, où est l'archevêque ? J'imagine qu'on l'a évacué de la maison de Rittier comme si le manoir était en feu. Chez qui s'est-il installé ?

— Chez un gentilhomme du nom d'Alexandre Delacroix.

Widdershins ne cilla même pas.

— Évidemment, dit-elle.

*

Si elle avait été moins distraite, inquiète et fatiguée, Widdershins se serait peut-être rendu compte qu'on l'avait suivie depuis *La Sorcière Désinvolte* jusqu'à la chambre miteuse qui, pour le moment, lui servait de logis. Mais peut-être bien que non, car l'homme n'était pas un empoté.

Louvel – ou le Balafré, comme elle l'appelait – quitta le coin de rue où il faisait la manche, s'autorisa un bon coup d'œil sur la porte d'entrée de la Sorcière, et prit la petite voleuse en filature jusque chez elle, près d'éclater sous l'effet de la jubilation. Brock serait très content, Eudes serait vengé, et lui-même empocherait une jolie prime bien rondelette. Juste un petit détour par son propre appartement pour se débarrasser de sa défroque de mendiant et s'équiper de lames dignes de ce nom, et il serait prêt à aller faire son rapport à…

— Pas un geste.

Il se pétrifia, une main posée sur la poignée de sa porte, et risqua un coup d'œil par-dessus son épaule. Des deux côtés du couloir décrépit marchaient sur lui des soldats en uniforme, menés par un officier à l'épaisse moustache brune. Une demi-douzaine de pistolets à silex assortis d'une paire d'espingoles pointèrent leurs canons béants sur lui.

— Au nom de Davillon, de Vercoule et de Demas, déclara l'officier, tu es en état d'arrestation pour incendie volontaire et complicité de meurtre avec préméditation sur la personne d'un soldat de la Garde de la cité.

L'officier se campa tout près de lui et lui enfonça dans les côtes son pistolet à silex, d'un geste assez brutal pour arracher à Louvel un grognement de douleur et lui laisser un bleu qui mettrait un bon moment à disparaître.

— Pour ta gouverne, murmura l'officier d'un ton peu amène, l'autre soir, j'ai eu une petite conversation tout à fait amicale avec ton Seigneur Voilé. Tu es tout seul, l'ami.

Le gredin sembla rétrécir à vue d'œil.

— Et si ça ne te fait rien, ajouta le soldat, j'aimerais beaucoup que tu résistes.

Assez sagement, Louvel décida de n'en rien faire. Les hommes de la Garde l'emmenèrent après lui avoir passé des menottes si lourdes qu'il devait traîner des pieds pour les suivre, et il ne songea qu'à une chose : *Brock ne va vraiment pas apprécier de ne pas me voir revenir.*

*

Alexandre était d'une humeur massacrante. L'arrivée prématurée de l'archevêque dans sa demeure avait bousculé un emploi du temps millimétré et incommodé beaucoup de monde. Il avait fallu reprogrammer bals et réceptions, repousser, avancer ou annuler des rendez-vous, remettre à plus tard divers projets et démarches. De nuit comme de jour, qu'il pleuve ou qu'il vente, son personnel se démenait dans la maison ou courait à travers la cité pour organiser le séjour anticipé, et sans doute prolongé, de l'homme d'église. Claude, que dix tâches différentes attendaient au domaine, s'affairait dehors à droite et à gauche pour en accomplir dix autres, laissant sur les bras de son maître tout le travail de comptabilité, auquel Alexandre n'avait plus touché depuis des années.

La situation était telle que, lorsqu'il entendit le carillon de l'entrée ce soir-là, il fit le dos rond, serra les dents et prétendit n'avoir rien entendu. *Encore un de ces fichus coquets de la haute, venu réclamer à l'archevêque une quelconque faveur que Son Éminence lui refusera poliment !* Il en était ainsi depuis l'arrivée de l'ecclésiastique : des quémandeurs à n'en plus finir, qui prétextaient le plus souvent une visite de courtoisie à Alexandre, pour finir invariablement par demander s'ils ne pourraient pas monter un bref instant afin de « présenter leurs respects ».

Avec un frisson, il reporta son attention sur le bureau. Depuis plus d'une heure, il s'évertuait à équilibrer une série de chiffres qui refusaient de s'additionner correctement. Il se frotta l'arête du nez et jeta un nouveau coup d'œil sur le rapport. « Pertes et profits sur le marché de la laine, relatifs à nos intérêts en Hespélène extérieure. »

Agacé, Alexandre referma d'un geste brusque le registre, se leva d'un bond et, sans se rendre compte que sa chaise venait de renverser une plante en pot près de la fenêtre, sortit du bureau à grandes enjambées.

Voyant ses yeux qui lançaient des éclairs et sa mine furieuse, ses serviteurs dégagèrent le passage. Il martelait le sol plus qu'il ne marchait, écrasant, impitoyable, les tapis sous ses semelles. Il n'attendait qu'une chose : que l'un de ses serviteurs s'adresse à lui, se mette en travers de son chemin, fasse un geste, n'importe quoi pour justifier qu'il se mette à hurler. Il en éprouvait quelque honte – la plupart d'entre eux s'étaient surpassés ces dernières semaines –, mais une honte modérée.

Il était tellement préoccupé qu'il faillit ne rien voir.

Alexandre s'arrêta net, au point que ses souliers s'accrochèrent dans le tapis. Il venait de passer devant une porte ouverte et avait aperçu… Non. Impossible, il ne pouvait pas avoir vu ce qu'il croyait avoir vu.

Il fit marche arrière et passa la tête dans l'embrasure. Là, assis dans un petit salon, se tenait le visiteur fraîchement annoncé par le carillon. Non pas un aristocrate écervelé comme il s'y était attendu, mais une religieuse vêtue de l'habit traditionnel bleu et argent, sans doute venue s'entretenir avec Son Éminence d'une question d'église.

Sauf qu'Alexandre savait qu'elle n'était pas plus nonne que lui. Son déguisement n'était pas mauvais, et elle avait la peau plus hâlée que dans son souvenir, les lèvres plus charnues, les joues plus creusées.

Toutefois, malgré le maquillage et cette guimpe ridicule, Alexandre aurait reconnu son visage entre mille. Ces traits étaient gravés dans sa mémoire à lui en faire mal : il les avait vus en rêve un nombre incalculable de fois.

Alexandre ouvrit la porte à la volée. Le temps qu'elle rebondisse contre le mur, il se trouvait déjà au centre de la pièce. Un serviteur en livrée, penché vers la visiteuse, se redressa aussitôt et manqua renverser la carafe et la coupe posées sur le plateau d'argent qu'il tenait. De son côté, la jeune religieuse se leva et fit une profonde révérence, la tête inclinée bien bas.

— Pardonnez-moi, monsieur, balbutia le domestique en rattrapant son plateau déséquilibré d'une main gantée de blanc. Je ne m'attendais pas à votre venue, et vous aviez ordonné qu'on ne vous dérange pas avec les visiteurs de Son Éminence, et…

L'homme mince déglutit avec nervosité en voyant que son maître continuait à faire comme s'il n'était pas là.

Téméraire, il fit une nouvelle tentative :

— Monsieur, voici sœur Élisabeth, venue conférer avec l'archevêque. Sœur Élisabeth, je vous présente…

— Dehors.

— Mais, monsieur…

— J'ai dit : dehors. Si je n'ai pas reparu d'ici dix minutes, ou si vous entendez le moindre bruit anormal dans cette pièce, alertez immédiatement les gardes – les miens et ceux de la cité.

— Mais…

— Sortez !

La jeune femme garda la tête baissée même après que la porte se fut refermée avec un claquement sec, vaguement sinistre.

— C'est un honneur de vous rencontrer, monsieur, commença-t-elle d'une voix grave. J'ai tellement entendu parler de…

— Accorde à un vieil homme un tant soit peu de crédit, Adrienne. As-tu vraiment cru que ce déguisement m'abuserait ?

Avec un soupir résigné, Widdershins releva la tête. Elle ne put s'empêcher de remarquer les nouvelles et multiples rides qui creusaient le visage d'Alexandre, et combien il paraissait vieux, en effet.

— Je dois dire que j'espérais ne pas tomber sur vous, reconnut-elle d'une voix calme.

— Sous mon propre toit ?

Mais il ne semblait pas tellement étonné.

— Maurice m'a dit que vous restiez enfermé et que vous évitiez les visiteurs de l'archevêque. Vous avez choisi le bon jour pour rompre vos habitudes…

— Maurice ? L'assistant de l'archevêque ?

Widdershins acquiesça.

— Je suis ici sur invitation, Alexandre.

— Je vois. (Le vieil homme se tendit.) Son Éminence est fatiguée de vivre, je suppose ?

Si Widdershins ne s'était pas agrippée au dossier du fauteuil, elle serait sans doute tombée. Les propos d'Alexandre la blessèrent plus violemment que le marteau de Brock.

— Ils ont fait circuler ta description, tu sais, poursuivit l'aristocrate. « Widdershins ». Ils disent que c'est ton nom. Mais les filles aux cheveux bruns ne manquent pas, et il ne m'était pas venu à l'esprit… (Il secoua la tête avec colère.) Eh bien, c'est ici que les choses se terminent, Adrienne, ou Widdershins ou Élisabeth, ou quel que soit le nom que tu te donnes. Mes gardes sont sur le qui-vive depuis l'arrivée de l'archevêque, et les soldats de la cité sont à portée de voix. Tu ne pourras pas t'échapper, cette fois.

— Alexandre… (Adrienne se surprit à tendre les bras vers lui, et dut réprimer un cri lorsqu'il se déroba à ses doigts tendus.) Par les dieux ! Vous ne pouvez pas croire que je suis responsable ! gémit-elle à voix basse, implorante. Vous ne pensez pas sérieusement que j'ai pu tuer tous ces hommes et ces femmes ! Nos propres amis !

— Tu as disparu, Adrienne, lâcha-t-il. Je ne le croyais pas au début, mais tu n'as pas refait surface. Tu n'es jamais revenue vers moi. (Les lèvres d'Alexandre se crispèrent, une émotion enfouie chercha à percer sa carapace de glace.) Je n'arrêtais pas de me dire : « Elle va revenir d'un jour à l'autre. Et alors, tout s'expliquera. » Mais tu n'es jamais revenue, Adrienne.

— J'avais peur, Alexandre ! Peur de la Garde, peur de… de cette chose qui a massacré mes amis… (Une larme roula sur sa joue, menaçant de gâcher le maquillage habile et soigné qui aurait dû lui permettre de passer inaperçue.) Et je ne voulais pas vous entraîner avec moi ! (Le vieil homme tiqua.) Que pouvais-je faire d'autre ?

— Et donc, tu es retournée à la rue, rétorqua Alexandre d'un ton sec. Tu as recommencé à voler et tu as repris toutes les mauvaises habitudes dont j'avais mis si longtemps à t'apprendre à te défaire. (Il parut soudain songeur, comme gagné malgré lui par la curiosité.) Pourquoi n'as-tu pas quitté Davillon pour recommencer une nouvelle vie ailleurs ?

— Je ne suis jamais sortie de Davillon, avoua Widdershins d'un air malheureux. Je n'aurais pas su par où commencer. Pour moi, tout ce qui se trouve à plus d'un mille des remparts pourrait tout aussi bien être l'Hespélène extérieure !

Alexandre ne put retenir un sourire en songeant à son registre. Ma foi, il n'était plus question de s'ennuyer, au moins.

— J'aimerais te croire, Adrienne, dit-il d'une voix adoucie. Je ne souhaite que cela depuis deux ans. Mais je ne sais pas si je le peux, et je ne vois pas ce que je pourrais y faire désormais. Si seulement tu étais venue me voir alors !

Widdershins hocha le menton, la mine sombre. Elle se contenta de répondre :

— Nous pouvons – nous devons – en parler, mais plus tard, Alexandre. En ce moment même, il se passe quelque chose d'important, de terrible, qui est en lien avec les vrais assassins, ceux qui ont essayé de tuer de Laurent. Les mêmes qui ont massacré nos amis ! Je ne vous ai pas menti en vous disant que j'étais ici sur invitation. Il faut absolument que je rencontre l'archevêque. Je vous en prie… Accordez-moi un peu de temps.

Il la dévisagea de longues secondes sans ciller, immobile. Et puis, si lentement qu'elle crut que son cou allait se rompre net, il hocha la tête une fois.

— Je vais t'accompagner moi-même à l'étage, déclara-t-il d'un ton presque assez ferme pour masquer le doute qui s'insinuait dans sa voix.

Widdershins relâcha soudain son souffle, soulagée.

— Merci. Vous ne pouvez pas savoir à quel point…

— Que les choses soient bien claires, Adrienne, l'interrompit-il. Si tu m'as menti, si ne serait-ce qu'un fil de la robe de Son Éminence est froissé… (Il s'empara de son bras et le serra avec brutalité : ses yeux brûlaient de la flamme même des dieux.) Je vais poster mes gardes juste devant la porte. Si quoi que ce soit de fâcheux arrive à l'archevêque, la seule question sera de savoir s'ils te tuent rapidement, ou s'ils me laissent le temps de te mettre la main dessus. Est-ce que je me suis bien fait comprendre ?

Widdershins acquiesça sans mot dire. Indifférents aux regards perplexes du personnel, ils s'élancèrent dans l'escalier. Plusieurs gardes du manoir leur emboîtèrent le pas.

Ils parcoururent des couloirs où Widdershins avait marché, couru, dansé en des temps plus heureux. Aux images du présent se superposaient celles du passé, voilées par les ombres du souvenir, pigmentées par la mémoire. Ici, un mur qu'elle revoyait nu était orné d'une tapisserie aux couleurs vives, qui représentait un griffon d'or plongeant d'un firmament de saphir pour planter ses griffes de bronze dans le corps d'un serpent émeraude. Là, le buste du trisaïeul d'Alexandre qui, dans son souvenir, était lustré et entretenu avec soin, disparaissait sous les toiles d'araignée et la poussière. Et là-bas, à la place qu'avait toujours occupée André lorsqu'il était de service, se tenait un homme à l'aspect stoïque et sévère qu'elle n'avait jamais vu. Néanmoins, l'odeur était ce qui la perturbait le plus. Rien de très prégnant, rien d'écœurant, mais l'odeur distinctive du manoir, dont elle n'avait jamais eu conscience jusque-là, avait changé, s'était modifiée avec le temps.

Elle sentit quelque chose basculer au fond d'elle, imperceptiblement.

Et puis les lions – il y avait des lions partout.

Alexandre tourna la tête vers elle, et, voyant où ses regards se portaient, il opina.

— J'ai cessé de vénérer Olgun ce soir-là, lui expliqua-t-il doucement. Comment aurais-je pu continuer, après tout ce qui était arrivé ? (Il sourit malgré lui.) Claude ne se tenait plus de joie quand j'ai recommencé à m'intéresser aux services en l'honneur de Cévora. Il y a au moins quelqu'un que les événements auront rendu heureux.

Ils firent le reste du trajet en silence, car ni Widdershins ni Olgun ne semblaient savoir comment réagir.

Ils atteignirent enfin la porte. Alexandre frappa un coup sonore sur le panneau de chêne massif.

— Entrez !

La pièce était dépourvue d'ornements – simple au point d'en être presque oppressante. Sur les murs aux couleurs passées, des rectangles plus foncés marquaient les endroits d'où l'on avait décroché des tableaux, et les étagères avaient été débarrassées des trophées et autres bibelots qui les encombraient d'ordinaire.

De Laurent, les bras croisés dans les replis noirs de son habit, se tenait assis derrière un large bureau. Ses cheveux d'un gris de fer étaient soigneusement peignés en arrière. À son cou, en l'exact milieu de sa poitrine, pendait le symbole de sa charge. La table de travail disparaissait sous une multitude de papiers regroupés en piles bien nettes et bien ordonnées, qui ne pouvaient être le résultat que d'une prodigieuse oisiveté. Derrière lui, drapé dans sa sempiternelle robe marron, frère Maurice voletait comme une mère oiseau affolée.

— Bonsoir, ma chère, dit de Laurent, dont la seule réaction face à l'accoutrement que s'était choisi Widdershins fut un froncement de sourcils. Je suis vraiment ravi que vous ayez décidé d'accepter mon humble invitation.

Widdershins fit une révérence – quelque peu maladroite, à vrai dire, tant elle était préoccupée – et s'avança dans la pièce.

— Je vais faire poster deux gardes juste devant la porte, Votre Éminence, annonça Alexandre derrière elle. Si vous avez le moindre problème, ou le plus petit soupçon du moindre problème, ils pourront intervenir en quelques secondes.

— Votre sollicitude est touchante, mon fils, répondit de Laurent avec un signe de main quelque peu dédaigneux (en dépit du fait qu'Alexandre était peut-être le plus âgé des deux), mais je ne crois pas que cette jeune femme représente un danger pour moi.

Alexandre se rembrunit.

— Certains vous diraient qu'ils sont fermement convaincus du contraire, Votre Éminence.

— Certes, mais ceux-là, voyez-vous, n'ont pas la sagesse que me confèrent les dieux. (L'archevêque eut un geste désinvolte.) Je ne voudrais pas paraître immodeste, bien sûr, et je mentirais en prétendant que je me sens particulièrement sage, mais c'est ce qu'affirme l'Église, aussi me faut-il le croire. Le règlement, tout ça. Je suis sûr que vous comprenez.

Un sourire éclaira l'espace d'un instant les traits d'Alexandre. Puis, il adressa un dernier regard appuyé à la jeune femme.

— Prouve-moi que je n'ai pas eu tort, Adrienne.

Il quitta la pièce. Avec force bruit, les gardes se mirent ostensiblement en position.

— Ah ! les soldats… marmonna de Laurent avec un auguste signe de tête désapprobateur. Parfois, je vous jure, j'ai l'impression qu'ils confondent leur épée avec une autre partie plus petite de leur…

— Éminence ! protesta Maurice.

— Oh ! Détendez-vous, Maurice. L'Église ne m'autorise pas à reconnaître l'existence d'un tel appendice sur ma personne, mais elle ne m'impose pas de faire comme si les autres en étaient dépourvus. (Il se tourna sur son siège et fit un clin d'œil à la nouvelle venue.) À moins que mon langage peu distingué ne heurte la sensibilité de cette jeune dame, même si je doute qu'elle entende ce genre de propos pour la première fois.

Widdershins ne put se retenir de sourire, elle non plus. Cet homme ne ressemblait en rien à ce qu'elle avait imaginé.

— Il m'est arrivé d'entendre une ou deux insanités, Votre Éminence.

— C'est bien ce que je pensais. Mais je vous en prie, chère enfant, asseyez-vous. Vous allez me faire attraper un torticolis. Maurice ?

— Oui, Votre Éminence ?

— Faites comme si je venais de vous confier une petite commission, de façon à apaiser votre fierté blessée suite à votre exclusion de cette conversation, et laissez-nous, si vous le voulez bien.

Widdershins feignit d'avoir une quinte de toux : elle aimait bien le jeune moine et craignait de le froisser si elle riait ouvertement.

— Mais… Je ne pense pas que ce soit une bonne idée, Votre Éminence. Enfin, je ne suis pas tout à fait sûr que… eh bien – pardonnez-moi, mademoiselle –, que vous soyez en sécurité. Tout seul, je veux dire.

— Je ne suis pas seul, Maurice. Les dieux sont avec moi.

Le moine voulut protester, mais seul un couinement étranglé lui échappa.

— Je vous en prie, Maurice, insista de Laurent plus gentiment. Si cette jeune femme avait eu l'intention de me tuer, je n'aurais pas survécu à sa première visite. Sans compter qu'elle n'aurait pas plus de mal à nous abattre tous les deux et à s'enfuir par la fenêtre avant que les gardes n'aient le temps d'ouvrir la porte. (Il sourit à Widdershins.) Du moins, si la moitié de ce qu'on raconte est vrai.

— Mais…

— Merci, Maurice. Ce sera tout.

L'air abattu, et après bien des regards en arrière, Maurice quitta la pièce.

— Un brave garçon, vraiment, commenta de Laurent. Encore vingt ou trente ans et il ira loin. Il ferait un bon évêque, un jour, si je réussissais à le convaincre de changer d'ordre.

— Je vous confirme que je ne suis pas là pour vous faire du mal, Votre Éminence, dit Widdershins sans trop savoir par où commencer. (Sans s'en rendre compte, elle triturait l'ourlet de sa manche et mordillait une boucle de sa perruque blonde.) Je…

— Je le sais, Adrienne. C'est bien ainsi que Delacroix vous a appelée, non ? (Le sourire de l'archevêque, non plus espiègle mais rassurant, à présent, était celui d'un homme qui en sait plus long que vous sur le monde – et sans doute sur vous-même aussi.) Voilà un bien joli prénom. Puis-je vous demander pourquoi vous y avez renoncé ?

Widdershins, qui s'était attendue à diriger elle-même l'entretien, fut prise au dépourvu.

— Adrienne est… recherchée pour des crimes atroces, Votre Éminence. Widdershins, elle, est une simple voleuse. Encore que, vous devez trouver le vol déjà bien assez condamnable, je suppose.

— Je ne suis pas là pour vous juger. Et, tant que nous sommes entre nous, vous pouvez tout aussi bien m'appeler William. « Votre Éminence » est si lourd, parfois. « Excusez-moi, Votre Éminence. » « Si vous le dites, Votre Éminence. » « Eh ! Votre Éminence, pouvez-vous me passer la moutarde ? »

Widdershins éclata de rire. Ce son pur, cristallin, la libéra d'une petite partie au moins du poids de ces dernières semaines. La bienveillance illumina les traits de l'archevêque.

Il attendit que son rire s'éteigne pour reprendre :

— Ne voulez-vous pas me présenter à votre ami ?

Widdershins sentit tous ses muscles se crisper.

— Pardon ?

— Allons, mon enfant, je suis archevêque de la Grande Église. Il m'est arrivé, de temps à autre, de demander une faveur aux dieux, chose que les gens du commun pourraient voir comme de la magie. Un soupçon de chance par-ci, un éclair de vision par-là. Les événements de ce genre n'ont rien à voir avec la sorcellerie, mais ne sont pas non plus le simple fruit du hasard. Il arrive d'ailleurs que les dieux poussent un peu la fortune à mon avantage sans même que je le sache. Par de petites coïncidences – comme, par exemple, l'apparition juste à temps d'une voleuse pour me sauver d'un assassin particulièrement audacieux.

» Je perçois la présence du divin, ma chère. Et vous, vous avez un dieu qui veille sur vous.

— Il… Il s'appelle Olgun, avoua Widdershins, en se demandant combien de surprises elle allait encore pouvoir supporter.

— Olgun. Il ne fait pas partie du Pacte, sans quoi j'en aurais entendu parler.

— Est-ce que… (Elle déglutit.) Est-ce que vous allez devoir… je ne sais pas, le dénoncer, ou quelque chose comme ça ?

De Laurent sourit.

— Adorer une divinité païenne n'est pas bien vu au sein du Pacte Sacré, mais ce n'est pas interdit. Tant que ce dieu n'œuvre pas contre le Pacte, tant qu'il ne se vante pas de ne pas se conformer à tous ses commandements, je ne vois pas pourquoi l'Église ou nos dieux le considéreraient comme un ennemi.

Elle acquiesça.

— Je l'ai embarqué, en quelque sorte, le jour où j'ai… cessé d'être Adrienne.

— Voulez-vous m'en parler, mon enfant ?

Sans vraiment se l'expliquer, et pour la première fois depuis qu'elle avait raconté toute cette histoire sanglante et douloureuse à Geneviève, elle se confia.

— Tout a commencé il y a six ans environ, commença-t-elle d'une voix ténue, ramenée par-delà l'océan du temps à un horizon lointain mais toujours net. À l'époque, je n'étais qu'une petite voleuse à la tire. Un jour, alors que je surveillais les échoppes sur la place du marché…

*

Claude franchit la porte tant bien que mal, les bras chargés de paquets, et foudroya du regard les serviteurs qui avaient tardé à le laisser entrer.

— Trouve un endroit où ranger ce bazar ! ordonna-t-il à un portier éberlué en lui fourrant les colis dans les bras, avec une expression qui indiquait clairement où l'homme pouvait se les mettre.

Le malheureux avait à peine eu le temps d'équilibrer la charge que Claude, de ses longues enjambées, grimpait déjà les marches deux par deux.

Il se renfrogna encore à l'approche du bureau de son maître. Ce vieux schnock aurait sans doute autre chose à lui faire faire, une quelconque besogne insignifiante qui prendrait du temps à Claude alors qu'il n'en avait vraiment pas. Mais désobéir ouvertement était hors de question, et il ne voulait surtout pas que les dispositions de l'archevêque soient perturbées…

Cependant, Alexandre n'était ni plongé dans ses registres, ni occupé à hurler ses instructions à tel ou tel serviteur. Assis à son bureau, il avait le regard perdu dans le vague, et un étrange sourire flottait sur ses lèvres.

— Monsieur ? Ça ne va pas ? s'enquit Claude en refermant sans bruit la porte derrière lui.

— Si, Claude. (Alexandre se tourna vers lui. Il souriait toujours.) Je crois… Nous devrons garder cela pour nous, évidemment, du moins pour le moment. Jusqu'à ce que nous puissions rétablir la vérité.

— Euh, bien sûr, monsieur. Que faut-il que nous gardions pour nous, au juste ?

— Elle est en vie, Claude. Elle est en vie, et peut-être… peut-être qu'elle va me revenir.

Les yeux du serviteur s'agrandirent l'espace d'une seconde avant de se plisser.

— Peut-être vaudrait-il mieux tout me raconter, monsieur.

Et il écouta, debout devant son maître, les mains derrière le dos, si bien qu'Alexandre ne vit pas qu'il serrait violemment les poings.

*

La bougie crachotait furieusement, réduite à une mèche qui flottait dans une flaque de cire fondue, lorsque la jeune femme acheva enfin son récit. Elle n'avait presque rien omis – excepté l'implication d'Alexandre dans le culte d'Olgun, car ce secret ne lui appartenait pas. Elle avait la gorge en feu, et elle s'aperçut, quoique sans grande surprise, qu'une fois de plus ses joues étaient humides.

William de Laurent se laissa aller contre le dossier de son fauteuil. Il croisa les mains sur ses genoux pour ne pas franchir les limites de la bienséance, car, à cet instant, il ne songeait qu'à serrer cette pauvre jeune femme dans ses bras pour la consoler de toutes les souffrances qu'elle avait endurées, dont la violence et l'horreur auraient surpassé l'imagination de bien des personnes.

— Vous êtes véritablement bénie, finit-il par commenter.

Les efforts qu'il faisait pour dominer son émotion lui donnaient une voix rauque.

Ce fut plus fort qu'elle : Widdershins rit tout haut, amèrement.

— Vous avez une drôle de conception de la chance, William.

Elle insista un peu sur son prénom, comme pour lui rappeler qu'il lui avait permis de l'utiliser.

— Vous m'avez mal compris, Adrienne. Oui, j'ai bien dit Adrienne. Vous n'avez pas davantage cessé d'être Adrienne lorsque vous avez pris le nom de Widdershins que ce bureau (il frappa du poing sur le robuste plateau de bois) ne pourrait devenir, mettons, une mule si je lui en donnais le nom.

» Ce que je voulais dire, c'est que vous avez en vous une force qui vous a permis de surmonter toutes ces épreuves. En cela, vous êtes bénie. Et, pour tout dire, je suis époustouflé qu'Olgun – n'y voyez aucune offense à votre dieu – ne vous ait pas encore fait tuer à l'heure qu'il est.

— Quoi ? (Widdershins battit des paupières et sentit l'indignation la gagner, à la fois voie d'expression et contrepoint du brusque courroux du dieu. L'air autour d'elle se mit à vibrer.) Olgun m'a sauvé la vie plus de fois que je ne peux en compter ! Il m'a sortie de situations impossibles, et c'est généralement lui qui s'efforce de me mettre un peu de plomb dans la cervelle ! Qu'est-ce qui peut bien vous pousser à dire une chose pareille ?

— Là encore, vous m'avez mal compris. (L'archevêque se pencha vers elle et posa les coudes sur le bureau.) Olgun ne vous a-t-il jamais expliqué toute l'importance de ce que vous avez fait pour lui voilà deux ans ?

Widdershins sentit son estomac se nouer, et, un bref instant, elle lutta fébrilement contre une irrépressible envie de fuir.

— Que voulez-vous dire par là ?

— Vous avez sauvé la vie d'Olgun.

Cette fois, le rire de la jeune femme mourut sur ses lèvres. Cette affirmation paraissait absurde – sauver la vie d'un dieu, quelle idée ! –, et pourtant elle sonnait juste.

— De nombreuses théories et philosophies ont cours au sein de la Grande Église, Adrienne. S'asseoir autour d'une table pour débattre de l'insaisissable est une activité si jubilatoire pour les vieux érudits tels que moi, que nous en avons fait l'un de nos devoirs ecclésiastiques officiels. Et parmi les sujets sur lesquels nous aimons spéculer figure la nature même des dieux.

» Pourquoi croyez-vous que les dieux recherchent notre dévotion ? lui demanda-t-il. Que croyez-vous qu'ils feraient – qu'ils deviendraient – sans nous ?

— Olgun ? appela Widdershins, incertaine.

Elle n'obtint d'autre réponse qu'un silence gêné.

— N'oubliez pas que la plupart des dieux du Pacte nous viennent des tribus et des communautés dispersées avant la fondation de la Galice. Qu'un dieu de tout premier ordre dans une cité peut n'être le protecteur, dans une autre cité, que d'une lignée ou d'une guilde. Que rares sont les dieux – du moins parmi ceux que nous reconnaissons encore – qui exigent de nous de respecter des règles allant à l'encontre de la morale telle que notre pensée moderne la conçoit, alors même qu'ils sont bien plus anciens que notre société moderne.

» Nous sommes quelques-uns à penser que l'adoration des hommes façonne les dieux – pas autant qu'eux-mêmes nous ont façonnés, bien entendu, mais un dieu a les caractéristiques que la masse de ses fidèles lui attribue. Il éprouve les émotions que nous croyons qu'il éprouve. Et, sans notre foi, sans les mortels pour l'honorer et le vénérer, il cesserait d'exister. Il… Eh bien, à tous égards importants, il mourrait.

— Non…

— Vous êtes l'ultime disciple d'Olgun, Adrienne. Si vous périssez, lui aussi, j'en ai bien peur.

— Mais je ne suis pas la seule à croire en lui ! s'écria Widdershins, qui bondit presque de son siège et manqua s'empêtrer dans les plis de son habit. Vous aussi, vous croyez en lui, maintenant !

— Certes, mais je ne le vénère pas. Or c'est ce qu'ils attendent de nous. Il ne leur suffit pas d'être reconnus, ils ont besoin d'être adorés.

Sans bien comprendre pourquoi, Widdershins eut envie de hurler, de se débattre, de pleurer, de tout nier. À cause de cette immense responsabilité qui pesait sur ses épaules, sans doute. Elle portait déjà le poids de ses actes irréfléchis, qui mettaient sa propre vie en danger : n'était-ce pas suffisant ? Fallait-il, en plus, qu'elle assume le devoir de préserver la vie d'un « immortel » ?

Puis son visage s'éclaira : elle entrevoyait une porte de sortie dans l'enchevêtrement de révélations de l'archevêque.

— Si je suis la seule à le maintenir en vie, dit-elle, il fera forcément tout ce qui est en son pouvoir pour me protéger ! Alors, pourquoi est-ce que vous semblez étonné qu'il ne m'ait pas encore fait tuer, comme vous dites ?

De Laurent lui sourit gentiment.

— N'avez-vous pas écouté ce que je viens de dire, Adrienne ? Notre adoration leur donne vie, pouvoir, mais aussi personnalité. J'ai tendance à penser que moins un dieu a de fidèles, plus ceux-ci façonnent sa nature. La relation que vous entretenez avec Olgun est monogame, si on veut. Il n'y a que vous et lui – j'ajouterais d'ailleurs que c'est un cas de figure absolument unique à ma connaissance. Ni l'un ni l'autre n'en avez conscience – enfin, vous, j'en suis sûr, même si je suppose que je ne devrais pas parler à la place d'une déité –, mais vous vous êtes modelés l'un l'autre depuis le jour des meurtres.

La voleuse se renversa dans son fauteuil et se retrouva avachie en travers des coussins rembourrés et moelleux. *Je ne veux pas en entendre davantage !*

— Vous avez le goût du risque, Adrienne. D'après vous, il en a toujours été ainsi. Vous m'avez aussi appris que cet état de fait s'était aggravé ces derniers temps, que vous vous étiez sciemment lancée dans des entreprises hasardeuses, voire stupides.

— À cause d'Olgun, murmura-t-elle, les poings serrés. À mon contact, il est devenu plus enclin à prendre des risques…

— Ce qu'il vous a renvoyé à son tour, quoique de manière involontaire, conclut de Laurent. (Voyant qu'elle se sentait trahie, il ajouta aussitôt :) Vous ne devriez pas en tenir rigueur à Olgun. Je serais étonné qu'il en ait eu plus conscience que vous. (Il marqua une pause, et son formidable haussement d'épaules souleva sa soutane de bas en haut.) Et, quand bien même, il n'aurait pas pu y faire grand-chose. Les dieux, pas plus que les hommes, ne peuvent échapper à ce qu'ils sont.

— C'est vrai ? demanda Widdershins, dont l'attention était manifestement tournée ailleurs.

De Laurent n'entendit rien, mais la jeune femme hocha lentement la tête comme pour signifier qu'elle comprenait la réponse silencieuse qu'elle avait reçue.

— Bon, dit-elle un instant plus tard. Voilà qui explique bien des choses – et notamment ma tentative de vol sur votre personne, un acte « stupide » s'il en est. Mais nous ne sommes pas plus avancés pour autant : nous ne savons toujours pas ce qui se mijote, ni qui cherche à vous éliminer.

— Vous avez l'air absolument convaincue qu'il ne s'agit pas de votre guilde de voleurs, fit observer de Laurent en se frottant le menton. Qu'est-ce qui vous permet d'en être si sûre ?

— Je me suis rendue à leur quartier général, William. Je vous l'ai dit : je n'y ai vu aucun signe de rite occulte. Qui plus est, ils ont eu l'air de tomber des nues quand je les ai accusés d'avoir envoyé cette… créature à mes trousses.

— Ce sont des voleurs, Adrienne. J'imagine qu'ils ont développé une certaine expertise dans l'art du mensonge.

— Moi aussi, je suis une voleuse, William, répliqua Widdershins. J'ai moi-même acquis une certaine compétence pour ce qui est de déceler le mensonge.

— Je vois.

— Et puis, pourquoi voudraient-ils vous tuer ? Un tel acte attirerait exactement le genre d'attention que la guilde cherche à tout prix à éviter – et empêche à tout prix ses membres d'attirer sur elle.

— Peut-être.

Le vieil homme se pencha un peu en avant, comme pris d'un brusque désir de mémoriser les motifs complexes dans le bois poli de son bureau. Il se mit à en suivre les circonvolutions du bout des doigts.

Widdershins rongea son frein près d'une minute entière. Puis elle finit par lâcher :

— Vous avez quelque chose à me dire, et vous êtes en train de vous demander comment vous allez vous y prendre.

De Laurent lui adressa un sourire penaud.

— Ne croyez pas que je n'ai pas confiance en vous à ce stade, surtout après ce que vous m'avez confié. Simplement, c'est une affaire qui concerne l'Église, et dont je ne peux discuter à la légère.

Il se tut de nouveau, songeur.

— Si je suis venu à Davillon, ce n'est pas pour déterminer quel candidat serait le mieux à même de devenir le nouvel évêque. Je le ferai pendant mon séjour, certes – il est grand temps, de toute façon. Mais ce n'est qu'un prétexte.

— Dans ce cas, pourquoi…

De Laurent sembla passer du coq à l'âne :

— Il existe d'autres moyens que le culte pour permettre à un dieu de renforcer son pouvoir, bien qu'aucun ne soit aussi durable ni aussi sûr. Voilà pourquoi certains fidèles font des offrandes ou des sacrifices d'animaux, et c'est aussi ce qui pousse quelques-uns des cultes les plus vicieux à perpétuer les sacrifices humains, malgré l'interdit dont le Pacte Sacré frappe de telles perversités. Offrir un objet ou une vie à un dieu lui confère du pouvoir.

— Tout cela est très intéressant, mais…

— Récemment, ceux d'entre nous dont la foi est pure au sein de la Grande Église ont senti quelque chose, Adrienne. Des songes, des visions, des augures nous ont été envoyés. Au risque d'avoir l'air terriblement mélodramatique, un sombre pouvoir croît à Davillon, et je vous assure que ce n'est pas l'œuvre d'un prosélyte convaincant. À ce jour, je suis presque sûr que c'est ce pouvoir qui a engendré la bête inhumaine lancée à vos trousses, et qui l'a envoyée détruire le culte d'Olgun voilà deux ans. Je suis donc venu pour découvrir de quoi il retourne, et régler si possible le problème. (Il fronça les sourcils.) Et pourtant, sous la noirceur, j'ai l'impression de reconnaître…

L'archevêque s'interrompit net en voyant son invitée se lever d'un bond et pencher la tête, comme pour écouter une voix qu'il n'entendait pas – ce qu'elle était sans doute en train de faire. En un éclair, elle fut à côté de la fenêtre, le dos collé au mur. La voleuse prit une brève inspiration, prête à risquer un coup d'œil par la vitre. Mais, d'abord, elle avait besoin d'un service.

— Il fait un peu sombre là-dehors, Olgun, chuchota-t-elle.

Plus qu'un simple appel à l'aide, c'était sa façon à elle d'indiquer au dieu qu'elle lui avait déjà pardonné tout ce qu'il avait fait, sciemment ou non, de lui dire : « Rien n'a changé. »

Et Olgun lui répondit : lorsque l'air se chargea du fourmillement familier, une immense vague de soulagement mêlée de joie teintait l'afflux de pouvoir qu'elle perçut.

Widdershins s'accroupit face à la fenêtre, et balaya du regard le parc en contrebas. Seul le sommet de sa tête dépassait du cadre. Ses yeux, perçants comme ceux d'un chat grâce à l'aide d'Olgun, se portèrent au-delà du jardin paysagé, passèrent le chemin pavé, sautèrent les buissons, contournèrent les arbres.

Là !

Au beau milieu de l'allée, une colonne de soldats de la Garde menée par Julien Bouniard s'avançait. Si le soleil avait brillé dans le ciel nocturne, ils auraient été totalement à découvert. Ils marchaient à vive allure, la main sur la poignée de leur épée. Widdershins n'avait aucun doute sur la raison de leur présence.

Alexandre l'avait-il trahie, en fin de compte ? Ne l'avait-il laissée rester que pour gagner du temps et prévenir la Garde ? Elle sentit monter en elle une puissante panique, et déglutit avec force pour tenter de la maîtriser.

Non. Non, ce n'était pas lui. S'il avait eu l'intention de la dénoncer, il l'aurait fait ouvertement, avec aplomb. Quoi qu'il en soit, ils étaient là, maintenant. Les questions seraient pour plus tard.

— Un problème ? s'enquit de Laurent derrière elle.

— Le major Bouniard et toute une flopée de soldats. On peut dire que c'est un problème, oui.

— Leur venue n'a peut-être aucun rapport avec vous.

Widdershins lui adressa un petit sourire moqueur.

— Vous avez enfreint la loi dernièrement, William ?

— Restez, lui demanda l'archevêque, presque suppliant. J'intercèderai en votre faveur, Adrienne. Je peux peut-être obtenir votre réhabilitation.

Elle le dévisagea, et, l'espace d'un instant, elle fut tentée d'accepter. Mais :

— Non. Non, je ne peux pas prendre ce risque. Plus tard peut-être.

» William ? Merci.

Elle posa une main sur son bras, qu'elle serra avec chaleur.

Et puis, en un clin d'œil, elle disparut par la fenêtre, descendit le long de la façade et s'évanouit parmi les arbres, hors de vue des soldats sur le chemin. Robe et guimpe tombèrent pour céder la place à son éternelle combinaison noire, et elle s'éclipsa dans la nuit.

Dans son inquiétude pour la sécurité de Widdershins, la seule réflexion qui vint à l'archevêque fut :

— Au moins, elle a ouvert la fenêtre, cette fois.

*

— Claude !

Le serviteur fit halte dans l'escalier et laissa son seigneur et maître le rattraper.

— Qu'y a-t-il, monsieur ? s'enquit-il d'un ton dépourvu de toute émotion.

— Les soldats de la Garde sont là, Claude ! (Il prit un ton de conspirateur.) Comment ont-ils pu savoir si vite qu'elle était ici ?

— Je ne saurais vous dire, monsieur. Mais nous ferions mieux d'aller voir comment ils vont, elle et Son Éminence, vous ne croyez pas ?

Ils grimpèrent les marches quatre à quatre, puis s'efforcèrent de maîtriser leur course pour ne pas alerter les autres domestiques. Il leur restait une minute environ avant que les soldats n'atteignent la porte d'entrée, peut-être deux ou trois encore avant qu'ils ne parviennent à convaincre les portiers de les laisser passer et ne foncent à l'étage. Grinçant des dents sous l'effet de l'impatience, Alexandre fonça dans le couloir, talonné par Claude. Ils passèrent à toute allure devant les tableaux aux couleurs vives et les diverses représentations de Cévora, et rejoignirent enfin les hommes assignés à la surveillance de la porte. Comme un seul homme, ils se précipitèrent dans les appartements de l'archevêque.

De Laurent se détourna de la fenêtre ouverte.

— Vous l'avez manquée de peu, j'en ai peur. Mais elle devrait échapper aux soldats sans trop de difficulté, je pense.

— Ravi de l'apprendre, commenta Claude tandis qu'un large sourire de soulagement éclairait les traits d'Alexandre.

Alors, sous les yeux horrifiés de l'homme d'église, le domestique se tourna vers l'aristocrate et lui enfonça un long poignard dans le ventre. Alexandre écarquilla les yeux et crispa les mains sur la lame, puis ses doigts voletèrent comme des oiseaux blessés, et il s'écroula à terre.

Un rictus diabolique déforma le visage de Claude, et une seconde lame apparut dans sa main au moment où les hommes de Delacroix se ruaient sur lui…

*

William de Laurent, agenouillé au chevet du garde à l'uniforme ensanglanté, remuait les lèvres en une prière intense à l'intention de l'âme du défunt. Il sentit le sang imprégner sa soutane, la répugnante chaleur se diffuser sur son genou, mais il ne se relèverait pas avant d'en avoir terminé.

— Vous m'impressionnez, Votre Éminence, lui confia Claude. Vous prenez tout ceci avec un aplomb remarquable.

— Vous aussi, vous m'impressionnez, répliqua l'archevêque, une fois achevée sa prière. Il faut que votre dieu soit bien sournois pour m'avoir dissimulé la flétrissure de votre âme. Vous n'ignorez pas que les forces que vous avez mises en mouvement sont une violation du Pacte.

— Seulement si nous sommes découverts, Votre Éminence. Et, bien sûr, c'est là que vous entrez en scène. Vous et ce cher vieil Alexandre.

Lesté par le chagrin et par ses os douloureux, l'ecclésiastique se releva et contempla avec regret sa crosse brisée qui gisait au centre de la pièce.

— Merci de m'avoir laissé leur offrir les derniers sacrements.

— Je n'avais aucun grief personnel contre ces hommes, Votre Éminence, fit observer Claude, Apôtre de Cévora et ancien serviteur d'Alexandre Delacroix. Ni contre vous. Ce ne sera pas long.

William ne voulait pas mourir, pas ici, pas maintenant qu'il tenait les réponses qu'il était venu chercher à Davillon. Il jeta un bref coup d'œil en direction de la fenêtre, mais cette idée ne menait à rien. Adrienne possédait la rapidité et la souplesse nécessaires pour réussir son coup – qualités dont lui n'avait jamais été doté, même dans sa jeunesse.

Aussi se tint-il bien droit, déterminé à affronter dignement son sort. Qu'était la Mort, après tout, sinon un autre dieu du Pacte ?

Au premier coup, il crut que ses entrailles s'embrasaient. William de Laurent mourut en priant. Pour l'âme de l'homme qui le tuait, et pour la vie d'une jeune femme qui avait déjà trop souffert.

Lorsque Bouniard et ses agents parvinrent à l'étage, Claude était parti depuis longtemps, ne laissant derrière lui que des cadavres.

Chapitre 16

UN AN PLUS TÔT :

Renard Lambert, renversé sur son fauteuil dans un équilibre précaire, les chevilles croisées sur la table, sirotait d'un air absent une coupe de vin d'un bien meilleur cru que ne l'indiquait l'étiquette collée sur la bouteille. Quelque part dans Davillon, un citoyen allait être très, très déçu du contenu de son acquisition à quarante marques.

Ou peut-être que non. Tout le monde ne possédait pas son palais délicat. Voilà pourquoi l'échange d'étiquettes était une affaire lucrative. Ce qui lui rappela qu'il devait passer aux vignobles Mahaut avant la fin de la semaine, pour s'assurer que…

Si bien perdu dans ses pensées, et les sens agréablement émoussés par le breuvage qu'il avait déjà consommé, Renard mit un moment à percevoir les coups légers mais insistants frappés à sa porte, et quelques instants de plus à comprendre ce qu'ils signifiaient.

Bon sang ! Qui peut savoir où j'habite ?

Le voleur se leva d'un bond et s'empara vivement de la rapière accrochée au porte-manteau près de l'entrée. D'un geste lent et déterminé, il fit glisser la plaque de cuivre qui couvrait le judas.

— Psst ! Lambert ! Je sais que tu es là ! Ouvre-moi !

Abasourdi, Renard s'exécuta et s'écarta pour éviter la jeune femme qui se ruait à l'intérieur. La sueur lui collait les cheveux au front et aux joues, et elle portait sur l'épaule un grand sac rebondi.

Il l'observa. Elle observa la pièce. Tapis moelleux, mobilier en argent et cuivre poli, tableaux bariolés représentant des paysages et des portraits non identifiés – tout se mêlait en un étalage d'opulence qui frisait la vulgarité.

— C'est tout toi, commenta-t-elle en se tournant vers son hôte.

— Widdershins, qu'est-ce que tu fiches…

Elle prit un air buté, puis esquissa une petite moue malicieuse.

— Tu m'as dit que je pouvais venir te voir si j'avais un problème ou une question, lui rappela-t-elle.

— Eh bien, oui. Il est parfois difficile de trouver sa place au sein de la guilde. La plupart des nouveaux arrivants ont un guide ou un protecteur pour les assister dans les premières…

— Dans ce cas, pourquoi as-tu l'air si mécontent de me voir ?

— Je… Tu… Comment diable as-tu fait pour savoir où j'habitais, Widdershins ?

— Oh ! Ce n'est que ça... (La jeune femme fit un petit signe de main dédaigneux, lâcha son sac qui tomba à terre avec un tintement sonore, et se laissa choir dans le siège que Renard venait de quitter. Après avoir reniflé la coupe, elle la vida d'un trait sans laisser le temps à son hôte de protester.) Je t'ai suivi il y a quelques semaines.

— Je... Tu... (Renard eut la vague impression de radoter.) Impossible !

— Tu me vois devant toi, non ? répondit-elle, désinvolte. Si ça peut te rassurer, tu es excessivement prudent. Tu as failli me semer deux fois.

Renard, dont le visage passa par d'étonnantes nuances de rouge, tira une chaise près de la table et s'assit face à sa visiteuse.

— Et pourquoi donc m'as-tu suivi ?

— Je me suis dit que si je voulais te prendre au mot et te demander conseil, j'aimerais peut-être pouvoir le faire en dehors de la guilde. Au cas où ma question la concernerait, tu comprends ?

D'accord. Au moins une chose de logique.

— Bon ! Alors dis-moi, qu'est-ce qui t'amène ? lui demanda-t-il, rasséréné.

— Ça... (Widdershins donna un petit coup de pied dans le sac posé sur le sol, d'où s'échappèrent une poignée de pièces et l'extrémité d'un candélabre en or massif.) Il y en a pour des milliers de marques, là-dedans. Peut-être même des dizaines de milliers. Je voulais juste... Je me disais qu'il existait peut-être une procédure spéciale pour déclarer quelque chose de si gros à la guilde et lui livrer la part que je lui dois. Et puis, je n'ai pas très envie de me promener toute seule dans le quartier général avec une telle somme sur moi. Je sais que nous sommes censés nous faire confiance les uns les autres, mais… Renard, ça ne va pas ?

Non, ça n'allait pas : ses yeux semblaient sur le point de s'éjecter de leurs orbites comme deux bouchons de champagne.

— Par tous les dieux, Widdershins, où as-tu dégotté un butin pareil ?

— Oh ! Je suis allée cambrioler la tour de la famille d'Arras. Tu ne peux pas savoir à quel point j'ai peiné à…

— Tu as fait quoi ?

Le voleur aux allures de dandy sentit littéralement le sang refluer de son visage.

— Ne me dis pas que j'ai franchi la ligne jaune ! s'écria la jeune femme avec une pointe de frayeur dans la voix. J'ai vérifié la liste, je te le jure ! Il n'y avait rien…

— Non. (Renard secoua la tête tandis que ses pensées se bousculaient, comme ivres – bien que lui-même soit parfaitement dégrisé, à présent.) Non, la Tour d'Arras ne figure pas sur la liste des interdits.

— Alors, quoi ?

Des mois, peut-être des années qu'elle préparait son coup. Il le savait : elle lui en avait assez rebattu les oreilles. *Oh là là ! Ça va barder quand elle va l'apprendre…*

— Que sais-tu au juste de la capitaine de la guilde, Lisette Suvagne ?

— Ah ! Alors c'est elle que j'ai vue là-bas ?

Renard laissa sa tête tomber entre ses mains et poussa un grognement.

Chapitre 17

AUJOURD'HUI :

Les nuages, en orbite autour du halo de la lune décroissante, déguisaient les étoiles en feux follets scintillants. Le ciel restait sec, il avait épuisé toutes ses larmes dans les pluies diluviennes de la veille. Mais l'air était lourd d'autres averses à venir. Les prédateurs eux-mêmes – rats, chats et bipèdes – grelottaient dans leurs tanières et hésitaient à sortir.

Sous les nuées immobiles, Widdershins avançait sans bruit. Profondément absorbée dans ses réflexions, à peine consciente de ce qui l'entourait, elle filait à travers la cité en une danse abstraite, de ruelle en renfoncement, d'ombre en encoignure. Les rues se succédaient, Widdershins se rapprochait d'une destination qu'elle n'avait pas encore consciemment choisie, mais elle demeurait retranchée en elle-même, à réfléchir aux événements de la soirée.

Qu'avait-elle retiré au juste de sa petite entrevue avec l'archevêque ? Elle se sentait mieux, pas de doute : parce qu'elle avait un nouveau confident et une vision plus claire du lien qui l'unissait à Olgun, et, par-dessus tout, parce qu'elle entrevoyait une chance, si mince soit-elle, d'arranger la situation avec Alexandre.

On pouvait donc dire que cette visite, en soi, avait été fructueuse. Pour autant, elle n'avait pas avancé d'un pouce sur les problèmes plus pressants qu'elle avait à résoudre. Elle ne savait toujours pas qui cherchait à les éliminer, William et elle, ni qui avait massacré les adeptes d'Olgun.

— Aide-moi, Olgun, chuchota-t-elle. (Sa voix se perdit dans la brise glaciale.) Dis-moi ce que je dois faire !

Mais le dieu, sans surprise, n'avait pas de réponse à lui donner.

Elle ronchonnait encore, maussade, lorsqu'elle tourna le coin de rue suivant pour découvrir que ses pas l'avaient conduite jusqu'à *La Sorcière Désinvolte*.

Widdershins s'arrêta net, ses semelles glissèrent sur les pavés humides. Elle envisagea un instant de faire demi-tour. Il n'était pas impossible qu'elle soit surveillée – l'irruption inattendue de Bouniard au manoir semblait confirmer cette hypothèse –, et la dernière chose qu'elle souhaitait était d'attirer de nouveaux ennuis à Geneviève.

Mais Olgun semblait convaincu qu'elle ne courait aucun danger immédiat, et elle avait terriblement besoin d'une oreille amicale. Trop d'événements s'étaient produits pour qu'elle puisse faire le tri par elle-même. Après avoir pris une profonde inspiration pour se calmer, la jeune femme entreprit de traverser la place du marché.

Lorsqu'elle aperçut l'attroupement réduit mais hostile qui s'était formé devant la porte, le peu de sang-froid qui lui restait se brisa comme un vase tombé à terre. Il y avait là les habituels ivrognes et autres épaves qui échouaient à la taverne tous les soirs – et leur présence n'avait rien d'anormal, si ce n'est qu'ils se trouvaient à l'extérieur, tandis que la bière et le vin étaient à l'intérieur. Le cœur battant à tout rompre, Widdershins bouscula les vauriens belliqueux et grimpa d'un bond jusqu'au perron.

— Ferais mieux d'laisser tomber, grogna l'un des rustauds dans son dos alors que la poignée refusait de bouger sous sa main.

Cette brute particulièrement épaisse avait des cheveux d'un blond foncé hérissés en touffes emmêlées, une barbe maigre et broussailleuse tachée de rouille en souvenir d'une vieille lame de rasoir, et des vêtements qui n'avaient pas dû être lavés depuis la dernière pluie.

— Déjà essayé, poursuivit-il en lui soufflant au visage une haleine qui laissait à penser qu'il avait avalé un rat pestiféré. Sont pas ouverts ce soir, ces 'spèces de salopards ! (Il lui adressa un sourire édenté ainsi qu'un regard concupiscent.) R'marque, du coup, ça m'fait quèques économies pour ce soir, et j'ai nulle part où les dépenser. Si t'as quèques heures devant toi, tu pourrais les gagner.

Widdershins lui tourna le dos et se mit à secouer la poignée, jusqu'à en faire trembler non seulement la porte, mais aussi les fenêtres voisines.

— J'viens d'te dire… commença le balourd avec colère.

— Allez-vous-en ! Nous sommes fermés !

Widdershins reconnut la voix.

— Robin ? Robin, c'est Widdershins ! Ouvre-moi tout de suite ! Ouvre cette fichue porte, ou je l'enfonce !

Comme aucune réponse ne venait, Widdershins s'agenouilla pour examiner les différents loquets. Sans tenir compte du type à l'haleine fétide qui se penchait sur son épaule pour la regarder faire, fasciné, elle sortit quelques crochets et tiges métalliques de son étui et se mit au travail.

Les nouveaux verrous étaient solides : il lui fallut cinq minutes pour venir à bout de l'ensemble.

La jeune femme commença à pousser la porte – maintenant plus coopérative –, pour s'interrompre aussi sec en constatant que l'homme derrière elle lui emboîtait le pas.

— Il s'agit d'une affaire privée, lâcha-t-elle, glaciale. L'établissement est fermé.

— C'est ce qu'on va voir ! jappa-t-il. (Son haleine manqua la renverser à l'intérieur.) Si tu rentres, je rentre ! Et tu pourras rien faire pour…

Widdershins lui enfonça un genou dans l'estomac, ce qui eut pour effet d'évacuer le reste de son souffle putride en un unique et puissant « Ouf ! », et il bascula du haut des marches. Widdershins entra, claqua la porte derrière elle et repoussa les verrous avant qu'il ait fini de rebondir sur les pavés.

— Robin ? Où es-tu, Robin ? (Elle était fébrile. Elle en avait conscience, l'entendait dans sa propre voix, mais s'en fichait comme d'une guigne.) Où est Gen ?

Il faisait incroyablement sombre dans la taverne. L'âtre était froid et vide, aucune lampe ne brillait. Seules quelques torches projetaient de minces doigts de lumière dans les profondeurs d'ébène de la salle commune.

Widdershins mit un moment à se repérer. À tâtons, elle s'avança en direction du comptoir.

— Robin ? Gen ?

Un sanglot étouffé attira son attention de l'autre côté de l'abîme de noirceur. Peu à peu, à mesure que sa vue s'accommodait à l'obscurité, le mobilier commença à se dessiner dans l'ombre.

Là ! Tout au fond de la pièce, une silhouette menue était penchée sur l'une des tables. Widdershins reconnut la stature fluette et la coupe de cheveux à la garçonne de Robin. Les battements de son cœur lui semblèrent résonner dans la salle déserte. Elle s'élança vers la petite serveuse et s'arrêta en dérapant à côté d'elle.

— Que s'est-il passé, Robin ? Qu'est-ce qui ne va pas ?

La jeune fille la regarda d'un air hébété, et Widdershins blêmit : même la chiche lumière des torches ne parvenait pas à dissimuler l'absence totale d'expression dans les yeux de la jeune fille.

— C'est Geneviève, déclara Robin d'une voix atone, creuse.

Le souffle manqua à Widdershins. *Non. Dieux, je vous en prie, pas ça…*

— Quoi ? Quoi, c'est Geneviève ? Robin, qu'y a-t-il à propos de Geneviève ?

— C’est le vin, Shins, expliqua Robin d’une voix presque rêveuse avec un geste en direction de la table. (Ses yeux devinrent plus vitreux encore.) Geneviève a renversé son vin, et elle ne veut pas se pousser pour que je nettoie.

Alors seulement, perçant du regard les ombres épaisses, Widdershins vit la forme affaissée sur le plateau de bois vérolé : la tête, baissée, baignait dans une mare rouge et luisante.

Lorsque son cri s’échappa enfin de sa gorge, il n’exprimait ni colère ni peur, car elle en avait déjà trop subi. Ce son pitoyable, plainte déchirante d’une enfant perdue et désespérée, n’exprimait que la douleur.

Widdershins ne se souvint pas d’être tombée à genoux. Aveuglée par les larmes, les mains secouées de violents tremblements, elle tendit les bras vers le cadavre déjà froid de la dernière personne qui lui restait au monde, son unique amie, celle qu’elle aimait d’un amour sincère.

— Olgun ? (Le dieu se recroquevilla sur lui-même, accablé par la détresse poignante qui perçait dans sa voix.) Je t’en supplie, Olgun, je t’en conjure, aide-la ! Il faut que tu l’aides ! Je t’en prie…

Mais, hormis pleurer à sa propre façon, même Olgun ne pouvait plus rien pour la tavernière.

Les quelques torches qui brûlaient encore continuèrent leur danse, indifférentes et obstinées, tandis qu’une infime partie du monde s’éteignait dans leur faible éclat.

*

De longues minutes, des heures peut-être, passèrent avant que Widdershins ne relève la tête, qu'elle avait enfouie dans les cheveux de Geneviève. Pendant tout ce temps, elle avait cajolé le visage de son amie, sans se soucier des taches écarlates qui maculaient à présent son bras et sa poitrine. Elle avait pleuré jusqu'à s'en faire mal aux muscles, jusqu'à ce que ses poumons soient près d'éclater, elle avait versé assez de larmes pour laver la table du sang qui s'y était répandu. Mais toute l'affliction du monde, toutes les prières à chaque dieu dont elle pouvait se rappeler le nom, n'auraient pu redonner vie à ce pantin grandeur nature qu'elle tenait dans ses bras, et qui, naguère, avait parlé, ri, aimé avec l'âme de Geneviève Marguilles.

Enfin, au bout de ce qui sembla être une éternité, ses pleurs s'espacèrent, s'apaisèrent et se tarirent, et les sanglots qui la secouaient tout entière s'estompèrent.

Robin n'était nulle part en vue. La voleuse se souvenait vaguement de l'avoir envoyée à l'étage prendre un peu de repos. La jeune fille était anéantie. Widdershins espérait juste que la lueur de folie qu'elle avait décelée dans ses yeux était temporaire.

Elle ne pourrait supporter de perdre encore quelqu'un ce soir.

Elle s'arma contre la douleur, se mordit la lèvre à en saigner, puis approcha une lanterne en quête de détails qu'elle ne souhaitait pas vraiment voir.

Elle n'eut pas à chercher bien longtemps. La blessure qui lui avait ravi Geneviève était un coup de poignard en plein cœur – mais la malheureuse avait souffert avant cette délivrance : ses jambes avaient été brisées en maints endroits à l'aide d'un lourd instrument.

Widdershins avait elle-même tâté de cet outil plus d'une fois.

Elle se leva, tremblant des pieds à la tête, et soudain elle ne fut plus que haine. Elle haït les soldats de la Garde qui l'avaient empêchée d'achever Brock dans la ruelle, elle se haït elle-même de ne pas l'avoir éliminé quand elle en avait eu l'occasion.

Quant à Brock, elle ne pouvait lui accorder une part de sa haine – à ses yeux, il était déjà mort. Car, à cet instant, Widdershins sut sans l'ombre d'un doute qu'elle serait capable de tuer.

Elle se tourna pour partir, pour se mettre en chasse, mais la porte s'ouvrit bien avant qu'elle ne l'atteigne. Et voilà qu'il se tenait devant elle, comme livré par les dieux.

Elle ne s'était pas trompée : il était bel et bien mort. Une entaille nette lui barrait la gorge. Il était suspendu comme un énorme sac de viande entre deux rudes gaillards dépenaillés. Derrière eux se tenait un troisième homme, plus mince, dont la moustache soigneusement lissée et les vêtements tapageurs offraient un contraste saisissant avec la rapière accrochée à sa hanche et les poignards glissés dans ses bottes. Widdershins s'aperçut que le petit rassemblement qu'elle avait laissé à l'entrée s'était dispersé, attiré vers d'autres horizons éthyliques ou éparpillé par la force.

Elle aurait dû fuir, paniquer, mais elle était vidée de toute émotion. Widdershins posa sur les nouveaux venus un regard inexpressif – puis se retourna lentement, sans ciller, lorsqu'elle entendit la porte des cuisines grincer et s'ouvrir à son tour. Un autre costaud apparut, accompagné par le soldat dont Olgun et elle avaient pulvérisé la main deux ans plus tôt.

Si une telle émotion avait encore pu la gagner, elle se serait étonnée de le voir là.

— Vous devriez peut-être vous asseoir, mademoiselle, suggéra le dandy depuis l'entrée en refermant la porte derrière lui.

Widdershins ne bougea pas.

— Je m'appelle Jean-Luc. Vous avez déjà rencontré Henri, je crois.

— Et Brock ? demanda-t-elle d'une voix morne.

— Qui ça ? Ah ! Lui, fit-il en suivant son regard. Oui, nous l'avons trouvé ici quand nous sommes revenus vous attendre. Il était en train d'encourager votre amie à lui révéler où vous étiez. Il semblerait que le bougre ait passé des jours à surveiller cet établissement. Il aura fini par perdre patience.

» Pour ce que ça vaut, chère Adrienne – ou Widdershins, ou Madeleine, c'est à s'emmêler les pinceaux, non ? –, pour ce que ça vaut, disais-je, nous nous sommes assurés qu'elle ne souffrirait plus entre ses mains.

L'énumération de ses différents noms ne suscita aucune réaction chez Widdershins.

— Dans ce cas, je ferai en sorte que votre mort soit tout aussi rapide, lui dit-elle.

Les gredins ricanèrent et laissèrent tomber le cadavre de Brock dans un coin. La taverne tout entière trembla sous le choc.

— Peut-être, trancha Jean-Luc avec mépris. Mais d'abord, mon employeur aimerait vous dire un mot.

La porte s'ouvrit une fois de plus, dans ce qui ne pouvait être qu'une mise en scène soigneusement orchestrée. Malgré la cape et les bandages qui lui enveloppaient la tête et les mains, la jeune femme reconnut aussitôt le démon.

— Oui, Adrienne, exulta-t-il de sa voix de gravier. Moi aussi, je suis enchanté de te revoir.

Mais c'est vers l'homme qui se tenait à côté de la créature que Widdershins se tourna.

— Claude ?

— Bonsoir, Adrienne. (Il referma la porte, puis ôta un grain de poussière sur son épais manteau.) Il est grand temps que nous ayons une petite conversation, toi et moi. Henri, ajouta-t-il à l'adresse de son homme de main, laisse-nous.

— Mais, monsieur…

— J'ai besoin de quelqu'un pour suivre la progression de l'enquête. Vas-y.

Avec un hochement de tête maussade, l'ancien soldat de la Garde quitta la taverne.

— L'enquête ?

Widdershins ne put empêcher sa voix de trembler.

— Eh bien, oui, sur la mort de William de Laurent et d'Alexandre Delacroix. Qui vont finir par t'être imputées, bien entendu.

Elle ne pouvait plus pleurer, pas si tôt – c'en était trop. Le monde valsa devant ses yeux et seule la force d'Olgun la maintint debout.

Mais au fond d'elle, un torrent de larmes se déversait, non seulement sur la perte des êtres qu'elle avait chéris, mais aussi sur un avenir qu'elle avait presque cru retrouver.

— Je ne comprends pas, murmura-t-elle. Par les dieux, Claude, tu me hais vraiment à ce point ?

— Toi ? (L'ancien domestique d'Alexandre éclata d'un rire franc.) Mais ma chère enfant, il n'a jamais été question de toi. Il s'agit de ton… ami.

La haine qu'il insuffla dans ce dernier mot était presque palpable.

Alors, Widdershins comprit, aussi clairement que si on venait de lui faire un dessin.

— Tu savais ! Depuis le début, tu savais à propos d'Olgun !

— Bien sûr, que je savais ! cracha Claude, tout à coup hargneux. Je l'ai su dès l'instant où Alexandre a trahi notre dieu au profit de cette idole barbare ! Il n'aurait pas pu nous cacher son hérésie, ni à Cévora, ni à moi !

Ses yeux brûlaient d'un tel fanatisme que Widdershins en resta sans voix.

— Après tout ce que Cévora avait fait pour lui, pour sa famille, il a osé lui tourner le dos en raison de quelques années de mauvaise fortune ? L'ordure ! Ha ! Mais moi, je savais, pas vrai ? Je savais qu'on n'apprivoise pas le lion. Je savais, d'après les textes anciens, qu'aux jours d'avant le Pacte, Cévora était un chasseur, un prédateur ! Et je savais qu'il m'avait confié la tâche de répandre le sang de ceux qui avaient détourné Delacroix de son étreinte !

— Et ton démon apprivoisé, Claude ? demanda-t-elle, sans tenir compte du rire rauque que sa description arrachait à la créature. Qu'en pense Cévora, hein ?

L'Apôtre fit signe qu'il s'en fichait.

— Les dieux hostiles au Pacte ont été relégués dans les ténèbres, et leurs serviteurs avec eux – mais ces êtres n'ont pas tous envie de moisir en enfer. Que pense Cévora du fait que j'ai invoqué l'un d'entre eux ? Tant que le démon reste loyal envers lui plutôt qu'envers son ancien maître, il s'en moque bien, je pense.

» La mort d'Alexandre n'aurait pas dû être nécessaire, poursuivit-il d'un ton plus calme lorsqu'il se rendit compte que même Jean-Luc et ses tueurs à gages le regardaient bouche bée, l'œil un peu réprobateur. J'espérais qu'après l'extermination de votre petite bande, il retournerait tout entier à Cévora.

— Mais c'est ce qu'il a fait ! protesta Widdershins. Il s'est détourné d'Olgun !

— Mais le cœur n'y était pas. Je ne crois pas qu'il aurait accepté de jouer pleinement son rôle pour rendre à Cévora la gloire qui lui est due. Je devrais sans doute te remercier, en un sens. Si je n'avais pas eu à éliminer ta sale petite secte, je n'aurais jamais pu accomplir ce que Cévora estimait devoir être fait. D'ailleurs, en parlant de ce qui doit être fait…

Claude leva une main, et le démon se tendit, prêt à exécuter ses ordres.

Cependant, Widdershins réfléchissait à la vitesse de l'éclair. Toutes les questions restées sans réponse, tous les détails non éclaircis tourbillonnaient dans sa tête.

Puis elle entendit une voix en pensée. Pas celle d'Olgun, non : depuis qu'il l'accompagnait partout, à aucun moment il ne s'était adressé à elle par des mots. Il devait en être incapable.

Non, la voix était celle de William de Laurent. Était-il encore à ses côtés par l'esprit, était-ce Olgun qui s'appropriait ses propos, ou se rappelait-elle simplement ce que lui avait dit l'archevêque ? Toujours est-il que ses paroles résonnaient en son âme.

« Un sombre pouvoir croît à Davillon »… « Les dieux du Pacte »… « Sacrifices »

Alors, la vérité s'imposa à Widdershins.

— Ce n'est pas moi que tu mets à mort ! s'exclama-t-elle, prenant enfin la mesure de la folie de Claude. C'est Olgun !

Elle sentit la révolte de son protecteur se mêler à la sienne, la fureur d'un immortel en train de contempler sa propre fin.

Sa réaction arracha un large sourire à l'Apôtre de Cévora, qui suspendit son geste. Le démon grommela mais ne bougea pas.

— Continue, l'encouragea Claude, presque impatient de voir jusqu'où l'avaient menée ses réflexions.

— Ton dieu vivote, poursuivit Widdershins, qui cherchait désespérément à gagner du temps. Tu ne peux pas vraiment étendre la masse de ses fidèles. Alexandre n'a pas d'héritier et il avait perdu la foi, et tu n'as aucune influence sur les adeptes de Cévora en dehors de la Maison Delacroix. Peut-être que tu sacrifies quelques personnes par-ci par-là, mais c'est prendre un grand risque pour un bien maigre résultat. Tandis que si tu me tues, moi…

« Vous êtes l'ultime disciple d'Olgun, Adrienne. Si vous périssez, lui aussi, j'en ai bien peur. »

— Olgun est l'objet du sacrifice, affirma-t-elle. Tu sacrifies un dieu à un autre dieu. Pas étonnant que la Grande Église l'ait senti venir. Ça doit représenter un pouvoir phénoménal !

— Bravo, Adrienne ! Alexandre avait vu juste à ton sujet.

— Peut-être bien, oui. Je ne suis pas prêtresse, Claude, mais même moi, je sais que le sacrifice est une violation du Pacte, quelle qu'en soit la victime. Et j'en déduis que le meurtre d'un dieu est tout aussi défendu, même s'il ne fait pas partie du Pacte.

— En effet, confirma Claude. Voilà pourquoi William de Laurent devait mourir.

Widdershins afficha un sourire qui aurait pu faire geler de l'eau salée.

— Vu de l'extérieur, ça ressemble fort à une attaque contre l'Église et les dieux du Pacte. J'assassine l'archevêque, mon dieu et moi te tombons dessus, et tu nous tues pour te « défendre » pendant que tout le monde court après un ennemi qui n'existe pas. Le temps que la vérité éclate, Cévora a reçu son afflux de pouvoir et il est trop tard pour tenter de l'exclure du Pacte.

Cette fois, Claude alla jusqu'à l'applaudir.

— J'escompte que Cévora sera assez puissant pour dissuader les autres de prendre des mesures contre lui – mais, hormis ce détail, tu as tout juste ! Je t'ai sous-estimée, semble-t-il.

D'une voix posée, Widdershins répondit :

— Tu es malade. Fou furieux. Tu débloques complètement.

— Ainsi parlent les aveugles. J'espérais offrir à Cévora le pouvoir issu de ce sacrifice bien plus tôt, mais il a fallu que tu gâches tout en t'échappant.

— Désolée pour le désagrément.

— Tu peux le dire. Mais tu es là, maintenant, et…

— Non, je ne parlais pas de ce jour-là. Je parlais d'aujourd'hui. Désolée pour le désagrément, mais je ne suis pas la dernière adepte d'Olgun. Me tuer ne t'avancera à rien.

Pour la première fois, Claude parut ébranlé.

— Quoi ? Qu'est-ce que tu racontes ?

— Voyons, Claude, n'as-tu pas toi-même reconnu que tu m'avais sous-estimée ? (L'homme s'assombrit, mais la laissa poursuivre.) Deux ans se sont écoulés, lui rappela Widdershins comme si elle s'efforçait de faire comprendre un concept élémentaire à un enfant simple d'esprit. Tu ne t'imagines quand même pas que je n'ai parlé d'Olgun à personne ? (Elle marqua une pause et prit un air songeur, comme si elle comptait dans sa tête.) Nous sommes une dizaine, à présent. Une fois constatés tous les bienfaits qu'il m'accordait, comment auraient-ils pu ne pas croire en lui ? (Elle s'efforça de paraître détachée, et fit de son mieux pour occulter le bêlement stupéfait d'Olgun.) Ça ne fait pas une grande assemblée, même par rapport à celle qui le vénérait avant, mais c'est assez pour fiche en l'air tes jolis plans, non ?

L'Apôtre se raidit, puis partit d'un grand rire sonore.

— Ah ! Adrienne, tu m'as bien fait marcher. Mais…

— Je ne plaisante pas le moins du monde, Claude. Et quand bien même, peux-tu courir ce risque ?

L'ombre revint, décuplée, sur le visage de l'ancien serviteur d'Alexandre.

— Je pourrais tout aussi bien laisser ma petite bête te tuer. Cévora saura tout de suite si tu m'as menti ou non, s'il peut se repaître de l'essence d'Olgun.

— Et si je ne t'ai pas menti, je serai morte et tu n'auras plus aucun moyen de trouver les autres.

Widdershins lui sourit.

Claude tambourina des doigts sur le dossier de la chaise à côté de lui.

— Serais-tu en train de proposer de nous conduire jusqu'à eux, Adrienne ?

Elle haussa les épaules.

— Depuis le début, c'est une question de survie. Tu les traques, tu me laisses tranquille, je renonce à Olgun comme Alexandre l'a fait, et tout le monde est content. Je pourrais même t'aider à gérer les affaires Delacroix – contre un pourcentage, bien entendu.

Je t'en prie, Olgun… Comprends-moi… Fais-moi confiance…

— Marché conclu ! s'exclama aussitôt Claude en lui tendant une main.

Widdershins la serra et, pendant quelques secondes, ils se regardèrent droit dans les yeux. Ils bluffaient l'un comme l'autre, et ils le savaient tous deux. L'Apôtre avait seulement besoin de découvrir à quel point elle lui avait menti.

— Je meurs d'impatience, Claude. (Elle esquissa un geste en direction du nord-ouest.) Tu quittes la place du marché par là, tu passes sept pâtés de maison et tu…

Claude s'esclaffa.

— Je ne crois pas, non. Je ne suis pas si bête. Tu vas nous conduire jusqu'à tes « anciens » frères, Adrienne. En personne.

Bon. Qui ne tente rien n'a rien.

— Bien sûr, lui dit-elle. Comme tu voudras.

— Et, tant que nous y sommes, tu vas laisser la rapière d'Alexandre ici.

Widdershins fit un violent effort pour dissimuler son émotion.

— C'est à l'autre bout de la cité, j'espère que vous êtes tous d'humeur pour une bonne balade.

*

L'Apôtre leva la tête et s'emmitoufla dans son épais manteau pour se protéger du froid qui régnait en cette fin de nuit. Il passa un long moment à observer d'un air soupçonneux les murs décrépits et les bardeaux manquants.

— Un prêteur sur gage, Adrienne ? demanda-t-il, sceptique.

— Pourquoi pas ? L'entreprise n'est pas florissante, on y trouve plein de salles à louer. Un endroit comme un autre pour y aménager un temple.

— Tss ! (Jean-Luc s'avança, non sans prendre bien soin de rester à une distance respectueuse du démon.) C'est le siège de la guilde des Dénicheurs, monsieur.

— Vraiment ? s'enquit Claude en se tournant vers Widdershins.

Il s'efforça de cacher sa nervosité sous un air désinvolte.

— Où pourrais-je bien partager ma foi, à part dans ce lieu ?

Le sort en était jeté. Si Jean-Luc en savait trop long sur les pratiques et les croyances de la guilde, elle était morte.

Une longue minute s'écoula avant que l'Apôtre n'acquiesce. Jean-Luc n'ajouta rien. Widdershins faillit en trembler de soulagement.

— Très bien, commenta Claude. Est-ce qu'il y a des sentinelles ?

— Une à l'extérieur, avoua-t-elle à contrecœur. Déguisée en vagabond. À l'intérieur, je ne sais pas trop. Ça dépend des missions de chacun.

Claude esquissa un geste calme, serein, comme pour envoyer un serviteur lui chercher à boire. Le démon se déploya et s'élança hors de la ruelle. L'estomac noué, Widdershins ne put que faire le gros dos et tenter d'ignorer le bref cri perçant, puis les horribles déchirements, craquements et bruits mouillés qui suivirent.

Retenant sa respiration pour ne pas sentir la brusque odeur de sang mêlée aux relents d'excréments humains, Widdershins franchit l'entrée du bâtiment comme si elle en avait parfaitement le droit. Pour la seconde fois en deux nuits, elle pénétra au cœur même de la guilde des Dénicheurs.

*

Ils affluèrent, d'abord seuls ou par deux, puis en groupes plus nombreux. À la rapière et à l'arbalète, puis au pistolet à silex, abrités derrière les portes massives ou des barricades de fortune, les voleurs de Davillon défendirent leur territoire.

Et ils échouèrent. Un épais brouillard envahit l'entrée, le sang fit briller les murs. Les armes rebondissaient sur le cuir de la créature, la chair se déchirait sous ses griffes, les os se brisaient entre ses mâchoires, et ceux qui la suivaient glissaient et dérapaient dans l'ignoble mare qu'elle laissait s'étendre derrière elle.

Néanmoins, même la bête de Cévora n'était pas assez rapide pour tous les massacrer. Pour chaque cadavre qu'elle abandonnait dans son sillage, trois ou quatre Dénicheurs fuyaient par des passages assez tortueux pour semer même l'émissaire d'un dieu.

Widdershins se contraignait à regarder : elle tressaillait, mais refusait de détourner le regard des rapières, des griffes et du sang qui tourbillonnaient devant elle. Et, lorsqu'elle vit que le monstre hideux n'était pas invulnérable, qu'une lame lui entaillait la peau de temps à autre, qu'une balle laissait parfois sa marque, elle osa reprendre courage, imperceptiblement.

Ils cheminèrent ainsi dans le dédale de couloirs ponctué de portes coulissantes, et s'enfoncèrent toujours plus profondément dans les souterrains. Tantôt devant eux, tantôt à leur suite, la bête caracolait tel un enfant au carnaval, avide de démembrer d'autres malheureux sans méfiance.

Jusqu'à ce qu'enfin, à quelques pas seulement de la destination choisie par Widdershins, Claude la retienne d'une main.

— Ça suffit, Adrienne, déclara-t-il d'un ton sinistre.

— Pardon ?

— Nous avons déjà trucidé je ne sais combien de voleurs, et fait fuir un plus grand nombre encore. À aucun moment ma créature ou moi n'avons senti ou vu se manifester des aptitudes comme celles que tu possèdes. En fin de compte, je ne crois pas que quiconque ici partage tes croyances.

— Ah bon ? Et comment expliques-tu…

Et elle s'élança, si soudainement que le démon lui-même fut pris au dépourvu. Ses cheveux flottant derrière, elle courait comme si tous les suppôts de l'enfer étaient à ses trousses, car l'un d'entre eux l'était bel et bien. L'écho de ses pas lourds rebondissait sur les murs de pierre, elle savait pertinemment qu'elle ne garderait pas son avance bien longtemps, mais peut-être juste assez…

Lorsque le monstre apparut à l'angle du couloir, bientôt rejoint par les plus rapides des sbires de Claude, tous s'arrêtèrent net, les yeux écarquillés. Leur proie avait filé à travers une autre porte coulissante et s'était cachée quelque part dans l'étrange salle qui s'ouvrait au-delà. Ils risquèrent un coup d'œil à l'intérieur, et virent l'imposante silhouette dressée au fond de la pièce.

Haletant, le front couvert de sueur, Claude passa devant ses laquais et jeta des regards rageurs autour de lui.

— Toi, attends-nous dehors, ordonna-t-il d'un geste à l'un des hommes.

Les autres, y compris Jean-Luc et le démon, le suivirent à l'intérieur, le bruit de leurs pas étouffé par les tapis usés.

La porte se referma derrière eux, mais leur vue s'accommoda vite à la lumière ténue des lanternes et des torches éparses, crépuscule artificiel annonçant la tombée d'une nuit qui ne viendrait pas. Claude ne mit guère de temps à comprendre qu'ils se trouvaient dans une chapelle, et son regard se promena lentement sur la forme humanoïde de l'idole jusqu'à se poser sur l'épais capuchon noir qui lui couvrait la tête.

Widdershins surgit de derrière la statue.

— La voilà, ta preuve !

Avec un mouvement sec et presque dédaigneux du poignet, elle arracha le morceau d'étoffe, qui tomba en voletant jusqu'à terre.

La chapelle s'emplit de cris horrifiés : les hommes et le démon contemplaient la face révélée du Dieu Voilé.

Par-dessous la main qu'elle avait levée pour se protéger les yeux, Widdershins vit l'assassin, Jean-Luc, s'effondrer à genoux en hurlant, tant et si bien que ses joues devinrent écarlates et que ses yeux saillirent. Tout autour d'elle, elle entendit les autres hommes réagir de la même façon, mais elle n'osa pas les regarder.

Lorsque l'assassin sembla ne plus pouvoir crier, lorsque ses poumons parurent devoir éclater par manque d'air, sa voix se mua en un affreux gargouillis. Jean-Luc fut pris de violentes convulsions et se mit à vomir tant qu'il pouvait, secousse après secousse, jusqu'à ce qu'il ne lui reste plus rien dans l'estomac.

Mais les haut-le-cœur ne cessèrent pas, car la malédiction du Dieu Voilé n'était rien de moins que la pulsion même à l'origine de la carrière de ses adeptes, sous sa forme la plus primitive.

Envie. Convoitise. *Soif.*

Lorsque Widdershins put voir la chair, la pulpe, les muscles fondre littéralement – quand la peau de l'assassin commença à se rapprocher à vue d'œil de ses os à chaque nouvel assaut de nausée, à mesure que son corps se vidait de sa substance et se dégonflait sous ses yeux –, elle n'y tint plus et se détourna. Ses propres gémissements s'entendaient à peine au milieu des atroces borborygmes qui avaient remplacé les cris.

Les bruits finirent par s'arrêter, et des remugles de purge et de chair décomposée s'élevèrent dans le sanctuaire. Alors seulement, elle rouvrit les yeux. Des corps gisaient, éparpillés dans la salle, aussi émaciés que les victimes d'une famine, collés aux tapis souillés par un dépôt visqueux. Même le démon, à terre lui aussi, n'avait plus que le cuir sur les os. Il remuait encore et cherchait à se relever, trop puissant sans doute pour être anéanti par la malédiction, mais tout de même vulnérable pour le moment.

Les yeux prudemment baissés, dos à l'idole, Widdershins se pencha et, avec un frisson de répulsion, décolla du tapis le capuchon. Puis, à tâtons, elle remonta le long de la statue jusqu'à ce qu'elle sente enfin la tête sous ses mains, et remit la capuche en place avec un bruyant soupir.

Bon. Il ne lui restait plus qu'à trouver un moyen de maintenir le démon à terre, et…

Le cri d'Olgun lui parvint presque trop tard. Une lame longue et large scintilla dans la pénombre, et la brusque culbute en avant de Widdershins ne lui sauva la vie que de justesse. Un éclair de douleur la transperça quand l'acier la frappa dans le dos, juste au niveau des reins, et son sang jaillit pour aller se mêler au bourbier répugnant qui imprégnait déjà les tapis.

Luttant contre la douleur et la nausée, Widdershins roula sur l'ignoble gâchis qui recouvrait le sol, puis elle se releva et fit volte-face. D'une main, elle soupesa la rapière ramassée près du cadavre de Jean-Luc.

Claude se dressait devant elle, l'épée au clair. La malédiction du Dieu Voilé n'avait laissé sur lui qu'un mince filet de sang au menton. L'Apôtre devait avoir détourné les yeux avant que le sortilège ne fasse effet – à moins, peut-être, que sa protection divine ne soit entrée en action.

— Bien joué, gronda-t-il en tailladant l'air devant lui de la pointe de sa lame. (Avec un regard mauvais, il se débarrassa de son manteau d'un mouvement d'épaules.) Tu as failli nous avoir. Mais Cévora veille sur les siens, et nul ne peut lui résister.

Widdershins, une main pressée sur sa blessure suintante et sa rapière fermement brandie dans l'autre, répliqua :

— Ce n'est pas à lui que je résiste, c'est à toi !

Et, ignorant la douleur qui lui déchirait le dos, elle chargea. Il fallait en finir le plus vite possible et reporter son attention sur le démon avant que celui-ci ne recouvre ses forces.

L'épée de l'Apôtre, quoique bien plus lourde que la sienne, s'éleva avec une prodigieuse rapidité pour parer son attaque. Ils restèrent ainsi un instant, fer contre fer, liés par un regard plus acéré qu'une lame de rasoir.

Puis la rapière de Widdershins se mit à lancer des éclairs, elle s'abattait de côté et d'autre presque avant d'avoir achevé le mouvement précédent. Elle fendait l'air en sifflant, et les tintements du métal contre le métal étaient si rapprochés qu'ils se fondirent en un unique crissement prolongé.

Mais la lame de Claude interceptait jusqu'à la plus rapide des bottes. Sa lourde épée détournait la rapière sans difficulté, tout en étant assez vive pour riposter entre ses parades fulgurantes. Widdershins saignait déjà d'une demi-douzaine de plaies, minuscules entailles qui sapaient le peu d'énergie qui lui restait, sans en avoir infligé une seule à son adversaire. La sueur qui ruisselait sur leurs visages luisait dans les éclats de lumière reflétés par les lames.

Claude était relativement doué, mais pas autant que Lisette. Toutefois, lors de son combat avec la capitaine – se pouvait-il que ce soit si récent ? –, Widdershins n'avait pas été rongée à ce point par le chagrin, l'épuisement et la douleur de sa vilaine blessure.

Elle n'avait pas dû affronter un adversaire dont la main était sans doute guidée comme la sienne par un dieu personnel.

Alors, elle comprit, elle sut, qu'elle ne pourrait remporter ce combat.

La jeune femme pivota sur elle-même et se baissa vivement pour éviter un coup qui l'aurait scalpée s'il avait atteint sa cible. Son mouvement lui arracha une grimace de douleur. Presque accroupie, elle tendit sa main libre, et – s'efforçant de ne pas songer à ce qu'elle faisait – ramassa une poignée des restes à moitié liquéfiés qui jonchaient le sol pour la jeter à la figure de son adversaire. Claude devina son geste et détourna le visage afin de ne pas recevoir l'horrible matière dans les yeux et la bouche – mais ce fut assez pour le stopper net, même si ce n'était qu'un bref instant.

Widdershins en profita pour clopiner aussi vite qu'elle le pouvait. Avant que l'Apôtre ait pu faire un pas, elle était déjà devant la porte. Fébrile, elle la fit coulisser sur ses rails de pierre, et tomba nez à nez avec l'homme que Claude avait laissé en faction à l'extérieur.

L'espace d'un battement de cœur, tous deux s'observèrent, bouche bée : elle l'avait complètement oublié, et lui, isolé par l'épaisseur des murs et de la porte, n'avait rien entendu des hostilités qui se déroulaient dans la chapelle. Puis, avec une rapidité d'expert, le brigand dégagea le pistolet à silex accroché à sa ceinture, le pointa sur elle, et son doigt se referma sur la détente…

Widdershins chuchota le nom d'Olgun, et la déité effleura l'arme – non pas pour l'arrêter, ni pour la faire voler en éclats, mais pour faire partir le coup plus tôt. Le silex s'abattit sans que la détente ait été pressée, des étincelles jaillirent, la poudre prit feu. Le truand commençait tout juste à écarquiller les yeux lorsque la balle de plomb fusa sans dommages par-dessus l'épaule de Widdershins – et s'enfonça, avec un déchirement sourd accompagné d'un grognement de stupeur, dans la poitrine de l'homme qui accourait derrière elle.

Le tireur et la voleuse, l'un saisi d'une panique croissante, l'autre consternée, regardèrent Claude baisser la tête et contempler sa poitrine, incrédule, confondu.

— Je ne comprends pas, siffla l'Apôtre, les larmes aux yeux. Cévora…

Puis il tomba, d'abord à genoux, puis face contre terre dans la boue putride qui recouvrait le sol.

Widdershins avança d'un pas, envoya son genou dans l'entrejambe du dernier tueur encore sous le choc, et le frappa violemment avec le pommeau de sa rapière pour faire bonne mesure.

— Bon sang, quel tir ! croassa-t-elle en riant malgré sa douleur.

Elle sentit le dieu se gonfler d'orgueil.

— Que ça ne te monte pas à la tête, quand même ! ajouta-t-elle. Je n'ai pas envie d'en entendre parler pendant un mois.

Elle aurait juré qu'il lui tirait virtuellement la langue.

Widdershins n'avait qu'une envie : déguerpir. Elle avait mal partout, l'épuisement (et le sang qu'elle avait perdu, sans doute) commençait à lui donner des vertiges, et elle savait que ce n'était qu'une question de temps avant que les Dénicheurs ne se ressaisissent et ne viennent assaillir la créature qui avait envahi leur territoire. Mais elle était venue là dans un but précis, et n'avait pas encore accompli sa mission.

Elle se pencha sur le gredin inconscient et s'empara avec précaution de la corne de poudre qu'il portait à la ceinture. Puis elle retourna dans la puanteur de la chambre des horreurs qui, encore tout récemment, avait été un sanctuaire.

Il n'était pas mort. Le monstre avait survécu à une chute de trois étages depuis le logis de Widdershins, traversé un barrage de balles et de carreaux d'arbalète, résisté à la malédiction d'un dieu qui n'était pas son maître. Mais il était à terre et il gémissait, secoué de spasmes. Il cherchait à recouvrer la force dont il avait été dépouillé. Une sorte de limon infâme et visqueux d'une couleur inconnue de Widdershins – si elle avait dû la décrire, elle n'aurait pu évoquer qu'un hideux mélange de bleu et de mort – suintait sur le sol, là où le démon l'avait vomi. De petites bulles éclataient à la surface du liquide qui rongeait le tapis.

Un œil fixé en permanence sur le démon, Widdershins voleta à travers la pièce aussi vite que le lui permettait son corps endolori, afin de remplir la corne de toute la poudre noire qu'elle pouvait trouver sur les tueurs engagés par Claude. Lorsque ce fut fait, et alors seulement, elle revint auprès du démon.

— Retourne en enfer, murmura-t-elle.

La jeune voleuse fourra sans ménagement la corne dans la gueule renversée de la bête, le plus loin possible dans sa gorge, et décampa. Elle ne s'arrêta que le temps de décrocher l'une des torches fixées au mur et de la jeter sur la forme qui s'étouffait et se tordait de douleur. Puis elle referma la porte.

Même de l'autre côté du panneau pourtant insonorisé, l'assourdissante déflagration lui fit siffler les oreilles. Avec prudence, elle entrouvrit de nouveau la porte, risqua un coup d'œil dans la chapelle, juste pour être sûre, et sourit.

À cet instant, vingt-six âmes qui rôdaient dans les limbes autour d'Adrienne Satti depuis deux longues années s'éloignèrent vers leur repos éternel tant attendu.

— Et maintenant, dit-elle à Olgun, épuisée, que dirais-tu de rentrer à la maison ?

Au moment de prononcer ces mots, elle se rendit compte qu'elle savait exactement où serait « la maison », à partir de maintenant.

C'était l'ultime hommage qu'elle pouvait lui rendre.

Épilogue

QUELQUES JOURS PLUS TARD :

— Bon, je crois qu'on a fini, cette fois, commenta la jeune fille d'une voix hésitante, voilée de chagrin contenu et de larmes depuis longtemps épuisées.

Robin regarda autour d'elle, agrippée au balai comme pour l'empêcher de disparaître, lui et tout ce qu'il représentait.

La salle commune étincelait, elle n'avait pas eu si belle allure depuis des mois. Les employés, et Robin en particulier, n'avaient pas chômé. Une fois la poussière et les débris balayés, ils avaient récuré le sol jusqu'à venir à bout même des taches les plus tenaces. Pour la première fois depuis des années, les odeurs mêlées des spiritueux et de la sciure de bois dominaient celle, persistante, de la sueur rance. Les tables, elles aussi astiquées et lustrées, avaient presque retrouvé l'éclat de leur première jeunesse… Toutes, sauf une. Celle-là n'existait plus : Widdershins l'avait brisée et jetée au feu morceau par morceau.

La petite serveuse ne savait toujours pas exactement ce qui s'était passé. Elle avait envie d'insister, d'exiger une explication, mais elle ne pouvait imposer une telle chose à son amie. Shins lui raconterait toute l'histoire lorsqu'elle se sentirait prête, pas avant.

— Beau boulot, Robin, affirma doucement Widdershins dans son dos. (La jeune fille sentit une main réconfortante presser son épaule.) Elle aurait été fière de ce que vous avez fait de cet endroit.

Avec un gémissement pitoyable, Robin lâcha le balai et tomba dans les bras de la nouvelle venue, secouée de sanglots déchirants. Widdershins la serra contre elle et attendit qu'elle s'apaise.

Même alors, elle garda un œil inquiet sur Robin, car elle craignait de la voir retomber dans la semi-démence qui s'était emparée d'elle la nuit du meurtre de Geneviève. Elle n'avait fait aucune rechute depuis, mais Widdershins marchait sur des œufs en sa présence, terrifiée à l'idée de déclencher une nouvelle crise.

Cependant, la détresse de Robin n'était pas seulement causée par le souvenir de sa défunte amie. À travers ses sanglots, une question étouffée parvint clairement à Widdershins de sous la tignasse brune et emmêlée collée contre sa poitrine :

— Qu'est-ce que je vais bien pouvoir faire, maintenant ?

— Qu'est-ce tu pourrais faire d'autre, Robin ? Tu vas te ressaisir, donner tes directives aux employés quand ils arriveront, et préparer la taverne pour la réouverture. Tu n'as pas idée de l'argent qu'on a déjà perdu.

Robin se dégagea vivement des bras de son amie, comme si on l'avait tirée en arrière, et écarquilla ses yeux bordés de rouge.

— Il n'y aura pas de réouverture, Shins, répondit Robin d'une voix qu'elle s'efforçait d'empêcher de trembler. Tu sais bien ce que le père de Gen pensait de cet endroit ! Il va sans doute fermer, tout simplement, ou bien vendre. Dans un cas comme dans l'autre…

— Qu'est-ce qui te fait penser que M. Marguilles a son mot à dire sur la question, Robin ?

La jeune fille la dévisagea sans comprendre, et, malgré son chagrin, Widdershins se moqua de son air ahuri.

— Le testament de Geneviève lègue explicitement *La Sorcière Désinvolte* à quelqu'un d'autre.

— Mais Gen n'avait pas de testament ! s'exclama Robin. Elle n'arrêtait pas de le remettre à plus tard.

Widdershins lui adressa un sourire triste.

— Tu oublies avec quel genre d'individus je travaille, Robin. Le temps que Marguilles vienne prendre possession de « sa » taverne, j'aurai entre les mains un testament plus vrai que nature, au point que même Geneviève n'y aurait vu que du feu.

— Tu crois que… Tu crois que c'est bien ? hésita la jeune fille, dubitative. Je veux dire, tu crois que Geneviève aurait approuvé ?

— Plus que de voir son père vendre son établissement à un étranger, je pense.

Robin se surprit à sourire à son tour, pour la première fois depuis près d'une semaine.

— Et qui est l'heureux bénéficiaire ?

Widdershins, détachée, se frotta les ongles sur sa tunique.

— Bien entendu, concéda-t-elle enfin, je n'ai pas la moindre idée de la manière dont on gère une taverne : ce sera donc toi qui assumeras le plus gros du travail. Ce qui veut dire, j'en ai bien peur, que je vais devoir insister pour t'augmenter, mais je suis certaine que tu comprendraaah !

Widdershins fit de son mieux pour reprendre son souffle et se dégager de l'étreinte la plus agressive au monde.

— J'en déduis que ma décision te convient, croassa-t-elle.

— Tu peux le dire ! répliqua Robin.

— Et donc, c'est pour ça que tu viens d'essayer de me broyer les os ?

À sa grande surprise, le sourire de la petite serveuse s'élargit encore.

— Je me suis dit qu'il vaudrait peut-être mieux te réduire au silence avant que tu ne changes d'avis.

Widdershins en resta pantoise pendant un très long moment, puis éclata de rire à s'en rouler par terre.

Lorsqu'elle eut recouvré ses esprits, elle déclara, sans manquer d'ébouriffer d'un geste affectueux la tignasse de Robin :

— J'y pense, j'ai deux ou trois bricoles en attente. Maintenant qu'on s'est chargées de la taverne… (*Et de toi*, ajouta-t-elle en son for intérieur.) Il faudrait vraiment que je m'en occupe. Tâche de faire ce qu'il faut pour que la réouverture puisse avoir lieu demain soir, ou ce sera retenu sur ton salaire, c'est bien compris ?

Une fois dehors, Widdershins entendit en sourdine les sifflements de la jeune fille, qui s'était remise à balayer le sol déjà impeccable de la salle commune.

*

Perdu au milieu des tas de vêtements et de bric-à-brac divers qui jonchaient le sol rongé par les termites d'une chambre crasseuse, Henri Roubet, fébrile, s'employait à fourrer quelques habits dans une besace déjà pleine à craquer.

Il ne savait pas au juste comment les choses avaient pu mal tourner. Ce dont il était sûr, en revanche, c'est que la situation n'aurait pas pu être pire. L'Apôtre était mort, ses hommes aussi, et Widdershins avait non seulement vu son visage mais entendu son nom ! Il avait tressailli au moment où Jean-Luc avait fait les présentations, mais, sur le coup, il s'était dit que cela n'avait pas d'importance. Elle allait mourir, et lui allait devenir riche.

Eh bien, tant pis ! Malgré sa main invalide, il était encore doué pour le métier, et l'Apôtre l'avait grassement rémunéré ces dernières années. Il pourrait sans mal commencer une nouvelle vie ailleurs, il avait de quoi tenir quelque temps sans avoir à s'inquiéter de se chercher une nouvelle situation. À vrai dire, il aurait certes su comment jouir des richesses qu'on lui avait promises, mais c'était peut-être mieux ainsi. Dans une autre cité, le poids de son passé et les soupçons de la Garde ne pèseraient plus sur ses épaules. Il ne lui restait qu'à…

Il se pétrifia et lâcha son sac : le froid baiser du métal venait de lui effleurer l'arrière du crâne. Comment avait-on pu se faufiler jusqu'à lui sans qu'il s'en aperçoive ? Dans ce trou à rats, il suffisait de laisser tomber sa culotte sur le plancher pour en faire grincer les fichues lames ! Pourtant, il y avait bel et bien quelqu'un : Roubet l'apercevait du coin de l'œil, et sentait son pistolet à silex contre sa tête.

— Pourquoi ? demanda l'ancien soldat de la Garde à voix basse.

— Parce que Widdershins n'est pas une meurtrière, lui répondit Renard Lambert. Et parce que Geneviève n'aurait jamais voulu qu'elle le devienne à cause d'un misérable comme toi.

Henri Roubet ferma les yeux de toutes ses forces à l'instant où le chien s'abattait.

*

Pendant un instant, Renard considéra d'un œil mauvais le cadavre d'Henri Roubet, puis il remit son pistolet à silex à sa ceinture d'un geste négligent. Il tira légèrement sur les doigts de son gant, souffla dessus pour en ôter l'excédent de poudre, puis se tourna vers la porte.

Widdershins serait furieuse lorsqu'elle l'apprendrait. Sans doute croyait-elle encore vouloir retrouver Henri Roubet et le tuer de ses propres mains ? Eh bien, soit ! Renard, lui, ne s'y méprenait pas. Et il savait qu'un jour elle comprendrait, peut-être même qu'elle lui en serait reconnaissante.

Geneviève le serait, en tout cas, d'où qu'elle le regarde en ce moment.

Un sourire éclaira son visage au moment où sa main se posait sur la poignée. Cela ne lui ressemblait pas d'être aussi mystique. D'ordinaire, il payait les prêtres de la guilde pour l'être à sa place.

Renard jeta un dernier coup d'œil en arrière, embrassa du regard la chambre en désordre qui empestait les vêtements sales (et, de plus en plus, le sang), et soupira. Mais, diable, que cette fille était difficile à protéger ! Vu les circonstances, la guilde escompterait un châtiment – un châtiment sévère – pour le rôle qu'elle avait joué dans le récent massacre. Il allait devoir s'assurer que les prêtres étaient bien sur la même longueur d'ondes que lui, leur expliquer qu'elle avait empêché l'émergence d'un pouvoir qui aurait pu menacer leur organisation et peut-être le Dieu Voilé lui-même. La plupart d'entre eux ne le croiraient pas, mais sa déclaration calmerait un peu les esprits. Tout de même, il lui faudrait peut-être demander à Widdershins de faire profil bas pendant quelques semaines… Comme s'il y avait la moindre chance qu'elle accepte !

Et puis, il avait tant à faire : reconstituer les effectifs de la guilde, nommer un nouveau capitaine, décider de ce qu'il allait faire de Lisette à présent qu'elle s'était révélée si peu fiable… Peut-être pourrait-il lui trouver une punition exemplaire, pour bien montrer aux autres le risque qu'il y avait à œuvrer contre leur chef ? Mais les alliés et partisans de l'ex-capitaine pourraient n'y voir qu'une bonne raison supplémentaire de comploter contre lui… Par les dieux, ça ne s'arrêtait donc jamais ! Parfois, Renard se demandait s'il avait bien fait de convoiter cette position.

Renard Lambert, Seigneur Voilé de la guilde des Dénicheurs, s'évanouit dans les rues de Davillon en ruminant les inconvénients de l'amour et du devoir.

*

Avec un grognement rauque et épuisé, le major Julien Bouniard, de la Garde de la cité, arracha son regard aux montagnes de papier qui jonchaient son bureau comme autant de déjections d'oiseau, et se prit l'arête du nez entre deux doigts. Il se faisait tard, l'heure de la fin de son service était passée depuis longtemps. Les bougies et les torches crachotaient, le brouhaha de fond s'était estompé à mesure que les hommes du service de jour rentraient chez eux et que ceux du service de nuit partaient pour leurs patrouilles respectives.

Julien savait qu'il aurait pu, dû, abandonner et rentrer chez lui, pour s'y replonger au matin avec l'esprit plus clair. Il travaillait sur cette affaire depuis des jours, fiche sur fiche, réunion sur réunion. Mais il avait ordonné à ses hommes de démêler cet écheveau au plus vite, et Julien Bouniard n'était pas homme à exiger des autres ce qu'il n'était pas prêt à faire lui-même. Ainsi, non sans hocher la tête avec contrariété, il se résolut à y consacrer encore une heure. Il rouvrit les yeux…

Et son cœur manqua sortir de sa poitrine lorsqu'il s'aperçut que la mince chaise de bois de l'autre côté de son bureau n'était plus vide.

— Joli jappement, commenta d'un ton sec la personne venue lui rendre visite en s'enfonçant un doigt dans l'oreille. Je crois que vous avez rendu sourds tous les chiens du quartier.

Julien se renfrogna, une main crispée sur son tabard, l'autre sur la crosse de son pistolet à silex.

— Dieux du ciel, Widdershins ! Si vous voulez me tuer, dégainez votre lame et finissons-en ! (Quelques profondes inspirations semblèrent l'apaiser – du moins cessa-t-il de serrer la main sur sa poitrine comme s'il avait des palpitations.) C'est que je ne suis plus tout jeune, ajouta-t-il d'une voix plus posée.

Et moi donc ! songea la voleuse avec amertume. Mais, tout haut, elle répondit :

— Ah oui ? Moi, si. J'ai arrêté de vieillir il y a quelques années. Ça n'apporte rien, si vous voulez mon avis.

— Je suis d'accord. Aviez-vous une raison particulière de venir ici, contre toute logique et toute prudence ? Ou espériez-vous simplement me faire mourir de peur ?

— Si tentante que puisse être cette perspective, non, ce n'est pas dans cette intention que je suis venue. En fait, Julien…

L'homme de la Garde haussa les sourcils. Chaque fois qu'elle l'appelait par son prénom, il éprouvait une furieuse envie de compter sa monnaie. Et ses dents, aussi.

— Oui ? l'encouragea-t-il.

Elle soupira.

— Je voulais savoir si vous aviez toujours l'intention de me mettre sur le dos la mort de William de Laurent et d'Al… euh, de Delacroix.

Bouniard la considéra d'un air songeur.

— Si tel est le cas, vous avez pris un énorme risque en venant jusqu'ici pour me poser la question.

Widdershins partit d'un rire sonore.

— Vous n'avez pas la plus petite idée du genre de choses qui a pu m'arriver dernièrement, Julien. Sans vouloir minimiser vos compétences ou celles de vos hommes, cet endroit ne m'effraie plus le moins du monde, à présent.

D'une voix lente et volontairement neutre, Bouniard lui demanda :

— Qu'est-ce qui vous fait croire que nous avons des raisons de vous soupçonner dans…

— Je vous en prie, Bouniard, ne me faites pas perdre mon temps. Nous savons tous les deux que vous me soupçonnez depuis le jour où je me suis évadée de votre fichue prison. Nous savons tous les deux que vous avez aussitôt pensé à moi lorsque vous avez découvert la mort de William – je veux dire, de l'archevêque. (Le major nota ce lapsus dans un coin de sa tête pour plus tard, mais choisit de ne pas l'interrompre.) Et nous savons aussi, poursuivit-elle, tout à coup furieuse, que vous avez trouvé – ou auriez dû trouver, à condition d'avoir fait votre boulot correctement – assez d'indices dans le manoir Delacroix pour confondre le véritable assassin ! Alors, faites-moi le plaisir d'arrêter avec vos réponses évasives, et nous pourrons reprendre le cours de nos soirées respectives !

Les dieux maudissent cette fouineuse ! Comment est-elle au courant ? Elle avait vu juste : ses hommes et lui avaient fouillé la demeure de Delacroix – à contrecœur, contraints et forcés par les meurtres qui y avaient été perpétrés. Et des indices avaient en effet été découverts, à profusion : un sanctuaire caché, consacré au culte de Cévora sous une forme bien plus ancienne et bien plus primitive que son incarnation actuelle approuvée par le Pacte. Ils avaient également mis la main sur des écrits troublants, accompagnés de descriptions de rituels qui échappaient à la compréhension de Julien, mais qui, d'après les prêtres de la Garde, avaient été interdits dès l'avènement de la Grande Église.

Ces éléments suffisaient-ils pour confondre le meurtrier d'Alexandre Delacroix et de William de Laurent ? Pas vraiment, mais pour tirer un certain nombre de conclusions, oui.

Qu'importe, toutefois. Les informations de ce genre n'étaient pas destinées à être divulguées, en particulier lorsqu'elles concernaient une Maison aussi puissante que celle des Delacroix – même s'il fallait désormais en parler au passé.

— Je ne peux ni confirmer ni infirmer ce que vous avez entendu dire, Widdershins, lui opposa Bouniard d'un ton sec. (Voyant quelle s'apprêtait à se lancer dans une nouvelle diatribe, il ajouta à la hâte :) En revanche, je puis vous assurer que nous n'avons plus de raisons de vous croire coupable. Vous êtes libre et lavée de tout soupçon. Pour cette affaire, du moins.

La jeune femme parut soulagée.

— Merci, murmura-t-elle. (Puis elle ajouta :) Comment va Maurice ?

— Maurice ? Ah ! Le moine. (Julien prit un air navré.) Il est effondré. Cela dit, cette tragédie n'aura peut-être pas eu que des conséquences négatives. Avant de partir, il a laissé entendre qu'il allait demander à ses supérieurs la permission de changer d'ordre. Si j'ai bien compris, il envisage de devenir prêtre, pour suivre l'exemple de William de Laurent. (Le major haussa les épaules.) L'Église pourrait trouver pire recrue.

Widdershins esquissa un sourire.

— Ça, c'est sûr, confirma-t-elle. Bon ! Il faut que j'y aille. (Elle s'interrompit de nouveau.) À moins que vous n'envisagiez de m'arrêter pour évasion? lui demanda-t-elle, ne plaisantant qu'à moitié.

Bouniard fit une moue étrange où l'amusement le disputait à la réprobation.

— Je devrais, reconnut-il. Mais… peut-être que j'ai commis, disons, un léger excès de zèle en vous arrêtant en premier lieu.

Widdershins écarquilla les yeux, et, avec emphase, crispa à son tour une main sur sa poitrine.

— Ne poussez pas le bouchon trop loin, la menaça-t-il. Je me demande bien ce que vous avez de si urgent à faire.

— Rien de répréhensible, Bouniard – encore que, si tel était le cas, je me garderais bien de vous le dire. Ma taverne rouvre demain soir. Je veux être sûre que tout sera prêt.

— Votre taverne ?

Widdershins se décomposa.

— Geneviève m'a légué *La Sorcière Désinvolte.*

Bouniard hocha la tête.

— Je suis désolé, lui dit-il. (Et la voleuse, à son grand étonnement, s'aperçut qu'il était sincère.) Je sais que vous étiez proches.

— En effet.

— Si cela peut vous consoler un tant soit peu, Widdershins, nous avons arrêté le dernier acolyte de Brock. Un type du nom de Louvel, complice lui aussi du coup de force dans les geôles. Dans la mesure de mes moyens, je ferai en sorte qu'il ait ce qu'il mérite, je vous le promets.

— Merci, dit-elle doucement.

Désireux de rompre la gêne qui s'était soudain installée entre eux, Julien demanda :

— Puisque vous êtes propriétaire d'une taverne, à présent, allez-vous renoncer aux cambriolages ?

Les traits chagrinés de la jeune femme s'éclairèrent.

— Peut-être bien, Bouniard. Qui sait ?

— Je l'espère, Widdershins. Que je ne vous surprenne plus à faire quoi que ce soit d'illégal, c'est bien clair ?

— Oh ! Parfaitement clair, répliqua-t-elle en gratifiant le major d'un sourire espiègle. Vous ne me surprendrez plus, c'est promis !

Julien ne put retenir un éclat de rire. L'instant d'après, la jeune femme avait disparu.

Comme c'était étrange ! Il ne s'était pas senti aussi bien depuis des jours. Elle venait décidément d'illuminer sa semaine – ce qui, à la réflexion, en disait sans doute moins long sur la jeune femme que sur l'atroce semaine qu'il venait de passer, mais enfin. Julien jeta un dernier coup d'œil à la paperasse qui l'attendait, et décida finalement qu'elle pourrait encore attendre jusqu'au lendemain. Il allait fermer son bureau, rentrer chez lui et s'accorder au moins une bonne nuit de sommeil, et il arriverait à l'heure qu'il arriverait le lendemain matin, même si cela devait lui valoir un blâme.

Maintenant, où diable étaient donc passées ses clés ?

*

Widdershins secoua la tête tandis qu'elle longeait à pas feutrés les couloirs du quartier général de la Garde. La discrétion n'était plus vraiment de mise, maintenant qu'on ne la recherchait plus, mais les vieilles habitudes ont la peau dure. Elle était soulagée que Bouniard l'ait innocentée des meurtres de ce pauvre William et de son pè… d'Alexandre. Mais elle avait espéré…

La jeune femme soupira. Elle ignorait toujours si Claude n'avait été qu'un forcené zélé ou si Cévora avait bel et bien guidé sa main, mais, dans un cas comme dans l'autre, elle aurait bien aimé qu'il ait laissé derrière lui des preuves concrètes. Peut-être même, si improbable que ce soit, quelque indice au sujet de la tragédie qui s'était jouée deux ans plus tôt. Elle avait espéré que le major innocenterait non seulement Widdershins, mais aussi Adrienne Satti. Car, parfois, malgré tout ce qui s'était passé, être Adrienne lui manquait.

Elle ne perçut même pas la vague de réconfort, d'acceptation et de paix dont Olgun baignait son âme. Non, elle ne pouvait plus être Adrienne Satti, pas pour le moment, et peut-être plus jamais.

Cependant, on pouvait trouver pire que d'être Widdershins.

— Rentrons à la maison, Olgun, dit-elle doucement, de ce ton qu'il était seul à entendre. Je crois qu'il est temps que je parle un peu de toi autour de moi, qu'en dis-tu ? Je me demande ce que Robin pense de la religion…

Pendant qu'elle discutait gaiement avec son dieu protecteur, Widdershins faisait tourner le trousseau de clés de Bouniard autour de son doigt. Elle émergea du quartier général de la Garde de Davillon, s'enfonça parmi les ombres dansantes projetées par l'éclairage vacillant de la rue et s'y évanouit.

Achevé d'imprimer en France en février 2015 par Aubin Imprimeur

Le papier de cet ouvrage est composé de fibres naturelles, renouvelables, recyclables et fabriquées à partir de bois issu de forêts plantées expressément pour la fabrication de pâte à papier.

ISBN : 978-2-37102-003-0
Dépôt légal : avril 2014

Loi n° 49-956 du 16 juillet 1949 sur les publications destinées à la jeunesse, modifiée par la loi n°2011-525 du 17 mai 2011

Numéro d'édition : 0003-003-01-02

Numéro d'impression :1502.0196

LUMEN